Zum Buch:

Eigentlich hat Wulf nur einen Wunsch: Er will sich dem Kreuzzug Kaiser Friedrichs ins Heilige Land anschließen und Jerusalem von den Heiden zurückerobern. Er brennt darauf, Kampferfahrung zu sammeln und Abenteuer zu erleben. Als einziger Sohn ist es allerdings seine Pflicht, zuvor das Erbe zu sichern und sich mit der Frau zu vermählen, die sein Vater für ihn ausgewählt hat. Doch dann begegnet er Franka, und schon nach wenigen Augenblicken ist ihm klar, dass sie diejenige ist, mit der er glücklich werden könnte und sein Leben teilen will. Diese freche junge Frau, die ihn herausfordert, die seine Interessen teilt und ihn im Schach besiegt. Doch sie ist die jüngere Schwester seiner zukünftigen Braut und dafür bestimmt, ins Kloster einzutreten. Wulf muss sich eingestehen: Mehr als die Schachfigur, die an einem Lederband um seinen Hals hängt und ihn mit jeder Bewegung an Franka erinnert, wird ihm von der Liebe seines Lebens nicht bleiben. Als ihn jedoch die Nachricht von rätselhaften Unglücksfällen im Kloster ereilt und Franka in Gefahr gerät, bricht Wulf auf, um sie zu retten und um sie zu kämpfen.

Zur Autorin:

Manuela Schörghofer ist durch und durch Rheinländerin und macht ihre Heimat deshalb gerne zum Schauplatz ihrer Geschichten. Ihre Passion ist schon seit Kindertagen das Schreiben von Erzählungen aus vergangenen Tagen. »Die Klosterbraut« ist ihr Romandebüt.

Manuela Schörghofer

Die Klosterbraut

Roman

HarperCollins

1. Auflage 2022
Neuausgabe
© 2022 by HarperCollins in der
Verlagsgruppe HarperCollins Deutschland GmbH, Hamburg
Dieses Werk wurde vermittelt durch die
Literaturagentur Kai Gathemann
Umschlaggestaltung von zero-media.net, München
Umschlagabbildung von Chris Clor / Getty Images,
arcangel / Dave Wall, FinePic / München
Gesetzt aus der Stempel Garamond
von GGP Media GmbH, Pößneck
Druck und Bindung von GGP Media GmbH, Pößneck
Printed in Germany
ISBN 978-3-365-00127-1
www.harpercollins.de

Verzeichnis der Personen

Hauptpersonen

Wulfgar vom Röllberg, genannt Wulf, ein Ritter aus Lomere

Anselm, sein Freund

Melinda von Marienfeld, Wulfs Gemahlin

Franka von Marienfeld, deren Schwester

Weitere Personen

Adolf von Eberslohe, ein Ritter aus der Grafschaft Berg

Alvara vom Röllberg, Wulfs Mutter

Edelgard, eine Nonne, Frankas Feindin

Gertrud, Priorin des Konvents der Barmherzigen Schwestern

Hagen, Stallmeister auf dem Röllberg

Heimlinde von Marienfeld, Frankas und Melindas Mutter

Isburga, Äbtissin des Konvents der Barmherzigen Schwestern

Johannes vom Röllberg, Wulfs Vater

Marie, eine Nonne, Frankas Freundin

Raschid, ein Ayyubide

Stephan von Birken, Frankas und Melindas Vetter

Ulfried von Marienfeld, Frankas und Melindas Vater

Historische Persönlichkeiten

Elisabeth, die Heilige, Landgräfin von Thüringen, 1207–17.11.1231

Friedrich II. von Hohenstaufen, Kaiser des Heiligen Römischen Reiches, 26.12.1194–13.12.1250

Gerold (von Flandern), Patriarch von Jerusalem, 1225–1238

Heinrich III., Graf von Sayn, um 1193–01.01.1247

Heinrich IV., Herzog von Limburg, Graf von Berg, 1200–25.02.1246

Heinrich von Schonrode, ein Kreuzfahrer aus Schonrode bei Lomere

Ludwig IV., Landgraf von Thüringen, Gemahl Elisabeths, 28.10.1200–27.09.1227

Malik-al-Kamil, Sultan von Ägypten, 1180–06.03.1238

Mechthild von Sayn, Gemahlin Heinrichs III., um 1200–07.07.1285

Städte- und Flussbezeichnungen, damals und heute

Acher	Agger (Fluss)
Coblenz	Koblenz
Coellen	Köln
Lomere	Lohmar
Schonrode	Schönrath (bei Lohmar)
Sege	Sieg (Fluss)
Syberg	Siegburg

Glossar

Äbtissin: Vorsteherin eines Frauenklosters.

Benediktiner: Benannt wurde der Orden, der als ältester des westlichen Ordenslebens gilt, nach seinem Gründer: Benedikt von Nursia (um 480–21.03.547)

Dispens: Eine Dispens (weiblich im Kirchenrecht) ist die amtliche Befreiung von einem Verbot oder Gebot.

Dormitorium: Schlafsaal des Klosters

Gebände: Ab dem 12. Jahrhundert wurde es Sitte, dass nur noch unverheiratete Frauen ihr Haar offen trugen. Verheiratete Frauen trugen eine Kopfbedeckung. Das Gebände bestand anfangs aus einem Band aus Leinen, das um Ohren und Kinn geschlungen wurde und so Wangen und Kinn umschloss. Ergänzt wurde es um ein Stirnband, das häufig mit einer Borte verziert war.

Herbarium: Kräuterküche des Klosters

Infirmarium: Krankenstation des Klosters

Interdikt: Ein Interdikt ist das Verbot von gottesdienstlichen Handlungen, das als Kirchenstrafe für ein Vergehen gegen das Kirchenrecht verhängt wird. Das Interdikt konnte ganze Ortschaften oder Gebiete betreffen und war besonders im Mittelalter eine starke Waffe der katholischen Kirche.

Kapitelversammlung: früher täglich stattfindende Versammlung nach der Prim.

Priorin: Stellvertreterin der Äbtissin. Die Regel des Heiligen Benedikts sieht für die Stellvertretung mehrere Dekane vor, um die Macht des Abtes zu unterstreichen und keinen Wettbewerb mit dem amtierenden Vorsteher auszulösen. In der Praxis stellte die Regel den einzelnen Klostervorstehern jedoch anheim, ob sie zusätzlich einen Prior bestellen wollten.

Refektorium: Speisesaal des Klosters

Skriptorium: Schreibstube des Klosters

Stundengebete: Die Regel des Heiligen Benedikt schreibt folgende Gebetszeiten vor, deren genaue Einteilung sich an der Länge des Tages (Sommer/Winter) orientierte:

Vigil (auch Matutin): zwischen 1.00 und 2.00 Uhr
Laudes: gegen 4.30 Uhr
Prim: gegen 06.00 Uhr
Terz: gegen 9.00 Uhr
Sext: gegen 12.00 Uhr
Non: gegen 15.00 Uhr
Vesper: gegen 17.30 Uhr
Komplet: gegen 20.00 Uhr

Teil 1

Mai – September 1226

1. Kapitel

Frankas grüne Augen blickten durch die Maueröffnung des ritterlichen Wohnsitzes. Draußen ließen die Strahlen der Mittagssonne die Baumwipfel des Westerwaldes in unterschiedlichen Farbtönen leuchten. Die Zweige schienen Franka durch den Spalt zuzuwinken, die bestellten Felder ihr zuzurufen, sich ein letztes Mal in ein Abenteuer zu stürzen, etwas Verbotenes zu tun.

Die junge Frau seufzte leise. Der zukünftige Bräutigam ihrer Schwester könnte jeden Tag hier eintreffen, und nach Melindas Hochzeit sollte Franka in das nahe gelegene Kloster eintreten. Die geistliche Laufbahn war Franka als jüngerer Tochter von Ulfried und Heimlinde von Marienfeld schon seit ihrer Geburt bestimmt.

Franka runzelte die Stirn. Ihr Temperament drängte sie, sich hinauszuschleichen, während ihr Gewissen sie davon zu überzeugen versuchte, dass es besser wäre, in ihrer Kammer zu verweilen und zu beten.

Der Blick der jungen Frau wanderte über die Einrichtung des Raumes, die aus einer Eichenholztruhe, einer schlichten Bettstatt und einer Marienstatue in der Ecke bestand. Kein Wandteppich schmückte die Mauern, kein Geschmeide, keine bunten Bänder oder verzierte Gewänder waren hier zu finden. Bewusst verzichtete Franka auf jeglichen Tand, den sie im Kloster ohnehin nicht besitzen durfte.

Energisch wandte sich Franka von der Öffnung ab, hinter

der die Freiheit lockte. Sie kniete sich vor die Gottesmutter und betete. »Bitte, Maria, hilf mir, nur dieses eine Mal noch. Ich verspreche dir, mich nach diesem Tag nie wieder in den Wald zu schleichen.«

Hastig bekreuzigte sich Franka und stand auf. Ihre kastanienbraunen Haare, die ihr bis über die Schulter reichten, hatte sie zu einem Zopf geflochten, der von einem Lederband zusammengehalten wurde. Sie raffte den Saum ihres Gewandes und ging zur Tür. Erst nachdem sie sich vergewissert hatte, dass der Gang menschenleer war, verließ sie ihre Kammer.

Vorsichtig schlich Franka von der oberen Etage, in der die Schlafräume der Familie und für besondere Gäste untergebracht waren, nach unten. Die Küche war leer, und auch aus dem angrenzenden Gesindebereich ertönte kein Laut.

Franka huschte über den gepflasterten Hof, dessen Gebäude und Gärten von einer halbhohen Bruchsteinmauer umgeben waren. Unentdeckt erreichte sie den Stall. Hier hatte sie in einem verschnürten Tuch hinter einem Futtertrog Männerkleidung versteckt. Rasch öffnete sie die Schnürung ihres Kleides, ließ es zu Boden gleiten und schlüpfte in Hosen und Hemd. Den verräterischen Zopf verbarg sie unter einer Mütze, bevor sie zu ihrer Fuchsstute eilte. Das zierliche Tier hob den Kopf mit der schmalen Blesse und schnaubte. Unwillkürlich legte Franka den Finger an die Lippen. Die Stallburschen schliefen normalerweise um die Mittagszeit, dennoch verhielt sich die junge Frau so leise wie möglich, als sie ihr Pferd sattelte und nach draußen führte. Sich immer im Schatten der Gebäude haltend, verließ sie unbemerkt den Rittersitz.

Franka war noch nicht lange unterwegs, als sie eine Falle entdeckte, in der sich ein Kaninchen verfangen hatte. Es war mit dem Hinterlauf in die Schlinge getappt und hing nun zappelnd kopfüber an der Weidenrute. Ob einer der Leibeigenen oder

Bauern diese Falle gestellt hatte? Im Grunde war es Franka gleichgültig, ob sich die Bevölkerung hin und wieder heimlich das ein oder andere Wildtier als Fleischbeilage fing. Doch um des Tieres willen würde sie das Kaninchen befreien.

Nie verließ sie den Rittersitz ohne ein kleines Messer, das in ihrem Gürtel steckte, sowie Pfeil und Bogen. Sie stieg ab, packte das Tier am Nackenfell und zertrennte die Schur, die sich um dessen Bein geschlungen hatte. Sobald Franka ihren Griff löste, sprang es davon und entwischte ins Unterholz. Lächelnd steckte die junge Frau das Messer ein, als sie plötzlich das knackende Geräusch berstender Zweige vernahm.

Franka erstarrte und wollte nach den Zügeln greifen, als ihr Pferd die Ohren spitzte und angespannt das Gebüsch beobachtete. Ein Keiler brach daraus hervor und blieb stehen. Schrill wiehernd stürmte Frankas Stute davon, und das Schwein wandte seinen schweren Kopf in Frankas Richtung. Die kleinen braunen Augen schienen sie arglistig anzufunkeln. Langsam nahm sie den Bogen von der Schulter, zog einen Pfeil aus dem Köcher und legte ihn an. Ihr Herz pochte schmerzhaft. Wildschweine waren leicht reizbar und ein Pfeil kaum die richtige Waffe zur Verteidigung. Sich an dem Bogen festzuklammern gab Franka jedoch ein wenig Halt. Dadurch fühlte sie sich nicht vollkommen wehrlos.

Fieberhaft ging sie ihre Möglichkeiten durch. Langsamer Rückzug schien ihr der einzige Ausweg zu sein. Sie wusste, nicht weit von hier stand auf einer kleinen Lichtung eine Eiche mit niedrig hängenden Ästen. Schon oft war sie hinaufgeklettert und bis fast in die Krone gestiegen. Wenn sie den Baum erreichen könnte, wäre sie in Sicherheit. Vorsichtig trat sie einen Schritt zurück und dann noch einen. Das Schwein reckte die Nase nach oben. Ob es Frankas Angst roch?

Die junge Frau hob den Bogen und zielte auf das ihr zugewandte Auge. Das war die einzige Stelle, an der sie das Tier ernsthaft verletzen konnte. So bestand der Hauch einer Möglichkeit, dass es seinen Angriff abbrach.

Leider ließ ihre Treffsicherheit stark zu wünschen übrig, weil ihr Vater strikt dagegen war, dass sie eine Waffe führte und ihr deshalb die Übung fehlte. So gerne hätte Franka ausprobiert, wie es wäre, mit einem Schwert zu kämpfen, doch daran war natürlich nicht zu denken. Das würde wohl immer ein Traum bleiben.

Frankas Hände begannen zu zittern, lange konnte sie den Bogen nicht mehr spannen. »Rette mich, Maria«, flehte sie leise. »Schicke mir Hilfe, und ich gelobe, sogar noch vor Melindas Heirat ins Kloster zu gehen.«

Sie trat einen weiteren Schritt zurück. Das Schwein grunzte und senkte den Kopf. Plötzlich machte es einen Satz nach vorne. Vor Schreck ließ Franka den Pfeil von der Sehne schnellen. Tief bohrte er sich in die Schulter des Tieres. Es quiekte vor Schmerz auf und stürzte auf seine Angreiferin zu.

Instinktiv ließ Franka den Bogen fallen, warf sich herum und hetzte im Zickzackkurs zwischen den Baumstämmen hindurch. Rennen war sie nicht gewohnt, und schon bald begann sie zu keuchen. Zweige schlugen ihr ins Gesicht, das Laub vom letzten Herbst raschelte unter ihren Füßen. Feuchter Angstschweiß trat ihr auf die Stirn, während ihr Herz schneller hämmerte als die Hufe eines Pferdes im Galopp.

Die junge Frau überquerte einen Weg, sprang über einen niedrigen Strauch und sah die erhoffte Lichtung bereits durch die Bäume schimmern. Nur noch ein kurzes Stück.

Maria, bitte!

Die Eiche streckte Franka ihre rettenden Äste entgegen. Das Schnaufen des Wildschweins schien direkt hinter ihr zu sein. Im Laufen zog sie das kleine Messer erneut aus der Scheide. Ihre Gedanken rasten, als Franka entschied, sich kurz vor dem Stamm nach dem Tier umzudrehen. Vielleicht würde der Keiler mit dem Kopf dagegenrennen, wenn sie im letzten Augenblick zur Seite sprang. Das würde ihr genügend Zeit verschaffen, um auf den Baum zu klettern.

Sie erreichte die Eiche. Mit Marias Namen auf den Lippen warf Franka sich herum.

***

»Jetzt zieh nicht so ein Gesicht«, lachte Wulf, als er sah, wie missmutig sein Freund die dicht stehenden Bäume des Westerwaldes links und rechts des Weges betrachtete. »Marienfeld kann nicht mehr weit sein.«

»Meine Kehrseite ist schon ganz wund«, maulte Anselm. Er presste seine schmalen Lippen fest aufeinander und blickte mit einem Hauch von Neid auf Wulfgar vom Röllberg, dem Gewaltritte wie dieser nichts auszumachen schienen.

In Wulfs grauen Augen blitzte es amüsiert auf. Er schüttelte den Kopf, sodass die schulterlangen, lockigen braunen Haare umherflogen. »Mir ist es manchmal unbegreiflich, wie wir beide die Knappenzeit gemeinsam überstehen konnten. Du mit deiner Angst vor Pferden und ich mit meinem schiefen Minnesang.«

»Ich habe keine Angst vor ihnen«, widersprach Anselm heftig. »Ich mag sie einfach nicht so besonders und finde Reiten schrecklich unbequem. Außerdem ist dein Gesang nicht bloß schief, sondern eine Folter für jeden, der nur ein wenig musikalisch ist.«

Der Ausbruch entlockte Wulf lediglich ein Achselzucken. Anselm wäre viel lieber Mönch geworden, so wie sein jüngerer Bruder. Doch als Zweitgeborener war es seine Bestimmung, die ritterliche Laufbahn einzuschlagen. Falls seinem älteren Bruder etwas zustieß, sollte er darauf vorbereitet sein, dessen Erbe anzutreten.

Im Stillen dankte Wulf dem Herrn, dass er keine Geschwister hatte. Sein Leben war vorherbestimmt. Ritter werden, heiraten, Kinder zeugen und nach dem Tod seines Vaters die Verantwortung für die freien Bauern und Leibeigenen übernehmen, die zu dem Herrensitz auf dem Röllberg gehörten.

Eines störte ihn jedoch gewaltig. Wulf war einundzwanzig Jahre alt und die Schwertleite erst wenige Wochen her. Trotzdem bestand sein Vater auf einer schnellen Heirat mit der Tochter seines Waffengefährten Ulfried von Marienfeld. Viel lieber hätte Wulf erst Kampferfahrung gesammelt. Er brannte darauf, ins Heilige Land zu ziehen, um Jerusalem wieder den Händen der Heiden zu entreißen. Kaiser Friedrich II. hatte das Kreuz genommen und gelobt, eine Fahrt auszurichten, doch einen genauen Zeitpunkt hatte er nicht genannt.

Wulfs Vater war das zu ungewiss. Er drängte auf die Heirat und die Sicherung des Erbes, ehe Wulf ins Heilige Land aufbrach. Das hatte einen heftigen Streit zwischen Vater und Sohn ausgelöst. Am Ende hatte Wulf durch die vermittelnde Fürsprache seiner Mutter nachgegeben, allerdings dank ihr aushandeln können, dass er seine Braut vor der Hochzeit kennenlernen durfte. Sollte er sich mit ihr ganz und gar nicht verstehen, so würde es nicht zu einer Vermählung kommen.

Wulf konnte sich in etwa vorstellen, wie viel Verhandlungsgeschick das seine Mutter gekostet haben musste, und dafür war er ihr sehr dankbar. Seine zukünftige Braut sei wunderschön, hatte Alvara vom Röllberg ihrem Sohn versichert. Das hatte immerhin Wulfs Neugierde geweckt.

Seine Gedanken wurden unterbrochen, als sein Pferd abrupt stehen blieb und die Nüstern blähte. Wulf hörte ein Knacken, ehe kurz vor ihnen ein Junge aus dem Gebüsch sprang, über den Weg rannte und auf der anderen Seite wieder verschwand. Nur einen Wimpernschlag später folgte ihm ein mächtiger Keiler. Das Tier bemerkte die Reiter und hielt kurz inne, als wollte es abwägen, ob ihm von den Männern Gefahr drohte, bevor es erneut die Verfolgung des Knaben aufnahm.

Der Junge würde das Zusammentreffen mit dem Schwein kaum überleben. Wulf drehte sich im Sattel um und rief nach dem Sauspeer.

Kaum hatte sein Begleiter ihm die Waffe gereicht, trieb Wulf sein Pferd an und ließ es dem Wildschwein nachgaloppieren. Das Tier lief jetzt auf eine Lichtung, in deren Mitte eine alte Eiche stand. Zielstrebig hetzte der Junge auf den Baum zu. Wulfs kräftige Finger schlossen sich noch ein wenig fester um den Sauspeer. Seine Stute legte die Ohren an und streckte sich. Nach wenigen Sätzen war sie gleichauf mit dem Keiler. Wulf beugte sich im Sattel vor und stieß die Waffe mit aller Kraft tief in den Nacken des Schweins. Es quiekte spitz auf und blieb stehen. Der Speer ragte aus ihm heraus, hatte es jedoch nicht tödlich verletzt.

Augenblicklich sprang Wulf aus dem Sattel und zog sein Schwert. Erst jetzt bemerkte er, dass in der Schulter des Wildschweins bereits ein Pfeil steckte. Der Junge musste entweder des Lebens überdrüssig sein oder unglaublich dumm.

Der Keiler hob witternd den Rüssel. Wulf blieb stehen, das Heft des Schwertes mit beiden Händen gepackt, und wartete. Immer wenn er einen Gegner fixierte, überkam ihn diese kühle Ruhe, in der er jede kleinste Bewegung in sich aufnahm und bewertete. Jetzt senkte das Tier den Kopf, der rechte Vorderlauf scharrte über den Waldboden und zog eine Furche in das zarte Grün der Lichtung.

Wulf zog lediglich die Augenbrauen zusammen, als das Wildschwein plötzlich auf ihn zustürmte. Er wartete, bis das Tier ganz nah herangekommen war, ehe er im letzten Moment zur Seite sprang. Dabei stieß er dem Schwein sein Schwert zwischen die Rippen, zog es jedoch gleich wieder heraus. Der Keiler torkelte noch wenige Schritte, ehe er mit einem Röcheln zur Seite kippte.

Wulfs Gefährten hatten am Rande der Lichtung angehalten und nickten ihm anerkennend zu. Der Ritter wischte die Klinge am Fell des Keilers ab und steckte sie zurück in die Scheide. Jetzt wandte er sich dem Jungen zu. Der Kleine stand noch immer vor dem Baumstamm, hielt ein kurzes Messer in der rechten Hand vor seiner Brust von sich gestreckt und starrte Wulf aus weit aufgerissenen Augen an.

Heißer Zorn kochte in Wulf hoch, als er auf den Jungen zutrat. Nicht eine Spur von Dankbarkeit war in diesem fein geschnittenen Gesicht zu lesen, das von grünen Augen dominiert wurde, die Wulf an eine Katze erinnerten. Der Kleine reckte das Kinn nach vorn und sah ihn trotzig an. Nicht der Hauch eines Bartflaumes war zu erkennen. Der Junge konnte höchstens dreizehn Jahre zählen.

Unwillkürlich ballte Wulf die Hände zu Fäusten, und er runzelte die Stirn, als er knurrte: »Was bei allen Heiligen hast du dir dabei gedacht, ein Wildschwein zu jagen, abgesehen davon, dass es für einen deines Standes verboten ist?«

»Wollte ich gar nicht«, gab sein Gegenüber mit dünner Stimme zu.

Die Antwort entlockte Wulf ein spöttisches Grinsen. »Das habe ich gesehen, es hat wohl eher dich gejagt.«

Der Junge presste die geschwungenen Lippen zu einem schmalen Strich zusammen. »Ich wollte mich bloß verteidigen.«

»Indem du es an der Schulter verletzt?« Wulf schüttelte den Kopf.

»Ich habe auf das Auge gezielt«, erklang es trotzig.

Wulfs Mundwinkel hoben sich für einen Augenblick amüsiert. »Mit deiner Treffsicherheit ist es wohl nicht weit her. Besser, du steckst dein Messerchen jetzt weg, sonst tust du dir noch selbst weh. Damit hättest du dich ohnehin nicht verteidigen können.«

Er hatte das Gefühl, von einem grünen Blitz getroffen zu werden, als der Kleine ihn böse ansah, während er das Messer einsteckte. »Ich wäre schon noch rechtzeitig auf den Baum gekommen.«

»Und wenn nicht?«

»Dann wäre ich im letzten Augenblick zur Seite gesprungen und hätte den Keiler vor den Baum laufen lassen.«

Wulf schwankte zwischen Bewunderung und Entsetzen. Der Kleine war entweder außergewöhnlich mutig oder verfügte über noch größeres Gottvertrauen als Anselm. »Du wirst dich jetzt bei mir bedanken und dann verschwinden.«

Der Junge ging nicht darauf ein. »Was ist mit dem Wildschwein?«, wollte er stattdessen wissen.

»Was soll damit sein? Ich bin auf dem Weg nach Marienfeld und werde das Tier als zusätzliches Gastgeschenk mitnehmen.«

»Um den Ruhm, es erlegt zu haben, für Euch alleine einzustreichen?«

Kurz war Wulf sprachlos, ehe er polterte: »Willst du etwa behaupten, du hättest das Schwein getötet?«

»Immerhin habe ich es für Euch auf die Lichtung gelockt.«

»Gelockt?«, echote Wulf wütend. Er packte den Kleinen bei den schmalen Schultern, die von seinen Händen komplett bedeckt wurden. Grob begann er, ihn zu schütteln, hörte, wie die Zähne des Jungen aufeinanderschlugen. »Du frecher kleiner Dachs«, schimpfte er.

Die Kopfbedeckung rutschte hinunter, und ein geflochtener brauner Zopf fiel herab. Die Sonnenstrahlen verliehen dem Haar einen kupferfarbenen Schimmer. Wulf hielt inne. Diese Katzenaugen – er hätte es wissen müssen. »Wie alt bist du, Mädchen?«, fragte er heiser.

»Siebzehn«, erklang es dünn.

Langsam senkte Wulf den Kopf. »Jetzt weiß ich, wie du dich bedanken kannst«, flüsterte er rau.

***

Ängstlich starrte Franka in die grauen Augen über sich. Waren sie während des Disputes stetig heller geworden, so verdunkelten sie sich nun, nachdem der Ritter ihre wahre Identität entdeckt hatte. Er neigte den Kopf. Plötzlich fühlte sie seine Fingerspitzen an ihrem Kinn. Ihre Haut dort begann zu brennen, während ihr Herz so laut klopfte, dass Franka nichts mehr hörte, außer dem Rauschen ihres eigenen Blutes.

Sanft berührten seine Lippen die ihren. Für einen Augenblick glaubte Franka, das Bewusstsein zu verlieren. Ihr Herzschlag setzte kurz aus, um danach noch heftiger zu hämmern. Die Augen hatte sie weit aufgerissen, doch sie konnte nichts sehen. Ihre Arme hingen nutzlos herab, nicht fähig, etwas zu tun. Dafür spürte sie, wie der Ritter ihr Kinn losließ, seine Hände auf ihren Rücken wanderten und er sie noch fester an sich drückte.

»Wulf, das reicht jetzt.«

Der Ritter gab sie frei. Franka war hin- und hergerissen zwischen Erleichterung und Enttäuschung. Ihr Blick fiel auf einen fast ebenso großen zweiten Mann, dessen Haar die Farbe reifen Weizens hatte. Seine schmale Hand mit Fingern, die in Franka das Bild von Spinnenbeinen heraufbeschworen, lag auf der Schulter des anderen. Die etwas trübe wirkenden blauen Augen sahen ihn missbilligend an.

Wulf hatte er ihn genannt. Einem Impuls folgend, griff sich Franka an den Hals. Der Ritter musste Wulfgar vom Röllberg sein, der zukünftige Gemahl ihrer Schwester.

Jetzt traf sein kühler werdender Blick den ihren. »Wie heißt du?«, wollte er wissen.

Sie war unfähig zu antworten, immer noch gelähmt von der Erkenntnis, den ersten und einzigen Kuss ihres Lebens von ihrem künftigen Schwager erhalten zu haben.

»Sie wird die Tochter eines Handwerkers sein«, sagte der Blonde, und es klang herablassend. »Wahrscheinlich kommt sie aus Marienfeld.«

»Stimmt das?«, fragte Wulf.

Unter Anstrengung brachte Franka ein Nicken zustande.

»Dann kennst du auch Ulfried von Marienfeld und seine Tochter Melisande?«

»Ihr Name lautet Melinda«, fand Franka ihre Sprache wieder. Natürlich musste er sie sofort nach ihrer Schwester fragen, stellte sie verbittert fest.

»Ist sie wirklich so schön, wie man sagt?«

Frankas Augen verengten sich. Zorn stieg in ihr auf, und sie fragte sich, weshalb. Jeder Mann dachte nur an Melinda, warum sollte es bei ihm anders sein? Erbost fauchte sie: »Reitet doch hin und macht Euch selbst ein Bild.«

»Wirst du schon wieder frech?«, fragte er sichtlich belustigt. Erneut beugte er sich vor. »Sprachlos hast du mir besser gefallen, vielleicht sollte ich dich nochmals küssen.«

Panisch schüttelte Franka den Kopf, während der Mann mit dem Weizenhaar brummte: »Lass das lieber sein.«

Für einen flüchtigen Moment glaubte Franka, Enttäuschung auf dem Gesicht des Ritters aufblitzen zu sehen.

»Die Männer sollen eine Stange schlagen und das Wildschwein daran festbinden, Anselm. Wir nehmen es mit.«

Der Blonde nickte, ehe er sich abwandte, um den Befehl weiterzugeben. Nun hatte Franka wieder Wulfs ungeteilte Aufmerksamkeit. »Was mache ich nur mit dir?«, sagte er mehr zu sich selbst. »Ich möchte dich ungern allein nach Marienfeld laufen lassen. Bei deinem Geschick begegnest du sicherlich noch weiteren Wildschweinen.«

Es gelang Franka, die bissige Bemerkung, die ihr auf der Zunge lag, hinunterzuschlucken. Stattdessen antwortete sie: »Ich gehe nicht, ich reite.«

Eine erhobene Augenbraue war alles, was sie daraufhin erntete. Natürlich glaubte er ihr nicht. Doch Franka wusste, ihre Stute lief nie weit weg. So steckte sie zwei Finger in den Mund und pfiff wie ein Ziegenhirte. Sein Pferd hob sofort den Kopf und spitzte die Ohren. Doch ihr eigenes erschien nicht.

Der Ritter zeigte ein Lausbubengrinsen. Ein Grübchen erschien auf seiner linken Wange. »Vielleicht magst du es noch einmal versuchen?«, schlug er gönnerhaft vor. »Manche Pferde hören schlecht.«

Franka schoss die Röte ins Gesicht, bevor sie erneut pfiff. Das Grinsen ihres Gegenübers vertiefte sich, doch dann verschwand es plötzlich. Frankas grazile Fuchsstute kam auf die Lichtung getrabt, verhielt kurz, um sich dann wachsam ihrer Besitzerin zu nähern. Beinahe wäre Franka vor Stolz geplatzt, zumal sie jetzt den taxierenden und zugleich bewundernden Blick Wulfs bemerkte. Von Pferden verstand er offenbar etwas.

»Donnerwetter«, entfuhr es ihm. »Die Geschäfte deines Vaters müssen sehr einträglich sein, wenn er sich ein solches Pferd leisten kann. Welche Tätigkeit übt er aus?«

»Er ist der erste Schmied von Marienfeld«, behauptete Franka, die daran dachte, wie geschickt ihr Vater tatsächlich Eisen biegen konnte. Sie bückte sich nach ihrer verlorenen Kopfbedeckung, zog sie auf und verbarg erneut ihren Zopf darunter. Als sie in den Sattel stieg, griff Wulf in die Zügel.

»Sag mir deinen Namen.«

Auf Frankas Stirn bildete sich eine steile Falte. »Wozu wollt Ihr den wissen?«

Wieder dieses spitzbübische Lächeln. »Vielleicht möchte ich dich wiedersehen.«

Warum schlug ihr Herz denn jetzt so schnell? Sie wusste doch, dass er sie bald vergessen würde. »Werdet Ihr nicht«, giftete sie deshalb, »nicht, nachdem Ihr Melinda von Marienfeld gesehen habt.«

Sein Gesicht verdüsterte sich, als er dem Pferd nachdenklich die Stirn kraulte. »Demnach ist sie wirklich so hübsch, wie mir gesagt wurde?«

»Die schönste Frau, die Ihr je sehen werdet. Ein Blick in ihre Himmelsaugen und alle anderen verblassen neben ihr zu unscheinbaren Schatten«, schloss Franka bitter.

Seine Mundwinkel hoben sich ein wenig, als er ihr nun tief in die Augen blickte. »An dich frechen kleinen Dachs werde ich mich mein Leben lang erinnern, und ich bin sicher, wir werden uns wieder begegnen.«

Franka schluckte hart und blieb eine Antwort schuldig. Was hätte sie schon antworten sollen, schließlich wusste sie ganz genau, dass sie das würden. Kaum hatte Wulf die Zügel losgelassen, preschte sie davon.

2. Kapitel

Unbemerkt gelangte Franka zurück in die Stallungen. Schnell versorgte sie ihr Pferd, zog sich um und schlich zu ihrer Kammer. Die nun nutzlos gewordene Männerbekleidung würde sie später im Dorf verschenken.

Wieder einmal war die junge Frau ihren Eltern dankbar, dass sie über den Luxus eines eigenen Raumes verfügte und diesen nicht mit ihrer Schwester teilen musste. Kaum hatte sie die Tür hinter sich geschlossen, eilte sie zu der Marienstatue in der Ecke. Franka ging auf die Knie, bekreuzigte sich und legte die Hände aneinander.

»Danke, Maria, dass du mir in höchster Not Hilfe geschickt hast, aber musste es ausgerechnet der künftige Gemahl meiner Schwester sein? Manieren scheint er keine zu besitzen, doch ich nehme mal an, er war der Einzige, den du so schnell finden konntest.«

Franka machte eine kleine Pause, ehe sie fortfuhr: »Meine Begegnung mit ihm ist nicht glücklich verlaufen. Ich weiß, was du sagen willst, ich hätte mich demütiger zeigen müssen. Aber da ist etwas an ihm, das mich verwirrt und dazu reizt, ihm zu widersprechen.«

Kurz blickte Franka auf, erwartete beinahe, dass die Gottesmutter missbilligend den Kopf schüttelte, doch Maria lächelte immer noch milde auf sie hinab. Ein Seufzer entwich Franka, als sie nun wieder auf ihre Hände sah. »Hätte ich ihm gegenüber mehr Respekt bezeugt, wäre mir dieser Kuss sicherlich erspart geblieben.«

Erneut stockte sie. Kaum dachte sie an Wulf, machte Frankas

Herz einen Hüpfer, und sie spürte, wie ihre Wangen begannen zu glühen. Das Atmen fiel ihr schwerer, als sie an die männlichen Lippen dachte, die sich auf ihre gelegt hatten.

Seit Franka denken konnte, war sie darauf vorbereitet worden, niemals eine eigene Familie zu haben. Männern stand sie skeptisch gegenüber. Die wenigen, die sie kennenlernen durfte, hatten sich, unabhängig ihres Alters, ohnehin nur um Melinda geschart. Die kleine Schwester der Schönheit hatte lediglich am Rande Beachtung gefunden. Franka war das recht gewesen. Sie wollte nicht an einen Mann gefesselt sein. Das Kloster bot ihr diese Möglichkeit; nicht, dass sie eine andere Wahl gehabt hätte. Aber Franka sah ein, ein solches Leben war für sie das Richtige. Wenn sie sich an die Regeln hielt, konnte sie mit finanzieller Unterstützung ihrer Familie in der klerikalen Hierarchie aufsteigen und vielleicht sogar eines Tages Äbtissin werden. Dann gäbe es nicht mehr viele Menschen, denen sie gehorchen musste. Neben der Verantwortung, die damit einherging, hätte sie dann auch ein Stück Freiheit in ihren Entscheidungen errungen. Ein Mann passte nicht in dieses Bild, das Franka von ihrem zukünftigen Leben entworfen hatte. Wulf hatte sie lediglich etwas durcheinandergebracht, indem er sie geküsst hatte.

»Danke, Maria, für die Rettung. Ich werde mein Versprechen halten und nicht mehr bis zu Melindas Heirat warten, bis ich mein Heim verlasse.« Franka bekreuzigte sich nochmals. Plötzliches Hufgetrappel auf dem gepflasterten Innenhof erklang, und sie erhob sich. Wulf musste mit seinen Begleitern eingetroffen ein. Obwohl Franka wusste, dass sie ihn von ihrer Kammer aus nicht sehen konnte, eilte sie zu der Maueröffnung. Stimmen schallten zu ihr hinauf, ohne dass sie einzelne Worte verstehen konnte.

Franka verknotete ihre Hände. Erst jetzt wurde ihr ein weiteres Problem bewusst. Wulf würde sie sofort erkennen, wenn er heute Abend beim Nachtmahl mit an ihrer Tafel saß. Was, wenn er sie verriet? Sie musste sich etwas einfallen lassen.

Die junge Frau zuckte zusammen, als vorsichtig ihre Kammertür geöffnet wurde.

Melinda streckte zuerst ihren hellblonden Schopf ins Zimmer. Auf ihren fein gemeißelten Zügen zeigte sich ein kleines Lächeln, während ihre strahlend blauen Augen mit den langen Wimpern aufgeregt funkelten. Dann glitt sie ganz durch die nur einen Spaltbreit geöffnete Tür in den Raum. Lautlos schritt sie auf Frankas Bettstatt zu und nahm darauf Platz. Mit ihrer grazilen Hand klopfte sie sacht neben sich auf das Laken.

Nur mit Mühe gelang es Franka, ein Stöhnen zu unterdrücken. Ihre Schwester war so ziemlich der letzte Mensch, den sie jetzt sehen wollte. Dennoch ging sie zu ihr und setzte sich gehorsam neben sie.

»Er ist angekommen«, verkündete Melinda hoheitsvoll.

»Wer?«, konnte Franka es nicht unterlassen zu fragen.

Zur Antwort bekam sie ein Kopfschütteln. »Wulfgar vom Röllberg natürlich.«

»Ihr wurdet einander bereits vorgestellt?«, platzte Franka heraus.

Wieder traf sie ein schräger Blick. »Selbstverständlich nicht. Ich habe den Hufschlag gehört und bin auf den Söller geeilt. Von dort oben hatte ich eine gute Übersicht. Er ist mit vier weiteren Männern gekommen, von denen zwei merkwürdigerweise ein totes Wildschwein trugen. Er sieht gut aus. Groß, kräftig, schulterlanges lockiges Haar in einem satten Braunton.«

»Woher weißt du denn, welcher von den Männern er ist?«, wollte Franka verblüfft wissen.

Die Lippen ihrer Schwester wurden schmal. »Er ritt der Gruppe voran. Drei seiner Begleiter werden Bedienstete sein, während er einen als gleichgestellt behandelte.« Auf Frankas fragenden Blick hin ergänzte sie: »Er hat ihm freundschaftlich auf die Schulter geklopft.«

Die Jüngere erstaunte es immer wieder, wie es Melinda anhand von Äußerlichkeiten gelang, ihre Mitmenschen richtig einzuschätzen. Darin war sie ihr weit überlegen.

»Du findest ihn also äußerlich annehmbar, wie schön. Aber vielleicht hat er faule Zähne«, versuchte sie, ihre Schwester aufzuziehen.

Doch Melinda ging nicht darauf ein. »Hat er nicht. Zur Begrüßung lächelte er Vater breit an. Das Gebiss sah gesund aus.«

»Hast du die Augenfarbe auch erkennen können?«, hakte Franka säuerlich nach.

»Dafür war er zu weit weg. Ich vermute aber, dass sie braun sind, etwas dunkler als seine Haare«, meinte Melinda.

Immerhin etwas, womit ihre Schwester falschlag. Das veranlasste Franka nun doch zu einem Grinsen. Dabei fiel ihr ein, dass ihre Schwester ihr helfen konnte, dem heutigen Nachtmahl fernzubleiben. Als sie Melinda darauf ansprach und Müdigkeit als Entschuldigung vorschob, riss diese die Augen auf. »Das geht nicht. Ich will doch wissen, was du von ihm hältst und was du glaubst, welchen Eindruck ich auf ihn gemacht habe.«

»Sonst legst du doch auch keinen Wert auf meine Meinung«, murrte Franka. »Wie du auf ihn wirken wirst, kann ich dir jetzt schon sagen. Er wird dich zunächst mit offenem Mund anstarren, dann anfangen zu stottern und zum Schluss nur dummes Zeug erzählen, um dich zu beeindrucken.«

Melinda kicherte. »Woher weißt du das?«

»Weil es bisher bei allen Männern so war.«

Jetzt runzelte ihre Schwester die Stirn. »Die waren aber nicht dazu auserkoren worden, mich zu heiraten. So ganz zufrieden bin ich mit Vaters Wahl nicht. Tief im Herzen hatte ich mir mehr erhofft als einen einfachen Ritter.«

Franka ging nicht darauf ein. Stattdessen sagte sie: »Ich mache dir einen Vorschlag, Melinda. Heute Abend verstecke ich mich auf der Balustrade und beobachte eure erste Begegnung. Nach dem Essen kommst du zu mir, und wir unterhalten uns. Wenn du nämlich Vater darum bittest, dass ich nicht zum Nachtmahl erscheinen muss, wird er es eher entschuldigen. Dir schlägt er nur wenig ab.«

»Meinetwegen«, gab Melinda nach.

Als die Zeit gekommen war, kniete sich Franka wie verabredet hinter die Balustrade. Melinda hatte ihr mitgeteilt, dass ihr Vater zwar nicht erfreut über ihr Fernbleiben war, es jedoch akzeptierte.

Von ihrem Versteck aus hatte Franka einen guten Überblick über die Halle. Tafeln waren aufgestellt worden, zwischen denen Mägde hin- und hereilten und verschiedene Speisen auftrugen. Die Fleischsuppe duftete bis zu Franka herüber und ließ ihren Magen vernehmlich knurren.

Helles Brot und Käse wurden aufgetischt, ebenso gebratener Fasan und Wildschwein. Ulfried wollte seinen Besuchern zeigen, dass Melinda aus einem wohlhabenden Haus stammte. Am Kopfende der Halle stand eine einzelne Tafel, an der die Ritterfamilie mit ihren Gästen etwas entfernt vom Gesinde speiste. Frankas Mutter hatte bereits daran Platz genommen und überprüfte die Eindeckung. Nahe der Tafel befand sich auch die Feuerstelle, in der bei festlichen Anlässen ein ganzer Ochse am Spieß gebraten werden konnte. Die Tür daneben führte in den Küchentrakt. An den Längsseiten hingen mehrere Wandbehänge, die Jagd- und biblische Szenen zeigten. Vor einem entdeckte Franka Wulf. Er hatte den Kopf schief gelegt und betrachtete eingehend die Darstellung eines Wildschweins, das von Männern auf Pferden gehetzt wurde. Ob er dabei an ihre heutige Begegnung dachte?

Franka verfolgte, wie er an seinem Becher Wein nippte und etwas zu seinem Freund Anselm sagte. Als sie eine Hand auf ihrer Schulter fühlte, schrak sie zusammen. Melinda beugte sich hinunter und wisperte: »Pass gut auf, Schwesterherz.«

Selbst Franka stockte bei ihrem Anblick für einen Moment der Atem. Das blonde Haar hing zu einem Zopf geflochten über ihre Schulter. Ihre Stirn schmückte ein schmaler Goldreif, in dessen Mitte ein ovaler Lapislazuli eingefasst war. Der mit goldenen Fäden bestickte Rand ihrer Cotte schaute unter der himmelblauen Tunika hervor, die von einem schmalen Gürtel zusammengehalten wurde und so die Taille betonte. Melinda achtete darauf, dass ihre Füße nicht unter dem bodenlangen Stoff hervorschauten und erweckte beim Gehen den Eindruck, als würde sie schweben.

Franka wandte den Blick wieder der Halle zu. Ihr Vater war zum Fuß der Treppe geeilt, um seine ältere Tochter dort zu erwarten. Jetzt hatte auch Wulf sie bemerkt. Er schien sich an seinem Becher festzuhalten, während sein Mund sich leicht öffnete. Sein Freund hingegen verschüttete sogar etwas von dem roten Wein auf seinem Wams. Auch er starrte ihre Schwester an, als wäre sie eine Erscheinung der Heiligen Maria.

Unwillkürlich ballte Franka die Hände zu Fäusten, als Wulf Anselm seinen Becher übergab und mit raumgreifenden Schritten auf Melinda zuging. Formvollendet verneigte er sich vor ihr, und auf seinem Gesicht erschien ein glückseliges Lächeln.

Eine Welle der Enttäuschung überkam Franka. Verärgert erhob sie sich und eilte zurück in ihre Kammer. Sie hatte es doch gewusst! Warum sollte Wulf anders auf Melinda reagieren als die übrigen Männer?

Weil du Hühnchen gehofft hast, einmal etwas Besonderes zu sein.

Jetzt wurde sie wütend auf sich selbst, während sie verzweifelt gegen diese unsinnigen Tränen ankämpfte, die ihr in die Augen traten.

***

»Dies ist meine Melinda«, sagte Ulfried, während er sich mit der linken Hand über den gepflegten kurzen, rötlich-blonden Bart strich. Von ihm hatte seine Tochter ihre blauen Augen geerbt, erkannte Wulf.

Die grünen ihrer Mutter erinnerten ihn jedoch an jemand anderen. Doch ehe er den Gedanken richtig fassen konnte, lenkte ihn Melinda mit der Frage nach den Besitztümern auf dem Röllberg ab.

Ausführlich erzählte Wulf von dem Rittersitz, auf dem er geboren wurde, von der Pferdezucht seines Vaters und von seinem Wunsch, sich an einer Kreuzfahrt ins Heilige Land zu beteiligen. Irgendwann beschlich ihn jedoch das Gefühl, dass Melinda ihm gar nicht zuhörte. Sie schenkte ihm während des Essens immer wieder einen Blick, wollte aber keine Einzelheiten wissen. Wulf fand das ein wenig merkwürdig. Als seine künftige Gemahlin hätte er vermutet und erwartet, dass sie sich mehr für den Hausstand interessieren würde.

Nachdem Wulf seinen Monolog ziemlich abrupt beendet hatte, fragte sie ihn stattdessen nach seinen musikalischen und literarischen Vorlieben. »Keine«, brummte Wulf und sah hilflos zu seinem Freund. »Aber Anselm beschäftigt sich gerne mit den schönen Künsten.«

Sofort wandte sich Melinda nun an seinen blonden Gefährten, und schon bald kam sich Wulf reichlich überflüssig vor. Die beiden plauderten angeregt über Dichter, von denen Wulf noch nie etwas gehört hatte. Immerhin hatte er jetzt Muße, sich dem Wildschweinbraten zuzuwenden, der ihm köstlich mundete. Das erinnerte ihn wieder an das Mädchen aus dem Wald. Sie war die Tochter des Schmieds, musste demnach im Dorf wohnen. Vielleicht würde er sie morgen wiedersehen, denn Ulfried wollte ihm Marienfeld zeigen. Schließlich musste sich Wulf ein Bild von den Besitztümern machen, die in seine Hand fallen würden, sollte er Melinda heiraten.

Kauend wanderte sein Blick zu der Schönheit, und er fragte sich, ob dieses Wesen auch Ecken und Kanten hatte, bisher hatte Wulf noch keine entdeckt.

***

Es war schon spät, als sich die Tür zu Frankas Kammer öffnete. Beinahe hätte die junge Frau nicht mehr mit dem Besuch ihrer Schwester gerechnet. Sie war sich nicht sicher, ob sie hören wollte, wie Wulf Melinda den ganzen Abend über mit Aufmerksamkeiten jeglicher Art bedacht hatte. Da Franka ohnehin schon auf ihrer Bettstatt lag, schloss sie die Augen und gab vor zu schlafen.

Doch ihre Schwester war nicht leicht zu täuschen. Die mit einem Leinentuch abgedeckte Unterlage aus Stroh knisterte leise, als Melinda sich auf dem Rand niederließ. »Mach die Augen auf, ich bin es.«

Franka blinzelte und reckte sich.

»Jetzt sag schon, welchen Eindruck hast du von Wulfgar vom Röllberg?«

»Nach dem kurzen Blick durch das Geländer zu urteilen, hast du ihm sehr gefallen.«

Melinda schob die Unterlippe nach vorne. »Anfangs war er schon sehr angetan und hat viel erzählt, doch im Laufe des Abends hatte ich das Gefühl, er wusste gar nichts mehr zu sagen. Stattdessen habe ich mich lange mit seinem Freund Anselm unterhalten, während Wulfgar später nur noch mit Vater redete.«

Jetzt setzte sich Franka aufrecht hin. »Worüber hat er denn gesprochen?«

»Vom Besitz seines Vaters und dessen Pferdezucht.«

Ein wissendes Lächeln blitzte in Frankas Mundwinkel auf, als sie fragte: »Was für Pferde züchtet er denn?«

Verdutzt sah Melinda ihre Schwester an. »Welche mit vier Beinen, vermute ich.«

»Dachte ich es mir doch. Du hast ihm gar nicht zugehört.«

»Pferde interessieren mich nicht. Ich hätte lieber erfahren, wie oft Wulfgar sich am Hof des Grafen von Sayn aufhält, aber seine Antwort darauf war sehr ausweichend.«

»Über was habt ihr euch sonst noch unterhalten?«, wollte Franka wissen und unterdrückte ein Schmunzeln.

»Viel geredet habe ich selbstverständlich nicht, schließlich soll er nicht den Eindruck bekommen, ich wäre geschwätzig«, erklärte ihre Schwester kühl. »Einige Fragen habe ich aber gestellt, ob er sich für Literatur oder Musik begeistert.«

»Und?«, wollte Franka sofort wissen.

Ein tiefer Seufzer entfuhr Melinda. »Ich fürchte, was das angeht, ist er nicht bewandert. Aber sein Freund Anselm hat die Situation gerettet. Stell dir vor, die Werke Wolfram von Eschenbachs zählen auch für ihn zu den schönsten. Sein bevorzugtes Musikinstrument ist die Laute, während er bei meiner Frage nach Wulfgars musikalischem Talent hilflos mit den Schultern zuckte. Es scheint, als wäre mein künftiger Bräutigam mehr ein Mann fürs Grobe und kein Feingeist.«

»Vielleicht solltest du dann besser seinen Freund heiraten«, schlug Franka vor und wunderte sich, weshalb ihr Herz plötzlich einen Satz machte.

Doch der Blick, der sie daraufhin aus den Augen ihrer

Schwester traf, zeigte ihr sogleich, dass das keine Option war. »Anselm ist der zweite Sohn seines Vaters«, wurde sie von Melinda belehrt. »Er hat nichts, und er wird auch nichts erben. Wulfgar erwartet immerhin einen Besitz und eine Pferdezucht. Zwar ist er nicht so reich, wie ich es gerne hätte, aber die Einnahmen sind wohl ganz beachtlich. Außerdem sieht er gut aus und scheint nett zu sein.«

»Doch in deinen Augen ist er ungebildet und ungehobelt«, ergänzte Franka.

Mit einer Handbewegung wischte Melinda den Einwand fort. »Bildung und Manieren kann er sich aneignen. Dafür werde ich schon sorgen.«

»Meinst du denn, du könntest ihn eines Tages lieben?«, fragte Franka mit angehaltenem Atem.

Als Antwort erhielt sie zunächst ein Schulterzucken. »Das wird sich zeigen. Wenn Wulfgar mich anbetet und stets darauf bedacht ist, meine Wünsche zu erfüllen, wird es eine annehmbare Ehe werden.«

»Und was ist mit seinen Wünschen? Erfüllst du ihm die auch?«, wagte Franka zu erwidern.

Melinda schnaubte entrüstet. »Wenn ich ihn heirate, habe ich meine Pflicht erfüllt. Das sollte ihm reichen.«

»Wenn du dich da bloß nicht täuschst«, murmelte Franka, aber ihre Schwester hatte sie gehört.

»Das kannst du nicht beurteilen.« Melinda hob warnend den Zeigefinger. »Halte beim morgigen Nachtmahl deine Zunge im Zaum. Ich will keinesfalls, dass du ihn verschreckst und er mich für ein ebenso forsches Weib hält.«

»Danke«, sagte Franka säuerlich, »dass du es überhaupt in Betracht ziehst, ich könnte mit meinem Geschwätz seine Aufmerksamkeit lange genug von dir ablenken, dass er überhaupt begreift, was ich sage.«

Hell lachte ihre Schwester auf und tätschelte versöhnt

Frankas Arm. »Du hast natürlich recht, das ist vollkommen unmöglich.«

Sofort zog sich Frankas Kehle zusammen. Flüchtig sah sie erneut die grauen Augen des Ritters vor sich, kurz bevor er sie geküsst hatte. Neben Überraschung hatte sie Bewunderung darin gelesen. Aber das war, bevor er ihre Schwester kennengelernt hatte. Sicherlich hatte er seitdem keinen Gedanken mehr an das Mädchen im Wald verschwendet.

»Jetzt sieh doch nicht so betrübt drein«, schwatzte Melinda aufgeräumt weiter. »Morgen speist du mit uns und machst dir selbst ein Bild von ihm.«

Franka nickte und sah mit einer Mischung aus Erleichterung und Anspannung zu, wie Melinda die Kammer verließ.

3. Kapitel

Der Rittersitz von Marienfeld mit dem zweistöckigen Haupthaus und dem Wehrturm war auf einer Anhöhe erbaut, an deren Fuß sich das Dorf schmiegte. An Ulfrieds Seite ritt Wulf an diesem Vormittag, begleitet von Anselm, hinaus auf die Felder. Wulf erfuhr, wie viele Leibeigene und freie Bauern für den Herrn von Marienfeld arbeiteten. Der Höflichkeit halber fragte Wulf nach Melinda.

»Sie setzt sich nur höchst ungern auf ein Pferd. Meine jüngere Tochter hingegen bereitet sich auf den Eintritt in ein nahe gelegenes Kloster vor, sonst wäre sie sicherlich gerne mitgeritten«, gab Ulfried bereitwillig Auskunft.

»Melinda hat eine Schwester?« Wulf war überrascht.

Ulfried lachte. »Die beiden sind vollkommen verschieden. Franka verfügt bei Weitem nicht über Melindas Liebreiz. Ihr werdet sie heute Abend kennenlernen.«

Sicherlich war Franka unansehnlich, und vielleicht hatte man sie deshalb gestern sogar absichtlich von der Tafel ferngehalten, vermutete Wulf und ließ die Angelegenheit auf sich beruhen. Stattdessen ertappte er sich dabei, wie er bei ihrem Ritt durch den Wald vergebens nach der Fuchsstute Ausschau hielt.

Zurück im Dorf, zeigte Ulfried ihnen das hölzerne Gotteshaus, das auf einem kleinen überschaubaren Marktplatz errichtet worden war, der von Fachwerkhäusern gesäumt wurde. Die Gassen waren breit genug, dass ein Karren und ein Reiter einander passieren konnten. Die Menschen, die Ulfried und seinen Gefährten begegneten und sie ehrerbietig grüßten, machten auf Wulf einen gesunden und zufriedenen Eindruck. Für vieles hatte der Ritter jedoch kaum einen Blick. Mittlerweile brannte er regelrecht darauf, zum Haus des Schmieds zu gelangen. Doch durch so viele Gassen Ulfried sie auch führte, eine Schmiede war nicht dabei. Also entschloss sich Wulf, ihn danach zu fragen.

»Selbstverständlich haben wir einen Schmied. Sein Gewerk liegt am anderen Ende des Dorfes.«

Je weiter sie kamen, desto einfacher wurden die Behausungen. Die des Schmieds bestand aus einfachen Bohlen, an die sich ein Unterstand anschloss. In diesem stand ein Mann, der Wulf sogleich an einen Bären erinnerte. Die langen drahtigen Haare hatte er zu einem Zopf gebunden, sein Gesicht war durch den schwarzen Bartwuchs kaum zu erkennen. Er trug einen speckigen Lederkittel, der die Brust bedeckte, die entblößten und dicht behaarten Arme jedoch frei ließ.

Mit Wucht schlug er den Hammer auf den Amboss und brachte das Hufeisen in Form. Der Mann sah auf. Seine Augen erschienen Wulf wie Kohlen, und er fragte sich sofort, wie dieser Mann der Vater des Mädchens aus dem Wald sein konnte. Der Schmied ließ den Hammer sinken und verneigte sich.

Wulf beugte sich im Sattel vor. »Bist du der einzige Schmied hier?«

Der Mann straffte sich. »Das bin ich, Herr.«

»Hast du Kinder?«

Mochte dem Schmied die Frage auch ungewöhnlich vorkommen, er nickte und deutete auf einen plumpen jungen Mann, der am Blasebalg stand. »Einen Sohn und drei Töchter, Herr.«

Drei Töchter! Unwillkürlich musste Wulf grinsen. Er konnte sich zwar weder vorstellen, wie ein solcher Klotz ein Mädchen wie jenes hatte zeugen können, noch, wie er sich ein Pferd leisten konnte, doch im Moment war der Ritter sehr zufrieden. »Ich schicke dir heute Nachmittag meinen Stallmeister vorbei, eines meiner Begleitpferde hat ein lockeres Eisen.« Der Mann verneigte sich erneut, und Wulf setzte den Ritt gut gelaunt fort. Ulfrieds erstaunten und Anselms misstrauischen Blick ignorierte Wulf geflissentlich.

Die Sonne hatte ihren Zenit bereits seit einiger Zeit überschritten, als Wulf den kleineren der beiden Ställe auf dem Rittersitz betrat. Hier waren die Gastpferde untergebracht. Er tätschelte seiner Stute Samara zärtlich den Hals, bevor er sich den anderen Pferden zuwandte. Nacheinander hob er die Hufe an und begutachtete die Eisen.

»Sind alle noch fest«, ertönte die stets etwas brummig wirkende Stimme seines Stallmeisters.

Wulf schreckte zusammen. Eigentlich hätte er sich denken können, dass sich der pflichtbewusste Hagen immer in der Nähe seiner Schützlinge aufhielt. Wulf lächelte den kleinen, kantigen Mann an. Er war dem Schmied nicht unähnlich, wenn auch nicht so behaart. Auch Hagen besaß eine kräftige Statur, einen dunklen Vollbart, jedoch kurzes schwarzes Haar, das an den Rändern bereits ergraute. Mit seinen dunklen Augen blickte er seinen Herrn wachsam an: »Ihr habt doch etwas vor.«

Schmunzelnd strich Wulf über die Kruppe des Rappen, neben dem er gerade stand. »Löse eines seiner Eisen und geh mit ihm zum Schmied. Er ist Vater von drei Töchtern. Finde für mich heraus, welche davon das Mädchen aus dem Wald ist.«

»Ich verstehe, Herr, sie bringt Euer Blut in Wallung«, grunzte Hagen.

»Wer?«

»Eure Braut natürlich, Melinda von Marienfeld. Selbst Euer Freund, das verkappte Mönchlein, konnte kaum den Blick von ihr abwenden. Verzeiht, Herr, aber weil ich Euch bereits als Kind auf den Knien geschaukelt habe, rede ich frei heraus. Bisher wusstet Ihr ein offenes Wort immer zu schätzen.«

»Das gilt auch weiterhin«, bestätigte Wulf. »Trotzdem möchte ich kein schlechtes Wort gegen Anselm hören. Was genau willst du mir über Melinda sagen?«

»Eure Braut kann einen Mann um seinen Verstand bringen. Doch da Ihr sie erst nach der Hochzeit Euer Eigen nennen dürft, braucht Ihr natürlich jemanden, der Euch die Zeit auf angenehme Weise verkürzt.«

Wulf sagte nichts dazu. Ein romantisches Abenteuer hatte er nicht im Sinn. Er wusste selbst nicht, was ihn trieb, das Mädchen zu finden.

»Oder ist es etwa die Kleine selbst«, wollte Hagen neugierig wissen.

»Bitte?«

Jetzt senkte sein Gegenüber den Blick. »Es ist natürlich Unsinn, aber das Mädchen hat etwas an sich, von dem ich annehme, dass es Euch reizen könnte.«

»Lass das Denken sein und erledige die Aufgabe, die ich dir aufgetragen habe«, sagte Wulf scharf. Seinem Geldbeutel am Gürtel entnahm er ein paar Münzen und legte sie Hagen in die ausgestreckte Hand. »Kaufe davon Wein für dich und den Schmied, das wird seine Zunge lösen, falls er etwas verstockt ist.«

Der Stallmeister grinste und machte sich daran, dem Rappen ein Eisen zu lockern.

Zurück in der Kammer, die Wulf mit Anselm teilte, stand der Ritter an der Maueröffnung. Von hier aus konnte er auf den Vorhof sehen. Ungeduldig trommelte er mit den Fingern gegen die Wand. Wo blieb der Stallmeister nur? Es schien ihm eine Ewigkeit her zu sein, dass er Hagen ausgeschickt hatte.

Anselm saß derweil auf der Bettstatt. Er zupfte an der Laute, während er leise vor sich hin summte. Sein Spiel endete plötzlich mit einem disharmonischen Ton. »Wulf, auf was wartest du eigentlich? Melinda siehst du ohnehin erst beim Nachtmahl wieder.«

»Ich frage mich, warum Hagen so lange braucht.«

Anselm winkte ab. »Du kennst ihn doch. Wahrscheinlich ist er über einen gefüllten Weinkrug gestolpert. Er wird schon noch kommen.«

Seufzend blickte Wulf erneut hinaus. »Anselm?«, begann er vorsichtig, obwohl er bereits zu wissen glaubte, wie sein Freund reagieren würde.

»Was ist denn?«

Wulf atmete tief durch, bevor er den Sprung ins Eiswasser wagte. »Mir geht das Mädchen nicht mehr aus dem Sinn.«

Anselm runzelte die Brauen. »Welches Mädchen?«

»Das aus dem Wald«, antwortete Wulf kopfschüttelnd, weil sein Freund die Kleine offenbar bereits vergessen hatte.

»Tatsächlich? Und weshalb ist das so?«

»Das weiß ich selbst nicht. Ich muss nur ständig an sie denken«, setzte Wulf zögernd hinzu.

»Deshalb also hast du den Schmied nach seinen Kindern gefragt.« Eine steile Falte erschien auf der Stirn seines Freundes. »Du wirst eine der schönsten Frauen heiraten, die der Herr je erschaffen hat – wenn nicht sogar die Schönste –, und der glücklichste Mann auf Erden werden. Was willst du mit dem frechen Mädchen? Sie ist nur leidlich hübsch und entspricht nicht deinem Stand. Vergiss sie.«

»Dieses Mädchen wirkte so lebendig, Melinda kommt mir dagegen kraftlos vor«, gab Wulf zu.

»Wie kannst du so etwas sagen?«, entrüstete sich Anselm. »Melinda ist überirdisch schön, anmutig und gebildet. Sie würde nie mit einem Messer auf ein Schwein einstechen.«

»Das ist es ja gerade«, erwiderte Wulf leise. »Den Mut könnte sie niemals aufbringen.«

»Mut nennst du das jetzt?«, fauchte sein Freund. »Gestern hatte ich den Eindruck, du empfandest das als Dummheit, gepaart mit Leichtsinn.«

»Stimmt, aber dennoch fand ich das Mädchen bewundernswert. Sie hat nicht aufgegeben und echten Kampfgeist bewiesen.«

»Das tun tollwütige Hunde auch«, bemerkte Anselm giftig. »Schlag sie dir aus dem Kopf.«

Wulf wurde einer Antwort enthoben, weil in diesem Augenblick das langersehnte Hufgeklapper zu hören war.

Sofort machte Wulf sich auf den Weg nach unten und schlich sich, von Hagen unbemerkt, in den Stall. Er beobachtete, wie der Mann etwas unbeholfen den Strick des Rappen an dem Eisenring in der Mauer befestigte. Der Stallmeister zuckte zusammen, als er sich umdrehte und seinen Herrn direkt vor sich sah. Der Blick aus Hagens Augen war glasig, und sein Atem roch nach Wein.

»Was hast du erreicht?«, fragte Wulf ungeduldig. »Hast du die Töchter des Schmieds gesehen?«

Sein Gegenüber nickte. »Alle drei, aber ich musste lange auf die Mädchen warten. Deshalb komme ich erst jetzt.« Hagen war sichtlich um eine klare Aussprache bemüht.

»Währenddessen hast du dir die Zeit ausgiebig mit Weintrinken vertrieben«, stellte Wulf fest, ehe er fortfuhr: »Welche ist es? Was hat sie gesagt, und welchen Vorwand hast du benutzt, damit der Schmied sie dir alle vorstellt?«

»Nicht so ungestüm, junger Herr«, brummte Hagen, während er sich ausgiebig am Kopf kratzte. »Ihr werdet alles erfahren, allerdings der Reihe nach. Sonst komme ich in meinem Zustand noch durcheinander.«

Wulf verzog den Mund, schickte sich aber in Geduld. Er

wusste aus Erfahrung, dass es nichts nutzte, einen halb betrunkenen Hagen zur Eile anzustacheln.

»Als ich ankam«, begann der Stallmeister bedächtig, »waren der Schmied und sein Sohn bei der Arbeit. Das Eisen war schnell wieder befestigt. Ich sagte dem Mann, ich hätte gehört, er besäße drei wunderschöne Töchter, und ich wäre auf der Suche nach einem Weib. Vielleicht befände sich eines der Mädchen im heiratsfähigen Alter.«

»Du willst heiraten?«, grinste Wulf.

Hagen winkte ab. »Der Schmied war nicht abgeneigt. Die jüngste Tochter war bei ihrer Mutter in der Hütte. Kleines schmächtiges Ding, das mir bis hierhin reichte.« Hagen hob die Hand in Höhe seiner Taille. »Ein bisschen zu jung, sagte ich. Die zweite Tochter war unterwegs. Als sie endlich zurückkehrte, stellte sich heraus, sie ist vierzehn Jahre alt, mit teigiger Haut und vielen Pickeln im Gesicht.« Hagen schüttelte sich.

Sein Gewicht ständig von einem Fuß auf den anderen verlagernd, hatte Wulf dem Bericht gelauscht. Nun beugte er sich vor. »Es ist also die älteste Tochter.«

»Unterbrecht mich nicht. Wo war ich? Also, das älteste Mädchen. Um nicht unnötig zu warten, fragte ich den Vater nach dem Alter. Siebzehn war genau die Zahl, die ich hören wollte. Ich schickte die zweite Tochter los, einen weiteren Krug aus der Schenke zu besorgen. Als sie zurückkam, war die Älteste immer noch nicht da.«

Wulf verdrehte die Augen. »Können wir das ein wenig abkürzen?«

»Einen Augenblick Geduld noch. Der Schmied und ich leerten den Krug, und ich schickte das Mädchen nochmals los und dann noch ein drittes Mal. Endlich kam die älteste Tochter. Mich hat fast der Schlag getroffen, als ich sie sah.«

»Sie war es also«, fiel Wulf seinem Stallmeister atemlos ins Wort.

»Nein!«, donnerte der. »Sie war es nicht. Ihre Hüften sind bereits jetzt breiter als die Eurer Stute. Ihre Haare glänzten, als wären sie eingeölt, und sie roch nach ranziger Butter.«

»Hör auf«, befahl Wulf unter Würgen. »Den Rest kann ich mir denken.« Er klopfte Hagen auf die Schulter. »Trotzdem danke, mein Freund. Leg dich hin und schlafe deinen Rausch aus. Ich werde die Kleine schon noch finden – und wenn ich ganz Marienfeld auf den Kopf stellen muss.«

Verstimmt kehrte Wulf in seine Kammer zurück. Zum Glück war sein Freund fort, Anselms Fragen hätte er nur ungern beantwortet. Lang streckte Wulf sich auf der Bettstatt aus. Mit hinter dem Kopf verschränkten Händen starrte er an die Decke. Das Mädchen musste ihn belogen haben. Doch so schnell würde er nicht aufgeben. Wulf nahm sich vor, gleich morgen mit der Suche nach der Fuchsstute zu beginnen.

Die Zeit des Nachtmahls war beinahe gekommen, als die Tür zu Frankas Kammer geöffnet wurde und ihre Mutter eintrat. Lächelnd ging Heimlinde auf ihre Tochter zu. »Franka, dein Vater und ich wünschen, dass du heute Abend mit uns speist. Wir möchten nicht, dass unser zukünftiger Schwiegersohn den Eindruck gewinnt, wir wollten dich vor ihm verbergen.«

Für einen Augenblick war Franka unfähig, sich zu rühren. Zum Glück saß sie gerade auf der Bank vor der Maueröffnung und hatte in der Bibel gelesen, sonst wäre ihrer Mutter sicherlich das Zittern ihrer Knie aufgefallen. Die Heilige Schrift fest umklammernd, fragte Franka: »Ist das wirklich unumgänglich?«

Die grünen Augen ihrer Mutter ruhten verständnisvoll auf ihr, der harte Zug um den Mund wurde etwas weicher. »Ich weiß, dass du dir nichts aus Männern machst, doch Wulfgar vom Röllberg wird bald zur Familie gehören. Deshalb ist es angebracht, dass du beim Mahl erscheinst, um ihn kennenzulernen.«

Franka nickte ergeben. Auf dem schmalen Gesicht ihrer Mutter erschien ein kurzes Lächeln, während sie eine rötlichbraune Haarsträhne, die sich hervorgewagt hatte, zurück unter das Gebände schob. »Es genügt, wenn du dich so schlicht kleidest wie gewöhnlich«, gab sie ihrer Tochter für den Abend mit auf den Weg, bevor sie die Kammer verließ.

Kaum hatte ihre Mutter die Türe hinter sich zugezogen, ließ Franka die Bibel neben sich auf die Bank fallen und schlug die Hände vors Gesicht. Was sollte sie nur tun? Sie durfte sich dem Wunsch der Eltern nicht widersetzen, doch konnte sie Wulf jetzt schon gefahrlos gegenübertreten? War ausreichend Zeit seit ihrer Begegnung vergangen, dass er sie vergessen hatte? Wahrscheinlicher war, dass er sie erkannte und verriet. Wenn nicht er, dann zumindest sein Freund.

Seufzend ließ Franka die Hände sinken, verknotete die Finger. Es gab nur eine Möglichkeit: Sie musste Wulf vorher aufsuchen und unter vier Augen sprechen. Nachdem sie den Entschluss gefasst hatte, öffnete Franka die Eichentruhe, die in einer Ecke ihrer Kammer stand. Ihre Hände bebten, als sie darin wühlte. Frankas Kleidung war im Hinblick auf ihren künftigen Lebensweg ohnehin einfacher gehalten als für ihre Stellung üblich. Nach einer Weile entschied sie sich für ein schlichtes schwarzes Gewand und band ihre Haare zu einem Knoten zusammen. Dies ließ sie älter und strenger wirken. Wenn es nach ihr ginge, wären die Haare schon längst abgeschnitten worden, doch ihr Vater hatte dem energisch widersprochen. Für ihn war es früh genug, wenn die Pracht im Kloster dem Messer zum Opfer fiel.

Bedrückt verließ Franka gerade ihre Kammer, als Agnes, eine der Mägde, auf sie zukam. »Euer Vater schickt mich, Ihr werdet in der Halle erwartet.«

»Sag ihm, ich komme gleich.« Gehorsam kehrte die Magd um, während sich Franka mit geschlossenen Augen an die Wand lehnte. Betend legte sie ihre Hände aneinander. »Bitte, Maria, mach, dass er mich nicht erkennt oder zumindest das Geheimnis unserer Begegnung im Wald bewahrt. Ich werde auch zehn Ave-Maria für dich beten.« Ein letztes Mal holte Franka tief Luft, bevor sie ihren Weg Richtung Palas fortsetzte.

4. Kapitel

Nachdem Wulf beschlossen hatte, zunächst mit der Suche nach der Fuchsstute fortzufahren, besserte sich seine Laune. Am liebsten hätte er gleich damit begonnen, doch zuvor musste er den Abend in Gesellschaft seiner zukünftigen Braut und ihrer Familie verbringen und gepflegte Konversation betreiben.

Als Wulf die Halle betrat, waren die Mägde noch dabei, die Tafeln einzudecken, begleitet von Anselms kritischen Blicken. In Ulfrieds Haushalt gab es für jeden Gast und jedes Familienmitglied einen Teller aus Zinn, ein eigenes Messer und einen Löffel, während die Bediensteten ohne Geschirr und mit nur einer Schüssel vorliebnehmen mussten, aus der sich alle gemeinsam bedienten.

Da er sich etwas vor der Zeit eingefunden hatte, betrachtete Wulf nun einen der Wandbehänge genauer, der ihm schon gestern aufgefallen war. Er hing gegenüber der Feuerstelle und stellte eine Jagdszene dar. Unwillkürlich musste der Ritter schmunzeln, während er das Wildschwein betrachtete, aus dessen Schulter ein Speer herausragte. Hunde hatten den Keiler umstellt, und einer hatte sich in dessen Nacken verbissen.

Die eiserne Ranke, die sich rings um den Teppich schmiegte, erweckte seine Aufmerksamkeit. Sie war mit filigranen Blättern verziert, die Wulf an Efeu erinnerten. Mit den Fingern fuhr er über das Kunstwerk.

»Ich habe es selbst gefertigt«, sagte Ulfried hinter ihm.

Wulf drehte sich um. »Ihr höchstpersönlich?«

Sein Gastgeber nickte. »Wenn es meine Zeit erlaubt, entwerfe ich Kunstwerke aus Eisen.«

»Es ist Euch ausgezeichnet gelungen«, lobte Wulf. »Wärt Ihr nicht ein Mitglied des Adels, behauptete ich, ein äußerst begabter Schmied ist an Euch verloren gegangen.«

Ulfried lachte. »Das sagt meine Tochter auch immer.«

»Melinda?«, rutschte es Wulf ungläubig heraus.

»Aber nein«, winkte der Hausherr ab, »meine jüngere Tochter, Franka. Ihrer Meinung nach bin ich würdig, den Titel ›Der erste Schmied von Marienfeld‹ zu tragen.«

Für einen Augenblick schien Wulfs Herz auszusetzen. Er hatte das Mädchen aus dem Wald gefunden. »Ich würde Eure Tochter gerne kennenlernen«, brachte er hervor und ärgerte sich, weil seine Stimme plötzlich heiser klang.

Doch Frankas Vater bemerkte es nicht. »Das werdet Ihr«, versprach er. »Sie wird gleich mit uns das Nachtmahl einnehmen. Ich erzählte Euch schon, dass sie in ein Kloster eintreten wird. Deshalb macht sie sich gerne rar, wenn männliche Gäste anwesend sind. Doch ich muss Euch warnen. Franka hat für ein Weib einen sehr wachen Verstand. Ich empfehle Euch, sie nicht zu reizen, denn ihre Zunge ist schärfer als Euer Schwert.«

Während Ulfried sich einer Magd zuwandte und ihr auftrug, Franka zu holen, gelang es Wulf nur mit Mühe, gleichmäßig zu atmen. Dieses temperamentvolle Wesen konnte er sich nicht hinter Klostermauern vorstellen. »Will Eure Tochter denn Nonne werden?«, fragte er und hielt erneut die Luft an.

Sichtlich erstaunt musterte Ulfried seinen Gast und sagte ein wenig barsch: »Es geht nicht darum, was sie will.«

»Natürlich nicht«, lenkte Wulf sofort ein. »Ich meinte vielmehr, was ist der Grund dafür?«

Eine kleine Weile antwortete Ulfried nicht. Wulf hatte den

Eindruck, als wüsste der Hausherr nicht, ob er ihm die Wahrheit anvertrauen sollte. »Ich erfülle damit ein Versprechen, das ich Gott gegeben habe«, begann er zögerlich. »Im Alter von drei Jahren wurde Melinda plötzlich sehr schwer krank. Sie war damals bereits ein goldiges Geschöpf und glich einem Engel. Ich war völlig verzweifelt, da niemand ihr helfen konnte. Alle Aderlässe erwiesen sich als nutzlos. Heiligenbilder, Weihwasser, wir haben alles versucht, nichts zeigte Wirkung. Ich konnte mich nicht damit abfinden, mein kleines Mädchen zu verlieren.« Ulfrieds Augen wurden feucht.

»Wie habt Ihr sie retten können?«, wollte Wulf wissen.

»Ein Mönch brachte mich auf den Einfall. Er sagte, Gott wolle das Mädchen zu sich holen. Wenn ich geloben würde, sie dem Herrn zu weihen, würde sie bestimmt wieder gesund werden. Konnte ich es zulassen, ihre Schönheit in einem Kloster zu verstecken, anstatt sie Männerherzen erfreuen zu lassen? Obwohl Franka noch klein war, war ersichtlich, dass ihre Erscheinung niemals an die ihrer Schwester heranreichen würde. Ich versprach dem Herrn, ihm Franka zu geben, wenn er nur Melinda wieder gesund werden ließe. Wie Ihr seht, hat Gott den Handel angenommen, sonst wäret Ihr heute nicht hier.«

»Ich würde um Franka werben«, murmelte Wulf.

Ulfried ließ ein trockenes Lachen hören. »Mit Sicherheit nicht.«

»Wenn sie so schwierig ist, wie Ihr behauptet, wird sie es in einem Kloster nicht leicht haben«, wandte Wulf ein.

Mit einer Handbewegung wischte Ulfried die Mutmaßung beiseite. »Franka macht sich das Leben oft selbst schwer. Wir haben sie auf die geistliche Laufbahn vorbereitet. Sie kennt ihre Pflicht.«

»Ihre Pflicht?«, hakte Wulf nach. »Also weiß sie von Eurem Handel mit Gott?«

Erneut betrachteten ihn die blauen Augen seines Gegenübers kritisch, ehe Ulfried den Kopf schüttelte. »Wir haben Franka erzählt, es sei in unserer Familie Tradition, die jüngere Tochter in Gottes Dienst zu geben.«

»Glaubt Melinda das auch?«

Ulfrieds Lippen wurden schmal. »Ihr stellt gerne Fragen, darin seid Ihr Franka ähnlich. Kann ich mich auf Euer Stillschweigen in dieser Angelegenheit verlassen?« Ein wenig widerstrebend nickte Wulf.

Zufrieden klopfte Ulfried ihm auf die Schulter. »Melinda kennt die Wahrheit«, gab er schließlich zu.

Wulf sagte nichts darauf. Er fragte sich, wie es für Franka gewesen sein musste, im Schatten einer über alles geliebten Schwester aufzuwachsen. Mitgefühl stieg in ihm auf. »Es ist ungewöhnlich, dass sie noch nicht im Kloster lebt«, sagte Wulf neugierig.

»Das war der Wunsch ihrer Mutter. Franka soll erst nach Melindas Vermählung das Haus verlassen.«

Einer Antwort wurde Wulf enthoben, weil in diesem Moment Melinda die Halle betrat und die Blicke aller auf sich zog. Anselm verließ seinen Platz an Heimlindes Seite, mit der er sich die ganze Zeit unterhalten hatte, und trat auf Wulf zu. Melinda schenkte beiden ein hoheitsvolles Lächeln, während sie auf die Tafel zuschritt. Nur Franka fehlte jetzt noch. Die Magd, die sie hatte holen sollen, war bereits wieder zurück und hatte sich zu dem übrigen Gesinde gesellt.

Wulf wurde unruhig. Das Mädchen würde es doch nicht wagen, sich ihrem Vater zu widersetzen? Wahrscheinlich stand sie gerade tausend Ängste aus, Wulf könnte sie verraten.

Der Gesichtsausdruck seines Gastgebers wurde zornig. Ulfried schien gerade die Geduld zu verlieren, als eine Bewegung an der Treppe Wulfs Aufmerksamkeit dorthin lenkte. Da stand sie, gekleidet in ein schlichtes, schwarzes Gewand, das Haar straff nach hinten gekämmt und zu einem Knoten gebunden. Den Blick hielt sie züchtig gesenkt. Langsam, beinahe scheu ging sie die Stufen hinab. Als sie das Ende der Treppe erreicht hatte, steuerte Franka geradewegs auf Wulf zu. Erst als sie direkt vor ihm stand, reckte sie das Kinn vor, und ihre grünen Augen blitzten ihn warnend an.

Überrascht holte Anselm Luft. Wulf machte einen Schritt zur Seite und trat seinem Freund heftig auf den Fuß. Ehe jemand etwas äußern konnte, verneigte sich der Ritter vor Franka. Er zwinkerte der jungen Frau unbemerkt zu. »Ich freue mich außerordentlich, endlich Eure Bekanntschaft zu machen, Franka von Marienfeld.«

***

Vor lauter Erleichterung hätte Franka weinen können. Wulf hatte sie verstanden und sogar seinen Freund von einer Torheit abgehalten. Ihr Lächeln fiel warmherziger aus, als sie es beabsichtigt hatte. »Die Freude ist ganz auf meiner Seite. Meine Schwester hat mir viel von Euch berichtet.«

»Tatsächlich? Nur Gutes hoffe ich.« Der Ritter hob die Augenbrauen, als wollte er fragen, woher Melinda ihr Wissen über ihn hatte.

»Deshalb also«, mischte sich Ulfried ein. »Ich habe mich schon gewundert, Franka, woher du wusstest, welcher der beiden jungen Herren dein Schwager wird.« Er legte Wulf kurz die Hand auf die Schulter. »Weibsbilder erzählen sich immer alles.«

Wulf blickte Franka an. »Ist dem so?«

Sie glaubte zu wissen, worauf er hinauswollte, und schüttelte den Kopf. »Auch Frauen können ein Geheimnis bewahren.« Er schien mit der Antwort zufrieden zu sein, während sein Freund nachdenklich die Stirn runzelte.

Sie setzten sich an die der Familie und ihren Gästen vorbehaltene Tafel, auf der die Bediensteten köstlich riechende Speisen abgestellt hatten.

Angespannt schnellte Frankas Blick immer wieder zu Wulf hinüber, der ihr schräg gegenübersaß und genüsslich Stücke des gebratenen Schwans verspeiste. Als er aus seinem Becher trank, sah er sie an. Sofort senkte Franka den Kopf.

»Weshalb wolltet Ihr uns nicht schon früher mit Eurer Anwesenheit erfreuen«, wollte Wulf wissen.

»Bald werde ich in den Konvent der Barmherzigen Schwestern eintreten. Es ist dazu noch einiges vorzubereiten«, antwortete Franka leise und griff nach einem Stück Brot.

»Nehmt Ihr so viel Gepäck mit? Ich dachte immer, persönlicher Besitz sei verboten.«

Franka bemerkte das belustigte Funkeln in seinen Augen, und ihre Lippen wurden schmal. »Ihr spottet.«

»So etwas würde mir im Traum nicht einfallen. Was also ist der wahre Grund?« Ein wenig beugte sich Wulf über die Tischplatte und sah Franka aufmerksam an.

»Franka wollte uns Zeit lassen, um uns besser kennenzulernen«, antwortete Melinda an ihrer Stelle. »Manchmal geht das Temperament mit ihr durch, und sie hat schon viele Besucher vor den Kopf gestoßen. Es würde kein gutes Bild auf diese Familie werfen.«

»Darüber braucht sich eine schöne Statue, wie du es bist, ja keine Gedanken zu machen«, fauchte Franka errötend. Wie kam ihre Schwester nur darauf, einen solchen Unsinn zu erzählen? Melinda hatte sie gerade vollkommen vor ihrem Bräutigam blamiert. Verärgert bemerkte Franka, wie Wulf vergeblich darum kämpfte, sich ein Grinsen zu verkneifen.

Melinda verzog das Gesicht. Sie seufzte laut, und ihre blauen Augen richteten sich Mitleid heischend auf Wulf und

Anselm. »Das war nur eine kleine Kostprobe ihrer Scharfzüngigkeit.«

»Ihr werdet es im Kloster nicht einfach haben, wenn Ihr nicht lernt, Euer Mundwerk im Zaum zu halten«, kam Anselm Melinda zu Hilfe, während Wulf seinen Freund überrascht ansah.

Sofort richtete sich Frankas Zorn auf ihr Gegenüber. »Ach ja? Was wisst Ihr denn von Mönchen und Nonnen?«

»Alles«, meldete sich Wulf zu Wort. Er legte Anselm die Hand auf den Unterarm. »Und wenn Ihr jetzt nicht einen ellenlangen Monolog über die Vorzüge und Wichtigkeit einer klösterlichen Gemeinschaft hören wollt, empfehle ich Euch dringend, das Thema zu wechseln.«

»Warum werdet Ihr nicht Mönch, wenn Euch danach ist?«, fragte Franka, Wulfs Rat bewusst ignorierend.

»Ich darf nicht«, lautete Anselms Antwort. Dann erklärte er den beiden Frauen ausführlich, weshalb ihm von seinem Vater der Eintritt in ein Kloster verwehrt wurde, und erging sich schließlich in epischer Breite über seine Bewunderung für den geistlichen Stand.

Franka begann, in den Resten ihres Essens herumzustochern. Anselms Vortrag interessierte sie tatsächlich nicht besonders. Sie wurde erst wieder aufmerksam, als Anselm sie direkt ansprach: »Ihr habt wahrlich Glück, dass Ihr dieser Welt entsagen dürft. Verbergt Euer Antlitz demütig unter dem Schleier, hütet Eure Zunge und brecht keine Regeln, dann wird Euch das Kloster Ruhe und Frieden geben.«

»Was soll das heißen: *verbergt Euer Antlitz*?«, wollte Franka wissen.

Anselm begann zu stottern und sah dabei Melinda an.

»Wisst Ihr, was ich am Klosterleben am meisten genießen werde?«, brauste Franka auf, ohne Anselms Antwort abzuwarten. »Nicht mehr mit Männern zusammen sein zu müssen, die besser gucken können als denken.«

»Franka!«, donnerte ihr Vater, während er mit der Faust auf die Tafel schlug. »Genug jetzt.«

»Eure Tochter scheint keine guten Erfahrungen gemacht zu haben«, mischte Wulf sich ein.

»Allerdings«, ereiferte sich Franka, ehe ihr Vater etwas erwidern konnte. »Männer sind alle gleich.«

»Nicht alle«, widersprach Wulf entschieden. »Es gibt viele, die unter die Oberfläche sehen. Auch Euch ist schon ein solcher Mann begegnet, wenn Ihr geruht, ein wenig nachzudenken.«

»Verzeiht«, gab sich Franka zerknirscht. »Natürlich habt Ihr recht, ich kenne tatsächlich einen.« Die grauen Augen des Ritters ruhten fragend auf ihr, während er den Atem anzuhalten schien. Sanft fuhr Franka fort: »Er hängt am Kreuz über meinem Bett.«

Anselm verschluckte sich, Melinda schüttelte den Kopf, Ulfried rang nach Luft, und Wulf schien sich plötzlich mächtig für seinen leeren Teller zu interessieren. Zum ersten Mal meldete sich Frankas Mutter zu Wort. »Ich glaube, Franka ist übermüdet.« Heimlinde lächelte entschuldigend in die Runde, doch ihre grünen Augen blickten kalt auf die beiden Gäste. »Es ist besser, wenn sie sich für heute zurückzieht.«

»So ist es«, pflichtete Ulfried seiner Gemahlin bei. »Du wirst jetzt sofort in deine Kammer gehen.«

Franka erhob sich sogleich. Sie hörte noch, wie Anselm seinem Freund zuflüsterte, Frankas Vorbereitungen auf das Leben im Kloster würden wohl noch viel Zeit in Anspruch nehmen. Wulf antwortete nicht. Doch als Franka die Treppe hinaufging, spürte sie seine Blicke im Rücken.

Zurück in ihrem Gemach, warf sie sich auf die Bettstatt und weinte. Sie hatte sich unmöglich benommen, dabei hatte sie so gute Vorsätze gehabt. Was mochte Wulf jetzt nur von ihr denken?

Wenig später betrat Heimlinde Frankas Kammer. Sie setzte sich neben ihre Tochter auf die Bettkante und streichelte ihr zärtlich über das Haar. »Franka, was ist geschehen? So kenne ich dich gar nicht. Bedrückt dich etwas?«

Ihre Tochter nickte zaghaft. »Ich kann nicht mit dem Eintritt in den Konvent bis nach Melindas Hochzeit warten.«

Heimlinde sah ihre jüngere Tochter scharf an. »Wirst du mir erzählen, weshalb?« Sie machte eine Pause, doch Franka schwieg. »Ist es dir ein so starkes Bedürfnis, unserem Herrn zu dienen, oder hat es mit Wulfgar vom Röllberg zu tun?«

Frankas Erstaunen war echt. »Wie kommt Ihr darauf?«

Ihre Mutter zuckte mit den Schultern. »Es ist so ein Gefühl. Als ich euch beide heute zusammen gesehen habe, kam mir der Gedanke, dass ihr euch bereits begegnet seid.« Ihre grünen Augen musterten die schweigende Franka eindringlich. Leise seufzte Heimlinde. »Wie dir bekannt ist, warst du neben Melinda für Männer immer unsichtbar. Doch Wulfgar hat dich den ganzen Abend lang beobachtet. Er ließ sich nicht einmal durch deine lästerlichen Äußerungen verschrecken. Ich hatte sogar den Eindruck, er amüsierte sich, obgleich er sich alle Mühe gab, dies zu verbergen.«

»Ich versichere Euch, Mutter, meine Bestimmung ist das Kloster, ich werde keine Schmach über unser Haus bringen«, antwortete Franka, deren Herz plötzlich schneller klopfte.

»Demnach brauche ich mir keine Sorgen zu machen.« Der herbe Zug um Heimlindes Mund, der ihr Gesicht immer wie gemeißelt erscheinen ließ, entspannte sich etwas. Fürsorglich strich sie ihrer Tochter erneut über den Scheitel. Diesmal fühlte sich Franka ein wenig getröstet.

»Du wirst deinen Weg gehen, das spüre ich genau. Keinem Mann wird es gelingen, dich davon abzubringen. Ist es nicht so, mein Liebling?«

»Niemand wird das schaffen, Mutter«, versprach Franka fest.

Heimlinde lächelte ihre Tochter jetzt sichtlich erleichtert an. »Ich weiß, du wirst mich nicht enttäuschen. Schlaf jetzt, damit du morgen ausgeruht bist und dich von deiner besten Seite zeigen kannst. Unsere Gäste sollen doch sehen, wie folgsam und wohlerzogen du bist.« Gehorsam nickte Franka.

Nachdem ihre Mutter gegangen war, lag sie noch lange wach. In den letzten beiden Tagen hatte Franka zu viel gegrübelt und nicht genügend geschlafen. Sie würde morgen die Rote Trude aufsuchen. Die Heilerin hatte für fast alle kleineren und größeren Unpässlichkeiten ein Gegenmittel, auch gegen Schlaflosigkeit und einen schmerzenden Kopf. Stöhnend kniete Franka sich neben ihre Bettstatt und begann, die zehn Ave-Maria zu beten, die sie der Heiligen Jungfrau versprochen hatte, sofern Wulf sie nicht verriet.

Am nächsten Tag ließ Franka ihre Stute satteln. Sie war in Gedanken versunken und freute sich auf den kurzen Ausritt. »Wohin wollt Ihr?«, fragte plötzlich eine barsche Stimme in ihrem Rücken. Wulf musste von ihr unbemerkt in den Hof getreten sein.

Erschrocken fuhr Franka herum. Ihr Herz pochte bei seinem Anblick schon wieder schneller. »Müsst Ihr Euch denn so anschleichen?« Der Ritter sah sie abwartend an, als wollte er sagen, er wäre laut genug gewesen, um gehört zu werden. »Zu unserer Heilerin«, gab sie zu, als ihr klar wurde, dass er nicht weiter auf ihren Ausruf reagieren würde.

»Seid Ihr krank?«

Sein Blick wirkte besorgt, und Franka schüttelte den Kopf. »Ich muss nur meinen Heilmittelvorrat für kleinere Unpässlichkeiten ein wenig aufstocken.«

»Ich reite mit Euch«, sagte er in einem Ton, der keinen Widerspruch duldete.

»Weshalb?«, wollte Franka überrascht wissen. »Es schickt sich nicht, dass Ihr mich dorthin begleitet. Wir sind nicht miteinander verwandt.«

»Als Frau alleine zu reiten schickt sich ebenfalls nicht, schon gar nicht als Junge verkleidet durch den Wald«, erinnerte er sie an ihr Abenteuer, dabei wollte sie doch nichts so gern, wie diesen Ausflug zu vergessen. Als Franka schwieg, setzte Wulf im Brustton der Überzeugung hinzu: »Wenn ich Euer Schwager werde, bin ich doch mit Euch verwandt. Insofern wird niemand etwas gegen meine Begleitung einzuwenden haben.«

»Meinetwegen«, gab Franka zögernd nach. Wulfs Lächeln war breit und schien echt zu sein. Verlegen senkte Franka den Blick.

Auch Wulfs Pferd war wenig später gesattelt, und kurz darauf verließen sie Seite an Seite Marienfeld und schlugen den Weg in Richtung Wald ein. Der Himmel war bedeckt, zum Glück regnete es noch nicht. Doch ein leichter Wind frischte auf und trieb von Westen dunkle Wolken heran.

»Wir sollten uns beeilen«, meinte Franka. »Es braut sich ein Gewitter zusammen. Trude lebt da vorne in dem Waldstück, es ist also nicht mehr weit. Los, Herr Ritter, wer zuerst am Waldrand ist.« Mit diesen Worten trieb Franka ihre Stute an und preschte davon.

Ihre Aufforderung hatte ihn überrascht, und so verlor Wulf zu Beginn etwas Zeit. Franka befand sich bereits ein gutes Stück vor ihm, als er sein Pferd angaloppierte. Doch je länger sich die Strecke hinzog, desto mehr holte er auf. Als Franka ihr Pferd am Waldrand durchparierte, war Wulf neben ihr. Ihrer beider Wangen glühten. »Noch ein wenig weiter und ich hätte Euch geschlagen«, behauptete Wulf fröhlich.

»Ich weiß«, antwortete Franka vergnügt.

Wulf warf den Kopf in den Nacken und lachte laut. »Ihr

seid eine Füchsin, Franka von Marienfeld, listig und frech dazu.«

»Nette Vergleiche stellt Ihr mit mir an: listiger Fuchs, frecher Dachs. Fallen Euch noch mehr Tiere ein, denen ich Eurer Meinung nach ähnlich bin?«, grinste sie. Das Geplänkel gefiel ihr.

Wulf beugte sich im Sattel zu ihr hinüber und sah sie durchdringend an. »Ihr habt wunderschöne Katzenaugen.«

Mit klopfendem Herzen wandte sich Franka ab. »Ich glaube, das genügt.«

Sie lenkte ihre Stute auf den Pfad, der sich vor ihnen durch das Unterholz in den Wald hineinschlängelte.

Nach kurzer Zeit erreichten sie eine Lichtung. Darauf stand eine Holzhütte, deren Dach mit Grassoden eingedeckt und an der seitlich ein Überstand angebaut war. Dort hingen kopfüber gebündelt Kräuter, Wurzeln und Blumen. Auf der anderen Seite der Behausung befand sich ein mit Steinbrocken umsäumtes Kräuterbeet.

Franka stieg ab und band ihr Pferd an einem der Äste eines liegenden Baumstammes fest. Wulf tat es ihr gleich.

Die junge Frau war bereits an die Hüttentür getreten und klopfte. »Ich bin es, Franka.«

»Komm herein«, ertönte eine raue Stimme.

Franka stieß die Tür auf und bedeutete Wulf, ihr zu folgen. Nur spärlich drang das Licht ins Innere. Die Hütte bestand aus zwei Räumen. Der vordere diente zum Schlafen, Wohnen und Essen. Der hintere war durch einen Vorhang abgetrennt.

Just in diesem Moment teilte er sich, und eine füllige Frau mit kupferfarbenem Haar schob sich hindurch. Sie wischte ihre Hände an der fleckigen Schürze ab. »Verzeih«, sagte sie, »wenn ich die Salbe nicht ständig rühre, verliert sie ihre Wirkung.« Ihr Blick fiel auf Wulf. »Wen hast du mir denn da mitgebracht, Liebes?«

»Das ist Wulfgar vom Röllberg, der künftige Gemahl meiner Schwester. Er wollte mich nicht alleine zu dir reiten lassen.«

»Soso«, murmelte Trude, ohne Wulf weiter zu beachten. »Womit kann ich dir denn diesmal dienen, Kind?«

»Ich schlafe schlecht, und oft tut mir der Kopf weh. Du hast doch bestimmt etwas, was mir helfen wird.«

»Sicher, setzt euch erst einmal an den Tisch. Ich mache einen Tee.« Trude verschwand wieder hinter dem Vorhang.

»Sie ist ein wenig unheimlich«, flüsterte Wulf Franka zu, während sie Platz nahmen. »Lebt sie hier ganz allein?«

»Ja«, wisperte Franka zurück. »Sie braucht keinen Mann, der ihr sagt, was sie tun soll.« Als Antwort hob Wulf lediglich eine Augenbraue.

Die Rote Trude kehrte zurück in den Raum, drei Leinensäckchen in der Hand. Aus einem schüttete sie getrocknete Kräuter in drei Tonbecher und füllte diese mit heißem Wasser auf, das sie aus dem Kessel über der Feuerstelle schöpfte. Sie stellte die Becher auf den Tisch. Die anderen Leinensäckchen gab sie Franka und erklärte, wie sie die Kräuter einnehmen sollte, damit sie ihre Wirkung entfalten konnten.

Franka zog ihren Lederbeutel hervor und legte Trude zwei Münzen auf den Tisch.

»Das ist aber großzügig«, platzte Wulf heraus.

»Das ist Trude auch. Die meisten Kranken können sie nicht bezahlen, und sie hilft ihnen dennoch. Also gebe ich ihr etwas mehr, denn ich habe genug«, antwortete Franka selbstbewusst.

Breit lächelte Wulf sie an, und der Blick, den er dabei auf ihr ruhen ließ, erschien Franka beinahe liebevoll. Für einen Moment schien es, als wollte er nach ihrer Hand greifen, unterließ es aber.

Die Heilkundige musterte Wulf eingehend. »Ihr möchtet Euch also mit Melinda vermählen?«

Auf Franka machte Wulf plötzlich den Eindruck, als hätte Trude versucht, ihm Tollkirschen als Delikatesse anzubieten. Die Freude, die noch Sekunden zuvor auf seinem Gesicht zu erkennen gewesen war, schien wie weggeblasen. Wulf öffnete den Mund, als wollte er etwas erwidern, doch es kam nur ein leises Krächzen heraus.

In Franka erwachte der Drang, ihn zu verteidigen. »Natürlich heiratet er meine Schwester. Du hättest sein Gesicht sehen sollen, als er sie das erste Mal erblickte.« Franka ignorierte den plötzlichen Stich in ihrer Brust, den die Erinnerung daran auslöste.

Wulf sah sie erstaunt an, sagte aber nichts dazu.

»Dann ist es ja gut«, meinte Trude. »Dankt Gott nachträglich, dass Melinda ihre schwere Krankheit überlebt hat. Sonst gäbe es keine Hochzeit mit der Schönheit.«

»Was weißt du davon?«, fragte Wulf überrascht.

»Melinda hatte hohes Fieber, wurde zusehends schwächer. Ihre Mutter war vollkommen verzweifelt, als sie mich aufsuchte. Herr Ulfried durfte nichts davon wissen, er hält nicht viel von mir, außerdem war ich damals noch ein unerfahrenes, junges Ding. Es dauerte eine Weile, bis ich das richtige Mittel fand.« Mit Blick auf den versteinert wirkenden Wulf setzte sie hinzu: »Dank der Unterstützung und den Fürsprachen der Heiligen wurde Eure Braut wieder gesund.«

»Du hast Melinda das Leben gerettet«, sagte Wulf nachdenklich.

»Mithilfe der Heiligen«, betonte Trude nochmals. »Trinkt jetzt besser Euren Tee. Ihr solltet Euch ein wenig beeilen, wenn Ihr trockenen Hauptes Marienfeld erreichen wollt. Das Gewitter kommt schnell näher.«

5. Kapitel

Der Himmel über ihnen zeigte noch ein Stückchen schmuddeliges Grau, doch in Richtung Marienfeld war er beinahe nachtschwarz. Ein Blitz zuckte über das Firmament, dem augenblicklich ein mächtiger Donner folgte. Frankas Pferd scheute kurz, und auch Wulfs Tier wurde unruhig. Vorsichtig folgten sie dem Pfad aus dem Wald.

Als sie dessen Rand erreichten, blickten sie auf einige Hütten. Vereinzelt platschten Tropfen auf das Paar nieder, deren Menge rasch zunahm. Der Wind zerrte heftig an ihren Haaren, wirbelte Wulfs Locken durcheinander und riss Strähnen aus Frankas Zopf. »Wir sollten umkehren und das Unwetter bei Trude abwarten«, rief Wulf.

Die Entscheidung wurde ihnen abgenommen, als ein gleißender Blitz die Dunkelheit durchzuckte. Er schlug in die einzelne Buche ein, die außerhalb von Marienfeld stand und in deren unmittelbarer Nähe eine der Hütten errichtet worden war.

Krachend spaltete sich der mächtige Baum. Der Hauptteil der Krone stürzte nieder und durchschlug das Dach der Behausung. Der folgende Donner war so gewaltig, dass Franka einen Moment lang glaubte, die Erde würde sich öffnen und sie alle verschlingen.

Mit vor Schreck geweiteten Augen sah sie Wulf an. »Das ist das Heim eines unfreien Bauern. Wir müssen der Familie helfen.«

»Worauf warten wir noch? Der Sturm wird die Gewitterwolken von uns fortjagen.« Wulf trieb sein widerspenstiges Pferd energisch an.

Franka galoppierte hinter ihm her. Nach kurzer Zeit hatten sie die Hütte erreicht. Beide waren bereits jetzt bis auf die Haut durchnässt, und der Stoff ihrer Kleidung klebte schwer an ihren Körpern. Immerhin war die Buche dank des Regens nicht in Flammen aufgegangen.

Wulf sprang vom Pferd und warf Franka die Zügel zu. »Haltet die Pferde«, befahl er und erklomm den Haufen Holz, der eben noch eine Hütte gewesen war. Eine Wand stand noch, der Rest war unter Zweigen und Ästen begraben.

»Ist da wer?«, brüllte Wulf.

»Hierher«, antwortete eine leidend klingende Stimme irgendwo zwischen dem Astwerk. Wulf folgte dem Ruf, doch ohne Werkzeug kam er hier nicht weiter.

»Franka«, schrie er gegen den Wind. Sie hob eine Hand zum Zeichen, dass sie ihn verstanden hatte.

»Bringt mir die Axt.«

Sogleich machte sich Franka daran, diese von Wulfs Sattel zu lösen.

Wenig später reichte sie ihm das Werkzeug mit den Worten: »Ich habe die Vorderbeine der Pferde mit den Zügeln festgebunden. Jetzt kann ich Euch helfen.«

»Kluges Mädchen«, lobte Wulf.

Errötend senkte Franka den Blick und entdeckte den Familienvater. Zwischen dem Gewirr der Zweige hindurch konnte sie unter sich sein bleiches Gesicht erkennen. Er bemühte sich von unten, Wulf von oben, Holzreste der Hütte und Buchenäste zu entfernen.

»Wir haben es bald geschafft«, rief Wulf dem Mann zu und ergriff die Axt. Mit kräftigen Schlägen durchtrennte er Ast für Ast, die Franka mühsam einen nach dem anderen beiseiteschaffte. Der Wind ließ langsam nach. Er hatte das Gewitter so schnell weitergetragen, dass der Regen bereits aufgehört hatte und das Donnergrollen nur noch entfernt zu hören war.

Wulf wischte sich mit dem Ärmel den Schweiß ab. Franka bemerkte, dass nun, wo das Gewitter vorbei war, auch andere Bauern aus den umliegenden Hütten kamen. Franka winkte sie heran.

»Habt ihr Äxte dabei?«, rief sie den Männern zu. Zwei nickten und hoben ihr Werkzeug zur Bestätigung.

»Herkommen und mithelfen«, befahl Franka. »Zwei weitere von euch sollen die Äste entfernen.« Auch wenn Wulf sich keine Ruhe gönnte, sie war froh, eine Pause einlegen zu können.

Mit den drei Äxten hatten die Männer bald ein so großes Loch freigeschlagen, dass ein Mensch bequem hindurchgezogen werden konnte.

»Ist deine Familie bei dir?«, fragte Wulf den Mann. Der Unfreie nickte gequält.

»Ist jemand verletzt?«, wollte Wulf wissen.

»Ich habe mir den Fuß gequetscht, den anderen ist nichts passiert.«

»Tritt beiseite, ich komme hinunter.« Wulf steckte seine Axt in den Gürtel. »Du und du«, sagte er, auf die zwei kräftigsten Männer zeigend. »Ihr stellt euch hierhin. Ich reiche euch die Familienmitglieder herauf.« Damit verschwand er in dem Loch.

Unwillkürlich hielt Franka den Atem an, um ihn kurz darauf erleichtert wieder auszustoßen, als Wulf, ein etwa fünfjähriges Mädchen auf dem Arm, wieder in der Öffnung erschien. Die Männer packten die Kleine an beiden Armen, zogen sie hinauf und gaben das Kind an Franka weiter, die es sogleich tröstend in die Arme schloss.

Wulf half als Nächstes der Mutter, die einen Säugling an die Brust drückte, und anschließend dem verletzten Vater, ehe er selbst aus dem Loch kletterte.

Als alle in Sicherheit waren, sagte Wulf: »Ihr habt großes

Glück gehabt. Gott hat seine schützende Hand über euch gehalten. Ohne den Hohlraum wärt ihr jetzt genauso tot wie eure Ziege, die in der Ecke der Hütte unter den Trümmern liegt.«

Der Frau standen Tränen in den Augen. »Was soll nun aus uns werden?« Laut schluchzte sie.

Franka atmete tief durch und sagte bestimmt: »Im Namen meines Vaters erlaube ich euch, im Wald Holz für eine neue Hütte zu schlagen. Ihr braucht erst wieder auf den Feldern zu arbeiten, wenn die Unterkunft errichtet ist. Dabei dürfen euch die anderen Männer einen Tag in der Woche helfen.« Eingehend betrachtete sie den Fuß des Familienvaters. »Er scheint nicht gebrochen zu sein. Geht bald zu Trude und sagt, ich habe euch geschickt. Sie soll sich um die Verletzung kümmern. Für die Bezahlung komme ich auf.«

Das Ehepaar verneigte sich ehrfurchtsvoll. »Habt Dank, junge Herrin. Ihr seid sehr großmütig. Mögen die Heiligen stets mit Euch sein.«

Franka wandte sich an die anderen. »Von euch erwarte ich, dass ihr die Familie tatkräftig beim Bau der Hütte unterstützt und den vieren bis zur Fertigstellung bei euch Unterschlupf gewährt.«

»Bei mir können sie zuerst wohnen«, sagte ein älterer, dünner Mann. »Meine Frau ist vor drei Monaten gestorben, und ich hätte gerne wieder eine gekochte Mahlzeit, die schmeckt.« Alle lachten, und die Anspannung auf ihren Gesichtern wurde ein wenig milder.

Als sie die Hütte erreichten, die das Obdach der Familie für die nächste Zeit sein würde, dankte das Paar nochmals seinen Rettern, doch diese winkten ab.

»Dankt lieber dem Herrn für euer Überleben«, meinte Wulf.

»Das tun wir, doch der Verlust der Ziege macht mir Sorgen«, sagte die Mutter. »Ich selbst habe zu wenig Milch für das Kleine.«

Wulf wandte sich an den Besitzer der Hütte. »Hast du ein Tier, das derzeit säugt?« Dieser schüttelte den Kopf.

Der Ritter holte tief Luft und griff nach seinem Geldbeutel. Er zählte einige Münzen ab und gab sie dem Vater. »Ich hoffe, das reicht.«

»Oh ja, Herr, das ist mehr als genug«, strahlte der Mann.

Der Bauer und seine Frau brachen vor Freude in Tränen aus. »Wer seid Ihr, Herr?«

»Mein Name ist Wulfgar vom Röllberg.«

Franka mischte sich ein. »Er wird meine Schwester heiraten und nach dem Tode meines Vaters euer neuer Herr werden.«

»Gelobt sei Jesus Christus«, rief die Mutter aus und sank vor Wulf auf die Knie.

Franka sah ihm an, dass er peinlich berührt war und schnell den Ort des Geschehens verlassen wollte. »Wir müssen zurück«, kam sie ihm daher zu Hilfe. Ein letzter Dank der Geretteten und die zwei ritten erneut los.

**

Neben Franka schritt Wulf die Treppe empor, die aus der Halle zu den Kammern führte. Der jungen Frau, die fast einen Kopf kleiner war als er, hingen die Haarsträhnen wirr ins Gesicht. In ihrer feuchten Kleidung sah sie aus wie eine nasse Katze. Franka erschien Wulf so zart und schutzbedürftig. Er lächelte unwillkürlich in sich hinein. Was er bisher von ihr kennengelernt hatte, ließ eher den Schluss zu, dass sie meist gut auf sich selbst aufpassen konnte.

»Ihr solltet ein heißes Bad nehmen«, empfahl er ihr, teils aus Besorgnis, teils aus dem Bedürfnis heraus, ihre Stimme zu hören.

»Ihr aber auch, Eure Gewandung ist nicht weniger klamm als meine«, antwortete Franka.

»Müsst Ihr immer das letzte Wort haben?«, fragte er belustigt.

In die grünen Augen seines Gegenübers trat ein zorniges Funkeln. »Ich versuche es zumindest. Euch passt das natürlich nicht. Keinem Mann gefällt es, wenn eine Frau ihm widerspricht.«

Sie hatten den Treppenabsatz erreicht, an dem sich ihre Wege trennen mussten. Wulf blieb stehen. Sanft umfasste er Frankas Kinn und hob es an. Missbilligend schnalzte er mit der Zunge. »Was habt Ihr bisher nur für Männer kennengelernt, dass Ihr nichts Gutes über sie zu sagen wisst?« Er zwinkerte ihr zu und flüsterte: »Mit Ausnahme desjenigen, der über Eurem Bett hängt.«

Energisch umschlossen ihre Finger sein Handgelenk und zogen daran. »Fasst mich nicht an«, fauchte sie.

Sofort ließ Wulf sie los. Spontan beugte er sich vor und küsste Franka auf die Wange. »Jetzt habe ich Euch nicht angefasst. Wir sehen uns beim Nachtmahl, kleine Kratzbürste.« Er grinste Franka frech an, drehte sich um und ging beschwingt auf seine Kammer zu. Er glaubte, ihren erstaunten Blick noch in seinem Rücken zu spüren. Diesmal hatte er das letzte Wort behalten.

***

Sprachlos starrte Franka Wulf hinterher. Sie spürte noch immer seine Fingerspitzen an ihrem Kinn, und seine Lippen hatten auf ihrer Wange ein sachtes Brennen hinterlassen. War es immer so, wenn man von einem Mann berührt wurde? Sie sollte nicht darüber nachdenken, nein, das sollte sie ganz und gar nicht. Seufzend wandte sich Franka ab und machte sich selbst auf den Weg zu ihrer Kammer.

»Wie siehst du denn aus?«, wurde Wulf von Anselm begrüßt, als er ihre gemeinsame Unterkunft betrat. »Du warst doch wohl nicht bei dem Unwetter unterwegs?«

»Natürlich nicht«, antwortete Wulf bemüht ernst. »Ich war im Dorfteich schwimmen.«

»Ha, ha«, sagte sein Freund. »Wo hast du dich rumgetrieben?«

Wulf erzählte von seinem Ausritt mit Franka und dass sie vom Gewitter überrascht worden waren. Wie der Blitz in den Baum eingeschlagen hatte und sie die Leute aus der Hütte retten mussten.

»Zieh dir die nassen Sachen aus«, befahl Anselm. »Ich werde in der Küche heißes Wasser für ein Bad und einen Zuber ordern.«

»Danke«, sagte Wulf. »Das ist genau das, was ich jetzt brauche.« Anselm verließ den Raum.

Wulf legte den Gürtel ab und wischte die restlichen Wassertropfen und einige kleine Holzspäne von der Axtklinge. Er würde sie ölen müssen, damit sie nicht rostete. Gelassen zog er sich das Hemd über den Kopf und legte es über die Truhe in der Kammer.

Kurz darauf kehrte sein Freund mit einem Holzbottich in den Händen zurück. »Ich habe ihn lieber gleich mitgebracht«, keuchte er.

»Du erstaunst mich, mein Freund, du erledigst Dienstbotenarbeit?«, zog Wulf ihn auf.

Missbilligend sah Anselm ihn an, während er den Zuber abstellte. »Das war für mich die einzige Möglichkeit, sicherzustellen, dass du zu deinem Bad kommst.« Da Wulf das nicht verstand, erklärte er weiter: »Deine Schwägerin hat ebenfalls Wasser für ein Bad bestellt. Zum Glück schienen die in der Küche etwas geahnt zu haben. Zwei Kessel hingen über dem Feuer, und es brodelte bereits in ihnen.«

»Erstens«, sagte Wulf bestimmt, »ist Franka noch nicht meine Schwägerin und zweitens wirst du doch wohl einer Frau nicht ihr Bad streitig machen. Sie ist genauso nass geworden wie ich.« Wulf packte die Wanne und steuerte auf die Tür zu.

»Halt«, rief Anselm und warf sich dazwischen. »Erstens ist Melindas Schwester keine Frau.«

»Sondern?«, fuhr Wulf sogleich auf.

»Jetzt guck nicht so böse. Sie ist keine Frau, sie ist eine Nonne. Das ist etwas anderes.«

»Sie ist keine Nonne, noch nicht einmal eine halbe«, erregte sich Wulf.

»Aber sie wird eine werden, falls sie ihr Noviziat übersteht. Zweitens war noch ein weiterer Bottich da. Ergo habe ich nicht deine künftige Schwägerin um ihr Bad gebracht, sondern möglicherweise jemand anderen.«

Wulf setzte die Wanne wieder ab. »Dann ist es gut«, murmelte er.

Erneut klopfte es an der Tür, und eine kräftig gebaute Magd trat ein. Sie trug zwei Eimer mit heißem Wasser, deren Inhalt sie in die Holzwanne schüttete. Ihr Blick glitt über Wulfs Oberkörper, und der Anblick entlockte ihr ein Lächeln. Aufreizend drehte sie sich um und ließ beim Hinausgehen auffällig ihre Hüften hin und her schwingen.

Wulf sah Anselm an und musste grinsen. »Nicht so ganz mein Geschmack.«

»Kein Wunder«, murmelte der vor sich hin. »Neben Melinda verblassen alle Frauen.«

Wulf konnte seinem Freund nicht zustimmen und tat, als hätte er dessen Worte nicht gehört.

Die Magd erschien noch mehrmals, bis der Bottich über die Hälfte gefüllt war. Zum Schluss brachte sie Seife, eine Bürste und Tücher mit. Erwartungsvoll sah sie Wulf an.

»Danke.« Er deutete ihren Blick richtig und fügte hinzu: »Ich bedarf deiner Dienste nicht, sondern wasche mich allein.«

»Aber wer schrubbt Euch den Rücken, edler Herr, und wer knetet Euren Nacken?«

»Das mache ich«, sagte Anselm hastig. Die Magd verzog den Mund und trollte sich. Zu Wulf gewandt, sagte er: »Wer weiß, was für Dienste sie dir noch angeboten hätte.«

»Mir fallen da schon welche ein.« Als Wulf Anselms entsetzten Gesichtsausdruck sah, fügte er schnell hinzu: »Nicht, dass ich sie in Anspruch nehmen würde.«

»Mach, dass du endlich in den Zuber kommst, sonst wird das Wasser kalt und diese lüsterne Magd kommt doch noch, dich einzuseifen.«

Wulf legte den Rest seiner Kleidung ab. Langsam ließ er sich in das heiße Wasser gleiten. Anselm griff nach Bürste und Seife und schrubbte los. Mit kräftigen Strichen fuhr er über Wulfs Nacken und hinterließ rote Striemen auf seinem Rücken.

»Wenn es dir genehm ist, lasse ich dich ein wenig allein«, sagte Anselm nach einer Weile und legte die Bürste beiseite.

Wohlig rekelte sich Wulf in der Wanne und ließ die Beine über den Rand hängen. »Sicher, geh du nur. Komme aber bitte vor dem Essen zurück. Nicht, dass ich noch hier drin einschlafe und das Mahl verpasse.«

»Ich werde zur rechten Zeit wieder hier sein«, versprach sein Freund.

Wulf schloss die Augen. Am Klicken des Türschlosses hörte er, dass Anselm gegangen war. Seine Gedanken schweiften zu dem heute Erlebten.

Sofort tauchte Frankas Gesicht in seiner Erinnerung auf. Wie es nach dem Wettrennen geglüht hatte, wie ihre Augen übermütig glänzten. Wulf fühlte sich so lebendig, wenn er mit ihr zusammen war. Es erschien ihm, als würde er alles intensiver riechen und schmecken, sogar den Kräutertee von der Heilerin hatte er gemocht.

Wie sich wohl Melinda bei dem Einsturz der Hütte verhalten hätte? Wulf konnte sich nicht vorstellen, dass sie ebenso tatkräftig mit angepackt hätte wie ihre kleine Schwester. Franka scheute harte Arbeit offensichtlich nicht. Sie hatten sich gut ergänzt. In Wulfs Augen hatte Franka das Problem mit der Hütte für die Familie souverän gelöst. Und sie konnte gut Leute herumkommandieren, stellte er amüsiert fest.

Wulf fiel auf, dass er sich auf das anstehende Nachtmahl und vor allem auf das Wiedersehen mit Franka freute. Vielleicht konnte er etwas unternehmen, damit sie und Anselm sich nicht wieder gegenseitig beleidigten.

Ein Klopfen holte Wulf wieder in die Gegenwart zurück.

Anselm streckte den Kopf durch den Türspalt. »Es wird höchste Zeit. Die anderen sind schon alle an der Tafel versammelt.«

»Franka auch?«

Anselm nickte.

»Ist gut, mein Freund. Das Wasser ist ohnehin kühl. Es dauert nicht lange. Gehe doch bitte vor und melde an, dass ich gleich komme.«

6. Kapitel

Wie Anselm gesagt hatte, saßen die Familie und die meisten Haushaltsangehörigen bereits an den Tafeln, auf denen Schüsseln mit Brot, Fleisch und Suppe standen, als Wulf die Halle betrat. Er nickte zur Begrüßung und stellte sich hinter seinen Freund, der Franka gegenübersaß. Sanft tippte er ihm auf die Schulter. »Wenn es dir nichts ausmacht, würde ich gerne hier sitzen.«

Er beugte sich vor und flüsterte Anselm ins Ohr: »Mir ist es lieber, wenn du die direkte Gefahrenzone verlässt.«

Franka hatte jedes Wort gehört, wie ihm ihr Gesichtsausdruck zu verstehen gab.

»Danke, mein Freund, ich weiß wirklich zu schätzen, dass du dich für mich opfern willst«, flüsterte Anselm in gleicher Lautstärke zurück. Er erhob sich und nahm Melinda gegenüber Platz, der er ein strahlendes Lächeln schenkte.

Amüsiert beobachtete Wulf, wie Franka sich auf die Lippen biss, um sich eine scharfe Bemerkung zu verkneifen. Offensichtlich wollte sie ihre Eltern kein weiteres Mal brüskieren.

Es reizte Wulf plötzlich, sie ein wenig zu provozieren, doch es wäre gemein, deshalb nahm er gleich wieder davon Abstand. Schmunzelnd wandte er sich seinem Teller zu, schnitt sich ein Stück Fleisch ab und schob es sich in den Mund.

»Melinda erzählte mir, Euer Vater züchtet Pferde«, sagte Franka in die am Tisch entstandene Stille hinein, ohne dass ihre Verärgerung durchklang. Wulf nickte kauend.

»Was für Pferde?«, fragte sie weiter.

Der Ritter schluckte den Bissen hinunter, bevor sein Blick

kurz Melinda streifte. »Das hat Eure Schwester Euch nicht erzählt? Ich fürchte, ich habe sie an dem Abend mit meinen Ausführungen darüber ein wenig gelangweilt.«

»Mich würde es brennend interessieren«, entgegnete Franka schnell.

»Wir züchten Pferde, die vielseitig einsetzbar sind, wie meine Stute Samara. Sie ist stark genug, um mich mit Rüstung zu tragen, wenn auch nicht so lange wie ein Streitross. Sie ist nicht so wendig wie Euer Pferd und auf kurzer Distanz nicht so schnell, aber als Jagdpferd ist sie bestens geeignet. Längere Strecken können bequem auf ihr zurückgelegt werden. Sie ist zwar kein Passgänger wie ein Zelter, lässt sich aber gut sitzen.«

»Mit anderen Worten«, mischte sich Melinda in einem mitleidigen Tonfall ein, »sie kann von allem etwas, aber nichts richtig.«

Anselm prustete los. Kurz sah Wulf ihn böse an, ehe er sich an Melinda wandte. Sein Lächeln glich einem Zähnefletschen, während er fast liebenswürdig sagte: »Ich sehe schon, von Pferden versteht Ihr ebenso viel wie mein Freund, nämlich gar nichts.«

Melindas Augen wurden rund, als sie Wulf fixierte.

»Erzählt weiter, bitte«, ließ sich Franka vernehmen.

Wulf runzelte die Stirn. »Ich glaube nicht, dass meine Ausführungen besonders spannend sind.«

»Für mich schon«, wandte Franka ein. »Ich möchte mehr von Eurer Zucht auf dem Röllberg hören.«

Wulf lächelte. Er spürte, wie er immer fröhlicher und gelassener wurde, je länger er von den Pferden erzählte. Geduldig beantwortete er jede von Frankas Fragen. Er wunderte sich, wie genau sie alles wissen wollte. Irgendwann erschien es ihm, als wären sie beide allein in der Halle.

Dass dem nicht so war, fiel ihm erst auf, als Anselm ihn anstupste. »Wie war das noch?«, fragte er und ahmte Wulfs Tonfall nach. »Wenn Ihr nicht einen ellenlangen Monolog über Pferde, deren Zucht und Einsatzmöglichkeiten hören wollt, empfehle ich Euch, dringend das Thema zu wechseln. Nun, Franka, diesen Punkt habt Ihr wohl verpasst.«

Franka schüttelte den Kopf. »Ich würde nicht im Traum daran denken, Euren Freund zu bitten, dem Gespräch eine andere Richtung zu geben. Außerdem hält er keinen Monolog. Falls es Eurer Aufmerksamkeit entgangen sein sollte, ich habe etliche Fragen gestellt, die mir gezielt beantwortet wurden. So etwas nennt man Dialog.«

Begütigend klopfte Wulf Anselm auf die Schulter. »Jetzt hat sie es dir aber gegeben.« Mit Blick auf Franka sagte er: »Mit Rücksicht auf die übrigen Anwesenden sollten wir allerdings wirklich einen anderen Gesprächsgegenstand wählen.« Sogleich wandte er sich Melinda zu. »Was interessiert Euch? Ich weiß fast nichts über Eure Vorlieben.«

Melinda strahlte ihn an. »Ich liebe den Minnesang. Sicherlich kennt Ihr das Epos ›Parzival‹ von Wolfram von Eschenbach. Ich kenne es beinahe auswendig.«

»Alle Teile?«, fragte Wulf erstaunt.

»Selbstverständlich«, nickte Melinda. »Ich fiebere immer so sehr mit Gawan mit, wenn er sich auf seine Suche nach dem Heiligen Gral macht. Jeder Ritter sollte ein solch edler Mensch sein.«

»Da wir alle aber nur Männer aus Fleisch und Blut sind, wird es schwer, dieses Ideal auch nur annähernd zu erreichen«, meinte Wulf.

»Habt Ihr Euch auch damit beschäftigt? Hat es Euch ebenso mitgerissen?«, fragte Melinda.

Wulf verneinte. »Aber Anselm war ebenso begeistert wie Ihr. Er hat schon oft daraus rezitiert und mir den Rest bildhaft erzählt. Seht seine leuchtenden Augen, wenn er nur daran denkt. Ich kenne also einen Großteil der Geschichte, aber meine Kenntnisse reichen bei Weitem nicht aus, hierüber zu diskutieren. Doch ich mache Euch einen anderen Vorschlag: Beglückt uns mit Eurer lieblichen Stimme und erzählt mir mehr davon.«

Begeistert klatschte Melinda in die Hände. »Was für ein wundervoller Einfall.«

»Und wenn Ihr selbst die Zeilen einmal wieder genießen möchtet, lege ich Euch ans Herz, Anselm zu bitten, etwas vorzutragen.«

Melindas Blick wanderte zu seinem Freund. »Kennt Ihr die Verse so gut?«, fragte sie, honigsüß lächelnd.

Anselm errötete. Hilfe suchend wandte er sich an Wulf. Der nickte eifrig. »Es stimmt. Mit Sicherheit ist Anselm bereit, Euch eine kleine Kostprobe seines Könnens darzubieten.«

Melinda und Anselm ereiferten sich noch ein wenig über die Eigenschaften Gawans, bis Wulf in die Runde fragte: »Spielt jemand Schach? Ich hätte gerade Lust auf eine Partie.«

»Versteht Ihr Euch gut darauf?«, fragte Ulfried, ohne zu zögern.

»Wird mir nachgesagt«, gestand Wulf.

»Jetzt hat er aber maßlos untertrieben«, warf Anselm dazwischen. »Es ist selten einer besser als er. Er beherrscht das Schachspielen ebenso gut wie den Schwertkampf.«

»Dann solltet Ihr gegen Franka antreten«, sagte Heimlinde, Wulf aufmerksam musternd. »Sofern es nicht unter Eurer Würde ist. Sie ist die Beste von uns.«

Wulf zuckte die Achseln. »Seid Ihr wirklich eine so herausragende Spielerin?«

Franka lächelte. »Beinahe ebenbürtig meinen Reitkünsten. Jetzt habt Ihr eine ungefähre Vorstellung, was Euch erwartet, während ich immer noch im Dunkeln tappe. Ich habe keine Ahnung, wie Ihr mit dem Schwert kämpft.«

»Das nicht«, gab Wulf zu. »Ihr habt aber gesehen, wie ich die Axt benutzt habe.«

»Ihr meint das wilde Draufloshacken, ohne Euren Fuß zu treffen?«

»Aber Franka!«, rief Ulfried.

Wulf hob begütigend die Hand und kämpfte vergeblich gegen das Lachen, das in seiner Kehle aufstieg. »Ihr wollt Euch wirklich mit mir messen?« Franka nickte.

»Gut«, sagte Wulf zufrieden. »Jetzt gleich, hier an der Tafel?«

Franka schüttelte den Kopf. »Jetzt schon, aber ich möchte mich lieber dort hinten hinsetzen.« Sie deutete auf eine Ecke der Halle.

Ulfried stimmte zu und schickte nach dem Schachbrett, einem Tisch und zwei Stühlen.

Melinda lächelte Wulf an. »Wenn es Euch beliebt, wäre mein Herz sehr erfreut, im Anschluss einige der köstlichen Worte des Dichters zu vernehmen.«

Irritiert starrte Wulf sie an. »Weshalb redet Ihr denn jetzt so geschwollen?« Sichtlich verärgert verzog Melinda den Mund.

Sofort griff Anselm entschärfend ein. »Wulf bedauert es außerordentlich, Euch jetzt keine Gesellschaft leisten zu können, die Partie Schach wird ihn vermutlich eine Weile in Beschlag nehmen. Ihr müsst heute Abend leider ausschließlich mit meiner Gesellschaft vorliebnehmen. Ich werde mir alle Mühe geben, Euren hohen Ansprüchen gerecht zu werden. Wulf wird während des Spiels dennoch den Zeilen Eschenbachs lauschen.«

Wulf und Franka erhoben sich. Der Ritter beugte sich zu seinem Freund hinunter und schenkte ihm etwas Wein nach. Dabei knurrte er ihm ins Ohr: »Wenn Franka nur halb so gut spielt, wie sie sagt, werde ich keine einzige Silbe von euren Vorträgen mitbekommen.«

Er folgte Franka zu dem kleinen Tisch mit den zwei Stühlen, die mittlerweile hereingebracht worden waren. Die Schachfiguren standen bereits aufgestellt auf dem Spielbrett.

Absichtlich rempelte Wulf dagegen. Die Figuren kullerten durcheinander, und einige landeten auf dem Boden. Wie er erwartet hatte, bückte sich Franka sogleich, um sie aufzuheben. Er kniete sich neben sie und flüsterte: »Wir sollten vorher einen Preis festsetzen, den der Verlierer zu zahlen hat. Was verlangt Ihr von mir? Ich frage nur der Form halber, Ihr habt nicht den Hauch einer Chance.«

Franka würdigte ihn keines Blickes. Sie suchte unter dem Tisch nach weiteren Figuren. »Ihr werdet mich in die Grundbegriffe des Schwertkampfes einweihen.«

Wulf hob so abrupt den Kopf, dass er unter die Tischplatte stieß. Erneut fielen Figuren nach unten. »Ihr seid wohl nicht ganz bei Trost«, zischte er. »Eure Zunge ist bei Weitem gefährlich genug. Wenn Ihr mit dem Schwert ebenso talentiert umgeht wie mit Pfeil und Bogen, stellt Ihr nicht nur eine Gefahr für andere, sondern vor allem für Euch selbst dar.«

»Ihr befürchtet also doch, ich könnte das Spiel gewinnen?«

Wulf grummelte. Sie hatten die letzten Figuren aufgehoben und keinen Grund mehr, weiterhin unter dem Tisch zu hocken. Gemeinsam stellten sie die Bauern, Türme und Springer auf ihre Plätze. Dabei murmelte Wulf: »Da feststeht, dass Ihr verlieren werdet, kann ich mich darauf einlassen. Ich bin großzügig, Ihr dürft beginnen.«

Franka setzte sich auf die Seite mit den aus Birkenholz geschnitzten Figuren. Wulf nahm ihr gegenüber Platz. Franka eröffnete das Spiel. Sie zog einen Bauern vor. Wulf tat es ihr gleich.

Anselm begann mit dem Rezitieren, seine melodische Stimme drang zu ihnen hinüber, bis er kurz innehielt und fragte: »Ist das laut genug, Wulf?«

Franka stupste Wulf unter dem Tisch an.

Leicht verärgert wandte er den Kopf. »Was ist denn?«

»Ich wollte wissen, ob du mich gut verstehen kannst«, wiederholte Anselm.

»Ja, ja, jedes Wort. Mach nur weiter«, sagte er hastig, bevor er sich ganz in das Spiel vertiefte. Bereits nach wenigen Zügen erkannte Wulf, dass Franka ihm ebenbürtig war. Gleichzeitig Anselms Vortrag zuzuhören war unmöglich. Ob es seiner Gegnerin ebenso erging? Er sollte versuchen, sie durch ein Gespräch abzulenken. »Ihr habt noch gar nicht gefragt, was ich von Euch will, wenn Ihr verliert«, begann er.

»Das wird auch nicht nötig sein«, antwortete sie und schlug mit ihrem Läufer einen seiner Türme.

Wulf rückte die Dame vor. »Ihr wollt es nicht wissen?«

»Ihr seid ein ehrenwerter Mensch, Herr Ritter.« Franka versetzte ihren Springer. »Ihr werdet nichts fordern, was meinen Ruf gefährden könnte.«

»Dafür sorgt Ihr schon selbst«, feixte Wulf, während er einen weiteren von Frankas Bauern seiner Sammlung zufügte.

Franka sah ihn an. »Ich kann mich doch auf Euch verlassen?«

Wulf seufzte. »Manchmal wünschte ich den ganzen Verhaltenskodex zum Teufel«, stieß er aus. Als er Frankas entsetzte Miene sah, lenkte er sofort ein. »Natürlich könnt Ihr mir vertrauen, Franka.« Er sah ihr in die Augen. »Immer.« Seinem nächsten Zug fiel Frankas Läufer zum Opfer.

»Verdammt, jetzt habe ich nicht aufgepasst«, entfuhr es ihr.

Wulf freute sich. Offensichtlich konnte er sie irritieren. »Habt Ihr gerade geflucht?«

»Niemals, Ihr müsst Euch verhört haben«, knurrte Franka und blickte auf einen Punkt hinter Wulf.

Wulf hielt das für eine Finte. Er rückte seinen verbliebenen Turm einige Felder weiter, als er eine Hand auf seiner Schulter spürte und blonde Haare seine Wange streiften. Wulf zuckte zusammen.

»Wie steht es denn?«, wollte Melinda wissen.

»Eure Schwester spielt ausgezeichnet.«

»Werdet Ihr sie schlagen?«

»Das hoffe ich.«

»Demnach hat sich die Gewissheit zur Hoffnung gewandelt«, sagte Franka scharf. »Ich versichere Euch, die nächste Stufe ist die Hoffnungslosigkeit.«

Melinda sah sich nach ihren Eltern um. Beide lauschten Anselms Worten. Sie griff nach einer von Wulfs Locken und ließ sie durch ihre Finger gleiten.

Sofort entzog er sich ihrer Berührung. »Was wollt Ihr damit bezwecken? Glaubt Ihr, Eurer Schwester helfen zu müssen, indem Ihr mich ablenkt?«

»Oh, ich bringe Euch durcheinander?« Melinda strahlte. »Dabei wollte ich Euch doch nur Glück wünschen. Ich sage Bescheid, wenn ich Euren Freund beim Vortragen ablöse.«

»Ja«, sagte Wulf, »macht das unbedingt.«

Melinda ging zurück an die Tafel.

Franka spottete: »Ich muss meiner Schwester wirklich dankbar sein. Noch so eine Tat und ich habe gewonnen.«

Wulf starrte auf die verbliebenen Spielfiguren. Er fragte sich, wie sich seine Position in den letzten Augenblicken so hatte verschlechtern können. Sollte er ein Risiko eingehen? Wenn Franka seine Strategie durchschaute, war alles verloren. War es das wirklich? Er würde dann einige Stunden mit ihr gewinnen, wenn er ihr etwas von der Schwertkampfkunst erklärte.

»Ihr werdet mich doch jetzt nicht absichtlich gewinnen lassen«, fauchte Franka erbost, »nur weil meine Schwester Euch einmal berührt hat. Reißt Euch gefälligst zusammen.«

»Verzeiht, ich war mit meinen Gedanken gerade woanders.«

»Das habe ich bemerkt. Wenn Ihr aufgeben wollt, bevor Ihr verliert, dann jetzt.«

Wulf schüttelte den Kopf. »Ihr werdet nicht siegen.« Er griff nach der Dame und hob die Spielfigur an. Dabei sah er Franka ins Gesicht. Sie folgte mit leicht gerunzelter Stirn seiner Bewegung, bevor sie hochblickte, ihm geradewegs in die Augen.

Wulf ließ seine Dame zwischen Daumen und Zeigefinger gepackt über dem Spielfeld schweben. Langsam senkte er die Figur, den Blick immer in die Katzenaugen ihm gegenüber vertieft, auf ein Feld nieder.

»Wulfgar«, klang Melindas Stimme herüber. »Ich rezitiere jetzt weiter.«

Wulf zuckte zusammen und drehte den Kopf. Dabei setzte er die Dame endgültig auf und ließ sie los. »Es dauert nicht mehr lange, dann habt Ihr meine volle Aufmerksamkeit.«

»Ein wahres Wort, Herr Ritter.« Frankas Häme war nicht zu überhören.

Wulf sah erst sie an und dann auf das Spielbrett. Er hatte das richtige Feld verfehlt.

»Ihr erwartet doch kein Mitleid wegen Dummheit, oder?«

Wulf schüttelte fassungslos den Kopf, während Franka seine Dame schlug. Sie hatte ihre eigene Strategie verfolgt und alle Figuren gut positioniert. Durch seinen Fehler hatte er ihr nichts mehr entgegenzusetzen.

»Schachmatt.«

Wulf lehnte sich zurück und legte die Fingerspitzen aneinander. Franka sah allerdings nicht aus wie eine strahlende Siegerin. Sie wirkte eher verstimmt. Vielleicht fühlte sie sich durch seine Fehler nicht ernst genommen oder glaubte gar, er wollte sie gewinnen lassen.

»Ich habe nicht absichtlich verloren«, sagte Wulf.

Franka beugte sich vor und zischte ihm zu: »Das glaube ich Euch sogar. Da Euer Schachspiel so brillant sein soll wie Euer Schwertkampf, wird mich ja einiges erwarten. Vielleicht sollte ich aufpassen, dass Ihr mir nicht den Kopf abschlagt.«

Wulf lehnte sich nun ebenfalls vor. »Zugegeben, ich war nicht ganz bei der Sache. Wenn Ihr wollt, könnt Ihr Euch auch etwas anderes wünschen.«

Franka verneinte. »Ich werde dafür sorgen, dass meine Schwester Euch nicht ablenken kann. Übermorgen werden Vater und Melinda zu meinem Oheim reisen. Ihr und Euer Freund seid eingeladen, an der angesetzten Jagd teilzunehmen. Denkt Euch etwas aus, damit Ihr nicht mitreiten könnt, und Ihr habt den ganzen Tag Zeit, mir etwas beizubringen.«

Abrupt stand Franka auf und wünschte allen eine gute Nacht.

»Wollt Ihr nicht noch bleiben und Eurer Schwester zuhören«, versuchte Wulf sie zurückzuhalten.

»Ich kenne die Erzählung bereits.«

»Die anderen auch – und dennoch lauschen sie. Was ist, wollt Ihr nicht auch ein Stück vortragen?«

»Werdet Ihr es tun?«

Wulf winkte ab. »Ich habe nicht die entsprechende Kenntnis des Textes.«

Ein Lächeln umspielte Frankas Mundwinkel. Sie nickte ihm zu und schritt die Treppe hinauf aus der Halle.

7. Kapitel

Juni 1226

Zwei Tage später wartete Franka im Gemüsegarten auf Wulf.

Ungeduldig ging sie auf dem Weg zwischen den Beeten hin und her. Der Garten war von einer niedrigen Bruchsteinmauer umgeben, aus deren Fugen kleine Pflänzchen in unterschiedlichen Blütenfarben lugten. In der Mitte des Gartens stand eine hölzerne Bank, hinter der einige Disteln wuchsen.

Franka war unsicher, ob es ein guter Einfall gewesen war, sich von Wulf in die Kunst des Schwertkampfes einweisen zu lassen. Natürlich war es ihr Traum, andererseits fand sie es bedenklich, so lange mit ihm allein zu sein. Sie verschwendete ohnehin schon zu viele Gedanken an ihn.

Jetzt trat Wulf gerade mit drei Schwertern im Arm durch den steinernen Torbogen, der den Gemüsegarten von dem Kräutergarten trennte. »Ihr kommt spät«, begrüßte sie ihn betont missmutig.

»Ich wünsche Euch auch einen wunderschönen guten Morgen, Franka. Ich hoffe, Ihr seid ausgeruht und für die nächsten Stunden gerüstet«, sagte Wulf munter.

»Weshalb hat das so lange gedauert?«

»Ich musste die anderen erst davon überzeugen, dass ich unmöglich mitreiten kann, wenn es meinem Pferd nicht gut geht.«

»Was fehlt Samara?«, fragte Franka sogleich besorgt.

Wulf grinste frech. »Nichts, sie ist kerngesund.«

»Was stimmt nicht mit ihr?«, ließ sie nicht locker.

»Sie lahmt«, antwortete Wulf vergnügt.

Franka konnte ihr Entsetzen nicht verbergen. »Was habt Ihr getan?«

Das Lächeln verschwand, und sein Tonfall wurde strenger. »Mittlerweile solltet Ihr mich besser kennen. Niemals würde ich meinem Pferd Schmerzen zufügen.«

Franka nickte beschämt. »Verzeiht mir.«

Sogleich glätteten sich Wulfs Stirnfalten, und er erklärte: »Für mich war es am einfachsten, Samara hinken zu lassen.«

Auf Frankas ungläubigen Blick hin fuhr er fort: »Einer unserer Pferdekäufer vernarrte sich in meine Stute. Ich wollte mein Pferd behalten, und Vater war zum ersten Mal mit mir einer Meinung, weil er keinen Wetteiferer unterstützen wollte. Also erzählte er ihm etwas von Samaras schwachen Beinen. Folglich brachte ich ihr bei, auf ein bestimmtes Zeichen hin zu lahmen und erst wieder damit aufzuhören, wenn das entsprechende Gegenzeichen kommt.«

»Unfassbar«, sagte Franka beeindruckt.

Wulf zuckte die Achseln. »Ich bin froh, dass Euer Vater nicht auf den Einfall gekommen ist, das Bein abzutasten. Schließlich ist es weder geschwollen noch Hitze darin. Mein Stallmeister Hagen hat das Spiel natürlich durchschaut. Doch er wird mich nicht verraten.«

»Es wurde Euch sicher ein anderes Pferd angeboten.«

»Natürlich. Aber ich bin kompromisslos, wenn es um Samara geht. Ich muss mich selbst um sie kümmern. Ich könnte nicht sorglos auf die Jagd gehen, wenn mein Pferd krank ist.«

Vorsichtig lehnte er die mitgebrachten Waffen mit dem Heft nach unten an die Bruchsteinmauer. »Nun, Schildmaid, genug geplaudert. Seid Ihr bereit für den Kampf? Sucht Euch ein Schwert aus«, forderte er Franka auf.

Ihr Herz schlug ein wenig schneller. »Ich soll mir eins nehmen?«, fragte sie erstaunt.

»Sicher. Zieht Euch nur vorher die hier an.« Mit diesen Worten reichte er ihr ein Paar Lederhandschuhe.

Franka ging zögernd auf das mittlere Schwert zu. Das linke erschien ihr zu kurz, das rechte zu schwer.

»Keine schlechte Wahl. Fasst es am Heft an und stellt Euch mir gegenüber«, forderte Wulf sie auf.

Franka nahm das Schwert in die rechte Hand und trat auf Wulf zu. »Und nun?«

»Packt das Heft mit beiden Händen und streckt Eure Arme nach vorne.« Wulf veränderte seine Position so, dass die Spitze seines Schwertes in einiger Entfernung von Frankas Parierstange endete. »Das ist der Sicherheitsabstand. Der erste Schlag …«

»Moment«, fiel ihm Franka ins Wort. »Wollt Ihr mir nicht erst einmal etwas über mein Schwert erzählen? Ich hatte noch nie eins in der Hand.«

»Das lange Eisenstück hier unten nennt man Klinge«, begann er. Franka verzog den Mund.

Wulf ignorierte sie. »Das kleine waagerechte Stück Eisen ist die Parierstange; das, was Ihr in Händen haltet, ist das Heft. Also, der erste Schlag beginnt von rechts oben.«

»Augenblick noch. War das alles?«

»Sicher. Der Rest kommt beim Kämpfen.«

Franka schluckte. So hatte sie sich das nicht vorgestellt.

»Keine Angst, Euch passiert nichts. Ich ziehe keinen der Schläge durch. Ich will Euch ja nicht verletzen, sondern nur die Grundbegriffe beibringen. Bereit?«, fragte Wulf.

Franka nickte ergeben. Was hatte sie sich da bloß gewünscht?

»Ihr macht die gleichen Schläge wie ich. Wir beginnen rechts oben und zielen auf die rechte Schulter des Gegners.«

Wulf holte langsam aus und schlug diagonal in Richtung Frankas rechter Schulter. Da Franka es ebenso machte, trafen sich die Klingen in der Mitte.

»Ausgezeichnet«, lobte Wulf. »Der zweite Schlag geht in Richtung der anderen Schulter.«

Er holte über die linke Schulter aus. Franka hatte es sofort begriffen und tat es ihm gleich. Für den nächsten Schlag holte Wulf von der rechten Seite aus und rief nur: »rechtes Knie.« Dasselbe wiederholte er von der anderen Seite.

»Das sind vier Grundschläge; die üben wir jetzt ein wenig.« Wulf begann sofort wieder mit dem ersten Schlag und zählte bei jedem weiteren dabei laut von eins bis vier. Das machten sie einige Male, bis Franka beinahe nicht mehr darüber nachdenken musste.

Anerkennend nickte Wulf. »Gut. Wie wäre es mit einem Schlag, der den Kopf des Gegners spalten soll?« Begeistert nickte Franka.

»Holt hinter Eurem Kopf aus und versucht, den meinen zu treffen.«

Als ihr Schwert niedersauste, blockte Wulf ihren Schlag ab. Dabei hielt er sein Schwert annähernd waagerecht vor und über seinen Kopf. »Jetzt seid Ihr an der Reihe. Zeigt mir Eure Parade.«

Franka hob ihre Waffe. Allmählich bekam sie den Eindruck, dass sie langsam schwerer wurde. Kritisch betrachtete Wulf ihre Haltung und korrigierte sie. Leicht hob er die Klingenspitze an. »Haltet es nicht ganz gerade. Bedenkt, dass das Schwert des Gegners im Kampf mit voller Wucht auf Eure Klinge prallt. Streckt die Arme ein wenig weiter vor, sonst schlagt Ihr Euch die Kante der Parierstange auf den Kopf. Haltet das Schwert auch ein wenig höher. Schließlich müsst Ihr Euren Feind unter der Klinge hindurch noch gut sehen können. Streckt die Arme nicht vollends durch, damit ihr noch ein wenig gegenfedern könnt und euch nicht verletzt.«

Wulf stellte sich Franka wieder gegenüber und maß nochmals den Sicherheitsabstand. »Die vier Grundschläge und den Kopfschlag?«, fragte er.

Als Franka zustimmte, fuhr er fort: »Ihr beginnt mit dem Kopfschlag, ich pariere und dann umgekehrt.«

Nachdem jeder die Übung durchgeführt hatte, setzte Wulf sein Schwert ab. »Pause«, bestimmte er.

»Ich bin noch nicht müde«, widersprach Franka.

»Das habe ich auch nicht geglaubt. Doch der Tag ist lang, und Ihr sollt bei Kräften bleiben. Trinkt ein wenig.« Wulf reichte ihr die gefüllte Blase, die er mitgebracht hatte.

Nachdem beide ihren Durst gestillt hatten, lehnten sie nebeneinander an der niedrigen Bruchsteinmauer.

»Wollen wir uns nicht auf die Bank setzen?«, fragte Franka.

Zustimmend nickte Wulf. Eine Weile schwiegen sie und genossen die Sonnenstrahlen, die ab und an zwischen den Wolken hervorblitzten.

Wulfs Körper strahlte eine Hitze aus, die Franka sogar trotz des kleinen Abstands zwischen ihnen und durch die Kleidung hindurch spürte. Ihr Nacken wurde warm und begann zu kribbeln. Unwillkürlich rieb sie darüber. Die Stille nicht länger ertragend, fragte sie: »Darf ich mir Euer Schwert näher ansehen?«

Wulf zögerte kurz, bevor er es aus der Scheide zog und ihr hinhielt.

Sie betrachtete den springenden Wolf, der nahe der Parierstange eingraviert war, berührte die Waffe jedoch nicht. »Habt Ihr mit diesem Schwert schon jemanden getötet?«

Wulf grinste. »Wildschweine mitgerechnet?«

Franka stieß ihn sanft mit dem Ellbogen in die Seite. »Meinetwegen, das eine arme Schwein mitgerechnet.«

»Dann hat dieses Schwert erst ein Leben ausgelöscht und gleichzeitig ein anderes gerettet.«

»Ihr habt damit noch keinen Menschen getötet?« Erstaunt sah Franka ihn an.

»Meine Schwertleite, bei der mir dieses Schwert umgegürtet wurde, ist noch nicht lange her. Der Tag wird noch kommen, an dem ich damit einem Menschen das Leben nehmen werde. Spätestens dann, wenn ich ins Heilige Land ziehe.« Ein sehnsuchtsvoller Ausdruck trat in seine Augen, der Franka traurig stimmte.

»Ich dachte, Euer größter Wunsch ist es, meine Schwester zu heiraten«, versuchte Franka den ernsten Tonfall des Gespräches zu mildern.

»Das ist der Wille meiner Eltern. Ich wurde dabei nicht gefragt. Lasst uns weiterüben. Jetzt erweitern wir die vier Grundschläge um die Schläge auf den Hals und die Hüften sowie den entsprechenden Block. Wichtig bei diesen Angriffsschlägen ist, das Schwert immer waagerecht zu führen.«

Wulf war sofort aufgestanden und führte die Bewegungen vor. Franka versuchte, es ihm gleichzutun. Doch sie hielt das Schwert nicht gerade genug. Der Ritter schüttelte den Kopf. »Ihr wollt Eurem Gegner den Hals abschlagen, nicht die Schulter zerteilen. Hebt das Schwert höher.« Sie versuchte es erneut.

Wulf trat hinter Franka. »Es tut mir wirklich leid, aber wenn Ihr es richtig lernen wollt, muss ich Euch diesmal anfassen.«

Ohne sie mehr zu berühren als nötig, legte er von hinten seine Arme um sie und umfasste ihre behandschuhten Hände. Wulf korrigierte ihre Haltung. »Es ist wichtig, Euer Ziel nicht aus den Augen zu verlieren, und dieses Ziel ist der Hals des Feindes.«

Franka wusste nicht, auf was sie mehr achtete: auf seine Worte oder seinen Atem, der wie ein sanfter Hauch an ihrem Ohr vorbeistrich. Plötzlich wurde ihr heiß, und sie rief sich zur Ordnung.

Wulf ließ sie los. »So ist es besser. Haltet diese Position.«

Er stellte sich wieder ihr gegenüber auf, und sie fuhren mit den Übungen fort. Wulf zeigte ihr noch einige weitere Schlagkombinationen. Am Nachmittag kannte Franka bereits ein ordentliches Repertoire an Schlägen.

Zufrieden setzten sie sich auf die Bank. Sie schwiegen eine kleine Weile, ehe Wulf die Stille brach: »Würdet Ihr auch ins Kloster gehen, wenn Euch die Entscheidung freigestellt wäre?«

»Ja, das würde ich«, sagte Franka bestimmt.

»Weshalb?«, platzte Wulf heraus. »Ihr wäret eine großartige Gemahlin. Auf Euch kann sich ein Mann verlassen. Ihr seid mutig, klug und wisst mittlerweile sogar ein Schwert zu führen.«

»Hört auf«, fiel ihm Franka ins Wort. »Ich will keinem Mann gehören, niemals. Seinen Befehlen gehorchen, egal, wie unsinnig sie sein mögen, sich schlagen lassen, mit zahlreichen Geliebten betrogen werden. In dieser Welt haben wir Frauen einen schweren Stand. Wegen des Fehltrittes der ersten Frau auf Erden wird uns die Vertreibung aus dem Paradies zur Last gelegt. Ich will ausbrechen aus dem Gefüge. Selbst bestimmen können, was ich will, jedenfalls bis zu einem gewissen Grad, denn auch als Nonne ist man Männern unterworfen. Doch es wird einem ein anderer Respekt gezollt.«

Wulf nickte bedächtig. »Ich verstehe. Was wäre denn, wenn es einen Mann gäbe, der Euch wahrhaftig liebte, der Euch nicht schlecht behandeln, Euch als Gefährtin betrachten würde?«

»Einen solchen Mann gibt es nicht. Vielleicht würde er sich zu Beginn Mühe geben, doch bald in alte Gewohnheiten verfallen. Außerdem genügt ein Blick auf meine Schwester, und er würde sich fragen, weshalb er nur die Spreu bekommen

hat. Den Weizen werdet Ihr schon geheiratet haben, Wulf.«
Franka hatte sich in Wut geredet.

Trotz Verbots berührte er sie zärtlich am Kinn. »Habt Ihr
mich gerade ›Wulf‹ genannt?«

Sofort schämte sie sich. Wie hatte ihr nur sein Namens-
kürzel herausrutschen können? Nun, in ihren Gedanken
nannte sie ihn schon immer so. Das war nicht richtig. Sie versuchte, ihn böse anzublicken und das Gefühl seiner Fingerspitzen auf ihrer Haut zu ignorieren.

»Jetzt legt die Stacheln an, kleiner Igel. Ich mag es, wenn Ihr
mich so ruft.« Sacht fuhr sein Daumen über ihren Unterkiefer,
ehe er sie abrupt losließ.

»Wulf?«, fragte sie, immer noch aufgewühlt.

»Was habt Ihr auf dem Herzen, Franka?«

»Weshalb habt Ihr vorhin gezögert, als ich bat, mir Euer
Schwert näher ansehen zu dürfen.«

»Das habt Ihr bemerkt? Wolltet Ihr es deshalb nicht anfassen?«, fragte er.

»Zum Teil sicherlich, doch ich habe auch viel Ehrfurcht vor
so einer Waffe.«

»Das solltet Ihr auch. Das Zögern hatte nichts mit Euch zu
tun. Ich würde niemals einem in meinen Augen unwürdigen
Menschen mein Schwert anvertrauen. Es besteht die Gefahr,
dass er es missbraucht. Daran musste ich denken. Ihr seid
in meinen Augen durchaus würdig, ein Schwert zu tragen,
Franka von Marienfeld – auch meines.«

Unwillkürlich hörte Franka auf zu atmen, als sie im Bann
seiner grauen Augen versank, bis ein einzelner Regentropfen
ihre Nasenspitze traf. Er ließ sie den Blickkontakt zerreißen
und holte sie in die Gegenwart zurück.

Plötzlich drang das Geräusch sich nähernder Pferde zu ihnen herüber in den Garten. Franka lauschte. »Hört Ihr das
auch?«, fragte sie erschrocken.

Wulf stutzte, dann sagte er: »Euer Vater kommt zurück.« Er betrachtete den Himmel. »Außerdem wird es gleich stärker regnen. Wir müssen die Übungen beenden.«

Franka warf ihm einen gehetzten Blick zu. »Was haben wir heute gemacht?«

Franka überlegte kurz, ehe sie weitersprach: »Wir haben Schach gespielt, und Ihr habt mich geschlagen. Ansonsten war ich in meinem Gemach und Ihr im Stall bei Eurer verletzten Stute, der es erheblich besser geht.«

Wulf nickte und schulterte ihr Schwert. »Wir sehen uns später.« Franka nickte ebenfalls und wandte sich zum Gehen.

»Franka?«

Sie verharrte und sah ihm in die Augen.

Todernst blickte er sie an. »Ich bin froh, die gestrige Schachpartie gegen Euch verloren zu haben.«

Franka wurde verlegen, und ihr Herz machte schon wieder einen Satz. »Ich auch, Wulf. Danke, der heutige Tag zählt zu den schönsten meines Lebens.« Schnell drehte sie sich um und ließ ihn allein im Garten zurück.

8. Kapitel

Als die Zeit des Nachtmahls herangekommen war, begab sich Wulf in die Halle. Franka war noch nicht da, wie er leicht enttäuscht feststellte. Doch Ulfried von Marienfeld hatte einen weiteren Gast mitgebracht. Er wurde ihm als Stephan von Birken, Melindas und Frankas Vetter, vorgestellt.

Wulf betrachtete den jungen Mann. Er schätzte ihn auf etwa zwanzig Jahre, ein wenig kleiner als Wulf selbst. Sein glattes blondes Haar hing ihm wirr in die Stirn und verlieh ihm etwas Vorwitziges. Verstärkt wurde der Eindruck durch die klaren blauen Augen, die schalkhaft dreinblickten.

Obwohl Frankas Vetter ihn anlächelte, hatte Wulf das Gefühl, kritisch gemustert zu werden. Irgendetwas stimmte nicht mit dem jungen Mann. Doch er konnte nicht sagen, was ihn störte. Wulf nahm sich vor, ihn im Auge zu behalten.

Er setzte sich an die Tafel, nickte Melinda kurz zu und überließ Anselm wieder den Platz ihr gegenüber. Wulf sah zur Treppe. Wo Franka nur blieb? Stephan war stehen geblieben und unterhielt sich mit Ulfried. Wulf beobachtete ihn. So entging ihm auch nicht, wie Stephans Augen plötzlich aufleuchteten, und er folgte Stephans Blick. Franka war auf dem Treppenabsatz erschienen, und Wulf spürte eine Veränderung in ihrer Haltung und ihrer Miene, sobald sie ihren Vetter erblickte.

»Stephan, was für eine Überraschung«, rief sie freudestrahlend aus und flog regelrecht die Treppe hinunter.

Ihr Vetter hatte seine Arme ausgebreitet. »Franka, mein Herz. Lass dich umarmen.«

Ulfrieds missbilligendes Schnauben nahm Wulf nur am Rande wahr. Er glaubte, nicht richtig zu sehen, als die Frau, die ihm jegliche Berührung untersagte, sich Stephan von Birken an den Hals warf. Zu allem Überfluss drückte sie ihm noch einen Kuss auf die Wange. Augenblicklich sank Wulfs Laune auf Kerkerniveau herab.

Stephan drückte sie fest an sich. In Wulfs Augen entschieden länger als angemessen. Seine Base eng umschlungen, geleitete er Franka an die Tafel. Zu Wulfs Verdruss setzte er sich neben Melinda, und Franka rückte ein wenig auf. Nun saß Wulf statt Franka ihrem Vetter gegenüber.

Wulf begann zu kochen. Unter dem Tisch ballte er seine Hände zu Fäusten, atmete tief ein und aus. Mit einem gezwungenen Lächeln wandte er sich an Melinda. »Wie habt Ihr den Tag verbracht?«, versuchte Wulf, Interesse durchklingen zu lassen, während er gleichzeitig nach einem gebratenen Hühnerbein griff und seine Zähne in das weiche Fleisch schlug.

»Es war traumhaft. Ich habe abwechselnd einige Stellen aus Parzival rezitiert, während die anderen auf der Jagd waren. Ihr verzeiht mir doch, dass wir in der Geschichte fortgeschritten sind, nicht wahr? Anselm meinte, Ihr hättet bestimmt nichts dagegen einzuwenden.« Ein langer Wimpernschlag unterstrich ihre Rede.

»Es macht mir nichts aus«, bestätigte Wulf kauend. »Wichtig ist doch, dass Ihr Euch vergnügt habt.«

»Wie habt Ihr Euch die Zeit vertrieben?«, fragte Melinda höflich.

»Ohne Euch habe ich mich entsetzlich gelangweilt«, sagte Wulf lauter, als eigentlich notwendig gewesen wäre. »Ich bin froh, Euch wiederzusehen.«

Melinda strahlte geradezu bei seinen Worten, und Wulf kam sich schäbig vor.

Ulfried berichtete ausführlich von der Jagd. Doch viel bekam Wulf nicht davon mit. Immer wieder suchten seine Augen Stephan von Birken. Der hatte seinen Kopf für Wulfs Geschmack viel zu nahe an Frankas herangebracht. Seine Finger strichen von Zeit zu Zeit über ihren Rücken.

Zähneknirschend bemerkte Wulf, dass auch Franka immer wieder ihre Hand nach ihrem Vetter ausstreckte und ihn am Arm berührte. Das trug nicht zur Besserung seiner Stimmung bei. Lustlos warf er das abgenagte Hühnerbein auf den Teller.

Ulfried begann gerade zu erzählen, wie Stephan nach der Jagd unbedingt mitkommen wollte, um Franka wiederzusehen, als es Wulf endgültig zu viel wurde.

»Ich sehe nochmals nach meinem Pferd«, erklärte er zwischen zusammengebissenen Zähnen hindurch. So gelassen wie möglich verabschiedete er sich von Melinda und ihren Eltern. Sein Nicken in Stephans Richtung fiel mehr als knapp aus, Franka würdigte er keines Blickes.

Er zwang sich, die Halle gemessenen Schrittes zu verlassen, und schlug den Weg zu dem Stall der Gastpferde ein. Der Regen prasselte auf den Hof, die Steine waren rutschig. Wulf brauchte eine Weile, bis er die Distanz zu der Unterkunft seines Reittieres überwunden hatte. Das Wasser lief ihm aus den Haaren und seinem Umhang. Als er die Stallgasse betrat, schüttelte er sich. Samara spitzte die Ohren und schnaubte. Wulf trat zu ihr und kraulte sie unterhalb des Mähnenkamms. Er wusste, wie gerne sie das mochte.

»Sie hat mich nicht einmal beachtet«, brummte er seinem Pferd ins Ohr. »Sie hatte nur Augen für ihren Vetter. Die beiden verstehen sich prächtig. Da habe ich mich den ganzen Tag mit ihr abgemüht – und was ist der Dank? Sie hat mich behandelt, als wäre ich Luft. Dabei hat sie vorhin noch behauptet, die Zeit mit mir war die schönste ihres Lebens.«

Samara stupste Wulf an. Zärtlich streichelte er ihr über

die Nüstern. »Eigentlich geht mich Franka gar nichts an. Mir sollte es vollkommen gleich sein, wen sie mag oder wen nicht.« Wulf liebkoste die Stirn seines Pferdes, griff nach einem der Ohren und flüsterte hinein: »Ist es aber nicht.«

Es war niemand sonst im Stall anwesend, und dennoch hatte Wulf das Gefühl, seinem Pferd ein Geheimnis anzuvertrauen. »Was meinst du, mein Mädchen? Weshalb stört es mich so, dass sie ein so inniges Verhältnis zu ihrem Vetter hat? Ob es nur daran liegt, dass sie sich für eine zukünftige Nonne unschicklich verhält?«

Samara riss den Kopf hoch und schüttelte sich. Wulf verschränkte die Arme. Er spürte, wie ihm ein Lachen in die Kehle stieg. »Manchmal glaube ich, du verstehst mich wirklich.« Er streichelte ausgiebig ihren Hals. »Danke«, sagte er. »Ich weiß nicht, weshalb, aber jetzt geht es mir besser.«

Wulf verließ den Stall und machte sich auf den Weg zu seiner Kammer. Als er den Raum betrat, nahm er seinen nassen Umhang ab, aus dem es auf den Boden tropfte. Sein Blick fiel auf Anselm.

»Was hat dich denn schon so früh hierhergetrieben?«, erkundigte er sich überrascht.

»Ich bin aus dem gleichen Grund hier wie du, nehme ich an.« Auf Wulfs fragendes Gesicht hin, sagte er: »Stephan von Birken.«

»Das erklärt natürlich alles«, spottete Wulf.

»Tu doch nicht so«, brummte sein Freund. »Obwohl er sich in deiner Gegenwart stark zurückgehalten hat. Eigentlich ist es ein Wunder, dass du es überhaupt bemerkt hast. Schließlich hat er sich heute Abend fast ausschließlich um Franka gekümmert, und ich hatte noch keine Gelegenheit, dich zu warnen.«

»Zu warnen? Wovor denn?«, hakte Wulf nach.

»Vor Stephan von Birken natürlich. Er ist Melinda heute auf dem Ritt zurück nicht von der Seite gewichen. Ich behaupte sogar, er hat versucht, mit ihr zu tändeln«, schloss Anselm entrüstet.

»So wie heute Abend mit Franka?«, wollte Wulf wissen und ignorierte die Erleichterung, die sich in ihm ausbreiten wollte.

»Nein, es war nicht so auffällig, eher verdeckt. Das macht es ja nach meiner Meinung so gefährlich.«

»Du meinst also, ich sollte den jungen Mann beobachten?«

»Auf jeden Fall«, stimmte Anselm eifrig zu. »Du sollst nicht begehren deines Nächsten Weib.«

»Melinda ist nicht mein Weib«, stellte Wulf klar.

»Aber sie wird es bald werden. Daher freue ich mich, dass du meine Ansicht bezüglich ihres Vetters teilst. Das zeigt mir, wie sehr du Melinda schätzt. Du sahst während des ganzen Abends so zornig aus, Wulf. Ich habe dir angesehen, dass du Stephan von Birken nicht magst.«

»Du hast recht, Anselm«, bestätigte Wulf. In diesem Augenblick erkannte er, was sein Freund längst bemerkt hatte, er konnte Stephan von Birken nicht ausstehen.

＊＊＊

Am Tag darauf saß Franka zusammen mit Stephan auf der Bank im Garten und fasste nach seinen Händen. »Wie erträgst du es, dass sie bald heiraten wird?«, erkundigte sie sich mitfühlend.

Ihr Vetter zuckte mit den Schultern und sah sie traurig an. »Glaubst du, er wird Melinda glücklich machen?«

»Das weiß ich nicht«, antwortete Franka wahrheitsgemäß. »Ich denke nicht, dass er viele von den Eigenschaften besitzt, die meine Schwester an einem Mann schätzt. Doch er liebt sie, davon bin ich fest überzeugt, und er wird sich alle erdenkliche Mühe geben, ihr ein guter Gemahl zu sein. Ich glaube, Wulf würde alles für die Frau seines Herzens tun.«

»Wulf, ja?«, fragte Stephan. »Du kennst ihn bereits näher?«

»Nein, eigentlich nicht«, stotterte Franka. »Wir sind einmal zusammen ausgeritten. Ich habe gesehen, wie fürsorglich er mit seinem Pferd umgeht. Da dachte ich, dass er mit seiner Frau vielleicht ähnlich …«

Stephan warf den Kopf in den Nacken und lachte lauthals. »Das ist ja mal wieder bezeichnend für dich.«

Franka musste nun ebenfalls kichern und lehnte ihren Kopf an ihn. Stephan löste eine seiner Hände aus ihrer, legte sie um Frankas Schulter und zog sie noch näher zu sich heran.

Plötzlich spürte Franka, wie ihr Vetter sich versteifte. Irritiert nahm sie den Kopf aus seiner Halsbeuge und sah sich um. Am Eingang zum Garten stand Wulf und musterte sie finster.

Zunächst erschrak Franka, dann wurde sie ärgerlich. Sie hatte sich nichts vorzuwerfen. Sie löste sich vollends von Stephan und sah Wulf herausfordernd an. Der näherte sich und blieb zwei Schritte vor ihnen stehen. Er blickte zu Stephan und sagte scharf: »Ich habe etwas mit Eurer Base zu besprechen. Geht jetzt.« Stephan erhob sich sofort.

»Du wirst dich doch wohl nicht von ihm einschüchtern lassen«, rief Franka empört und sprang ebenfalls auf.

»Nein«, antwortete ihr Vetter. »Doch als dein zukünftiger Schwager steht er dir näher als ich. Seine Belange gehen vor.«

»Kein Mann steht mir näher als du, Stephan«, stieß sie hervor. Wulf sah jetzt noch düsterer drein.

»Hör auf, ihn zu reizen, Franka. Er sieht aus, als würde er gleich platzen.« Stephan nickte Wulf verbindlich zu und ließ die beiden allein.

»Nun, was wollt Ihr von mir?«, fragte Franka trotzig und verschränkte die Arme.

Wulf deutete auf die Bank. »Setzen wir uns.«

»Ich bleibe lieber stehen«, widersprach sie sofort.

»Entweder Ihr setzt Euch freiwillig, oder ich helfe nach«, sagte er harsch.

Die Drohung war ernst gemeint. Was konnte ihn dermaßen aufgebracht haben? So hatte Franka ihn noch nie gesehen. Gehorsam ließ sie sich auf der Bank nieder.

Wulf setzte sich neben sie und wartete eine ganze Weile, bevor er zu sprechen anfing. »Ich habe Euch gesucht«, sagte er schließlich.

»Ihr habt mich gefunden.«

»Ja, in den Armen eines Mannes. Nicht wirklich schicklich für eine angehende Braut Christi«, brummte er.

Also das war es, was ihn störte. Er glaubte schon, ebenso über ihr Leben bestimmen zu können wie alle anderen Männer und ein Recht darauf zu haben, ihr Verhalten zu beurteilen und vor allem zu verurteilen. »Ihr habt mich aber nicht gesucht, um mir das zu sagen. Was war Euer ursprüngliches Anliegen?«, fragte sie betont sachlich.

»Ich wollte Euch zu einer Revanche herausfordern«, behauptete er, sah ihr aber nicht in die Augen.

»Lächerlich, Ihr würdet die Schachpartie abermals verlieren«, schnappte sie.

»Ich denke nicht, dass Ihr mich noch einmal schlagen werdet«, meinte er grimmig.

»Und wenn doch? Ich möchte nicht schuld sein, dass Ihr Euch einen weiteren Tag in meiner Gegenwart langweilen müsst«, fauchte Franka, immer noch verletzt über seine gestrigen Worte gegenüber Melinda.

»Ich übe weiter den Schwertkampf mit Euch, wenn Ihr es wünscht. Doch wenn ich gewinne, bekomme ich meinen Preis.« Seine Augen bohrten sich in ihre.

»Und was wäre das?«

Wulfs Stimme klang plötzlich ein wenig heiser. »Ich will einen Kuss von Euch – einen richtigen.«

Jetzt schlug Franka das Herz bis zum Hals. Was meinte er damit? Wollte er nicht mehr auf Melinda warten, und was war überhaupt ein richtiger Kuss? Energisch schüttelte sie den Kopf. »Ich will nicht gegen Euch antreten.« Sie senkte ihre Stimme. »Außerdem habt Ihr mich bereits geküsst.«

Wulf lachte leise. »Das war gar nichts. Bestenfalls ein Vorgeschmack auf das, was Euch erwarten wird, wenn Ihr gegen mich verliert.«

Franka versuchte, das Zittern zu unterdrücken, das sich ihrer bemächtigen wollte. Sie schnellte hoch. »Nein, ausgeschlossen«, presste sie hervor und rannte aus dem Garten.

Franka war aufgewühlt. Das Gespräch mit Wulf hatte ihr Innerstes erschüttert. Immer wieder tauchte die Erinnerung an seinen Kuss und das warme Gefühl in ihrem Bauch auf. Weshalb schlug ihr Herz in seiner Nähe immer ein paar Takte schneller? Lag es an dem Kuss? Erginge es ihr bei jedem andern genauso? Sie würde Stephan fragen. Er war ein Mann, wenn für sie auch eher so etwas wie der Bruder, den sie nie gehabt hatte. Stephan konnte ihr bestimmt weiterhelfen.

Sie traf ihn erst am Nachmittag des nächsten Tages alleine an. Sein Pferd war ebenfalls im Gaststall untergebracht. Er war mit Ulfried ausgeritten, um den Fortschritt an der Hütte des Tagelöhners zu begutachten. Danach hielt Stephan sich noch ein wenig bei seinem Pferd auf. Franka nutzte die Gelegenheit und huschte in den Stall.

Ihr Vetter fuhr zusammen, als seine Base so plötzlich hinter ihm auftauchte. »Musst du dich so anschleichen, Franka?«

»Ich wollte dich nicht erschrecken. Verzeih mir, doch ich muss dich unbedingt alleine sprechen.«

Stephan trat auf die Stallgasse, mit dem Rücken zum Eingang.

»Geht es um gestern? Hat dieser Wulfgar sich wieder beruhigt?«

Franka winkte ab. »Er fand mein Verhalten unpassend, das war alles. Ich bin wegen etwas anderem hier. Ich wollte dich um einen Gefallen bitten.«

»Schon gewährt.«

»Warte doch erst einmal ab, wie meine Bitte lautet. Mein Wunsch ist etwas …«, Franka zauderte, »… sagen wir, ungewöhnlich.« Sie sah, wie Stephan sie neugierig musterte. »Ich gehe noch vor Melindas Hochzeit ins Kloster und werde ein keusches Leben führen.«

Ihr Vetter starrte sie entgeistert an. »Du erwartest doch wohl nicht von mir, dass ich dich vorher zur Frau mache?«

»Nein, natürlich nicht«, murmelte Franka beschämt. »Ich bitte dich nur um einen Kuss, einen richtigen Kuss.«

Stephan sah eindeutig erleichtert aus. »Wenn es weiter nichts ist. Du möchtest also auf den Mund geküsst werden?«

Franka zögerte. Das hatte Wulf auch getan, aber offensichtlich gab es da noch einen Unterschied. Sie nickte. »Aber richtig«, betonte sie vorsichtshalber nochmals.

Stephan legte einen Arm um sie und zog seine Base an sich. »Entspann dich, ich will dich nicht fressen.« Sacht hob er ihr Kinn an. »Lege deine Arme um meinen Hals. So ist es gut. Jetzt halte den Kopf ein wenig schräg, sonst treffe ich noch deine Nase.«

Franka grinste, wurde aber sofort wieder ernst.

»Schließ die Augen«, befahl Stephan, »so spürst du es besser.«

Franka gehorchte. Stephans Fingerspitzen lösten sich von ihrem Kinn, und seine Hand glitt auf ihren Rücken. Sie zuckte kurz zusammen, als seine Lippen zärtlich die ihren berührten und einen sanften Druck ausübten. Ihr Herzschlag beschleunigte sich kaum, und dieses warme Gefühl im Bauch blieb auch aus. Ein wenig enttäuscht öffnete Franka die Augen und bog den Kopf zurück. Dennoch strahlte sie ihren Vetter an, sie konnte später über den Kuss nachdenken.

Ihr Blick fiel über seine Schulter, und instinktiv drückte sie Stephan von sich. »Was ist denn?«, fragte er und drehte sich um.

In der Stallgasse stand Wulfgar vom Röllberg und starrte sie an. Hatte er gestern im Garten noch zornig ausgesehen, so schien es jetzt, als wollte er einen Mord begehen. Seine Hand umklammerte das Heft seines Schwertes, seine Knöchel traten weiß hervor, und die grauen Augen strahlten eine eisige Kälte aus.

Franka fühlte Panik in sich aufsteigen. Er sah zum Fürchten aus. Schnell trat sie vor ihren Vetter und breitete schützend die Arme aus.

»Es ist nicht so, wie du denkst, Wulf.« Ihre Stimme überschlug sich beinahe. Jetzt sah er noch wütender aus. Was hatte sie nur falsch gemacht?

»Es ist alles meine Schuld«, stammelte sie. »Lass Stephan gehen. Bitte, ich flehe dich an. Tu ihm nichts.«

Wulf machte ein Geräusch, dass Franka stark an ein Knurren erinnerte. Er deutete mit dem Kopf Richtung Stalltür. Langsam trat Stephan hinter Frankas Rücken hervor. Er tastete nach Frankas Hand und wollte sie mit sich ziehen.

»Sie bleibt«, sagte Wulf leise, und es klang weitaus gefährlicher, als wenn er seinem Zorn lauthals Luft gemacht hätte.

Stephan blickte fragend zu Franka, die ihm durch ein Nicken zu verstehen gab, dass sie seine Hilfe nicht benötigte. Ihr Vetter verließ den Stall und schloss das Tor hinter sich.

Nun wandte sich Wulf Franka zu und kam näher. »Du«, sagte er langsam.

Plötzlich ging Franka auf, sie hatte vorhin die vertrauliche Anrede ebenfalls benutzt. Kein Wunder, dass ihn das noch mehr aufgeregt hatte.

»Das alles tut mir leid, Wulf, ehrlich«, stotterte sie. Sie unterdrückte den Drang, vor ihm zurückzuweichen. Er stand jetzt unmittelbar vor ihr. Wenigstens hatte er die Hand vom Schwert genommen, doch er sah immer noch unglaublich wütend aus.

»Wenn ich geahnt hätte, dass du deine Gunst so leichtfertig verschenkst, hätte ich mich früher darum bemüht.«

Panisch schüttelte Franka den Kopf und hob abwehrend die Hände. »Nein, Wulf, du verstehst das alles falsch. Ich kann es dir erklären.«

»Später«, unterbrach er sie und riss sie in seine Arme. Eine Hand verkrallte sich in ihrem Haar, während der andere Arm sich um ihre Taille legte.

Frankas Herz schien in ihrem Hals zu schlagen. Diese Lippen, die sie bereits einmal so zärtlich berührt hatten, pressten sich nun gierig auf ihren Mund. Sie versuchte, den Kopf wegzudrehen, und drückte gleichzeitig mit ihren Händen gegen seine Schultern.

Beinahe wäre sie gestolpert, so plötzlich ließ er sie los. Seine Brust hob und senkte sich schnell. Der Ausdruck in seinen Augen war unergründlich, doch die Mordlust darin war verschwunden.

»Hörst du mir jetzt zu?«, fragte Franka zaghaft. Wulf antwortete nicht, nickte jedoch.

Tief holte sie Luft. Es war ihr schrecklich peinlich. Sie wartete noch ein wenig, bis sich ihr Herzschlag wieder halbwegs beruhigt hatte. »Ihr«, begann sie.

»Bleib beim Du«, befahl Wulf streng.

Das war Franka nicht recht, sie war ihm schon nahe genug. Doch sie wollte ihn in seinem Zustand nicht weiter reizen. Sie begann von Neuem, den Blick auf den Boden aus festgestampftem Lehm geheftet.

»Du hast mir gesagt, du würdest einen richtigen Kuss fordern, falls du mich beim Spiel schlagen würdest. Ich wollte wissen, was das ist«, sagte Franka. Als sie keine Reaktion hörte, blickte sie auf.

Wulf sah überrascht aus. »Und da hast du deinen Vetter gefragt, ob er es dir zeigen würde?«

Franka nickte betreten. »Ich wollte auch noch etwas anderes wissen.«

»Was denn?« Nun klang er eindeutig neugierig.

»Ob es sich immer gleich anfühlt, egal, wer einen küsst.«

»Wissbegierig wie eine Eule«, stellte Wulf fest, und Franka hörte ihn glucksen. Er hatte seinen Zorn überwunden, erkannte sie erleichtert, und wurde sogleich mutiger.

»Woher soll ich es wissen, wenn ich es nicht ausprobiere?«

»Was hast du denn herausgefunden?«

»Es war ganz anders«, gestand Franka.

»Inwiefern?«, wollte Wulf lauernd wissen.

»Bei Stephan fühlte es sich ähnlich an, als würde ich mein Pferd auf die Nüstern küssen. Weich und samtig, aber in keiner Weise aufregend.« Franka stockte.

Wulf lachte kurz, wurde doch sogleich wieder ernst. Mit belegter Stimme fragte er: »Meinen Kuss fandest du erregend?«

Franka nickte. »Den im Wald schon«, flüsterte sie.

»Das heißt«, fuhr Wulf fort, »dein Herz schlug schneller, und dir wurde warm?«

»Ja«, bestätigte Franka. »Genauso war es. Ist das bei jedem Kuss so?«

»Das wirst du gleich wissen.«

Ehe Franka protestieren konnte, hatte er sie erneut in seine Arme gerissen. Hungrig suchte sein Mund den ihren, bevor sein Kuss sanfter, lockender wurde.

Franka war Wachs unter seinen Händen, die ihren Rücken streichelten. Sie drückte sich an ihn und umschlang seinen Nacken.

Langsam öffnete Wulf Frankas Lippen, tastete vorsichtig mit seiner Zunge hinein.

Franka stöhnte. Ihr Herz schien Saltos zu schlagen. Sie spürte die festen Muskeln unter seinem Hemd, den harten Körper und die starken Arme, die sie hielten.

Wulfs Mund löste sich von dem ihren und glitt zu ihrem Ohr. »Franka«, hauchte er hinein, knabberte zärtlich an ihrem Ohrläppchen.

Frankas Hände umfassten seine Schultern, als er ihren Kopf sanft nach hinten bog und sein Mund ihren Hals hinabwanderte.

»Wulf, nicht«, keuchte sie. Das Gefühl der Hitze raste durch ihren gesamten Körper. Sie stand in Flammen.

Wulf wollte erneut ihren Mund küssen, doch Franka drehte den Kopf weg. Es war nicht richtig. Er musste damit aufhören. Sie stemmte ihre Hände gegen seine Brust und trat einen Schritt zurück. Wulf ließ sie los und sah sie an. Seine Pupillen waren Abgründe, in denen sie zu versinken drohte.

»Ich weiß, was ich wissen wollte«, sagte sie hastig, senkte den Blick und wollte an ihm vorbeieilen.

Doch sein Arm schoss vor und verhinderte ihre Flucht. Er blickte auf sie hinab und wartete, bis sie ihm wieder in die Augen schaute. Feierlich fragte er: »Franka von Marienfeld, willst du meine Frau werden?«

Der Stall begann sich um Franka zu drehen. Sie krallte sich an ihm fest, und er hielt sie, bis sie aufhörte zu schwanken.

»Ich kann nicht«, stieß sie hervor.

»Warum nicht?«

Franka blickte gequält zu ihm auf und schwieg.

»Ich liebe dich, Franka, und du liebst mich auch.«

»Nein«, schrie sie und riss sich von ihm los. »Niemals, es darf nicht sein!« Als sie diesmal zur Flucht ansetzte, hielt Wulf sie nicht wieder auf.

9. Kapitel

Versteinert stand Wulf in der Gasse und starrte ihr nach. Für einen Moment war ihm, als hätte sie nicht nur den Stall, sondern auch sein Leben verlassen. Er fühlte, dass sein Dasein sich in den letzten Augenblicken völlig auf den Kopf gestellt hatte. Beinahe so, als hätte eine fremde Macht Besitz von ihm ergriffen und die Führung übernommen.

Als er Franka und Stephan eng umschlungen im Stall entdeckt hatte, sich innig küssend, hatte ihn die Eifersucht angesprungen wie ein hungriges Raubtier. Wulf hatte den Drang verspürt, Stephan mit seinem Schwert zu durchbohren und ihm anschließend den Kopf abzuschlagen.

Er selbst wollte derjenige sein, der ihren Mund eroberte, ihre Katzenaugen zum Strahlen brachte. Und genau das war ihm schließlich doch gelungen.

Es drängte ihn, Franka zu beschützen, den Rest seines Lebens mit ihr zu verbringen. Sie war die Richtige für ihn. Mit ihr konnte er glücklich werden.

Doch sie wollte nicht, hatte ihn ohne Erklärung abgewiesen. Wovor fürchtete sie sich? Vor der Missbilligung ihrer Familie oder des Konvents, in den sie eintreten wollte?

Auch Wulfs Vater würde nicht erfreut sein und Anselm ihn mit Vorwürfen überhäufen. Es war ihm gleich. Melinda fände sofort einen anderen Bräutigam. Seinetwegen konnte auch sie anstelle von Franka ins Kloster gehen.

Langsam schritt Wulf zu seinem Pferd und streichelte traurig über das weiche Fell seines Halses. »Was soll ich nur tun, mein Mädchen? Ich liebe Franka. Vielleicht wäre alles anders gekommen, wenn ich ihr nicht zuerst begegnet wäre.« Samara stupste ihn an.

»Ich werde um sie kämpfen. Sie muss meine Gemahlin werden.« Wulf feixte bei der Vorstellung, wie Melinda der Mund offen stehen würde, wenn sie erfuhr, wie es in Wahrheit um ihn stand.

***

Das Nachtmahl war längst vorüber. Franka hatte sich entschuldigt und eine Unpässlichkeit vorgeschoben. Sie konnte Wulf nicht unter die Augen treten. Mittlerweile begann ihr Herz schon schneller zu schlagen, wenn sie nur an ihn dachte. Ob er recht damit hatte, dass sie in ihn verliebt war? Das konnte und durfte nicht sein. Wenn es so war, würde sie diese Liebe tief in sich verschließen müssen. Niemand sollte je davon erfahren.

Sie traute ihm nicht. Kein Mann hatte sie je beachtet, schon gar nicht in Melindas Gegenwart. Franka rief sich bewusst alle Gelegenheiten ins Gedächtnis, bei denen ihr klar geworden war, wie sehr Wulf Melinda bewunderte. Die erste Begegnung, die sie hinter dem Geländer versteckt beobachtet hatte. Wie erschreckt er bei der Roten Trude ausgesehen hatte, als er von Melindas Krankheit erfahren hatte. Wie er sich durch sie beim Schachspiel hatte ablenken lassen.

Doch auch andere Erinnerungen kamen in ihr hoch. Der Kuss im Wald. Wulf hatte das Geheimnis ihrer ersten Begegnung gewahrt – bis heute. Wie sie Hand in Hand gearbeitet hatten, um dem Bauern und seiner Familie zu helfen. Da hatte sie zum ersten Mal in sein gutes Herz gesehen. Er liebte Pferde ebenso sehr wie sie. Es wäre bestimmt schön, eine eigene Zucht zu besitzen und die Fohlen aufwachsen zu sehen. Ihr freches Mundwerk störte ihn offenbar nicht. Oder tat er nur so? Sie hatte auch geglaubt, der Schwertkampfunterricht hätte ihm gefallen. Dabei hatte er die ganze Zeit über Melinda vermisst. Konnte all seine Freundlichkeit ihr gegenüber nur gespielt sein?

Franka war völlig verunsichert. Alles, woran sie geglaubt hatte, war plötzlich infrage gestellt. Sie hatte der Heiligen Jungfrau ihr Wort gegeben, und sie konnte ihre Eltern nicht enttäuschen, indem sie seinem Werben nachgab. Was war mit der Familientradition? Was war mit Melinda? Liebte sie Wulf nicht auch? Ihr Verhalten beim Schachspiel ließ darauf schließen. In diesem Moment klopfte es an der Tür, und ohne auf eine Antwort zu warten, trat Melinda in Frankas Kammer und riss sie aus ihren Gedanken.

Sie war so ziemlich der letzte Mensch, den Franka jetzt sehen wollte. Dennoch versuchte sie, es sich nicht anmerken zu lassen, als sie sich auf ihrer Bettstatt aufrichtete.

Ihre Schwester hielt einen polierten Silberteller in den Händen. »Bist du krank?«, fragte sie ohne weitere Begrüßung, bevor sie sich auf den Rand der Strohmatratze niederließ.

»Mein Kopf schmerzt«, log Franka.

»Ich wollte dich fragen, ob du Einwände hast, wenn ich die Teller mit nach Lomere nehme?« Dabei schwenkte sie das mitgebrachte Stück, ohne auf Frankas Beschwerden einzugehen.

»Ist mir gleich. Im Kloster brauche ich sie ohnehin nicht.«

Melinda lächelte. »Mutter sagte mir, du wolltest mit deinem Eintritt nicht mehr bis zu meiner Hochzeit warten. Warum? Hast du dich mit meinem Bräutigam gestritten?«

»Nein«, antwortete Franka wahrheitsgemäß. »Wie kommst du darauf?«

»Er war heute beim Essen sehr einsilbig, und da du nicht erschienen bist, dachte ich, du hättest irgendetwas damit zu tun.«

Franka sagte zunächst nichts. Ob Wulf ihretwegen so schlecht gelaunt war? Plötzlich keimte in ihr der Wunsch auf, ihre Schwester ein wenig zu ärgern. »Hat er dich schon gefragt, ob du seine Frau werden willst?«

Melinda schüttelte den Kopf. »Ich glaube, er traut sich nicht. Er fürchtet möglicherweise, ich könnte ihn ablehnen. Schließlich ist er nicht so gebildet wie ich und auch nicht so wohlhabend, wie ich es mir für meinen Gemahl gewünscht habe.«

»Würdest du ihn denn zurückweisen?« Gespannt beugte sich Franka ein wenig nach vorne.

Tief seufzte Melinda. »Natürlich nicht. Das ist die beste Partie, die ich machen kann. Außerdem liebt er mich.«

Franka schnappte nach Luft. »Woher weißt du das?«

»Ach, mein unschuldiges Schwesterlein. Er hat es mir durch Worte und Taten gezeigt.«

»Er hat dich geküsst?«, fuhr Franka auf.

»Jetzt tu nicht so entrüstet«, winkte Melinda ab, ohne weiter auf die Frage einzugehen. »Wie er sich beim Schach durch mich hat irritieren lassen, hast du ja selbst gesehen.«

Franka starrte wortlos auf den Fußboden. Welches Spiel spielte Wulf? Sie musste es wissen. Es würde Melinda einen Schlag versetzen, aber das war Franka im Moment nicht wichtig. Tief holte sie Luft und sah ihre Schwester ernst an. »Wulf hat mich gefragt, ob ich seine Frau werden will.«

Einen langen Moment starrte Melinda ungläubig zurück, dann drehte sie den Kopf weg. Ihr Körper begann zu beben. Für einen Augenblick war Franka versucht, die Arme um ihre Schwester zu legen und sie zu trösten. Doch dann erkannte sie, dass Melinda überhaupt nicht weinte. Sie zitterte, weil sie versuchte, das Lachen zurückzuhalten, das sich den Weg nach außen bahnen wollte.

»Würdest du mir bitte erklären, was daran so lustig ist?«, fragte Franka zornig.

Ihre Schwester gluckste und wischte sich über die Augen. »Da wäre ich gerne dabei gewesen«, japste sie.

»Ich nicht«, erwiderte Franka trocken.

Melinda hatte sich wieder halbwegs in der Gewalt. »Du hast ihn bestimmt mit großen Kuhaugen angestarrt und bist davongerannt, nicht wahr?« Es ärgerte Franka, dass ihre Schwester in diesem Punkt recht hatte.

»Er hat schon eine seltsame Art von Humor«, meinte Melinda. »Es ist eine Sache, dir und deinem vorlauten Mundwerk eine Lektion zu erteilen. Doch jetzt ist er eindeutig zu weit gegangen.«

»Er wollte mir eine Lehre erteilen?«, wiederholte Franka schwach.

Melinda nickte. »Das hatte er schon länger vor. Er hat mir nur nicht verraten wollen, wie er das anstellen würde.« Sie tätschelte Frankas Hand. »Du musst mir glauben, Schwesterherz. Ich hätte dem Streich niemals zugestimmt, wenn ich gewusst hätte, dass er beabsichtigt, mit deinen Gefühlen zu spielen.«

Franka räusperte sich und versuchte, den Kloß im Hals herunterzuschlucken. »Er war sehr überzeugend.«

»Mein kleines Schwesterlein«, sagte Melinda mitfühlend. Sie hob den glänzenden Teller hoch, sodass beide hineinsehen konnten. »Sieh uns doch an. Jetzt sag mal ehrlich: Welcher Mann wird schon dich heiraten wollen, wenn er mich haben kann?«

Nachdem Melinda gegangen war, brach Frankas Schutzwall. Blind vor Tränen warf sie sich auf den Bauch und erstickte ihr Schluchzen mit dem Kissen. Wie hatte sie nur so blind sein können?

Wulf empfand nichts für sie, alles war lediglich eine Posse gewesen, auf die sie hereingefallen war. Hinter ihrem Rücken lachte er sie aus, amüsierte sich über ihre Naivität, hatte sich mit ihr bloß die Zeit vertrieben.

Frankas Hände krallten sich in das Kissen, das Stroh knisterte unter ihren Fingern. Sie musste stark sein, sich zusammenreißen. Ihrer Mutter hatte sie versprochen, dass es keinem Mann gelingen würde, sich in ihr Leben zu drängen und es durcheinanderzubringen. Noch einmal schniefte Franka, dann setzte sie sich auf und wischte mit den Handrücken über ihre Augen. Wulf würde niemals ein Teil ihrer Zukunft sein. Sie musste die Gedanken an ihn ablegen wie ein Paar zu eng geratener Schuhe.

Franka hatte der Heiligen Jungfrau Maria ein Versprechen gegeben, und das würde sie nun einlösen, sobald sie konnte. Jetzt musste sie ihre Mutter aufsuchen. Entschlossen erhob sie sich und verließ den Raum.

***

Wulf war unruhig. Er hatte Franka seit dem Treffen im Stall vor zwei Tagen nicht mehr gesehen. Angeblich ging es ihr nicht gut. Sie blieb in ihrer Kammer und nahm nicht an den Mahlzeiten teil. Wulf war sich sicher, dass die Krankheit nur vorgeschoben war, damit sie ihm nicht begegnen musste. Wer wusste, was sie sich für einen Unfug ausdachte, wenn sie zu lange allein war und über seinen Heiratsantrag nachgrübelte. Er wollte sie endlich wiedersehen. Allerdings konnte er schlecht in ihr Gemach eindringen. So entschloss er sich, zunächst den Palas aufzusuchen. Vielleicht war dort jemand, den er über Frankas Verbleib aushorchen konnte.

Während er die Treppe hinunterschritt und enttäuscht feststellte, dass sich niemand in der Halle aufhielt, fiel ihm auf, dass Stephan von Birken ebenfalls verschwunden war. An dem Nachtmahl vor zwei Tagen hatte er noch teilgenommen.

Er hatte Wulf gegenübergesessen und ihm immer wieder besorgte Blicke zugeworfen. Doch Wulf konnte Stephan jetzt als das sehen, was er war. Ein wohlerzogener junger Mann, hübsch anzusehen und mit dem Herz auf dem rechten Fleck. Sein Hass auf ihn war wie weggewischt. Es blieb nicht mal eine Spur von Abneigung übrig. Weshalb sollte er auch eifersüchtig auf einen Mann sein, der küsste wie ein Pferd?

Über sich selbst lächelnd, schlenderte Wulf zu dem Schachbrett hinüber, das seit seiner letzten Partie mit Franka immer noch dort aufgebaut stand. Nachdenklich betrachtete er die Figuren, die einträchtig nebeneinanderstanden. Plötzlich stutzte er. Die weiße Dame fehlte, ausgerechnet die Figur, mit der Franka ihn schachmatt gesetzt hatte.

Er bückte sich, um nachzusehen, ob sie nicht vielleicht heruntergefallen war. Doch auf dem Boden lag sie nicht. Einem inneren Zwang gehorchend, griff Wulf nach dem dunklen König, steckte ihn ein und verließ den Palas.

Der Himmel hatte sich hinter einer geschlossenen Wolkendecke versteckt, doch es regnete nicht. Instinktiv schlug Wulf den Weg Richtung Garten ein. Hoffentlich hatte er Glück und traf dort auf Franka. Hier hatten sie beide gemeinsam schöne Stunden verbracht. Wie wissbegierig sie gewesen war, wie schnell sie selbst schwierige Schlagkombinationen erlernt hatte. All das hatte ihr seine echte Bewunderung eingetragen und noch mehr.

Als er den Garten betrat, bemerkte er sogleich die Gestalt auf der Holzbank, und unwillkürlich setzte sein Herz einen Schlag aus, bevor er Heimlinde erkannte.

Zögernd näherte er sich der Herrin von Marienfeld. Er konnte sich ebenso gut bei ihr nach Franka erkundigen. »Darf ich mich zu Euch setzen?«, fragte Wulf höflich. Heimlindes grüne Augen streiften ihn mit einem kühlen Blick, ehe sie nickte.

»Ihr habt einen schönen Garten«, versuchte Wulf ein Gespräch einzuleiten. »Ich war schon oft hier.«

»Mit Sicherheit nicht, um Euch an den Gemüsesorten zu erfreuen, nicht wahr?« Sie verschränkte die Arme.

Wulf schwieg.

»Ihr habt meine Tochter in der Kunst des Schwertkampfes unterrichtet.«

»Ihr wart damit einverstanden?«, fragte Wulf erstaunt.

»Mir erschließt sich zwar nicht, inwieweit diese Kenntnisse einer zukünftigen Äbtissin nützen sollen, doch es ist immer gut, etwas Neues zu lernen. Deshalb habe ich es Franka nicht verboten.«

»Wo ist Franka jetzt?«, fragte Wulf direkt und hörte für einen Augenblick auf zu atmen.

Heimlinde sah ihn durchdringend an, bevor sie scharf antwortete: »Sie ist da, wo sie hingehört.«

»Wie soll ich das verstehen?«, blaffte Wulf gereizt, wie immer, wenn jemand in Rätseln sprach.

Die Herrin von Marienfeld seufzte. »Frankas Vorsprung dürfte groß genug sein, damit Ihr keinen Schaden mehr anrichten werdet.«

Wulf sprang auf. »Wollt Ihr damit sagen, sie ist weg?«

»So ist es. An dem Tag, als Ihr Franka hier zum ersten Mal getroffen habt, beim Nachtmahl, meine ich, da hat sie mir gesagt, mit Ihrem Eintritt ins Kloster nicht bis zu Melindas Vermählung warten zu wollen«, erklärte die Hausherrin, während sie den Ritter streng musterte. »Ihr habt nicht zufällig etwas damit zu tun?«

Wulf schwieg und versuchte, ein möglichst unbeteiligtes Gesicht zu machen.

Heimlinde nickte verständig und murmelte: »Dachte ich es mir doch, ihr beide seid euch schon vorher begegnet.« Lauter fuhr sie fort: »Etwas sagt mir, das hat mit dem Wildschwein zu tun, welches Ihr am Tag Eurer Ankunft meinem Gemahl so großzügig überlassen habt.« Wulf dachte nicht daran, auf ihre Vermutungen einzugehen, und blieb weiterhin stumm.

»Nun gut«, die Stimme von Frankas Mutter hatte inzwischen einen säuerlichen Tonfall angenommen, »es soll Euer Geheimnis bleiben. Doch was es auch sei, Franka ist nicht für Euch bestimmt.«

»Vielleicht gerade deshalb«, rutschte es Wulf hitzig heraus.

Heimlinde schüttelte den Kopf. »Sie ist in den Dienst Gottes getreten. Gestern früh hat ihr Vetter sie zum Konvent der Barmherzigen Schwestern begleitet. Ihr kommt zu spät. Nie wird sie Euch ihre Hand reichen. Ich habe sie dazu erzogen, ihren Weg in der geistlichen Welt zu gehen. Heiratet Melinda und werdet glücklich oder auch nicht. Franka bleibt, wo sie ist.«

Wulf sprang auf und ballte die Hände zu Fäusten. »Ihr wart es«, stieß er hervor, »die Franka das schlechte Bild von uns Männern eingeredet hat. Es wird Euch nichts nützen. Ich hole sie mir zurück.«

Heimlinde stand ebenfalls auf und starrte Wulf böse an. »Niemals werde ich meine Zustimmung zu einer solchen Heirat geben und Ulfried auch nicht. Ich werde nicht zulassen, dass Ihr zerstört, worauf ich mein ganzes Leben lang hingearbeitet habe.«

Wulf beugte sich vor, seine Augen zu Schlitzen verengt, doch Frankas Mutter wich nicht zurück. »Euch geht es lediglich um die Erfüllung Eures Traumes und nicht um Eure Tochter. Sie soll die Stellung einnehmen, die Ihr selbst gerne erreicht hättet.« Wulf war nahe daran, Frankas Mutter zu packen und kräftig durchzuschütteln. Doch dann warf er sich herum und verließ mit schnellen Schritten den Garten, bevor er sich zu etwas hinreißen ließ, was er später bereuen oder Franka ihm niemals verzeihen würde. Hinter sich hörte er Heimlinde siegesgewiss auflachen.

10. Kapitel

Wie Wulf richtig vermutet hatte, fand er Anselm in ihrer gemeinsamen Schlafkammer. Er saß auf seiner Bettstatt und klimperte auf seiner Laute.

»Wie siehst du denn aus? Du machst ja ein Gesicht, als hätte dich dein Pferd getreten«, wurde Wulf begrüßt. Anselm richtete sich auf und legte das Instrument zur Seite.

Wulf grummelte etwas Unverständliches und sagte dann: »Du musst mir helfen. Finde heraus, wo der Konvent der Barmherzigen Schwestern liegt.«

»Seit wann interessierst du dich für Klöster?«, fragte Anselm verblüfft.

»Ich habe geträumt, dass ich dort beten soll – sobald als möglich«, behauptete Wulf, wohl wissend, dass Anselm nichts mehr dazu sagen würde.

Als sein Freund gegangen war, stopfte Wulf hastig einige Sachen in seine Satteltaschen und machte sich auf die Suche nach Hagen. Hoffentlich hatte der nicht wieder getrunken. Wulf hatte Glück. Er traf seinen Stallmeister nüchtern bei den Tieren im Stall an. »Sattel dein Pferd, du begleitest mich«, befahl Wulf sofort.

»Wohin werden wir reiten, Herr?«

»Ich kenne nur den Namen des Ziels. Wo es liegt, weiß ich noch nicht. Anselm findet es gerade heraus«, erklärte Wulf, während er Samaras Rücken striegelte.

»Soll ich auch sein Pferd satteln?«, brummte Hagen.

»Untersteh dich. Bei meinem Vorhaben würde er nur hinderlich sein.« Hörbar atmete Hagen auf.

Gerade als Wulf die letzte Schnalle am Zaumzeug schloss, öffnete sich das Stalltor, und Anselm schlüpfte hindurch. »Der Konvent liegt etwa sechs bis sieben Reitstunden entfernt in südwestlicher Richtung.«

»Gut, wir schaffen es in fünf Stunden. Erklär mir genau, wo wir entlangreiten müssen«, forderte Wulf. Anselm zeigte ihnen den Weg, indem er mit einem Zweig auf dem Lehm der Stallgasse herumkratzte. Wenig später waren Hagen und Wulf unterwegs.

Wulfs Voraussage erwies sich als richtig. Knapp fünf Stunden später erreichten sie auf schweißnassen Pferden ihr Ziel. Der Wald lichtete sich, und vor ihnen erstreckte sich eine Ebene, in deren Mitte das klösterliche Anwesen lag, umschlossen von einer mannshohen Mauer. Linker Hand überragte eine Kirche samt Turm die Ansammlung von Gebäuden.

Die beiden Männer ritten auf das Kloster zu. Vor dem Tor stiegen sie ab, und Wulf klopfte an die Pforte. Es dauerte eine kleine Weile, bis sich das Guckloch öffnete. Eine ältere Nonne schaute hindurch. »Ihr wünscht?«, schnarrte sie.

Wulf griff die Zügel ein wenig fester und sagte: »Mein Name ist Wulfgar vom Röllberg. Gestern ist eine junge Frau hier eingetroffen. Ich muss sie dringend sehen.«

»Die Frauen in diesem Konvent haben nichts mit Männern zu besprechen«, antwortete die Alte abweisend. »Seid Ihr ein Verwandter?«

»In gewisser Weise ja. Lasst mich ein, Schwester. Glaubt mir, es ist zum Wohle des Klosters«, drängte Wulf.

»Zunächst müsst Ihr aber die Ehrwürdige Mutter aufsuchen.« Die Nonne schloss die Luke und öffnete das Tor. Wulf warf Hagen die Zügel zu, bevor dieser auf Geheiß der Schwester mit den Pferden nach rechts ging, wo sich die Stallungen befanden.

Währenddessen folgte Wulf der Pförtnerin über den Innenhof. Ein großes Haus mit vielen Fenstern ragte vor ihnen auf. Ein zweistöckiges, lang gezogenes Gebäude, in dem Wulf das Skriptorium und die Bibliothek vermutete, verband den geistlichen Bereich links mit dem wirtschaftlich genutzten Teil auf der rechten Seite.

Eine kleine Nonne kam auf sie zu, schenkte Wulf zum Gruß ein mürrisches Nicken und trat schließlich mit seiner Begleiterin ein paar Schritte beiseite. Nach einem hitzig wirkenden Gespräch im Flüsterton winkte sie ihm, ihr nachzugehen. Auf dem Weg kam ihnen eine Gruppe Novizinnen entgegen. Wulf sah jeder aufmerksam ins Gesicht – soweit das möglich war. Die ersehnten Katzenaugen konnte er jedoch nicht entdecken.

Die Nonne führte ihn direkt auf das Haus mit den vielen Fenstern zu. Wulf wartete, während die Schwester die Eingangstür öffnete und dahinter verschwand. Wenig später erschien die Nonne wieder und geleitete ihn in das Sprechzimmer der Äbtissin.

An einer der gekalkten Wände hing der Gekreuzigte und schien auf eine Truhe und ein Regal, in dem sich Pergamentrollen stapelten, hinabzublicken, die auf der gegenüberliegenden Seite standen. In der Nähe der Fensteröffnung befand sich, bedeckt mit diversen Wachstäfelchen, Büchern und weiteren Pergamenten, ein großes Pult. Hinter diesem saß sie Leiterin des Konvents und sah ihm misstrauisch entgegen, als er den Raum betrat. Wulf machte eine Verbeugung und stellte sich erneut vor.

Die Äbtissin legte den Gänsekiel beiseite, mit dem sie eben noch Notizen gemacht zu haben schien, und nickte ihm zur Begrüßung zu. Sie war eine rundliche Frau mittleren Alters mit wissenden grauen Augen. »Ich bin Mutter Isburga«, sagte sie mit angenehmer Stimme und forderte Wulf mit einer Handbewegung auf, sich auf den Stuhl ihr gegenüber zu setzen.

»Ihr wollt mich vor einer Gefahr warnen, die das Kloster betrifft?«, begann die Äbtissin. »Oder habt Ihr das nur behauptet, um eingelassen zu werden?«

»Nun ja, also nicht so direkt«, stotterte Wulf. Mutter Isburga hob eine Augenbraue und schwieg.

Wulf entschied, dass Angriff in diesem Fall die beste Verteidigung war, schließlich hatte er nichts zu verlieren, aber alles zu gewinnen. Außerdem sah Mutter Isburga vertrauenerweckend aus. Er beschloss, es mit der Wahrheit zu versuchen und ihr seine Geschichte zu erzählen.

Das Gesicht der Äbtissin verdüsterte sich zunehmend, je länger Wulf sprach. Als er geendet hatte, fragte sie: »Ist Euch arrogantem Mannsbild eigentlich nie in den Sinn gekommen, dass es sein könnte, dass sie Euch gar nicht will? Dass sie ein Leben im Kloster einer Ehe mit Euch vorzieht?«

»Durchaus ist es das. Doch ihre Meinung gegenüber Männern entspringt den schlechten Erzählungen ihrer Mutter. Außerdem wurde ihre Schwester aufgrund ihrer außergewöhnlichen Schönheit stets von jedem Mann bevorzugt und Franka dadurch jegliche Aufmerksamkeit meines Geschlechts verwehrt«, entgegnete Wulf erregt. »Ich hatte keine Gelegenheit, in Ruhe mit ihr über eine gemeinsame Zukunft zu reden. Bitte, gebt mir diese Möglichkeit.«

Mutter Isburga seufzte hörbar auf. »Ich kann keine Ordensmitglieder gebrauchen, die sich nach einem Mann verzehren. Also schön, ich werde mit ihr sprechen. Ihr wartet hier, Herr Ritter. Wenn Franka bei uns bleiben will, versprecht Ihr mir, dann zu gehen und uns nie wieder zu behelligen?«

Wulf legte eine Hand auf die Brust, an die Stelle, an der sein Herz schlug. »Ich gelobe es, es sei denn, ich hätte das Gefühl, Ihr wollt mich betrügen.«

»Was erlaubt Ihr Euch? Ich bin eine Dienerin Gottes, die sich nach den Geboten unseres Herrn richtet«, brauste die

Äbtissin auf. »Ich muss Euch den Gefallen nicht tun. Ich kann Euch auch gleich hinauswerfen lassen.«

»Verzeiht«, gab sich Wulf zerknirscht. »Nur versteht, von dieser Antwort hängen der Verlauf meines weiteren Lebens und mein ganzes Glück ab.«

»Ihres auch«, sagte Mutter Isburga und erhob sich. Sie bedeutete der Nonne, die draußen vor der Tür gewartet hatte, einzutreten und ein Auge auf den Ritter zu haben.

✻✻✻

Franka schrak zusammen, als sich die Tür zum Schlafsaal der Novizinnen öffnete, den sie gerade fegte. Mit ernster Miene trat Mutter Isburga auf sie zu. Sofort stellte Franka ihre Tätigkeit ein und umklammerte den Stiel des Besens ein wenig fester.

»Setzen wir uns kurz«, begann die Äbtissin ohne Einleitung das Gespräch und ging auf die Schlafstätte zu, die Franka zugewiesen war. Kaum war die junge Frau dem Befehl gefolgt, fragte Mutter Isburga: »Gibt es einen Mann in deinem Leben?«

»Nicht, dass ich wüsste«, stotterte Franka.

»Sagt dir der Name Wulfgar vom Röllberg etwas?« Das Gesicht der Äbtissin glich einer Maske.

Verlegen senkte Franka den Blick. Eben hatte es ihr noch Sicherheit gegeben, sich an dem Besenstiel festzuklammern. Doch der stand inzwischen an die Wand gelehnt. Halt suchend verflocht sie ihre Finger ineinander. »Es handelt sich um einen Ritter aus Lomere, das liegt nördlich von hier. Er wird mein Schwager werden. Weshalb wollt Ihr das wissen?«

Mutter Isburga lehnte sich ein wenig zurück. Sie musterte Franka eindringlich. »Er ist hier.«

»Was?« Die Lider über den grünen Augen flogen auf. Ungläubig starrte Franka die Äbtissin an.

»Wulfgar vom Röllberg sitzt gerade in meinem Sprechzimmer. Er macht mir nicht den Eindruck, als wolle er deine Schwester ehelichen.«

Franka sprang auf. Unruhig schritt sie auf und ab. »Meine Schwester wird ihn glücklich machen. Wulf liebt Melinda, nicht mich. Ich bin nicht geschaffen für die Ehe.«

Mutter Isburga wartete, bis die junge Frau einen Augenblick in ihrer Wanderung innehielt. Ruhig fragte sie: »Was ist, wenn du dich getäuscht hast und er dich wahrhaftig liebt und dich zur Frau nehmen will?«

Franka stolperte einen Schritt zurück. Zitternd legte sie eine Hand an ihren Hals, als könne sie so das heftige Schlagen ihres Herzens dämpfen. Selbst wenn es tatsächlich so sein sollte, Franka konnte nicht mit ihm gehen. Sie hatte es versprochen und durfte ihren Eltern den Gehorsam nicht verweigern und das aufs Spiel setzen, worauf ihre Mutter so lange gehofft hatte – und nicht verraten, woran sie selbst immer geglaubt hatte.

Die junge Frau wandte sich ab und der Fensteröffnung zu, blickte hinaus, ohne etwas zu erfassen. Melinda hatte ihre schwachen Seiten, aber sie war keine Lügnerin. Franka ging folglich zu Recht davon aus, dass Wulf ihr tatsächlich eine Lehre erteilen wollte. Vielleicht glaubte er, sich währenddessen wirklich ein bisschen in sie verliebt zu haben. Doch das änderte nichts – durfte nichts ändern. Sie war ehrlich genug, sich einzugestehen, dass sie Wulf nicht noch einmal sehen durfte. Die Gefahr war zu groß, sich ihm doch noch an den Hals zu werfen.

Sie straffte die Schultern, dann drehte sie sich zu der Äbtissin um, die sie noch immer abwartend ansah. »Hier gehöre ich hin, Ehrwürdige Mutter, nicht an seine Seite. Sagt ihm bitte, er soll meine Schwester heiraten.«

Langsam erhob sich die Ältere. »Wie ich den jungen Mann einschätze, wird es ihm schwerfallen, mir zu glauben, wenn ich ihm deine Entscheidung mitteile. Er wird einen Beweis verlangen, dass ich mit dir gesprochen habe. Gibt es etwas, was zwischen euch vorgefallen ist, was kein Außenstehender wissen kann?«

Angestrengt überlegte Franka. Sie wollte der Ehrwürdigen Mutter weder von dem Wildschwein noch den Schwertkampfübungen erzählen. Zögernd schritt sie auf ihr Bett zu und griff in das Kissen. In der Strohfüllung hatte sie die Dame aus dem Schachspiel versteckt, die sie einem verbotenen Impuls folgend als Erinnerungsstück hatte behalten wollen. »Mit der Figur habe ich ihn im Schach besiegt«, gab sie zu. »Ich weiß, persönlicher Besitz ist nicht erlaubt.«

»Dennoch hast du die Spielfigur mitgenommen.« Der Tadel in der Stimme war nicht zu überhören. Franka senkte beschämt den Kopf, während sie die Dame in die ausgestreckte Hand der Äbtissin legte. »Es wäre ohnehin kein gutes Versteck gewesen, Kind«, sagte Mutter Isburga wieder freundlicher. »Jetzt geh wieder an die Arbeit.«

***

Wulfs Stiefelspitzen scharrten über den Steinfußboden, während er auf dem Stuhl wartete. Schließlich hielt er es nicht mehr aus, stand auf und lief im Raum umher, argwöhnisch von der Nonne beäugt, die nicht ein einziges Wort an ihn richtete. Endlich erschien erneut Mutter Isburga und schickte die Schwester hinaus.

»Ihr seid allein?«, fragte Wulf überflüssigerweise, nachdem er den Hals gereckt hatte, um zu sehen, ob Franka der Äbtissin nicht doch folgte.

»Sie will Euch nicht sehen.«

Enttäuschung und Schmerz legten sich wie ein Mantel um Wulf. »Das hat sie gesagt?«, presste er hervor.

»Es tut mir leid für Euch, doch ihre Antwort lautet ›Nein‹.«

Wulf spürte Tränen in seinen Augen brennen. Er schüttelte den Kopf. »Das glaube ich nicht, sie liebt mich.«

»Mag sein«, gab Mutter Isburga zu, »dass sie den Entschluss mit dem Kopf getroffen hat, nicht mit dem Herzen. Dennoch ist es eine Entscheidung, die es zu respektieren gilt.«

»Ihr könnt doch nicht so lange bei ihr gewesen sein und nur dieses einzige Wort zu hören bekommen haben«, gab Wulf sich nicht geschlagen.

Unmutsfalten bildeten sich auf der Stirn der Äbtissin. »Das Anwesen des Klosters ist weitläufig, es brauchte etwas Zeit, zu ihr zu gelangen. Aber Ihr habt recht, sie hat noch mehr gesagt.«

»Was?«, erkundigte sich Wulf mit belegter Stimme.

»Franka hat mir das hier für Euch mitgegeben. Damit Ihr Euch davon überzeugen könnt, dass ich tatsächlich mit ihr gesprochen habe.« Mit diesen Worten reichte Mutter Isburga Wulf die Dame aus dem Schachspiel.

Wulf schloss die Augen. Seine Hand verkrampfte sich um das kleine Stück Birkenholz. »Würdet Ihr Franka auch etwas von mir geben?«, fragte er tonlos.

»Persönlicher Besitz und dazu noch ein Andenken an Euch? Wie stellt Ihr Euch das vor?« Missbilligend schüttelte Mutter Isburga den Kopf.

»Nicht von mir, lediglich eine andere Figur vom Schachspiel ihres Vaters.« Wulf holte den König hervor. »Bitte«, flehte er. »Gebt ihn ihr. Sollte sie jemals in Gefahr sein, soll sie ihn mir schicken.«

»Gefahr? Hier im Kloster? Ich glaube, Gefahr droht ihr nur von Euch«, sagte die Äbtissin streng.

»Nein. Ich liebe sie mehr als alles auf der Welt. Wenn

ihr Glück hinter diesen Mauern liegt, dann werde ich ihren Wunsch respektieren.«

Mutter Isburga sah ihren ungebetenen Besucher scharf an. »Sie bat mich, Euch etwas auszurichten.«

Wulfs Lippen bebten. »Das wäre?«

»Ihr sollt Frankas Schwester heiraten. Reitet zurück nach Marienfeld und haltet um Melindas Hand an.«

Wulf konnte ein Stöhnen nicht unterdrücken. Er spannte die Kiefermuskeln an. Ein leises Knirschen war zu hören, bevor er den Kopf senkte. »Sagt ihr, ich werde ihren Wunsch erfüllen. Ob ich nun Melinda heirate oder eine andere zum Weib nehme, das spielt jetzt keine Rolle mehr.« Er verneigte sich. »Ich danke Euch, dass Ihr mit Franka gesprochen habt.«

»Kein Misstrauen mir gegenüber mehr?«, fragte die Äbtissin.

Bereits an der Tür, drehte sich Wulf nochmals zu der Ordensfrau um. »Sollte ich je erfahren, dass Ihr gelogen habt, werdet Ihr bis zum Jüngsten Tag in der Hölle schmoren und ich werde Euch persönlich dorthin schicken.«

***

Franka fegte wie eine Besessene den Schlafsaal. Was war nur in Wulf gefahren, hier im Kloster zu erscheinen? Jagdtrieb, schoss es ihr durch den Kopf.

Kurz hielt sie mit ihrer Arbeit inne. Wulf reizte es lediglich, um etwas zu kämpfen, das er offensichtlich nicht haben konnte. Das war die einzige mögliche Erklärung. Oder war da doch mehr? Wulf war ein einfühlsamer Mensch, das hatte er ihr bewiesen.

Energisch schüttelte Franka den Kopf, zügelte ihre Gedanken und nahm ihre Tätigkeit wieder auf. Ob er glücklich mit ihrer Schwester würde? Franka konnte zwar keine Gemeinsamkeiten zwischen den beiden sehen. Doch wenn Wulf sanft mit Melinda umging und es ihr gelang, sich ein wenig auf sie und ihre Ehe einzulassen, anstatt deren Gelingen als Selbstverständlichkeit hinzunehmen, könnte es zumindest eine harmonische Ehe werden.

Die Tür öffnete sich, und Mutter Isburga betrat abermals den Raum. Mit hochgezogenen Augenbrauen sah sie sich um. »Ich glaube, der Raum ist nun sauber genug«, meinte sie mit Blick auf den kleinen Haufen, bestehend aus Staub, geknickten Strohhalmen und Mörtelbröckchen, welche die junge Frau aus den Fugen der rötlichen Tonfliesen gekehrt hatte.

»Ist er weg?«, fragte Franka angespannt.

Die Äbtissin streckte die Hand aus und gab ihr den dunklen König. »Er hat darauf bestanden«, sagte sie. »Solltest du je in Gefahr sein oder glauben, ihn zu brauchen, sollst du ihm diese Figur schicken. Verstecke den König besser als die Dame, damit er nie gefunden wird. Erzähle niemandem davon, sonst muss ich ihn dir abnehmen. Zudem wirst du Wulfgar vom Röllberg innerhalb dieser Mauern niemals erwähnen.«

Frankas Finger umschlangen den König und drückten ihn bebend an ihre Brust. »Ich gelobe zu schweigen.«

Sichtlich zufrieden wandte sich Mutter Isburga ab, bevor sie nochmals innehielt. »Ihm ist nur dein Glück wichtig, auch wenn das bedeutet, auf dich verzichten zu müssen. Du bist sicher, dass du bei deiner Entscheidung bleibst?«

Franka zögerte nur einen Wimpernschlag lang, dann nickte sie. Der Kloß in ihrem Hals hinderte sie daran zu sprechen. Mitleidig sah die Äbtissin sie an. »Unser Orden braucht Menschen wie dich, ausgestattet mit einem festen Willen. Wulfgar ist im Begriff, fortzureiten und deine Schwester um ihre Hand zu bitten. Wenn du ihn noch einmal sehen willst, solltest du zur Kirche laufen und auf den Turm steigen. Er hat den Hof schon verlassen.«

Franka ließ den Besen fallen. Sie floh aus dem Raum, eilte die Treppen hinunter und überquerte das kleine Stück Innenhof, das zwischen ihr und der Kirche lag. Bewusst ignorierte sie die Blicke der Nonnen, die sich im Freien aufhielten und ihr missbilligend nachsahen. Franka hastete die Stufen des Glockenturms hinauf bis zu einer Öffnung, die nach Nordosten zeigte.

Ihr Blick suchte den Horizont ab. Die an das Kloster angrenzenden Felder und einige Höfe lagen vor ihr, doch den Mann, den sie zu sehen hoffte, entdeckte sie nicht. Enttäuschung wallte in ihr auf. Ein letztes Mal nur wollte sie ihn sehen. »Maria, bitte«, wisperte sie gegen den Stein.

Plötzlich bemerkte sie zwei Pferde, die hinter einer Baumgruppe hervortrabten. Ein großes dunkelbraunes, auf dem eine schlanke Gestalt ritt, und ein etwas dickliches hellbraunes, auf dem unverkennbar Hagen saß. Die beiden erklommen eine kleine Anhöhe, blieben stehen und blickten noch einmal zum Kloster herüber.

Obwohl Franka wusste, dass Wulf sie aus dieser Entfernung niemals erkennen könnte, drückte sie sich an die Mauer. Es war albern, dennoch hatte sie das Gefühl, er würde sie sonst entdecken. Mit klopfendem Herzen verfolgte sie, wie Wulf Samara nach einer Weile antrieb. Er hielt den Kopf gesenkt. Seine sichtbare Trauer erschütterte Franka zutiefst. Was, wenn sie sich geirrt hatte? Verzweifelt lehnte sie sich an die Steine und ließ ihren Tränen freien Lauf.

11. Kapitel

September 1226

Der Tag der Hochzeit war gekommen.

Frankas letztem Wunsch gehorchend, war Wulf nach Marienfeld zurückgekehrt und hatte um Melindas Hand angehalten.

Nun stand er in Lomere neben seiner Braut vor dem Altar der Kirche, die dem Heiligen Johannes geweiht war, und wartete auf seine Vermählung. Das Gotteshaus bestand lediglich aus einem einschiffigen Langhaus, das in einen Chor mündete und gerade so für die Hochzeitsgäste ausreichte.

Melinda sah geradezu überirdisch schön aus. Ein Kranz aus roten Blumen war in ihr Haar geflochten worden. Um die Taille ihres nahezu weißen Gewandes schlang sich ein Gürtel aus rot gegerbtem Leder. Sie strahlte über das ganze Gesicht und lauschte aufmerksam den Worten des Pfarrers.

Wulf war sich sicher, dass fast jeder Mann in dieser Kirche gerne an seiner Stelle wäre. Was für eine Ironie des Schicksals. Was hätte er gegeben, um jetzt neben Franka zu stehen? Er sollte sich endlich zusammenreißen. Melinda war schön und gebildet. Vielleicht könnte er sie eines Tages lieben, wenn es ihm im Moment auch unvorstellbar erschien.

Er wandte sich um und ließ seine Augen über die Anwesenden schweifen. In der ersten Reihe stand neben dem etwas verkniffen wirkenden Anselm sein sichtlich stolzer Vater. Er war hochgewachsen mit schulterlangem, braunem lockigem Haar, das bereits etliche graue Strähnen aufwies. Ein zynisches Grinsen blitzte in Wulfs Mundwinkeln auf. Endlich einmal war Johannes vom Röllberg mit seinem Sohn zufrieden. An seiner Seite stand Wulfs Mutter Alvara und lächelte dem Bräutigam zu. Sie reichte seinem Vater gerade so bis zur Schulter. Ihr langes braunes Haar war unter dem Gebände verborgen. Wulfs Blick wurde bei ihrem Anblick weich, verhärtete sich jedoch sogleich wieder, als er Melindas Eltern erfasste. Ulfried sah gerührt auf den Rücken seiner älteren Tochter. Heimlinde zog eine Augenbraue empor, und ihre Lippen kräuselte ein triumphierendes Lächeln. Schnell drehte sich Wulf wieder dem Priester zu.

Von der auf Latein gehaltenen Messe verstand er nicht viel. Während der kahlköpfige Priester die Ringe segnete, zog das steinerne Taufbecken Wulfs Aufmerksamkeit auf sich. Mit etwas Glück würde er eines Tages davorstehen, um seinen Sohn in die Gemeinschaft der Christen aufnehmen zu lassen.

Beinahe hätte Wulf seinen Einsatz verpasst. Erst das fragende Gesicht des Geistlichen und der Blick aus Melindas runden Augen ließen ihn erkennen, was von ihm erwartet wurde. Er sagte ›Ja, mit Gottes Hilfe‹ zu dieser Ehe und steckte seiner Braut zum Zeichen seines Gelöbnisses einen schmalen Goldreif an den Finger. Es war vorbei. Er war vermählt. Wulf musste endgültig alle Hoffnung auf ein Leben mit Franka fahren lassen.

Als sie aus der Kirche traten, ging leichter Nieselregen auf die Hochzeitsgesellschaft nieder. Sie ließen die wenigen Häuser bald hinter sich, die sich um das Gotteshaus angesiedelt hatten, und ritten durch das Tal der Acher bis etwa zur Einmündung des Baches Naaf. Von dort ging es steil bergan, bis sie schließlich den Wohnsitz auf dem Röllberg erreichten.

Seit Tagen hatten sich alle auf dieses Hochzeitsmahl vorbereitet. In der Halle standen Tische aneinandergereiht, um jedem Gast Platz zu bieten. Es war gekocht, gebacken und gebraten worden, was immer die Küche hergab. Die Bauern hatten das beste Stück Vieh, das sie besaßen, für dieses Ereignis abgegeben. Das Holz der Tafeln war unter der Fülle der Speisen nicht mehr zu sehen.

Neben den Dorfbewohnern und etlichen Waffengefährten seines Vaters waren Ritter der näheren und weiteren Umgebung zugegen. Stephan von Birken hatte es vorgezogen, dem Treiben fernzubleiben, wofür Wulf ihm dankbar war. Noch immer nagte der Groll in ihm, dass Frankas Vetter ihr zur Flucht ins Kloster verholfen hatte.

Im Moment schätzte er sich jedoch glücklich, in Hörweite Heinrichs von Schonrode zu sitzen. Seine Burg befand sich knapp einen halben Tagesritt nordwestlich vom Röllberg. Der erfahrene Kreuzritter hatte vor acht Jahren Seite an Seite mit dem Grafen Adolf von Berg vor Damiette gekämpft. Heinrich erzählte allen, die es hören wollten, und allen, die es nicht mehr hören konnten, was er während der Kämpfe erlebt hatte.

Wulf hing geradezu an seinen Lippen.

»Der Kaiser hat sich verpflichtet, nächstes Jahr im August ins Heilige Land aufzubrechen«, fuhr der Ritter fort, doch Wulf winkte ab. »Geredet hat er schon oft davon, dem aber nie Taten folgen lassen, abgesehen von Männern und Schiffen.«

Heinrich von Schonrode legte den Kopf schief. »Jetzt ist er aber mit Isabella von Brienne verheiratet, der Erbin des Königreiches Jerusalem, und hat somit ein persönliches Interesse, dorthin zu gelangen. Im April dieses Jahres hat er die Fürsten des Reiches nach Cremona gerufen, um Einzelheiten der Kreuzfahrt zu beraten. Dieses Mal wird er selbst aufbrechen.«

»Möglich«, gab Anselm zu. »Aber wir wissen auch, dass Friedrich II. ein strategischer Meister ist. Ich glaube erst an seine Abfahrt, wenn sie tatsächlich erfolgt ist.« Wulfs kurz aufflackernde Freude fiel in sich zusammen. Solange sein Freund zweifelte, tat er es auch.

Plötzlich bemerkte Wulf die Bemühungen seiner Mutter um seine Aufmerksamkeit. Er entschuldigte sich bei seinen Tischnachbarn und ging zu Alvara hinüber. Die zog ihn am Ärmel ein wenig abseits. »Melinda ist gegangen«, raunte sie ihrem Sohn zu.

Wulf sah verständnislos drein. »Sie wird schon nicht weglaufen.«

»Aber Wulf«, tadelte Alvara. »Sie ist bereits in eure Kammer gegangen.«

Jetzt hatte er begriffen, was seine Mutter damit sagen wollte. Er warf Heinrich von Schonrode einen Blick zu. Der hob prompt den Becher und prostete ihm zu. Wulf wandte sich wieder an seine Mutter und sagte betont ruhig: »Sie wird müde sein, denkt Ihr nicht?«

Alvara sah ihren Sohn zunächst scharf an und schlug ihm dann spielerisch vor die Brust. »Hör auf, mich zu necken. Du weißt genau, was ich meine.«

Wulf nickte. »Ich kenne meine Pflichten. Doch ich möchte Melinda noch etwas Zeit geben.«

»Tust du es ihr zuliebe oder weil du dich lieber noch mit dem Haudegen aus Schonrode unterhalten willst?«, fragte Alvara streng.

»Ein wenig von beidem vielleicht«, gab Wulf zu. Als seine Mutter ihn als Nächstes fragte, ob er glücklich sei, brachte sie seine Selbstbeherrschung ins Wanken. Er musste schlucken und wich ihrem Blick aus. »Ja, Mutter«, antwortete er schließlich.

»Was hat es mit dem Schatten auf sich, der eben über dein Gesicht gehuscht ist, mein Sohn?«, wollte Alvara wissen.

»Ihr müsst Euch getäuscht haben. Wahrscheinlich das Flackern des Lichts. Ich habe die schönste Frau der Welt geheiratet, meine Eltern sind glücklich über diese Ehe, und wenn ich noch einen Sohn zeuge, habe ich alle meine Pflichten erfüllt.«

»Ich hatte so gehofft, Melinda würde für dich mehr sein als eine bloße Pflichterfüllung«, sagte Alvara traurig.

Jetzt konnte Wulf seiner Mutter offen in die Augen sehen. »Das ist sie. Unsere Heirat war die Verwirklichung eines Wunsches. Ich wollte Melinda heiraten.« Er sah, dass er seine Mutter nicht ganz überzeugt hatte, doch sie ließ es auf sich beruhen.

»Verbringe nicht mehr zu viel Zeit bei den Gästen. Für eine Frau, die nicht weiß, was auf sie zukommt, wird das Warten zur Qual.«

»Ich werde Euren Rat beherzigen«, versprach Wulf.

Dennoch verstrich geraume Zeit, und Alvara musste ihren Sohn noch einmal an sein Versprechen erinnern. Schließlich jedoch verabschiedete sich Wulf von der Tafel und ging gemächlichen Schrittes den Weg zu der Kammer, die er ab heute mit Melinda teilen würde. Zögernd blieb er vor der Tür stehen. Es erschien ihm ein wenig befremdlich, an seine eigene Tür zu klopfen, und so entschied er sich dagegen. Leise öffnete er sie und trat ein.

Wie erwartet lag seine Braut wach im Bett und sah ihm entgegen. Sie sagte kein Wort, doch er erkannte Erwartung und ein wenig Aufregung in ihrem Blick. Wulf räusperte sich und setzte sich auf seine Seite des Bettes. Ebenfalls wortlos zog er die Stiefel aus, entledigte sich der Beinlinge und des Hemdes. Langsam drehte er sich um. Die Blumen waren aus dem Haar verschwunden. Es hing offen auf ihre Schultern hinab und umfloss sie wie ein Kranz aus purem Gold. Wulf schluckte. Er verspürte plötzlich ebenso viel Furcht wie sie. Verlegen betrachtete er seine Fingerspitzen. »Es wird wehtun. Nur heute, danach nicht mehr. Ich werde vorsichtig sein. Wenn Euch«, er verbesserte sich, »wenn dir etwas unerträglich ist, dann sage es.«

Doch seine Frau sah bei Weitem nicht so ängstlich aus, wie

er erwartet hätte. Sie machte auf ihn eher den Eindruck eines Schafs, das sich damit abgefunden hatte, gleich zur Schlachtbank geführt zu werden. Er stand auf und ging zur Fensteröffnung.

»Was ist?«, fragte Melinda in seinem Rücken. »Willst du nicht anfangen?«

Wulf schlug mit der flachen Hand gegen das Mauerwerk und fuhr herum. »Ich kann nicht«, schrie er beinahe. »Du liegst da, wunderschön und gottergeben, wie auf einem Altar. Es ist, als wäre ich im Begriff, eine Heilige zu schänden.«

Melinda lächelte verständnisvoll und klopfte auf den Platz neben sich. »Ein großes Kompliment, mich so schön und anbetungswürdig zu finden, dass du dich nicht traust, deinen Pflichten nachzukommen. Ich danke dir, doch die Ehe muss vollzogen werden.« Sie überlegte einen Augenblick. »Ich mache dir einen Vorschlag«, fuhr sie fort. »Du legst dich jetzt zu mir und machst die Augen zu. Vielleicht gibt es eine Frau, bei der du nicht in Ehrerbietung versinkst. Stelle sie dir vor und versuche es, damit wir es endlich hinter uns bringen.«

Ergeben zuckte Wulf mit den Achseln, ging zurück zur Bettstatt und legte sich neben seine Braut. Er senkte die Lider. Augenblicklich tauchte ein Gesicht vor seinem inneren Auge auf. Es war umrahmt von braunem Haar. Das flackernde Licht der Kerzen ließ es rötlich schimmern. Grüne Katzenaugen blickten ihn von unten herauf an, und volle Lippen reckten sich ihm entgegen, bereit, seinen Kuss zu erwidern. Wulf griff nach seinem Weib. Er kannte weder den Körper der einen noch den der anderen. Es stand ihm frei, sich vorzustellen, wen immer er wollte.

Er ließ sich viel Zeit, streichelte seine Frau ausgiebig. Wulf liebkoste die makellos weiße Haut ihrer wohlgeformten Brüste und setzte die kleine Spur seiner Küsse über den schlanken Hals bis zu ihrem Mund fort. Als seine Lippen die ihren berührten, spürte er für einen flüchtigen Moment wie durch einen Nebel, dass etwas falsch war.

Seine kurze Empfindung entfernte sich wieder, als er zwei zarte Hände spürte, die sein Becken umfassten und ihn hinunterzogen. Mit Gewalt drängte er den Namen zurück, der ihm über die Lippen kommen wollte. Er nahm den Leib unter sich in Besitz und hörte ein kurzes Aufstöhnen. Wulf wartete, bis er fühlte, wie der Körper unter ihm sich ein wenig entspannte, und er glaubte, der Schmerz sei verebbt.

Seine Bewegungen waren sanft, zärtlich und liebevoll. Sein Atem wurde schneller, als er sich schließlich dem intensiven Gefühl hingab und den regungslosen Körper unter sich ausblendete. Wie im Rausch kam er seiner Pflicht nach, bis schließlich dem rhythmischen Zucken seiner Lendenmuskulatur die Entspannung folgte. Sofort spürte er die Hände, die sich gegen seine Schultern stemmten. Er hob den Kopf und öffnete die Augen. Für einen Moment sah er irritiert auf Melinda hinunter.

»Ist es vorbei?«, fragte sie. »Bist du fertig?« Sofort rollte Wulf sich von ihr ab und nickte verlegen.

»Dauert das immer so lange?«, wollte Melinda kühl wissen.

»Das kommt darauf an«, sagte Wulf. »Aber heute war es das erste Mal für dich. Ich wollte uns Zeit lassen.«

»Also künftig geht es schneller?«

Wulf spürte, wie Ärger in ihm hochkochte. »Was soll die Fragerei? Heute hattest du wahrscheinlich nicht viel Gefallen daran. Doch ich hoffe, das ändert sich, sobald ich weiß, was du magst.«

Seine Frau richtete sich auf. Verächtlich sah sie ihn an. »Du glaubst doch nicht im Ernst, dass ich bei dieser Sache jemals Vergnügen empfinden werde? Ich bin dazu erzogen worden, meinen Platz als Herrin auf einer Burg einzunehmen, mit allem, was dazugehört, auch den ehelichen Pflichten. Ich werde sie erdulden, weil ich dir Kinder schenken muss. Wenn du mir nicht allzu oft beiliegst, lässt es sich aushalten. Doch du kannst dich mühen, wie du willst, keiner kann mich dazu zwingen, daran auch noch Freude zu haben.«

Wulf spürte einen beinahe übermächtigen Drang, Melinda die Hände um den Hals zu legen und kräftig zuzudrücken. Stattdessen drehte er sich wortlos um und griff nach Hemd und Beinlingen. Er stand bereits an der Tür, als er noch einmal zurückblickte. »Dann hoffe ich für uns, du empfängst bald ein Kind, damit du mich nicht länger ertragen musst als nötig.« Schwungvoll riss er die schwere Holztür auf und ließ sie mit einem Knall hinter sich ins Schloss fallen.

***

Zwei Tagesritte entfernt lag Franka wach im Schlafsaal der Novizinnen. Das Schnarchen und gleichmäßige Atmen um sie herum verrieten ihr, dass alle anderen Mädchen eingeschlafen waren.

Vorsichtig tastete sie nach dem König aus dunklem Holz, den sie, an ein längeres Lederband geknotet, unter ihrer Kleidung versteckt trug. Ihre Hand drückte die Figur an ihre bloße Haut.

Heute war der Tag von Melindas Vermählung gewesen, wie sie durch einen Brief ihrer Mutter erfahren hatte. Wulf hatte Frankas Wunsch tatsächlich erfüllt. In den vergangenen Wochen hatte Franka sich erfolgreich eingeredet, die Hochzeit wäre auch sein Wille gewesen.

Es fiel ihr nicht leicht, sich in die klösterliche Gemeinschaft einzuleben. Erwartungsgemäß hatte sie die größten Schwierigkeiten mit Gehorsam und Demut. Sie bemühte sich aufrichtig, ihre Zunge im Zaum zu halten, doch das war nicht einfach. Die Annehmlichkeiten ihres bisherigen Lebens vermisste sie nicht. Persönlicher Besitz hatte ihr noch nie etwas bedeutet – abgesehen von jenem kleinen hölzernen König um ihren Hals. Es war ihr, als würde durch die Figur eine Verbindung zu Wulf bestehen. »Wenn sie ihn je brauchen sollte«, hatte er zu Mutter Isburga gesagt. Sie brauchte ihn nicht, würde ihn nie zu ihrem Schutz benötigen, dessen war sie sich sicher. Und doch war es gut, seinen König bei sich zu tragen. Es gab ihr das Gefühl, als würde ein Teil von ihm immer auf sie aufpassen.

Ob er gerade mit Melinda zusammen war? Frankas Kehle verengte sich. Sicher fand sie seine Küsse genauso aufregend, wie sie selbst sie empfunden hatte. Franka verbot sich, weiter darüber nachzudenken. Es tat so fürchterlich weh. Wieso konnte es so schmerzen, wo sie doch genau wusste, dass sie den richtigen Weg gewählt hatte?

Franka schluchzte leise und weinte sich in den Schlaf.

***

Wulf blieb einen Augenblick vor der Kammertür stehen und versuchte, seinen Frust und seine Wut unter Kontrolle zu bringen. Er musste raus hier – und zwar schnell. Etliche Gäste waren über Nacht in der Halle untergebracht, und einige von ihnen waren sicher noch nicht eingeschlafen. Anzügliche Bemerkungen wollte er sich heute ersparen. In seinem Zustand konnte er für nichts mehr garantieren, und es bestand die Gefahr, dass doch noch Blut fließen würde. Er wollte von niemandem gesehen werden, also schlug er den Weg in die entgegengesetzte Richtung ein. Als er an Anselms Kammer vorbeikam, hörte er ein gleichmäßiges Klatschen. Wulf stutzte. Er wusste, sein Freund geißelte sich von Zeit zu Zeit, weil er glaubte, sündige Gedanken zu haben. Wulf konnte sich beim besten Willen nicht vorstellen, welche Verfehlungen sein

Freund begangen haben könnte. Eines Tages würde er Anselm deshalb zur Rede stellen. Doch jetzt hatte er zu viel mit sich selbst zu tun.

Wulf setzte seinen Weg fort. Er schlich auf bloßen Füßen über den Steinboden, bis er zum Wehrturm gelangte. Dort stieg er die Treppen hinab. Vorsichtig öffnete er die Tür nach draußen. Alles war ruhig. Der Regen hatte aufgehört, und es begann aufzuklaren. Die Sterne funkelten auf ihn hinab. Wulf ging an der inneren Mauer entlang bis zum Stall. Er öffnete das Tor nur einen Spaltbreit und schlüpfte hindurch.

Die Reitpferde standen vorne, die Zuchtstuten weiter hinten. Im Dunkeln tastete sich Wulf bis zu Samara vor. Sie schnaubte leise zur Begrüßung, und Wulf vergrub seinen Kopf in ihrer Mähne.

Er spürte, wie ihn die Nähe seines Pferdes beruhigte. Sein Zorn begann sich aufzulösen. Wulf dachte an die Frau, der sein Herz gehörte. Was Franka jetzt wohl gerade tat? Zu dieser fortgerückten Stunde sollte sie im Schlafsaal sein. Ob sie manchmal an ihn dachte?

Er war sich heute ihrer so sehr bewusst gewesen. Wulf stöhnte. Nie würde er Franka wirklich besitzen, nur in seinen Träumen.

Doch ein kleines Stück hatte er von ihr. Neben seinen Erinnerungen blieb ihm die Dame aus dem Schachspiel. Sie lag unter dem Strohsack seines Bettes. So war sie stets bei ihm, wenn er schlief.

Wulf zuckte zusammen. Was, wenn Melinda die Figur fand? Möglicherweise erkannte sie die Dame als Teil des Schachspieles ihres Vaters. Er musste einen anderen Ort für sein Kleinod finden. Vielleicht sollte er die Figur um den Hals tragen. Solange er sein Hemd vor Melinda anbehielt, war dort der sicherste Platz. Außerdem gefiel ihm die Vorstellung, einen Teil von Franka ständig bei sich zu tragen.

Franka! Wulf lehnte sich an die Stallwand. Langsam wurde ihm die ganze Tragweite seiner Situation bewusst. Er hatte bisher keinerlei kriegerische Erfolge vorzuweisen. Dass er jemals einen Fuß ins Heilige Land setzen würde, war lediglich eine vage Hoffnung, und er war gefesselt an eine Frau, die er nicht liebte und wahrscheinlich niemals lieben konnte.

Er rutschte an der Wand entlang hinunter auf den Boden, zog die Knie an und vergrub sein Gesicht zwischen den Armen. Samara stupste ihn mit ihren weichen Nüstern an und prustete ihm ins Haar. Wulf bestand aus purer Verzweiflung. Sein Körper bebte. Zum ersten Mal seit seiner Kindheit begann er zu weinen. Er hatte sein Leben gründlich verpfuscht.

Teil 2

Februar 1227 – Frühjahr 1229

12. Kapitel

Es war nach der Terz, dem Gebet zur neunten Stunde, als Franka von der Kirche hinüber zum Skriptorium eilte. Nach über einem halben Jahr im Kloster fiel es ihr immer noch schwer, gemessenen Schrittes zu gehen. Zumal, wenn es so kalt war wie an diesem Februartag. Franka versteckte die Finger noch tiefer in den weit geschnittenen Ärmeln ihres Habits.

Nachdem sie die Treppen in das Obergeschoss hinaufgelaufen war, ging sie betont langsam zu ihrem Pult neben einer Maueröffnung. Diese war im Winter mit einem ölgetränkten Leder verhangen, um die Kälte ein wenig abzuhalten. Deshalb war es in dem Raum erheblich dunkler, und an jedem Platz brannte eine Kerze, was die zusätzliche Achtsamkeit aller erforderte. Mit einem kleinen Lächeln auf den Lippen legte Franka ihre Arbeitsutensilien zurecht: Pinsel, Tinten und Radiermesser. Sie spürte die Freude in sich aufsteigen, als sie das Bild des Heiligen Martin von Tours betrachtete, an dem sie gerade arbeitete. Gewissenhaft begann Franka, mit Eiklar das Gold auf den römischen Helm zu tupfen. Obwohl diese filigrane Arbeit ihre ganze Aufmerksamkeit fordern sollte, schweiften ihre Gedanken ab.

Im Grunde gefiel Franka das Leben im Kloster. Schwester Almatia, die Leiterin des Skriptoriums, hatte Frankas außergewöhnliche Begabung für das Illuminieren von Bildern erkannt und förderte diese. Wenn sie unbeobachtet waren, sparte Schwester Almatia nicht mit Lob für ihre gelehrige

Novizin. Dann huschten ihre kleinen, etwas knotigen Finger über das Pergament, zeigten auf Einzelheiten, die ihr gefielen oder die sie verbesserungswürdig fand. Ab und an stieß die vornübergebeugte, hutzelige Person mit den leicht trüben Augen leise Geräusche des Entzückens oder des Missfallens aus.

Noch nie in der Geschichte des Konvents war einer Novizin eine solch verantwortungsvolle Aufgabe übertragen worden, wurde Schwester Almatia nicht müde zu betonen. Franka strengte sich an, die Vorgaben der Leiterin ganz genau umzusetzen. Hin und wieder wagte sie es jedoch, kleine eigene Vorschläge zu unterbreiten. Zu ihrem Erstaunen stimmte Schwester Almatia ihnen gelegentlich zu. Dann gelang es Franka kaum, das Gefühl des Stolzes zu unterdrücken, das in ihr aufstieg.

Auch Mutter Isburga betrachtete Frankas Fortschritte mit Wohlwollen. Sie sorgte dafür, dass Franka von den meisten anderen Pflichten entbunden wurde, damit sie überwiegend im Skriptorium der Leiterin zur Hand gehen konnte.

Dies blieb den anderen Mitgliedern des Konvents nicht verborgen. Manche gönnten es Franka, andere wiederum betrachteten sie mit Argwohn. Eine von ihnen war Edelgard, Frankas Bettnachbarin im Schlafsaal. Sie schien jede von Frankas Bewegungen zu beobachten. Die beiden waren im selben Alter. Während Franka jedoch klein und mit wohlgeformten Rundungen versehen war, war Edelgard von hoch aufgeschossener Gestalt und unglaublich hager. Franka ertappte sich mehr als ein Mal dabei, wie sie innehielt und lauschte, ob nicht Edelgards Knochen unter dem Habit aneinanderklapperten.

Die Gesichtszüge der Novizin wirkten hart, was von den hervorstehenden Wangenknochen noch verstärkt wurde. Die spitze Nase der jungen Frau zitterte jedes Mal, wenn ihre

Besitzerin sehr bewegt war. Doch etwas gab es an Edelgard, was Franka im ersten Augenblick die Sprache verschlagen hatte. Die beiden Novizinnen hatten eine einzige Gemeinsamkeit: Edelgard hatte ebenso grüne Augen wie Franka, wenn auch deren Lider schmaler geschnitten waren. Frankas temperamentvolles und gelegentlich überschäumendes Wesen andererseits stand im krassen Gegensatz zu der beherrschten, manchmal kühl und abweisend wirkenden Haltung Edelgards.

Besonders in den ersten Wochen ihres Eintritts ins Kloster war es vorgekommen, dass Franka eine Verfehlung gar nicht als solche erkannt hatte. Edelgard hatte sie deshalb schon oft vor der Kapitelversammlung angeschwärzt, natürlich nur, um zu verhindern, dass sie vom rechten Weg abkam, wie sie behauptete. Unwillkürlich umklammerte Franka den Griff des Pinsels aus Marderhaar ein wenig fester. Von jeder Nonne und Novizin wurde erwartet, sich selbst zu denunzieren. Geschah dies nicht, so sollte ihr Gelegenheit gegeben werden, das Versäumnis nachzuholen. Erst wenn dies nach wiederholter Aufforderung nicht geschah, sollte die andere Nonne es vor der Versammlung bekunden.

Tatsache war jedoch, dass es einige Mitglieder des Konvents nur allzu genau nahmen, ihre Mitschwestern auf den guten Pfad zurückzuführen. Edelgard gehörte definitiv dazu. Nie hatte sie Franka zuvor angesprochen, sondern immer gleich deren Verfehlungen öffentlich gemacht.

Daraufhin suchte Franka Mutter Isburga in ihrem Sprechzimmer auf und vertraute sich ihr an. Die Äbtissin neigte verstehend den Kopf. »Das Beste wird sein, Franka, wenn du alles anzeigst, ganz gleich, ob es ein unbedachtes Wort während der Schweigezeit war, eine zu lasch ausgeführte Bekreuzigung oder mangelnder Eifer bei der Ausführung von dir übertragenen Aufgaben. Mit der Zeit wirst du schon ein Gespür dafür bekommen. Übe dich in Nachsicht Edelgard gegenüber. Sie stammt aus einfacheren Verhältnissen als du, doch ihr Ehrgeiz steht dem deinen nicht nach.«

»Ehrgeiz ist falsch«, murrte Franka.

»Das sagst ausgerechnet du?« Lächelnd beugte sich Mutter Isburga über den Tisch. »In gewisser Hinsicht ist er aber auch förderlich. Ich appelliere an deine Nächstenliebe, Franka. Ich weiß, du hast das größere Herz. Bestimmt gelingt es dir, Edelgard ihre Fehler nachzusehen.«

Franka seufzte und fügte sich. Sie versuchte ernsthaft, mit Edelgard Frieden zu schließen. Eines Tages, als sie zusammen zur Arbeit im Kräutergarten eingeteilt waren, sprach sie die andere sogar darauf an und wagte es, das Wort Freundschaft zu erwähnen. Entrüstet verbat sich Edelgard eine solche Anbiederung, wie sie es nannte. Schließlich waren Freundschaften in der klösterlichen Gemeinschaft verpönt. Beinahe hatte Franka erwartet, dass die Novizin sie deswegen erneut bei der Kapitelversammlung anzeigen würde, doch dieses Mal war Edelgard stumm geblieben. Franka beschloss, sie künftig zu ignorieren, soweit das in einem Kloster möglich war.

Die Tür des Skriptoriums öffnete sich, und Edelgard schlüpfte hindurch. Offenbar war sie erst jetzt mit der ihr zugeteilten Arbeit fertig geworden. Mit gesenktem Kopf ging sie auf das Pult neben Franka zu. Edelgard verfügte zwar nicht über Frankas Begabung und durfte deshalb keine Bilder illuminieren, doch sie war sehr geschickt, was das Zeichnen von Ornamenten anging. Es ärgerte Franka, dass ihre Kontrahentin ebenfalls im Skriptorium eingesetzt wurde. Das hatte sie sicherlich allein der Fürsprache der Priorin, Schwester Gertrud, zu verdanken. Edelgard war Gertruds Liebling. Natürlich durfte es so etwas nicht geben, doch alles, was Edelgard tat, fand Gnade vor Gertruds Augen, während die Priorin sich gleichzeitig dazu berufen fühlte, Franka zu tadeln, wann immer sich die Gelegenheit bot. Schwester Gertrud war der jungen Frau unheimlich. Ihre stechend blauen Augen huschten ständig prüfend umher, nichts entging ihrem scharfen Blick. Die gebogene Nase wuchs aus dem schmalen Gesicht heraus und ließen Franka beim Anblick der Frau an einen Raubvogel denken, der beständig auf der Suche nach Beute war. Das Antlitz der Priorin war mit tiefen Falten durchzogen, die dafür sorgten, dass ihre Stirn stets gerunzelt war und die Mundwinkel nach unten hingen. Das verstärkte den Eindruck der Strenge und Härte, den diese Frau ausstrahlte. Sie entstammte einer der mächtigsten Adelsfamilien des Reiches und verfügte über großen Einfluss.

Im Stillen ermahnte sich Franka, ihre Aufmerksamkeit wieder auf die Illustration des Heiligen Martin zu lenken. Es war eine Auftragsarbeit wie die meisten anderen. Viele dieser Aufträge wurden über Schwester Gertrud beschafft, und das Kloster hatte gut zu tun. Im Skriptorium arbeiteten deshalb etliche Nonnen. Die weniger begabten stellten die verschiedenfarbigen Tinten her. Die meisten schrieben Texte aus der Heiligen Schrift ab oder kopierten Bücher aus der Bibliothek. Andere, wie Edelgard, verzierten die Texte mit Initialen oder Ornamenten. Lediglich Franka und Schwester Almatia war es gestattet, die Bilder zu illuminieren.

Der Helm des Heiligen Martin glänzte golden. Zufrieden begann Franka, den Pinsel zu säubern, bevor sie sich dem Hintergrund zuwenden konnte, der das Blau des Himmels an einem wolkenlosen Sommertag darstellen sollte. Franka schielte zum Nachbarpult hinüber, an dem Edelgard die vorgezeichneten Ranken grün ausmalte. Die Novizin erinnerte Franka ein wenig an ein Frettchen, das Schwester Gertrud zur Jagd abgerichtet hatte. Franka konnte das Kichern nicht ganz unterdrücken, welches das Bild eines hinter ihr herschnüffelnden Frettchens auslöste. Schnell blickte sie auf. Ihre Befürchtung bestätigte sich. Edelgard musterte sie mit zusammengekniffenen Augenbrauen.

Beschämt senkte Franka den Kopf. Bei der nächsten Kapitelversammlung würde sie auf dem Boden ausgestreckt beichten müssen, warum sie beim Illuminieren des Heiligen Martin gelacht hatte. Seufzend ermahnte sich Franka, dies als eine weitere Gelegenheit zu sehen, sich darin zu üben, demütig ihr Schicksal anzunehmen.

Dabei glaubte Franka nicht an eine Vorbestimmung des Weges. Zumindest einmal hatte sie die Möglichkeit gehabt, sich gegen dieses Leben zu entscheiden. Sie seufzte unhörbar. Wehe ihr, wenn Edelgard jemals auch nur die leiseste Ahnung von der Holzfigur bekäme, die sie um den Hals trug. Franka unterdrückte den plötzlichen Impuls, die Hand daraufzulegen.

Sie hatte Wulf nie wiedergesehen, und doch musste sie nur die Augen schließen, und er stand vor ihr. Jeden Abend betete sie für ihre Familie, für ihren Schwager jedoch ganz besonders. Sie bat die Heilige Jungfrau, seinen Wunsch zu erfüllen und ihn nach Jerusalem ziehen zu lassen. Gleichzeitig flehte sie um seine gesunde Rückkehr.

Franka zwang sich, nicht länger an die Gefahren zu denken, die Wulf begegnen könnten. Stattdessen griff sie nach dem Rinderhorn mit der Tinte, die hauptsächlich aus geriebenem Azurit bestand. Sie warf nochmals einen Seitenblick zu Edelgard hinüber, die vorgab, konzentriert zu arbeiten. Es wurde Zeit, sich Gedanken darüber zu machen, wie Franka ihr unbotmäßiges Kichern erklären wollte.

***

»Wulf, willst du es dir nicht noch einmal überlegen? Bedenke doch, die Kirche verbietet diese Wettkämpfe«, ließ Anselm nicht locker.

»Die Kirche wird wohl kaum dafür sorgen, dass ich ein geeignetes Streitross für die Kreuzfahrt bekomme«, entgegnete Wulf brummig. »Zudem erfreuen sich Turniere zunehmender Beliebtheit. Sie sind eine Gelegenheit, die eigenen kämpferischen Fähigkeiten unter Beweis zu stellen und dann auch noch Waffen, Rüstung und Pferd des Gegners zu erringen.«

»Was ist, wenn du stirbst?«, hielt Anselm dagegen. »Du erhältst zwar geistlichen Trost, aber die Bestattung in geweihter Erde wird dir auf ewig versagt.«

»Ich habe nicht die Absicht zu sterben, mein Freund.«

Mit einer Handbewegung wischte Anselm den Einwand fort. »Das hat wohl niemand. Aber wenn ich mir dein Pferd so ansehe, dann erkenne selbst ich, wie gering deine Erfolgsaussichten sind, gegen ein gestandenes Streitross zu gewinnen.«

Vielsagend glitt Anselms Blick zu dem schmächtigen Rapphengst, den Wulf am Zaum gepackt hatte. Caesar war ein Pferd aus der Zucht seines Vaters. Er war hübsch anzusehen mit der durchgehenden schmalen Blesse und den vier weißen Fesseln. Zudem war er gutmütig und willig, nach Wulfs Meinung aber auch ungeschickt und dämlich. Da Caesar nicht für die Fortpflanzung taugte, hatte sein Vater ihn Wulf großzügig angeboten. Der junge Ritter fuhr sich mit gespreizten Fingern durch die Locken. Immerhin lief er so nicht Gefahr, seine Stute Samara an den Gegner zu verlieren. Doch Caesar zeigte sich als wenig gelehrig. Er brauchte erheblich länger als alle anderen Pferde, um zu begreifen, was sein Reiter von ihm verlangte. Zudem hatte er die Angewohnheit, ständig zu stolpern. Das hatte sich zwar etwas gebessert, aber nur, wenn Wulf ihn hoch konzentriert ritt. Doch wie sollte er das im Turnier anstellen? Dort hatte er die Aufmerksamkeit seinem Gegner zu widmen und keine Hand für die Zügel frei, weil er Schild und Lanze halten musste.

Bis zum Turnier, zu dem Graf Heinrich von Sayn auf Burg Blankenberg geladen hatte, waren es noch sechs Wochen. Es gab viel zu tun, wollte er mit Caesar zumindest die erste Runde im Tjost überstehen. Resigniert wandte Wulf sich ab und schritt auf das Tor zu.

»Wulfgar?« Melindas hohe Stimme drang von hinten an sein Ohr. Sie hatte ihm gerade noch gefehlt. Wulfs Laune kühlte sich weiter ab. Sein Griff um die Zügel wurde ein wenig fester, als er stehen blieb.

»Wenn du nach Syberg reitest, bringst du mir bunte Bänder vom Markt mit?«

»Ich reite nicht in die Stadt«, erklärte er, ohne sich umzudrehen.

»Wohin dann?« Wulf hörte ihre Verärgerung. Er wusste, dass seine Gemahlin wegen des Turniers schon sehr aufgeregt war – oder vielmehr wegen der Aussicht, dem Grafenpaar und seinen Gästen zu begegnen. Außerdem freute sie sich auf die Händler, Spielleute und Gaukler, die ein solches Spektakel anzog. Er konnte es ihr nicht einmal verdenken, gab es doch auf dem Rittersitz selten Abwechslung.

»Auf die Wiese, um diesen Gaul auf das Turnier vorzubereiten«, antwortete er eine Spur freundlicher. Wulf nahm zwei tiefe Atemzüge, ehe er den Kopf wandte und hinzusetzte: »Du kannst nächste Woche gemeinsam mit Anselm in die Stadt reisen und dir deinen Tand selbst aussuchen.«

Freudestrahlend klatschte Melinda in die Hände und stieß einen kleinen Juchzer aus, der Anselm lächeln ließ und Wulf eine Gänsehaut verursachte. Ohne ein Wort des Dankes abzuwarten, das wahrscheinlich ohnehin nicht gekommen wäre, schritt er mit Caesar durch das Tor.

Es dauerte nicht lange, bis Wulf die flache Wiese erreichte, die ihm als Übungsplatz diente. In die Mitte hatte er eine Reihe Pfähle einschlagen und mit Bändern verbinden lassen, deren Enden im Wind flatterten. Mittlerweile erschreckten sie Caesar nicht mehr; immerhin diesen Fortschritt konnte er verbuchen. Ohne die Pfahlreihe war es Wulf allerdings beinahe unmöglich, das Pferd halbwegs geradeaus galoppieren zu lassen, ohne ständig in die Zügel zu greifen. Etwas entfernt hatte Wulf einen Rolandsgalgen errichten lassen. Die Übungslanze lehnte dagegen. Flüchtig stieg in Wulf die Erinnerung hoch, wie er das erste Mal mit Caesar darauf zugeritten war. Kaum hatte die Lanze den Schild getroffen, hatte das Pferd einen gewaltigen Satz zur Seite gemacht. Nur mit Mühe war Wulf im Sattel geblieben. Es lag noch viel Arbeit vor ihm, und er durfte keine Zeit verschwenden, wollte er sich auf dem Turnier mit dem Hengst nicht vollkommen lächerlich machen. Verstimmt schwang er sich in den Sattel und begann, Caesar warm zu reiten. Dabei schweiften seine Gedanken zu Melinda.

Hatte er noch zu Beginn seiner Ehe geglaubt, im Laufe der Zeit echte Zuneigung zu ihr entwickeln zu können, musste er sich inzwischen eingestehen, dass er sich getäuscht hatte. Seine Gemahlin war ihm vollkommen gleichgültig. Nur hin und wieder brachte sie ihn mit ihren Forderungen und Einstellungen an den Rand seiner Beherrschung. Anselm schien dies jedes Mal zu ahnen und griff vermittelnd ein.

»Er hätte Melinda heiraten sollen«, murmelte Wulf Caesar zu, der mit hängenden Ohren unter ihm dahintrabte. »Anselm bringt die nötige Geduld für dieses Weib auf. Ich hätte mich bestimmt schon längst vergessen, wenn er nicht wäre.«

Unwillkürlich tastete Wulf nach der kleinen Holzfigur aus dem Schachspiel, die er an einem Lederband um den Hals trug. Die Dame war seine ständige Begleiterin. Auf sie hatte er die Hand gelegt, als er vor Kurzem in der Kirche zu Lomere das Stoffkreuz aus den Händen des Priesters empfangen hatte. Wanderprediger waren durch das Land gezogen und hatten für die Kreuzfahrt geworben. Sogleich war Wulf, begleitet von Anselm, zur Kirche des Heiligen Johannes geritten. Bis zu diesem Moment war sich Wulf nicht sicher gewesen, ob sein Freund diesen Weg gemeinsam mit ihm gehen würde. »Auch ich habe Schuld auf mich geladen und mein Seelenheil in Gefahr gebracht«, hatte er zur Antwort erhalten.

Das konnte sich Wulf nun wirklich nicht vorstellen, kommentierte die Aussage aber nicht. Er wusste aus Erfahrung, dass Anselm schweigen würde und sich niemals davon überzeugen ließe, eine der reinsten Seelen zu besitzen, die Wulf kannte.

Just in diesem Moment knickte Caesar unter ihm weg und erinnerte den jungen Mann daran, dass er hier war, um mit dem Pferd zu arbeiten. Wulf verkürzte die Zügel, ritt zum Rolandsgalgen und griff nach der Übungslanze und entfernte sich wieder ein Stück von dem Übungsgerät. Caesar spitzte die Ohren.

»Sieh mal an!« Wulf musste grinsen. »Da will wohl jemand zeigen, was in ihm steckt.« Er wendete das Pferd, trieb es an und galoppierte, die Lanze im Anschlag, auf den Galgen zu. Punktgenau traf er den Schild, der knarrend herumschwenkte, während Caesar ruhig weiterlief. Mehrere Male wiederholte Wulf die Übung, bis er schließlich zufrieden den Hals des Hengstes streichelte. »Du machst dich, Kleiner. Morgen wagen wir den Tjost, aber dabei muss Anselm uns helfen.«

Nach dem Frühmahl am nächsten Tag ritten Wulf und Anselm Seite an Seite, gerüstet mit Lanze und Schild, auf die Wiese. Das Licht der morgendlichen Sonnenstrahlen ließ die Tautropfen im noch feuchten Gras aufblitzen. Nachdem sie eine Weile stumm die Pferde warm geritten hatten, ließ Anselm das seine an das andere Ende der Pfahlreihe traben. Dann brachte er die Lanze in Stellung und nickte Wulf zu. Gleichzeitig galoppierten sie los. Caesar hielt die Spur, bis sich die Pferde fast erreicht hatten, dann brach er aus.

Fluchend parierte Wulf ihn durch. Doch auch beim zweiten und dritten Versuch machte Caesar einen Satz zur Seite. Niemals würde Wulf so seinen Gegner treffen können.

Anselm setzte den Helm ab und gab zögernd zu bedenken: »Kann es sein, dass Caesar Angst hat, verletzt zu werden?«

»Dieses Pferd fürchtet sich sogar vor seinem eigenen Schatten«, brummte Wulf, »aber da fällt mir gerade etwas ein.«

Auf sein Geheiß legten sie die Waffen ab und stellten sich erneut gegenüber auf. Sobald keine Lanzenspitze mehr auf ihn gerichtet war, galoppierte Caesar brav an den Bändern entlang. Wulf erkannte, dass er in wesentlich kleineren Schritten vorankam, als er sich gewünscht hatte. Sorgenvoll runzelte er die Stirn.

Sie übten bis zum frühen Nachmittag, zunächst mit dem Schild, später auch mit der Lanze, wobei Anselm diese stets senkrecht hielt. Sobald er die Spitze senkte, brach Caesar aus. Verärgert beendete Wulf die Arbeit für den Tag, nachdem er ein letztes Mal mit aufgerichteter Lanze an Anselm vorbeigaloppiert war.

»Machst du Fortschritte?«, fragte ihn sein Vater beim Nachtmahl neugierig.

»Es ist viel schwerer als vermutet. Caesar hat kein Kämpferherz. Ich bezweifle fast, dass es mir gelingt, ihn ausreichend auf das Turnier vorzubereiten«, stöhnte Wulf.

Johannes vom Röllberg wiegte den Kopf, strich sich eine silberne Locke aus der Stirn, die einst so dunkel wie die seines Sohnes gewesen war. »Ich wäre bereit, dir bis zum Turnier meinen Knappen als Hilfe zu überlassen. Lorenz ist gewissenhaft, er wird dir nützlich sein.«

Überrascht sah Wulf seinen Vater an, bevor sein Blick die Tafel entlang zu dem Jungen wanderte. Lorenz war siebenjährig als Page auf den Röllberg gekommen. Mit seinen mittlerweile fünfzehn Jahren war er relativ groß gewachsen und gertenschlank. Das strohblonde Haar fiel ihm ständig vor die blauen Augen, sodass er es wieder zurückblies und dabei seine Nase kräuselte, auf der Dutzende von Sommersprossen tanzten. Er war ein ruhiger und gelehriger Knappe, der sich gut zu verteidigen wusste.

Freundlich nickte Wulf dem Jungen zu. Augenblicklich leuchteten Lorenz´ Augen auf. Ein Turnier gab es nicht oft in der Grafschaft, und eine aufregende Abwechslung war immer willkommen.

13. Kapitel

März 1227

Nach dem vielen Regen der letzten Zeit streckte Franka ihr Gesicht sehnsüchtig den Strahlen der Frühlingssonne entgegen. Gemächlich ging sie an den Pfeilern des Kreuzganges entlang, damit sie möglichst lange die Helligkeit genießen konnte. In den Händen hielt sie einen der seltenen Briefe ihrer Mutter.

Heimlinde teilte ihrer jüngeren Tochter mit der für sie so typischen steilen Handschrift die Neuigkeiten aus Marienfeld mit: wer gestorben war, wer geheiratet und wer Nachwuchs bekommen hatte. Das Ungewöhnliche stand zum Schluss. Das war es auch, was ihre Mutter dazu bewogen hatte, zur Feder zu greifen. Heimlinde hatte Franka gegenüber weder Melinda noch Wulf je erwähnt, bis zu diesem Brief.

In einem der letzten Sätze erbat sie Frankas Beistand. Melinda habe bis jetzt noch kein Kind empfangen, und ihr Schwager – Wulf wurde namentlich nicht genannt – wolle in absehbarer Zeit ins Heilige Land ziehen. Franka solle ihre Schwester doch inbrünstig in ihre Gebete einschließen, damit sie ihrem Gemahl den ersehnten Erben schenkte. Sollte er nicht von der Kreuzfahrt zurückkehren, so könne Melindas nächster Gemahl zumindest sicher sein, dass sie fruchtbar war.

Franka unterdrückte den Drang, das Pergament zu zerreißen, und rollte es ein. Sie dachte gar nicht daran, den Wunsch ihrer Mutter zu erfüllen. Ob Wulf über die Kinderlosigkeit enttäuscht war? Mit Sicherheit, doch Franka ahnte, dass er zu pflichtbewusst war, um seine Ehe aus diesem Grunde zu lösen.

Nachdenklich ging die Novizin über den Hof auf das Skriptorium zu. Sie arbeitete immer noch an dem Bildnis des Heiligen Martin von Tours, mit dem sie nicht vollkommen glücklich war. Die rote Farbe aus einer Mischung von Zinnober, Grünspan und Bleiweiß missfiel ihr. Sie wünschte sich mehr Leuchtkraft für den Mantel, den der Heilige gerade mit dem Schwert teilte, um ihm dem knienden Bettler zu überreichen. Doch die Leiterin war mit der Ausführung zufrieden. Bei der Schrift für den Namen hatte Franka sich für einen bestimmten Gelbton entschieden, leider fehlte ihr dazu Safran. Schwester Almatia hatte versprochen, ein gutes Wort bei der Äbtissin einzulegen, ihr aber wenig später bedauernd mitgeteilt, dass Safranfäden im Moment nicht zu bekommen seien.

»Franka?«

Die leicht schnarrende Stimme Edelgards riss sie aus ihren Überlegungen. Sofort flog Frankas Kopf herum, und sie starrte die hagere Novizin aus zusammengekniffenen Augen an. »Was willst du von mir?«

»Ich?«, tat Edelgard erstaunt. »Nichts.«

Franka ballte die Hände zu Fäusten, zwang sich, der anderen reglos in das lange, nach unten spitz zulaufende Gesicht zu sehen. Schließlich verzog das Frettchen die schmalen Lippen. »Die Ehrwürdige Mutter schickt mich. Du sollst sofort zu ihr ins Sprechzimmer kommen.«

Verwundert schenkte Franka der anderen ein knappes Nicken und machte sich dann wortlos auf den Weg. Es war sehr ungewöhnlich, dass die Ehrwürdige Mutter um eine Zeit nach ihr schickte, in der ihre Arbeitseinheit im Skriptorium bevorstand. Es musste etwas sehr Wichtiges sein. Plötzlich machte Frankas Herz einen Satz. Hoffentlich erwartete sie keine schlechte Nachricht.

Ihr Atem ging zunehmend flacher, als sie die Tür zum Sprechzimmer aufdrückte. Ihr Blick fiel auf eine zornig dreinblickende Mutter Isburga, die hinter ihrem Schreibtisch saß und die davorstehende Schwester Gertrud anfauchte: »Dies ist mein letztes Wort in dieser Angelegenheit.«

Die Priorin verschränkte die Arme. Die Flügel ihrer Raubvogelnase bebten leicht. »Ich denke nicht, dass ...« Sie verstummte augenblicklich, als sie Franka bemerkte. Zögernd blieb die Novizin im Türrahmen stehen.

Der Ärger verschwand aus dem Gesicht der Äbtissin und machte dem gewohnten gütigen Ausdruck Platz. »Komm näher, Kind.«

Der Handbewegung folgend, trat Franka neben Schwester Gertrud vor den Schreibtisch. Schweigend wartete sie, bis Mutter Isburga das Wort an sie richtete. »Ich habe dich rufen lassen, weil ich dir eine besondere Aufgabe übertragen will. Wir erwarten morgen eine neue Mitschwester. Ihr Name ist Marie. Durch Gottes Fügung hat sie den Brand ihres Klosters überlebt, doch das Gebäude ist nicht mehr zu retten. Deshalb hat der Bischof den Konvent aufgelöst und verfügt, dass die Nonnen verteilt werden. Ich möchte, dass du dich ihrer ein wenig annimmst.«

»Ich?«, wagte Franka überrascht zu fragen. »Aber warum? Ich bin doch nur eine Novizin. Als Schwester hat sie doch schon das ewige Gelübde abgelegt. Wie kann ich ihr da noch zur Seite stehen, unwissend, wie ich bin?«

Das Lächeln um Mutter Isburgas Lippen vertiefte sich. »Ihr seid im selben Alter, Marie ist sogar ein wenig jünger als du. Sie hat ein großes Wissen über Heilpflanzen und kann dir viel über Kräuter und Gewürze erzählen, aus denen Farben und Tinten hergestellt werden. Dafür hilfst du ihr bei der Eingewöhnung.«

Sprachlos wanderte Frankas Blick von der Äbtissin zur Priorin, deren Mund schmal wie ein Strich wirkte. Ihre blauen Augen wurden noch ein wenig heller, als sie nun hervorstieß: »Ich warne dich nochmals, Isburga. Franka ist nicht die Richtige für diese Aufgabe, übertrage sie lieber Edelgard.«

Natürlich dachte Schwester Gertrud nur an ihren Liebling. Das Wohlergehen dieser Marie schien sehr wichtig für die beiden Nonnen zu sein. Trotzig straffte sich Franka. Feierlich versprach sie: »Ich danke für Euer Vertrauen und werde mein Bestes geben, Ehrwürdige Mutter.«

Die Äbtissin nickte wohlwollend. »Davon bin ich überzeugt, mein Kind.« Die Priorin schnaubte ungehalten, machte auf dem Absatz kehrt und rauschte wortlos aus dem Zimmer. Verblüfft sah Franka ihr nach.

»Sie glaubt, du wärst dieser Aufgabe nicht gewachsen«, erklärte Mutter Isburga überflüssigerweise.

»Was ist denn so Besonderes daran, einem neuen Ordensmitglied zur Seite zu stehen?«, wollte Franka neugierig wissen.

»Eigentlich nichts«, räumte die Äbtissin ein. »Marie hat viel durchgemacht, und ich halte dich für verständnisvoller als Edelgard. Du wirst ihr in der kommenden Zeit eine Stütze sein.«

»Woher wisst Ihr so viel über Schwester Marie?«

Franka konnte den Gesichtsausdruck der Äbtissin nicht deuten, als diese nun antwortete: »Der Bischof sagte, sie passe gut in unseren Konvent und hat mir deshalb einiges über sie mitgeteilt. Aber, Kind, ich habe dich noch aus einem anderen Grund rufen lassen«, lenkte Mutter Isburga Frankas Aufmerksamkeit von der neuen Mitschwester ab. Sie beugte sich vor und öffnete die kleine Truhe, die auf dem Tisch stand. Ihr entnahm sie einen Leinenbeutel und reichte ihn Franka mit den Worten: »Öffne ihn.«

Behutsam löste die Novizin das Band. Kaum hatte sie hineingeblickt, stieß sie einen kleinen Schrei des Entzückens aus.

Der Beutel war angefüllt mit getrockneten Fäden aus den Blütennarben des Safrans. »Ehrwürdige Mutter«, brachte Franka bewegt hervor.

Die Äbtissin schloss die Truhe wieder. Sichtlich zufrieden sagte sie: »Nun kannst du dem Heiligen Martin den Glanz verleihen, der ihm zusteht.«

»Von wem habt Ihr den Safran bekommen? Schwester Almatia sagte, er wäre im Moment nirgendwo zu haben.«

Gespielt tadelnd, schüttelte Mutter Isburga den Kopf. »Immer so wissbegierig nach weltlichen Dingen. Ein Abt hat mir die Fäden gesandt. In seinem Skriptorium hatten sie einen größeren Vorrat. Doch nun erwarte ich, dass du damit das helle, leuchtende Gelb mischst, das dem Ruhm des Heiligen entspricht. Geh jetzt an die Arbeit.«

»Danke, Ehrwürdige Mutter, vielen Dank.« Glücklich drückte Franka den Leinenbeutel gegen ihre Brust und verließ den Raum.

Am nächsten Tag verkündete die Äbtissin im Anschluss an die morgendliche Kapitelversammlung, dass eine neue Mitschwester eintreffen werde. Nach der Versammlung war allgemeines Reden erlaubt, und es herrschte eine unterschwellige Unruhe unter den Nonnen und Novizinnen. Einige schwätzten aufgeregt durcheinander, andere sahen überrascht, neugierig oder ablehnend aus. Edelgard verzog keine Miene, woraus Franka schloss, dass sie vorab bereits durch Schwester Gertrud von dem Neuankömmling unterrichtet worden war. Ob die Priorin ihrem Liebling auch mitgeteilt hatte, dass Franka Marie zur Seite stehen sollte, obwohl Gertrud lieber Edelgard mit dieser Aufgabe betraut hätte?

Wieder im Skriptorium, betrachtete Franka zufrieden die fertig gemischte gelbe Farbe, bestehend aus Kalbsgalle, Schwefel und den ausgewaschenen Blütennarben des Safrans.

Sie wollte gerade den Gänsekiel in die Tinte tauchen, als sie hörte, wie die Pforte geöffnet wurde und ein Wagen in den Hof rollte. Das musste Marie sein. Franka unterdrückte den Wunsch, zur Fensteröffnung zu schauen. Noch immer hing das Leder als Kälteschutz davor, und sie hätte ohnehin nichts sehen können.

Ein prüfender Blick nach links zeigte ihr, dass Edelgard die Geräusche ebenfalls gehört hatte. Sie hielt kurz in ihrer Zeichnung des Ornaments inne, bevor sie sich wieder über ihre Arbeit beugte. Franka fuhr fort, mit dem Federkiel in fein geschwungenen Buchstaben den Namen des Heiligen Martin auf den azurblauen Hintergrund zu malen. Das Gelb leuchtete ihr entgegen, und die Novizin konnte sich ein kleines Lächeln nicht verkneifen. Sie bemerkte, wie Edelgard sie aus den Augenwinkeln beobachtete. Sofort betrachtete Franka den Heiligen vor ihr mit gerunzelter Stirn. Das fehlte gerade noch, dass dieses Frettchen ihr Hochmut und Stolz auf ihr eigenes Werk unterstellte.

Als Franka gerade dabei war, den Kiel zu reinigen, öffnete sich die Tür zum Skriptorium. Eine der jüngeren Schwestern trat ein. Gemessenen Schrittes ging sie zu der Leiterin hinüber, die am ersten Pult stand und eingehend eine grünliche Farbmischung betrachtete. Da Schwester Almatia mit dem Gesicht zu den anderen stand, konnte Franka sehen, wie sie unwirsch die Brauen zusammenzog, als die Nonne ihr etwas zuflüsterte.

»Jetzt?«, zischte die Leiterin so laut, dass die Umstehenden es hören konnten.

»Die Ehrwürdige Mutter ... «, setzte die andere an, doch Schwester Almatia winkte ab. Sie hob den Blick und sah Franka direkt an. Mit einer Kopfbewegung gab sie ihr zu verstehen, an ihr Pult zu treten. Franka legte den Kiel beiseite und ging nach vorne.

»Du sollst sofort zu Mutter Isburga kommen«, wurde sie empfangen. »Deinen Arbeitsplatz musst du später aufräumen.«

Franka war froh, wenigstens mit dem Schriftzug fertig geworden zu sein. Wenn sie ihre Arbeit mittendrin hätte unterbrechen müssen, wäre sie dem Ruf höchst ungern gefolgt. So aber siegte die Neugierde auf Marie, und sie verließ das Skriptorium.

Im Sprechzimmer der Äbtissin blickten Mutter Isburga und Schwester Gertrud die junge Nonne, die vor ihnen stand, ernst an. Leise schloss Franka die Tür hinter sich. Die Ehrwürdige Mutter rang sich zu einem kleinen Lächeln durch. »Das ist sie. Franka wird dir zur Seite stehen und dir helfen, dich hier einzugewöhnen.«

Marie drehte sich um. Franka konnte es gerade noch verhindern, einen Seufzer der Erleichterung auszustoßen. Sie sah in das rundliche Gesicht eines Engels mit leuchtenden blauen Augen und weichen Zügen. Das Lächeln, das ihr jetzt geschenkt wurde, war so herzerwärmend, dass Franka es instinktiv erwiderte.

»Ich sehe schon«, sagte Schwester Gertrud ein wenig bissig, »da haben sich zwei gesucht und gefunden.«

Eines stand für Franka jetzt schon fest: Die Priorin konnte Marie nicht leiden. Sofort fühlte sie sich der jungen Nonne verbunden, und plötzlich sah Frankas Zukunft viel heller aus.

***

Tief holte Wulf Luft, ehe er Anselm zunickte, der auf der anderen Seite der Wiese seine Position bezog. Noch immer war Wulf mit Caesars Leistung nicht zufrieden, doch der hübsche Hengst hatte gewaltige Fortschritte gemacht. Mittlerweile brach er kaum noch aus, wenn Anselm mit gesenkter Lanze auf sie zugaloppiert kam. Er hatte offenbar verstanden, dass der Angriff nicht ihm, sondern ausschließlich seinem Reiter galt. Wulf hatte sogar die Bänder entfernen lassen. Dennoch musste der Ritter immer darauf gefasst sein, dass Caesar sich widerspenstig zeigte.

Den Schild erhoben, die Lanze im Anschlag, galoppierte Wulf an. Die Entfernung zu Anselm verringerte sich schnell. Dessen Lanze war auf Wulfs Schild gerichtet. Der junge Ritter verstärkte den Griff um die Waffe, jeden Augenblick den Stoß erwartend, um gleichzeitig selbst einen Treffer anzubringen. In diesem Moment trat Caesar in ein Loch und sackte unter ihm weg. Anselms Lanze schrammte um Haaresbreite an Wulfs Hals vorbei. Kopfüber flog der Ritter aus dem Sattel und landete auf dem Rücken. Für einen Moment blieb Wulf die Luft weg, bevor er sich auf die Seite wälzte und aufsprang. Sein Gesicht glühte vor Zorn. Mit einem Wutschrei stürzte er auf den Hengst zu, der gerade die Vorderbeine in den Boden stemmte, um sich aufzurichten.

»Dämliches Vieh«, brüllte er außer sich. »Wer mit dir antritt, wird das Turnier erst gar nicht überleben. Ich sollte dich meinem Gegner direkt schenken, zu Fuß werde ich eher gewinnen.«

Caesar kam hoch und schüttelte sich kräftig. Er sah seinen Reiter an, als wollte er sagen: »Was regst du dich so auf, du lebst ja noch.«

Immer noch erbost, schnappte Wulf nach den Zügeln. »Wir beenden das Trauerspiel für heute, mir ist nicht nach weiteren Stürzen zumute.« Der mitleidige Blick, den sein Freund ihm zuwarf, war nicht geeignet, seinen Zorn zu dämpfen.

***

Der erste Eindruck, den Franka von Marie gewonnen hatte, bestätigte sich. Sie war eine aufmerksame Zuhörerin. Neugierig folgte sie der Novizin, die sie durch die Klosteranlage führte. Besonders das Herbarium hatte es ihr angetan. Die Kräuterküche bestand aus einem großen Raum, der im hinteren Bereich durch einen Vorhang abgeteilt war. Rechts vom Eingang führte eine Tür in den angebauten Krankensaal. Entlang der Wände waren Bretter befestigt, auf denen verschlossene Tongefäße standen. In ihnen wurden die gehackten Kräuter, Blüten und Wurzeln aufbewahrt.

Franka stellte Marie der Leiterin vor, Schwester Hedwig, die auf der linken Seite an einem grob gezimmerten Arbeitstisch unterhalb der mit Häuten verhangenen Fensteröffnung stand. Die etwas mürrisch dreinblickende Nonne rührte getrocknete Arnikablüten in einen Tiegel mit Schweineschmalz. Das Fett verströmte einen leicht ranzigen Geruch. Maries fein geschwungene Augenbrauen bewegten sich aufeinander zu, während sie die alte Frau beobachtete. Warnend schüttelte Franka kaum merklich den Kopf. Hoffentlich kam Marie nicht auf den Einfall, gleich an ihrem ersten Tag Schwester Hedwig einen Verbesserungsvorschlag zu unterbreiten. Die junge Nonne hielt sich die Nase zu und betrachtete kritisch die Kräuterbündel, die von einem Deckenbalken hingen. »Du sollst dich mit Heilpflanzen auskennen«, erklang die unangenehm hohe Stimme der Leiterin plötzlich.

Marie zuckte zusammen. »Ein wenig«, gab sie bescheiden zu, Daumen und Zeigefinger von den Nasenflügeln lösend. Nach dem, was die Äbtissin Franka erzählt hatte, war ihr Wissen ziemlich umfangreich. Doch es war taktisch klug von Marie, dies vor Schwester Hedwig zunächst zu verschweigen.

»Dann sage mir doch, was das für eine Blume ist«, forderte die alte Nonne und deutete mit dem Zeigefinger auf das Häufchen gelber Blüten, das noch auf dem Tisch lag.

Es dauerte eine kleine Weile, ehe Marie antwortete: »Das ist Arnika.«

Schwester Hedwig grunzte. »Nun, das war nicht allzu schwierig. Weißt du auch, wofür diese Salbe verwendet wird?«

Wieder zögerte Marie einen Moment. »Sie hilft bei Prellungen und Verstauchungen.«

Jetzt nickte die alte Nonne. »Immerhin scheinst du einige Grundkenntnisse zu haben. Ich habe gehört, dass du mir zur Hand gehen sollst. Aber deine Empfindlichkeit musst du ablegen. In einem Herbarium herrschen nicht immer nur angenehme Düfte.« Entschuldigend lächelte Marie die Ältere an.

»Komm jetzt«, drängte Franka, die verhindern wollte, dass die Leiterin noch mehr Fragen stellte. »Ich muss dir noch den Garten zeigen, auch wenn da im Moment nicht viel wächst.«

Marie und Franka schritten die fast leeren Beete entlang.

»Mutter Isburga macht auf mich einen strengen, aber auch gerechten Eindruck«, bemerkte Marie.

»Oh ja, das ist sie«, bekräftigte Franka und erzählte von der Äbtissin, während sie auf den Kreuzgang zuschlenderten und sich dort auf der steinernen Bank niederließen.

»Und die andere, die mit der Adlernase?«, wollte die Nonne wissen.

»Schwester Gertrud ist die Priorin des Klosters.«

»Priorin?« Maries Nase kräuselte sich. »Der Heilige Benedikt warnt doch davor. Schon oft fühlten sich die Stellvertreter wie der zweite Abt, anstatt diesem zu raten und ihn aus voller Seele zu unterstützen.«

»Mutter Isburga vertraut ihr, auch wenn sie nicht immer einer Meinung sind.« Kurz erzählte Franka von dem Disput vor Maries Ankunft. »Vor ihr solltest du dich in Acht nehmen und vor ihrem Frettchen«, fügte sie bitter hinzu.

»Frettchen?«, wiederholte Marie lachend.

Nun grinste auch Franka. Sie klärte ihre neue Mitschwester

auf, und Maries Gesichtsausdruck wurde immer ernster. Sie blies die Wangen auf. »Faule Äpfel gibt es wohl überall. Wir hatten da so eine alte Nonne. Ein richtiger Giftzahn war das, steckte ihre Nase ständig in Dinge, die sie nichts angingen.«

Munter plauderten die beiden jungen Frauen miteinander. Franka erfuhr von Marie, dass diese mit zwölf Jahren auf Verlangen ihrer Familie ins Kloster gehen musste. Sie war zwar nicht erpicht darauf gewesen, war jedoch wissbegierig und konnte ihren Durst nach neuen Erkenntnissen stillen. Insbesondere die Heilpflanzen hatten es ihr angetan. Ihr größter Wunsch war es, eines Tages Leiterin eines Herbariums zu sein. Jetzt gestand Franka, dass sie später gerne Äbtissin wäre. Doch bis dahin würde sie sich auch mit der Leitung des Skriptoriums zufriedengeben. Marie lachte auf: »Schwester Gertrud hat wahrscheinlich recht: Wir haben uns gesucht und gefunden.«

Fröhlich wie schon lange nicht mehr erzählte Franka von ihrem Zuhause und dass es Familientradition sei, die jüngere Tochter ins Kloster zu geben, berichtete von der Roten Trude, die sich ebenfalls gut mit Heilkräutern auskannte und von ihrer schönen Schwester. Einzig Wulf erwähnte sie nicht. Je nachdem wie Franka sich bewegte, drückte der hölzerne König, der ihr um den Hals hing, auf ihre Haut. Gerade jetzt tat er es wieder, als wollte er seine Trägerin erinnern, das Geheimnis zu wahren, das sie im Herzen trug.

Schließlich sah Marie in den wolkenverhangenen Himmel. »Es ist bestimmt schon spät. Bald wird es Zeit für die Mahlzeit sein, und da es im Winter die einzige des Tages ist, sollten wir sie nicht versäumen.«

Erschrocken sprang Franka auf. »Heilige Muttergottes, ich habe ganz vergessen, mein Pult aufzuräumen und die Arbeitsgeräte zu säubern. Ich muss sofort ins Skriptorium. Wir sehen uns beim Gebet«, rief sie der verdutzten Marie zu. So schnell es ohne aufzufallen möglich war, eilte Franka über den Hof auf die Schreibstube zu. Die dort arbeitenden Nonnen und Novizinnen kamen ihr bereits entgegen. Schwester Almatia hielt den schweren Schlüssel in der Hand und wollte gerade die Türe abschließen.

»Wartet«, keuchte Franka, die das letzte Stück nun doch gelaufen war. »Ich muss noch einmal hinein.«

Missbilligend kniff die Leiterin ihre kurzsichtigen Augen zusammen. »Du kommst sehr spät. Hier hast du den Schlüssel, beeile dich, das Mahl beginnt gleich.«

Einen Dank ausstoßend, schnappte sich Franka den Schlüssel und hastete die gewundene Treppe hinauf. Das schwindende Licht des Tages fiel durch die schmalen Öffnungen im Mauerwerk. Es reichte der Novizin aus, um nicht auf den unebenen Stufen zu stolpern. Oben angekommen, gönnte sich Franka keine Pause, sondern lief sofort zu ihrem Pult. Als sie es erreichte, blieb sie wie angewurzelt stehen und riss die Augen weit auf.

Versteinert starrte sie auf das Bild des Heiligen Martin. Das Horn mit der gelben Farbe lag umgekippt auf dem Pergament, und der Inhalt hatte sich über das Werk ergossen. Es war unrettbar verloren.

Frankas Mund öffnete sich zu einem stummen Schrei, während ihr Blut vom Herzen in den Kopf stieg, um sogleich wieder nach unten zu sacken. Die Tränen bahnten sich ihren Weg, liefen unaufhaltsam über ihr Gesicht. Sie bemerkte es nicht einmal.

Verzweifelt versuchte sich Franka daran zu erinnern, wie sie das Skriptorium verlassen hatte. Sie war sich sicher, das Horn in die Halterung gesteckt zu haben. Hatte sie nicht zuletzt den Gänsekiel gereinigt? Jedenfalls lag er gesäubert neben dem Bild. Wenn sie für den Schaden verantwortlich war, dann wäre das Horn doch direkt umgekippt. Die Farbe war noch feucht. Das Unglück konnte demnach nicht weit zurückliegen.

Vielleicht war eine andere versehentlich an das Pult gestoßen und hatte den Unfall nicht bemerkt. Nachdenklich zog Franka die Unterlippe zwischen die Zähne. Mit spitzen Fingern stellte sie das Tintenhorn wieder in die Halterung und rempelte gegen das Pult. Nichts geschah. Demzufolge wurde das Bild absichtlich ruiniert. Wer würde so eine blasphemische Tat begehen? Etwa Edelgard?

Es musste ein Missgeschick gewesen sein. Franka sollte Mutter Isburga und Schwester Almatia sofort davon berichten.

Nach dem Essen berief die Äbtissin eine außerordentliche Versammlung ein. Ernst blickten die Nonnen Franka an, als diese geendet hatte. Die Novizin saß auf einem Stuhl vor allen anderen. Das ruinierte Pergament zitterte leicht in ihrer Hand. Einzig in Maries Augen erkannte Franka Mitgefühl.

Schwester Gertrud schnaubte. Ihre Stimme klang hart und abweisend, als sie nun vehement die Rute für eine solche Schändung forderte. Franka war die Letzte gewesen, die das Skriptorium verlassen hatte. Ungehindert hätte sie so die Tat ausführen können.

»Warum sollte ich so etwas tun?«, rief Franka verzweifelt. »Ich habe so viel Arbeit hineingesteckt.«

»Höre ich da etwa Hochmut?«, fragte die Priorin streng.

»Welchen Grund sollte ich denn gehabt haben, mein Bild zu zerstören?«, wiederholte Franka hartnäckig.

Gertruds Augen wurden zu Schlitzen. »Dein Bild?«, zischte sie erbost. »Glaubst du wirklich, dass die Illumination des Heiligen dein persönliches Eigentum ist?«

Verlegen senkte Franka die Lider. »Nein, natürlich nicht«, murmelte sie.

Die Priorin, die sich während des Disputs ein wenig nach vorne gebeugt hatte, lehnte sich zurück. »Zufällig weiß ich, dass du mit dem Werk nicht zufrieden warst.«

Edelgard! Natürlich hatte die Novizin Frankas Gespräch mit Schwester Almatia belauscht, als die Leiterin mit ihrer talentiertesten Schülerin über die Farben gesprochen hatte. Und selbstverständlich hatte das Frettchen alles Schwester Gertrud berichtet. Franka biss sich auf die Lippen. »Dennoch würde ich es niemals zerstören«, presste sie hervor. »Außerdem war die Farbe noch nicht getrocknet. Vielleicht ist jemand beim Verlassen des Skriptoriums gegen das Pult gestoßen«, ergänzte sie wider besseres Wissen.

»Auch dann träfe dich eine Mitschuld, weil du deine Arbeitsutensilien nicht ordentlich hinterlassen hast«, ließ die Priorin nicht locker. »Ich fordere euch auf, sie zu züchtigen. Stolz und Hochmut müssen ihr ausgetrieben werden.«

Mutter Isburga stützte sich beidseitig auf den Armlehnen des hölzernen Stuhles ab, als sie sich erhob. Ihr Blick ruhte eine kleine Weile auf Franka, ehe sie zu sprechen begann: »Ich glaube nicht, dass unsere Novizin zu einer solchen Schandtat fähig ist.«

Während Schwester Almatia nickte, murmelten einige andere zustimmende Worte. Franka hob den Kopf. Es sah so aus, als würde die Forderung Schwester Gertruds auf Widerstand stoßen.

Die Äbtissin sah sich um. »Ich bin gegen den Einsatz der Rute. Doch wir kommen nicht umhin, festzustellen, dass Franka an dem Missgeschick möglicherweise nicht ganz unschuldig ist. Deshalb schlage ich vor, dass sie die heutige Nacht in Bußhaltung auf dem Boden unserer Kirche zubringt. Sie wird die Zeit nutzen und in sich gehen.«

Franka schluckte, doch sie wusste auch, dass Mutter Isburga sie vor der Auspeitschung bewahren wollte. Sie hätte ihr ewig als Makel angehaftet. Schwester Gertrud verschränkte die Arme und kniff die Lippen zusammen. Immer mehr Nonnen schlossen sich der Meinung der Äbtissin an. Schließlich wurde abgestimmt und beschlossen, dass Franka die Nacht ausgestreckt auf dem Fußboden der Kirche verbringen sollte. Die junge Novizin nahm die Entscheidung demütig an. Sie bemerkte, wie Marie der Priorin einen bösen Blick zuwarf und wusste plötzlich, dass es hier eine Seele gab, die mit ihr litt. Sogleich wurde Franka wärmer ums Herz.

14. Kapitel

Die täglichen Übungen mit Caesar hatten Früchte getragen. Er stolperte zwar noch hin und wieder, stürzte aber nicht mehr. Das gab Wulf den vagen Hoffnungsschimmer, wenigstens drei Durchgänge mit diesem Pferd bestehen zu können. Er konnte schließlich nicht damit rechnen, seinen Gegner beim ersten Zusammenstoß gleich aus dem Sattel zu heben und somit zwei der erforderlichen drei Punkte zu erhalten.

Mit gemischten Gefühlen traf Wulf mit seinen Begleitern auf Burg Blankenberg ein. Die wehrhafte Anlage, bestehend aus Haupt- und Vorburg, war auf einem Felssporn errichtet worden, der sich rund zweihundertfünfzig Fuß über dem Tal der Sege in Sichtweite der Syberger Abtei erhob. Im Südosten schloss sich ein Hang an, der in einen verbreiterten Höhenrücken mündete.

Im Bereich der Burg, wie auch auf dem ansteigenden Gelände, hatten sich Menschen angesiedelt. Die Gegend eignete sich vorzüglich für den Weinanbau, wie die zahlreichen kleinen Parzellen bewiesen, an denen sie vorbeiritten.

Die Burg selbst bot nicht genügend Platz für die vielen Ritter der näheren und weiteren Umgebung nebst ihrem Gefolge. So entstand für kurze Zeit – angrenzend an die Wiese, die als Austragungsort des Turniers dienen sollte – eine Zeltstadt.

Wie immer bei solch einem Spektakel hatte sich auch dieses schnell herumgesprochen. Zahlreiche Händler, Gaukler, Wahrsagerinnen und sonstige Angehörige des fahrenden Volkes hatten sich eingefunden. Sie lachten, schwatzten oder grölten über die Festwiese.

Melindas Augen waren weit aufgerissen, damit ihr nichts entging. Das fein geschnittene Gesicht schien von innen heraus zu leuchten, als ihr Blick die vielen Stände erfasste. Ihre Hände bebten leicht.

»Du kannst es kaum noch erwarten, nicht wahr?« Wulf beugte sich im Sattel zu ihr hinüber. Erstaunt bemerkte er, dass er eine Spur Mitleid mit seiner Gemahlin empfand. »Wenn du möchtest, darfst du sofort mit Anselm hinübergehen. Ich werde mich derweil um unsere Unterkunft kümmern und mir die Pferde ansehen.«

Das dankbare Lächeln, das Melinda ihm zuwarf, war ehrlich gemeint, da war sich Wulf sicher. Sie ließ sich von Anselm vom Pferd helfen, und beide schlenderten zu den Ständen.

Während Wulf zunächst den Aufbau seines Zeltes und die seiner Männer beaufsichtigte, kümmerten sich Hagen und Lorenz um die Pferde. Lorenz mochte Pferde, sogar Caesar. Er nahm seine Aufgabe, für das Wohlergehen des Rappen zu sorgen, sehr ernst.

Als Wulf hinzutrat, war sein Knappe unter Hagens Aufsicht gerade damit beschäftigt, das ohnehin schon glänzende Fell des Hengstes zu striegeln.

»Schade, dass er so schmalbrüstig ist und kein Kämpferherz besitzt«, brummte dieser. »Mit den vier weißen Fesseln und der schmalen Blesse ist er wirklich ein hübscher Kerl.«

»Schönheit ist nicht alles«, erwiderte Wulf und wusste, der Stallmeister hatte den doppelten Sinn seiner Worte richtig erfasst.

»Nun, Hagen, dann lass uns mal ein ordentliches Pferd für mich aussuchen.« Aufmerksam ging Wulf die Reihe der Hengste entlang. Bei einem kastanienfarbenen Braunen blieb er lange stehen. Er warf Hagen einen Blick zu. Dieser nickte unmerklich. Etwas weiter hinten stand ein dunkler Fuchs. Auch hier verhielt Wulf und betrachtete den Hengst eingehend. Nachdenklich setzte er seinen Gang fort.

Plötzlich stutzte er, als sein Blick auf einen mächtigen Grauschimmel fiel. Er trat auf den Knappen zu, der den Hengst gerade fütterte. »Das ist doch das Pferd Heinrichs von Schonrode«, sagte Wulf.

Der Junge nickte. »Ja, Herr, das ist es.«

Wulf grinste. »Der alte Haudegen will es immer noch wissen. Das Pferd hatte er doch schon bei der Kreuzfahrt nach Damiette dabei.«

Wieder nickte der Knappe. »Romulus ist bereits sechzehn Jahre alt, aber er kann es noch mit jedem jungen Hengst aufnehmen«, schloss er stolz.

Mit meinem bestimmt, dachte Wulf und verließ bald darauf mit Hagen den Stall. Erst als er sicher sein konnte, keine unerwünschten Zuhörer zu haben, fragte Wulf seinen Stallmeister nach dessen Meinung.

»Ihr habt Euch die beiden besten Pferde ausgesucht, mal abgesehen von dem Grauschimmel, der jedoch schon zu alt ist, eine weitere Kreuzfahrt mitzumachen. Vielleicht solltet Ihr beide Pferdebesitzer herausfordern.«

»Mit Caesar?«, fragte Wulf ungläubig. »Ich fürchte, es wird schon schwer genug, gegen einen von beiden durchzuhalten.«

Brummend nickte Hagen. »Da habt Ihr leider recht, fürchte ich. Meines Erachtens sind beide Hengste gleich geeignet, der Braune vielleicht ein wenig mehr. Ihr solltet Euch die Besitzer ansehen und dann erst die endgültige Entscheidung treffen.«

Hoffnungsvoll machte sich Wulf auf die Suche nach Heinrich von Schonrode, der sicherlich die meisten Turnierteilnehmer kannte.

Es dauerte eine Weile, bis er unter den Zelten das gefunden

hatte, an dessen Baum das blau-gelbe Wappen mit dem schrägen rot-weißen Balken angebracht war.

Wulf bat um Erlaubnis, eintreten zu dürfen, und sie wurde ihm ohne Zögern gewährt. Für den Empfang von Gästen standen im vorderen Bereich eine kleine Tafel und Sitzbänke, während die Schlafstatt des Ritters durch Stoffbahnen vor neugierigen Blicken geschützt war.

Freudestrahlend trat Heinrich von Schonrode auf ihn zu. »Wulfgar, ich hatte gehofft, Euch hier wiederzusehen. Habt Ihr mein Wappen durch Zufall gesehen?«

»Nein, ich habe danach gesucht. Als ich Euren Grauen im Stall sah, wusste ich gleich, dass Ihr Euch noch immer mit Euresgleichen messen wollt.«

Ein tiefes Lachen entstieg Heinrichs Kehle. »Will ein junger Dachs, wie Ihr es seid, mich herausfordern?«

Energisch schüttelte Wulf den Kopf. »Ich suche nach einem geeigneten Streitross für die Kreuzfahrt, die Kaiser Friedrich im August antreten wird.«

»So? Dann habe ich wohl noch mal Glück gehabt, dass mein Romulus Euch zu alt erscheint«, meinte der grauhaarige Ritter mit einem Augenzwinkern. »Ihr habt Euch also im Stall rumgetrieben und die Pferde angesehen. Für welches habt Ihr Euch entschieden?«

»Es gibt zwei, die mir besonders ins Auge gefallen sind. Ein Kastanienbrauner und ein dunkler Fuchs. Wisst Ihr zufällig, wem sie gehören?«

Heinrich von Schonrode machte ein nachdenkliches Gesicht. »Also bei dem Fuchs muss ich passen. Dieser andere, hat der einen weißen Fleck auf der Stirn?«

Wulf nickte.

»Wenn mich nicht alles täuscht, ist es das Pferd von Adolf von Eberslohe. Ein gefährlicher Mensch«, setzte der ältere Ritter hinzu. »Er ist ein Gefolgsmann des Grafen von Berg, hat einen wilden Eber in seinem Wappen und drei Eichen. Adolf ist ebenso unberechenbar wie ein Wildschwein.«

Wulf lächelte in sich hinein. »Ich bin schon einmal mit einem Keiler fertiggeworden, ich werde auch diesen schlagen. Außerdem gilt die Regel, dass die Geschehnisse eines Turnieres nach dessen Ende vergeben und vergessen sein sollen.«

Heinrich blieb ernst. »Ich hoffe für Euch, dass sich Adolf von Eberslohe an diesen Grundsatz erinnert, sollte er tatsächlich Pferd, Rüstung und Waffe an Euch verlieren.«

Zeitgleich mit Melinda und Anselm traf Wulf an ihrem Zelt ein. Melindas Gesicht war leicht gerötet, Anselm kochte vor Zorn.

»Was ist passiert?«, fragte Wulf sogleich.

»Dieser ungehobelte Kerl«, empörte sich sein Freund. »Kommt daher und macht Melinda schöne Augen.«

»Und weiter?«, fragte Wulf argwöhnisch.

Anselm plusterte sich auf. »Er hat seine dreckigen Pfoten nach ihr ausgestreckt und sie begrapscht.«

Verärgert verschränkte Wulf die Arme. »Es ist deine Aufgabe, auf sie aufzupassen, wo warst du?«

»Ich habe Melinda nicht einen Moment aus den Augen gelassen und war sofort zur Stelle. Natürlich wollte ich einen Streit vermeiden, indem ich versuchte, gütlich auf den Mann einzureden. Doch dieser Mensch hat sich aufgeführt wie ein gereiztes Wildschwein. Er pöbelte herum und zog sein Schwert, weil er mir eins überbraten wollte. Das ließ ich mir natürlich nicht gefallen und zog ebenfalls blank. Zum Glück für ihn kamen gerade einige Männer des Grafen vorbei. Sie klärten die Situation und nahmen diesen Ritter ohne Anstand mit.«

Wulf entspannte sich. »Wenn ich das richtig sehe, ist also weder Melinda noch dir etwas zugestoßen?«

»Wo denkst du hin. Ich hätte Melinda mit meinem Leben verteidigt«, stellte Anselm entrüstet klar.

»Deshalb vertraue ich sie dir schließlich an.« Wulf zog die Brauen zusammen. »Wie sieht dieser Ritter denn aus?«

»Willst du ihn zum Zweikampf herausfordern?«, fragte Anselm misstrauisch.

»Er wird mit Sicherheit am Turnier teilnehmen. Falls wir aufeinandertreffen sollten, ist es hilfreich, seinen Gegner bereits vorher einschätzen zu können«, behauptete Wulf.

»Er ist ein gutes Stück kleiner als du, aber wesentlich breiter. Er hat grobe, brutale Gesichtszüge. Sein Haar ist schwarz wie Pech, und er trägt einen Bart, der allerdings ziemlich ungepflegt wirkt. Auf der Vorderseite seines Waffenrocks prangte ein Wappen mit einem Keiler und drei Bäumen darauf. Was ist?«, unterbrach sich Anselm, als er Wulfs starren Gesichtsausdruck bemerkte. »Kennst du den Mann etwa?«

Wulf schüttelte den Kopf. »Wenn mich nicht alles täuscht, seid ihr Adolf von Eberslohe begegnet. Ich habe schon von ihm gehört. Er scheint kein angenehmer Zeitgenosse zu sein. Melinda hat seine Aufmerksamkeit erregt, und irgendetwas sagt mir, ich werde schon sehr bald selbst seine Bekanntschaft machen.«

Melinda trat einen Schritt auf Wulf zu und sah ihn prüfend an. »Du willst dich mit ihm schlagen, nicht wahr?«

Einen Moment zögerte er. »Es sieht ganz danach aus. Zumindest werde ich mir diesen Menschen einmal näher ansehen.«

»Sei vorsichtig«, warnte ihn Anselm. »Der Kerl ist hinterlistig und gemein. Außerdem befürchte ich, begehrt er Melinda.«

Wulf lächelte dünn. Welcher Mann außer ihm tat das nicht?

Am nächsten Tag wurden die Wappen aller Ritter, die am Turnier teilnehmen wollten, einer Prüfung unterzogen. Das war üblich, seit es vorgekommen war, dass Nichtadelige sich unter die Ritter gemischt und versucht hatten, sich in Turniere einzuschleichen. Heute war das nicht der Fall. Alle Anwesenden wurden zugelassen.

Auf der Wettkampfwiese wurde letzte Hand an die Tribüne gelegt. Sie war ausschließlich für die adeligen Frauen und Männer vorgesehen. Hinter der weitläufigen Absperrung würde sich morgen das einfache Volk aus Blankenberg und Umgebung einfinden.

Wulfs Blick suchte Adolf von Eberslohe. Da nur rund dreißig der angereisten Ritter zum Turnier antraten, hatte er ihn schnell ausgemacht. Anselm hatte ihn trefflich beschrieben. Adolf wirkte grob und rücksichtslos. Aus seinen kleinen dunklen Augen starrte er unter buschigen Augenbrauen hervor. Schweinsaugen, dachte Wulf.

Sein Blick fiel auf einen gut aussehenden blonden Mann, der am Rand stand. Er stutzte. Das war doch Stephan von Birken. Als dieser hochsah und sich die Blicke der beiden Männer trafen, sah Wulf auch in seinem Gesicht sofortiges Erkennen. Der andere lächelte verlegen.

Grüßend hob Wulf die Hand und bahnte sich einen Weg durch die Menge, die sich nach der Wappenprüfung wieder zerstreute.

»Stephan«, rief er. »Ich freue mich, dich hier zu treffen. Was treibt meinen angeheirateten Vetter denn hierher?«

Verunsichert sah Stephan Wulf an, als ob er sich einen Scherz erlauben wollte, ehe er vorsichtig sagte: »Das Turnier.«

Wulf grinste den anderen schelmisch an. »Das war keine ernst gemeinte Frage. Ich wollte dich bloß begrüßen.«

»Du bist nicht zornig auf mich?«, fragte Stephan, und Erleichterung schwang in seiner Stimme mit.

»Wieso sollte ich?«, fragte Wulf ehrlich erstaunt.

»Wegen Franka – zuerst die Sache im Stall und dann war ich schließlich derjenige, der sie zum Kloster begleitet hat.«

Wulf wurde ernst. »Ich bin dir nicht böse. Ich glaube, ich habe Franka gut genug kennengelernt, um zu wissen, dass sie nur schwer von etwas abzubringen ist, wenn sie es sich erst einmal in den Kopf gesetzt hat.«

Stephan atmete auf. »Sie ist noch abends zu mir gekommen und hat mir keine Ruhe gelassen, bis ich mich bereit erklärt hatte, früh am nächsten Morgen mit ihr aufzubrechen. Sie war so wütend und traurig zugleich. Mir blieb keine Wahl.«

Wulf stutzte. »Hat sie dir gesagt, weshalb sie es plötzlich mit dem Eintritt ins Kloster so eilig hatte?«

Kopfschüttelnd antwortete Stephan: »Sie sagte nur, sie wolle dich und Melinda niemals wiedersehen.«

»Melinda?«, hakte Wulf nach. »Was hat sie denn damit zu tun?«

Der Jüngere zuckte mit den Schultern. »Ich weiß es nicht. Franka erwähnte lediglich, Melinda hätte sie in ihrer Kammer aufgesucht und sie hätten sich ausgesprochen. Es wäre alles geklärt, und sie wolle nur noch weg.«

Diese Antwort stimmte Wulf sehr nachdenklich. Was war zwischen den Schwestern vorgefallen, das Franka veranlasst hatte, überstürzt in den Konvent einzutreten? Er musste Melinda zur Rede stellen. Zwar würde es nichts mehr an der bestehenden Situation und seiner Zukunft ändern, aber er wollte Frankas Beweggründe besser verstehen. Es nagte immer noch an ihm, dass sie ihn ohne ein Wort verlassen hatte.

»Ich will hinüber zum Stall, begleitest du mich?«, fragte er Stephan, während er darum kämpfte, sich seine plötzliche Wehmut nicht anmerken zu lassen.

Gemeinsam schlenderten die beiden Männer zur Unterkunft der Pferde. Die meisten Knappen waren damit be-

schäftigt, die Streitrösser ihrer Herren auf der Wiese herum-
zuführen, und Wulf entdeckte den braunen Hengst sofort.
Der magere Junge an seiner Seite hatte Mühe, ihn zu halten.

»Was für ein Pferd«, stellte Stephan bewundernd fest.

Den Hengst in Bewegung zu sehen bestätigte Wulfs Urteil vom Vortag. Es war wirklich ein außerordentliches Tier.
Kräftig und mit viel Schwung. Lorenz würde seine liebe Not
mit ihm haben. Aber dazu müsste es Wulf erst einmal gelingen, den Ritter von Eberslohe zu besiegen. Es konnte nicht
schaden, wenn Anselm ihn mit ein paar Gebeten unterstützte.

»Schau nur, Wulf, der Grauschimmel da«, stieß ihn Stephan
in die Seite. »Der ist ja mächtig.«

»Das ist Romulus, das Pferd eines Ritters aus der Nähe von
Lomere. Ich rate keinem, gegen ihn anzutreten. Zum einen ist
der Hengst viel älter, als man vermutet, zum anderen ist sein
Besitzer ein kampferprobter Kreuzfahrer.«

Stephan seufzte. »Ich fürchte, ich habe noch nicht genug
Erfahrung, deshalb bin ich diesmal nur als Zuschauer hier.«

Gegen seinen Willen musste Wulf lachen. »Es könnte doch
sein, dass du einen leichten Gegner mit einem mickrigen Gaul
findest. Es reicht immerhin, um Turniererfahrung zu sammeln.«

»Das lässt sich schnell feststellen«, antwortete Stephan vergnügt. »Siehst du den Rappen, der gerade von dem blonden
Knappen auf die Wiese geführt wird? Das ist ja ein ganz Hübscher, doch sieh mal, wie der latscht, als wäre ihm jeder Schritt
zu viel. Mensch, ist der schmächtig, der schafft doch nie einen
Mann im Kettenhemd zu tragen, höchstens ein Weib.«

»Das ist Caesar.« Wulf versuchte, seine Stimme neutral
klingen zu lassen.

»Du kennst wohl jedes Pferd, was? Caesar, was für ein
Name. Da hatte der Besitzer wohl die Hoffnung, das Pferd
würde Großes vollbringen.« Stephan feixte. »Ich werde mir

mal den Reiter dieses Pferdes näher ansehen. Wenn der genau so unfähig ist wie sein Gaul, melde ich mich noch nach.«

»Ist er mit Sicherheit nicht«, sagte Wulf ernst, den Blick weiterhin auf Lorenz und den schwarzen Hengst geheftet. Der Knappe bemühte sich gerade, Caesar zum Traben zu überreden. Doch der Hals des Pferdes wurde länger und länger und der Schritt nur unwesentlich schneller. Wulfs Nasenflügel blähten sich. Lorenz hatte noch eine Menge über Pferde zu lernen.

Stephan klopfte seinem Vetter auf die Schulter. »Ach komm schon, Wulf, guck nicht so streng. Kein Ritter, der etwas auf sich hält, würde mit einem solchen Pferd hier aufkreuzen. Du kennst ihn offenbar, zeig ihn mir doch.«

Scharf blickte Wulf Stephan an. »Er steht vor dir. Caesar ist mein Pferd.«

Dem jungen Mann blieb das Lachen im Hals stecken. Er verschluckte sich. »Oh«, sagte er, als er wieder Luft bekam. »Das tut mir leid – ehrlich.«

Erneut starrte Wulf auf Caesar, der jetzt in einen unsauberen Trab gefallen war. »Und mir erst. Was glaubst du, weshalb ich hier bin? Ich will auf diesem Weg zu einem guten Pferd kommen.«

»Hast du schon eins ins Auge gefasst?«

Wulf nickte und deutete auf Adolfs Hengst.

»Gute Wahl«, bestätigte Stephan. »Ich wünsche dir viel Erfolg.«

Nach einer Weile verließen die beiden Männer die Wiese und gingen hinüber zu den Gauklern. Es dauerte nicht lange, bis Wulf seine Gemahlin entdeckte. Sie stand mit Anselm an einem Stand, der bunte Stoffe, Tücher und Bänder feilbot.

»Schau, Melinda, wen ich dir hier mitgebracht habe«, rief er ihr zu.

Sie blickte auf und strahlte, als sie ihren Vetter erkannte.

Anselm hingegen verzog keine Miene, als Stephan auf seine Base zutrat und die beiden sich stürmisch begrüßten.

Den Rest des Tages war Wulfs Gemahlin spürbar fröhlicher, beinahe ausgelassen. Anselms Gesichtsausdruck dagegen wurde immer sauertöpfischer. Vermehrt warf er Wulf böse Blicke zu, als wollte er ihm vorwerfen, wie er ausgerechnet Melindas Vetter einladen konnte, auch noch den Abend mit ihnen zu verbringen.

Wulf tat so, als bemerke er Anselms stumme Aufforderungen nicht. Er unterhielt sich prächtig mit Stephan. Das Nachtmahl war längst vorüber, als der junge Mann sich schließlich erhob, für die Gastfreundschaft dankte und das Zelt verließ. Auch Anselm ging wenig später, nachdem er versprochen hatte, Wulfs Wunsch nach den Gebeten für einen erfolgreichen Turnierausgang zu erfüllen. Nun waren die Eheleute allein.

»Du siehst glücklich aus«, stellte Wulf fest.

»Bin ich auch«, bestätigte Melinda, »und daran trägst du einen großen Anteil.«

»Ich?«, fragte Wulf erstaunt.

»Nun«, antwortete seine Gemahlin, »Stephan erzählte mir, du willst morgen gegen diesen Ritter antreten, der mich belästigt hat. Ich muss dir doch etwas bedeuten, wenn du meinetwegen mit ihm kämpfen willst. Du wirst ihn schlagen, ihm Pferd und Rüstung nehmen und das alles nur, weil er mir zu nahe getreten ist, nicht wahr?«

Es wäre jetzt ein Leichtes gewesen, zu nicken und sie in dem Glauben zu belassen. Aber Wulf hatte keine Lust, einem Streit auszuweichen. »Du weißt doch, weshalb ich hierhergekommen bin, Melinda.«

»Sicher, du musst ein Pferd finden, aber du könntest dir auch ein anderes aussuchen. Doch du willst unbedingt diesen Adolf herausfordern.«

»Melinda«, sagte Wulf langsam, »er hat das beste Pferd von allen. Ich wäre auf jeden Fall gegen ihn angetreten.« Er konnte sehen, wie die Erkenntnis langsam ihre Gesichtszüge veränderte. Der harte Zug um den Mund erschien, der Wulf schon vor Längerem aufgefallen war und der ihn so sehr an ihre Mutter Heimlinde erinnerte.

»So ist das also, es stört dich überhaupt nicht, wenn dein Eheweib von einem fremden Mann angefasst wird.«

»Das würde ich nie zulassen«, sagte Wulf bestimmt.

»Zumindest dann nicht«, ätzte Melinda, »wenn er ein gutes Pferd hat.« Wulf verdrehte die Augen und schwieg.

»Warum hast du mich eigentlich geheiratet?«, bohrte Melinda weiter. »Du kümmerst dich überhaupt nicht um mich. Immer ist es dein Freund, der mich unterhält und mich begleitet.«

»Ich dachte, du magst Anselm.« Wulf war verwirrt. Worauf wollte sie hinaus?

»Ich schätze ihn sehr«, gab Melinda unumwunden zu, bevor ihre blauen Augen schmal wurden. »Hast du denn gar kein bisschen Sorge, dass daraus mehr entstehen könnte?«

»Nein«, entgegnete Wulf ernst, »Anselm würde sich eher die Hand abhacken, als dich in unzüchtiger Weise zu berühren.«

Das süffisante Lächeln ließ Melindas Gesicht verschlagen wirken. »Wenn du dich da mal nicht täuschst.«

Verärgert stand Wulf auf und blickte auf seine Frau hinab. »Du solltest dich schämen. Anselm ist mein bester Freund. Ich vertraue ihm voll und ganz. Niemals würde er mich hintergehen. Also lass gefälligst deine haltlosen Anspielungen.« Zufrieden beobachtete er, wie Melinda die Lippen fest aufeinanderpresste.

Doch dann fielen ihm Stephans Worte über Frankas plötzlichen Aufbruch ein. »Was hast du deiner Schwester gesagt, bevor sie Marienfeld verließ?«

Ganz gegen ihre Gewohnheit runzelte Melinda die Stirn. »Ich verstehe nicht, was du meinst.«

»Stephan erzählte mir, dass Franka ihn aufgesucht hatte, um ihn zu bitten, sie ins Kloster zu begleiten. Er sagte weiter, sie wäre sehr aufgeregt gewesen.« Wulf wartete ab.

»Was habe ich damit zu tun?«, fragte Melinda verständnislos.

»Das möchte ich ja gerade von dir wissen«, antwortete Wulf scharf. Langsam verlor er die Geduld. »Franka hat Stephan gesagt, sie hätte sich mit dir ausgesprochen und wollte mich niemals wiedersehen«, schloss er gekränkt.

Seine Gemahlin warf den Kopf in den Nacken und stieß ein kurzes Lachen aus. »Das hat sie gesagt? Da kannst du mal sehen, wie sie deinen schwachsinnigen Heiratsantrag aufgenommen hat.« Erschrocken schlug sich Melinda die Hand vor den Mund.

Wulf fühlte, wie alle Farbe aus seinem Gesicht wich. »Was du ihr gesagt hast, will ich wissen«, wiederholte er seine Frage gefährlich leise. Er umrundete die Tafel und ging auf seine Gemahlin zu, die sich ebenfalls erhob. »Ich warte.«

Sichtlich verunsichert trat Melinda einen Schritt zurück. Sie stotterte leicht: »Ich habe nicht geglaubt, dass du es ehrlich mit ihr meinst. Sie ist doch meine kleine Schwester, die ich schützen musste. Vielleicht habe ich etwas übertrieben, aber es geschah nur zu ihrem Besten.«

Wulfs Hände schossen nach vorne, packten sie grob an den Schultern und schüttelten sie. »Rede endlich. Was hast du Franka über mich erzählt?«

Der blonde Zopf flog über Melindas Schulter nach hinten. Angstvoll riss sie die Augen auf. »Ich habe gedacht, du wolltest ihr eine Lektion erteilen, weil sie doch so ein freches Mundwerk hat, und bloß mit ihren Gefühlen spielen«, stieß sie aufgebracht hervor. Wulf hörte auf, sie zu schütteln.

Hastig fuhr Melinda fort: »Wenn sie sich in dich verliebt hätte, hättest du ihr früher oder später das Herz gebrochen. Franka ist nicht dafür geschaffen, einen Mann glücklich zu machen, wurde nie auf die Ehe vorbereitet. Ständig würde sie versuchen, ihren Kopf durchzusetzen, Entscheidungen treffen, ohne dich zu fragen. Versteh doch, ihr hättet niemals eine gute Ehe geführt.«

»Führe ich jetzt eine?«, blaffte Wulf.

»Ich wollte Franka schützen«, schluchzte Melinda.

»Indem du ihr die Entscheidung abgenommen und dich selbst geopfert hast? Du erwartest doch nicht im Ernst, dass ich dir das abnehme?« Wulf ließ Melindas Schultern los. Er hatte noch nie ein Weib geschlagen, doch jetzt stand er kurz davor. Aus Zorn, aus Enttäuschung und aus Schmerz über den Verlust des Lebens, das er geglaubt hatte, mit Franka führen zu können. Er war so wütend wie noch nie zuvor. Seine Hände spannten sich an, wollten die Frau vor ihm niederstrecken. Stattdessen trat er einen Schritt zurück. Er wusste, Prügel würden das Problem nicht lösen. Und was musste Franka von ihm denken, sollte sie je erfahren, dass er seine Hand gegen ihre Schwester erhoben hatte?

»So war es nicht«, schluchzte Melinda. »Es war kein Opfer für mich, dich zu heiraten. Du wurdest für mich ausgesucht, nicht für meine Schwester. Ich dachte, dein Antrag war ein Scherz. Woher sollte ich ahnen, dass du sie mir vorziehst?«

»Du hast mit deiner Selbstverliebtheit unsere Leben aneinandergekettet und uns beide ins Unglück gestürzt«, sagte Wulf tonlos.

»Franka musste eine Pflicht erfüllen.«

Wulfs Zähne knirschten, als sich seine Kiefermuskeln verkrampften. »Lüg mich nicht an, Weib! Dein Vater hat mir damals gestanden, dass eigentlich du für das Leben im Kloster vorgesehen warst, dass es der Dank für deine Genesung sein sollte, dass du der Heiligen Muttergottes dienst. Er brachte es nur nicht übers Herz, dich gehen zu lassen und deine Schönheit in einem Kloster zu vergeuden.«

Für einen Moment weiteten sich die blauen Augen seiner Frau erstaunt, bevor sie behauptete: »Dennoch wäre meine Schwester nie deine Frau geworden!«

»Vielleicht nicht, aber das werde ich niemals erfahren, weil du mir die Möglichkeit dazu genommen hast.« Er drehte sich um und schritt auf den Zeltausgang zu.

»Was hat Franka, was ich nicht habe?«, schrie Melinda, Tränen des Zorns in den Augen.

Wulf schnellte herum und sah sie kalt an. »Alles!«, antwortete er.

Die Hände seiner Gemahlin ballten sich zu Fäusten. »Warum hast du dann um meine Hand angehalten?«

Wulf überlegte einen Augenblick. Es war der Zeitpunkt gekommen, wo zwischen ihnen gnadenlose Ehrlichkeit angebracht schien. »Weil es der Wunsch deiner Schwester war. Da ich sie nicht haben konnte, war es mir gleich, wen ich heiratete.«

Die Tränen liefen Melindas Wangen hinab. »Gibt es denn gar nichts an mir, was Franka nicht hat?«

»Du bist hübscher – sonst nichts.«

»Was ist, wenn ich alt werde und noch nicht einmal mehr meine Schönheit deine Augen erfreuen kann?«

Ein wehmütiges Lächeln erschien auf Wulfs Zügen. »Dann«, sagte er, »bleibt immer noch das Nichts.«

15. Kapitel

Sorgsam legte Franka den gereinigten Pinsel zu den anderen und presste sich ein trockenes Husten heraus. Schon die ganze Zeit über hatte sie das hin und wieder getan. Marie wollte sie dringend im Herbarium sprechen, ihr aber zunächst nicht verraten, worum es ging. Doch bisher war Frankas Plan nicht aufgegangen. Erneut hustete sie, als sie an der Leiterin vorbeiging, um weitere Arbeitsmaterialien von ihrem Pult zu holen. Endlich wurde Schwester Almatia auf sie aufmerksam. »Du wirst doch nicht etwa krank werden? Beeile dich, räume deinen Platz auf und geh ins Herbarium zu Schwester Hedwig.«

Gehorsam neigte Franka den Kopf, um das zufriedene Lächeln zu verbergen. Schnell kam sie dem Befehl nach und trat bald darauf durch die Tür der Kräuterküche. Marie sah von dem Arbeitstisch auf, an dem sie gerade mit einem Messer getrocknete Blütenstände abschnitt. Mit einem warnenden Seitenblick auf den Vorhang hob sie den Zeigefinger an die Lippen.

Das Talglicht, das in einer Nische stand, flackerte kurz, als Schwester Hedwig das leinene Tuch beiseiteschlug und aus dem Nebenraum herauskam. Sie stutzte sichtlich, als sie Franka erblickte. »Ist etwas mit Schwester Almatia?«

»Nein, es geht um mich. Ich huste heute ziemlich viel und bin sehr unruhig.«

Die Mundwinkel der Leiterin wanderten nach unten. Es war ihr anzusehen, was sie von Novizinnen hielt, die sie wegen solcher Lappalien bei der Arbeit störten. »Unruhig, soso«, wiederholte sie. Schwester Hedwig trat auf Marie zu und besprach leise mit ihr die Kräutermischung, die sie zubereiten sollte.

Indes musste Franka sich eingestehen, dass sie zum Teil unbewusst die Wahrheit gesagt hatte. Sie war tatsächlich rastlos. Doch das hing mit der gespannten Erwartung des gesamten Reiches auf die bevorstehende Kreuzfahrt des Kaisers zusammen. Natürlich würde Wulf dem Aufruf folgen. Schmerzhaft zog sich ihr Herz zusammen, als sie an die Gefahren dachte, die auf ihn lauerten.

Kurz schloss sie die Augen und zwang ihre Aufmerksamkeit in den Raum zurück. Schwester Hedwig griff nach einem Tiegel, der eine gelbliche Salbe enthielt, bevor sie das Herbarium in den angrenzenden Krankensaal verließ. Die Tür fiel hinter ihr ins Schloss.

»War es schwierig, die Erlaubnis zu bekommen, hierher zu dürfen?«, flüsterte Marie sofort. »Du kommst spät. Gleich ist es Mittag und schon wieder Zeit für die Non.«

»Es dauerte eine Weile, bis Schwester Almatia mein vorgetäuschtes Husten bemerkte«, gab Franka zurück. »Was gibt es denn Dringendes?«

Vorsichtig sah Marie sich um. Sie rückte noch ein Stück näher, hob Frankas Augenlider an und tat so, als wolle sie etwas überprüfen, falls jemand zufällig durch das Fenster spähen oder Schwester Hedwig zurückkommen sollte.

»Ich glaube, irgendwer hat sich Zutritt ins Herbarium verschafft«, murmelte sie. »Es fehlen etliche der getrockneten Maiglöckchenblüten.« Sie ließ die Lider los und begann, verschiedene Kräuter für einen Tee zu mischen.

»Sie riechen ziemlich gut«, gab Franka zu bedenken. »Vielleicht konnte dieser Jemand nur nicht widerstehen, als er, oder vielmehr sie, die Gelegenheit bekam, diese an sich zu nehmen.«

Marie schüttelte den Kopf. »Daran habe ich zunächst natürlich auch gedacht. Doch Maiglöckchen sind giftig. Deshalb bewahren wir sie in einer besonderen Truhe auf, die stets abgeschlossen ist. Nur Schwester Hedwig und ich haben den Schlüssel dazu. Sie steht hinter dem Vorhang und ist mit todbringenden Pflanzen gefüllt. Niemand kommt da einfach dran.«

»Wofür benötigt Ihr die Blüten?«, wollte Franka wissen.

»Maiglöckchen helfen gut bei Herzschwäche. Natürlich nur wenige davon. Insbesondere älteren Menschen geben wir sie zur Unterstützung.«

»Kann es sein, dass Schwester Hedwig die Blüten selbst genommen hat?«, vermutete Franka.

»Nein«, antwortete Marie sogleich, »es sei denn, sie hätte mich belogen. Natürlich habe ich sie sofort danach gefragt, doch sie stritt es ab und behauptete sogar, ich würde mir den Verlust nur einbilden.«

»Merkwürdig«, sinnierte Franka. Ihr kam ein erschreckender Gedanke. »Sind Maiglöckchen tödlich?«

Ratlos zuckte Marie mit den Schultern. »Als ich noch zu Hause gelebt habe, hatte sich ein Kind aus der Nachbarschaft mit den Samen vergiftet. Es hatte gerade das Laufen erlernt und sich mit den roten Früchten vollgestopft. Zuerst hatte es sich fürchterlich übergeben und dann Durchfall bekommen. Seine Herzschläge hatten immer wieder ausgesetzt, wurde mir später erzählt. Schließlich war das Herz stehen geblieben. Aber es war nur ein Kind, und es musste etliche der Beeren gegessen haben. Bei einem gesunden Erwachsenen würde das wohl nicht passieren, zumal bei ihm die eingenommene Menge viel höher sein müsste. Wenn du darauf hinauswillst, dass die Diebin damit jemanden vergiften will, muss ich dich enttäuschen. Da haben wir wesentlich wirksamere Mittel.«

»Zum Vergiften eines Gesunden ist es also nicht geeignet«, überlegte Franka laut. »Aber sagen wir mal, es würde jemandem gegeben, der bereits ein schwaches Herz hat.«

Zögerlich nickte Marie. »Das könnte möglich sein. Doch ich weiß von keiner Nonne in diesem Kloster, der wir eine solche Arznei geben.«

»Gibt es keine von uns, die etwas zur Stärkung ihres Herzens bekommt? Ich meine, etwas anderes als Maiglöckchen?«, fragte Franka.

Jetzt wurde Marie bleich. »Mutter Isburga«, stieß sie hervor. »Sie bekommt regelmäßig einen Tee aus Weißdorn zubereitet.«

»Sie ist krank?«, fuhr Franka entsetzt auf.

Verschwörerisch legte Marie den Finger an die Lippen. »Psst, das hätte ich dir gar nicht sagen dürfen. Sobald das Leittier Schwäche zeigt, werden die Schafe unruhig.«

»Das ist dir gerade hervorragend gelungen«, brummte Franka. »Was ist, wenn ihr jemand anstatt der Blüten vom Weißdorn versehentlich die vom Maiglöckchen untermischt? Immerhin sind beide weiß.«

»Das schon«, gab Marie zu, »sie sehen aber ganz anders aus. Eine unabsichtliche Verwechslung ist ausgeschlossen. Außerdem verwenden wir bei Mutter Isburgas Trank nicht nur die Blüten. Glaubst du wirklich, jemand könnte unserer Äbtissin nach dem Leben trachten?«

»Wer hätte denn einen Vorteil von ihrem Tod? Wer würde ihren Platz einnehmen wollen?«, fragte Franka zurück.

»Du meinst, außer dir natürlich«, kam die prompte Antwort.

»Unsinn«, erwiderte Franka. »Ich bin noch viel zu jung. Außerdem muss ich noch die ewige Profess ablegen. Keiner im Konvent würde jetzt für mich stimmen.«

»Doch«, grinste Marie, »ich.«

Franka winkte ab. »Du und ich waren es nicht. Schwester Hedwig scheidet ebenfalls aus. Eine einfache Nonne kann es eigentlich nicht sein. Sie schlafen alle gemeinsam im Dormitorium, ebenso wie die Novizinnen. Da ist es schwierig, etwas zu verstecken, es sein denn am Körper um den Hals.«

»Lass mal sehen«, ulkte Marie. »Trägst du ein Lederband?«

Franka guckte sie so giftig an, dass ihre Freundin erschrocken zurückzuckte. »Das sollte doch nur ein Scherz sein«, entschuldigte sie sich augenblicklich und hob abwehrend die Hände. »Ich würde dich doch niemals des Diebstahls bezichtigen.«

»Nun«, fuhr Franka betont ruhig fort, »unter der Voraussetzung die Theorie stimmt, muss es eine der Nonnen sein, die ein besonderes Amt in diesem Kloster bekleiden, denn nur die haben hier im Konvent eine eigene Kammer.«

»Wir müssen also nach einer suchen, die eine leitende Aufgabe, ein Interesse und gleichzeitig auch eine vage Aussicht hat, die nächste Äbtissin zu werden«, brachte Marie es auf den Punkt.

Die jungen Frauen sahen sich betroffen an. »Schwester Gertrud«, sagten beide gleichzeitig.

»Für sie ist es auch nicht schwer, sich einen Schlüssel zu besorgen«, setzte Marie hinzu.

»Du hast recht«, antwortete Franka. Flüchtig dachte sie an das ruinierte Bild des Heiligen Martin. Die Priorin hatte mit Sicherheit ebenfalls einen Schlüssel zum Skriptorium. »Doch wir müssen sehr vorsichtig sein und den Verdacht zunächst für uns behalten«, ermahnte sie Marie.

»Was tuschelt ihr beiden denn da so lange«, mischte sich Schwester Hedwig ein, die gerade durch die Tür des Krankensaales trat.

»Ich mag keine Kamillen in dem Tee«, maulte Franka geistesgegenwärtig mit Blick auf die verschiedenartigen Blüten und Wurzeln, die Marie hastig in ein Leinensäckchen füllte.

»Was die Kräutermischung anbelangt, gibt es keine Diskussionen«, sagte Schwester Hedwig streng. »Entweder du trinkst das oder du gehst und stiehlst nicht weiter unsere Zeit.«

Ergeben senkte Franka den Blick, während sie Marie heimlich zuzwinkerte.

***

Der Beginn des Turniers war auf den späten Vormittag festgesetzt worden. Das einfache Volk versammelte sich außerhalb der Absperrung, während die Adeligen ihre Plätze auf der Tribüne einnahmen. Lediglich die vier besten Plätze in der Mitte und einige links und rechts davon waren noch unbesetzt. Die Ritter standen in voller Rüstung, den Helm unter dem Arm und das Pferd an der rechten Hand auf der Wiese. Der Tag war außergewöhnlich warm. Schwitzend erwarteten die Männer sehnsüchtig das Erscheinen des Grafenpaares mit seinen Gästen.

Endlich ertönte die Fanfare. Heinrich von Sayn und seine Gemahlin Mechthild betraten die Bühne. Ihnen folgten die Ehrengäste, das Landgrafenpaar Ludwig und Elisabeth von Thüringen samt Gefolge. Graf Heinrich blieb stehen und wartete, bis sich alle gesetzt hatten. Alle Menschen, sich selbst eingeschlossen, die Wulf kannte, überragte der Graf von der Größe her bei Weitem.

Absolute Stille legte sich über den Platz, als Graf Heinrich seine Gäste, die Kämpfer und die übrigen Anwesenden begrüßte. Kurz sprach er den Turnierverlauf an, legte den Betrag fest, mit der ein Verlierer sein Pferd und seine Waffen zurückkaufen konnte, sofern der Sieger dem zustimmte. Zum

Schluss sollte der Gesamtturniersieger den Preis aus der Hand der Landgräfin empfangen. Der Graf setzte sich, und das Turnier konnte beginnen.

Der Platz neben Melinda war frei. Sie saß in der Nähe der Bande und ließ ihren Blick über die Ritter gleiten. Wulf spürte, wie unruhig Anselm wurde. »Du solltest zu ihr gehen«, wisperte er seinem Freund zu. »Hier kannst du mir doch nicht helfen.«

»Ich gehe, sobald dein Gegner feststeht«, widersprach Anselm.

In diesem Augenblick trat ein Mann aus dem Gefolge des Grafen hervor. Er trug den Sack, in den jeder Ritter am Tag zuvor ein Holzplättchen mit seinem Wappen hineingeworfen hatte. Der Mann langte hinein, griff nach einem Stück Holz und hob es hoch. »Das Wappen derer von Schonrode«, rief er aus.

Heinrich bestieg seinen Romulus. Zügig galoppierte er die Reihe der Teilnehmer entlang und tippte wenig später die Schilde zweier Ritter mit seiner Lanze an, bevor er auf seinen Platz zurückkehrte.

Wulf betrachtete den dürren Besitzer des Dunkelfuchses. Mit dem hätte er sicher leichteres Spiel gehabt als mit Adolf von Eberslohe, dachte er gerade, als sein Wappen aus dem Sack gezogen wurde. Was für ein Glück, so war er wenigstens der Erste, der gegen den finster dreinblickenden Ritter kämpfen würde.

Adolfs Mund öffnete sich vor Überraschung, als Wulf geradewegs auf ihn zugeritten kam. Caesar blieb ein wenig außerhalb der Reichweite der Lanze stehen und war durch keine unauffällige Hilfe einen weiteren Schritt vorwärtszubewegen. »Wollt Ihr es Euch noch einmal überlegen?«, spottete Adolf.

Die Zornesröte schoss Wulf ins Gesicht. Er lehnte sich im Sattel vor und berührte den Schild mit dem Eber und den drei Eichen darauf. Adolf wurde augenblicklich ernst. Er schwang sich auf seinen tänzelnden Hengst und kam auf Wulf zu. Caesar trat einen Schritt zurück. Langsam umkreiste Adolf das merkwürdige Paar. Leise sagte er zu Wulf: »Seid Ihr sicher, dass Ihr mit mir kämpfen wollt? Euer Pferd will es offensichtlich nicht.«

Wulf biss die Zähne zusammen und nickte. Es war dem Gegner gestattet, die Herausforderung abzulehnen. Das kam relativ selten vor, schließlich wollte sich niemand den Vorwurf der Feigheit gefallen lassen, indem er einem Kampf auswich. Doch Wulf wusste, in diesem Fall würde keiner die Weigerung Adolfs von Eberslohe als Furcht vor einer Niederlage ansehen.

Der grobschlächtige Ritter wandte sich der Tribüne zu, ehe er rief: »Ich denke nicht daran, die Herausforderung anzunehmen.« Enttäuschtes Murmeln war zu hören.

»Ihr solltet es Euch noch einmal überlegen«, sagte Graf Heinrich. »Wulfgar vom Röllberg ist ein ausgezeichneter Kämpfer.«

Das schmierige Lächeln, das Adolfs Lippen verzog, während er Caesar und seinen Reiter musterte, hätte Wulf ihm am liebsten aus dem Gesicht geschlagen. Der Herr von Eberslohe senkte die Stimme. »Leider bin ich nicht vermählt, sonst könnte ich Euer hübsches Pferdchen meiner Gemahlin zum Geschenk machen. Zu mehr, als ein Weib zu tragen, scheint er ja nicht zu taugen.«

Unwillkürlich musste Wulf an Hagens Worte denken. »Ich bin verheiratet«, platzte er heraus, »und zwar mit derjenigen, die Ihr gestern belästigt habt.«

Das Lächeln verschwand sofort. Die Schweinsaugen weiteten sich in Erstaunen. »Etwa mit der goldenen Schönheit dort auf der Tribüne?«

Nachdem Wulf das durch ein knappes Nicken bestätigt hatte, überlegte Adolf laut: »Deshalb wollt Ihr Euch also mit mir messen. Hat sich Eure Gemahlin bei Euch über mich beschwert?«

»Hat sie nicht, doch ich will Euer Pferd«, antwortete Wulf wahrheitsgemäß.

»Wenn das so ist«, sagte der Ritter von Eberslohe und trieb seinen Hengst an Wulfs Seite. Caesar legte die Ohren an. »Überlassen wir ihr die Entscheidung.« Damit ließ er Wulf stehen und galoppierte zur Tribüne hinüber.

Vor Melinda parierte er seinen Hengst durch und senkte die Lanze. Er schien einige Worte mit ihr zu wechseln, was Wulf mit zusammengekniffenen Augen beobachtete, wie Melinda sich erhob und ein lindgrünes Tuch an der Lanze verknotete. Er glaubte, an seiner Wut zu ersticken. Finster wartete er auf Adolf, der sein Pferd auf der Hinterhand herumschnellen ließ und auf ihn zukam.

»Ihr habt Glück oder besser: Pech«, grinste er. »Eure Gemahlin will tatsächlich, dass ich gegen Euch und Euren jämmerlichen Klepper antrete.« Wulf wendete Caesar und galoppierte zu den Seinen zurück.

Anselm empfing ihn schlecht gelaunt. »Was hat Melinda sich nur dabei gedacht, diesen Adolf auch noch zu ermuntern?«, schimpfte er. »Ich werde sofort mit ihr reden. Du hast ja jetzt keine Zeit«, setzte er hastig hinzu.

»Einverstanden, sie hat mir zwar einen Dienst erwiesen, aber mich gleichzeitig lächerlich gemacht«, sagte Wulf grimmig. »Pass auf Melinda auf und sorge dafür, dass sie keine weiteren Dummheiten macht.« Dienstbeflissen nickte Anselm und eilte davon.

Nach und nach wurden die restlichen Wappen aus dem Sack gezogen. Zu Wulfs Freude zeigte kein weiterer Ritter Interesse an einem Zweikampf mit ihm und Caesar.

Als die Fanfare erneut erklang, stellte sich Heinrich von Schonrode auf, sein Gegner zweihundert Schritte entfernt.

In Höhe der Grafenpaare sollte der Zusammenstoß erfolgen. Beide galoppierten an. Romulus flog geradezu an Wulf vorbei. Schaumflocken spritzen ihm vom Maul auf die Brust. Wie ein Trommelwirbel donnerte der Grauschimmel auf den Herausgeforderten zu. Das Pferd wusste, worauf es ankam. Mürrisch blickte Wulf zu Caesar, dem Lorenz die Stirn kraulte. Der Hengst hatte den Kopf gesenkt, die Augen halb geschlossen, und die Ohren kippten zur Seite. Die Unterlippe ließ er hängen.

Resigniert wandte sich Wulf wieder dem Wettkampf zu. Heinrich hielt die Lanze gerade. Erst im letzten Moment schwenkte der erfahrene Kreuzfahrer sie zur Seite und traf den Schild seines Gegners. Dieser fehlte. Ein Punkt für den Ritter aus Schonrode. Zwei weitere Durchgänge waren vonnöten. Heinrich traf jedes Mal den Schild. Somit hatte er als Erster drei Punkte erreicht. Pferd und Waffen seines Gegners gehörten ihm. Doch Heinrich verzichtete und war mit der Auslösung einverstanden. Der alte Ritter erbat sich eine kleine Pause.

Verstimmt schaute Wulf sein dösendes Pferd an. Es wurde höchste Zeit, es aufzuwecken. Er packte Caesar hart am Zaum. Sofort richtete der sich auf. Wulfs Anspannung übertrug sich. Der Hengst wurde unruhig, rollte die Augen und äpfelte.

Derweil schritt Heinrich von Schonrode auf Wulf zu. »Nun ist es an Euch, Euer Können zu beweisen.« Heinrich trat noch einen Schritt näher. »Adolf von Eberslohe ist ein Draufgänger. Vielleicht begnügt er sich beim ersten Durchgang mit einem Treffer auf den Schild, spätestens beim zweiten wird er auf Euer Kinn zielen und versuchen, Euch aus dem Sattel zu stoßen«, raunte der Ritter ihm zu.

»Danke«, sagte Wulf ernst. »Ich werde darauf vorbereitet sein.«

Lorenz hielt Caesar fest, während Wulf aufstieg. Er klemmte sich den Topfhelm unter den Arm und ritt zu seinem Platz. Erst im letzten Moment setzte er sich den Schutz auf den Kopf. Schon mancher Ritter hatte einen Hitzschlag darunter erlitten. Sein Knappe reichte ihm Lanze und Schild. Durch die Sehschlitze des Helms fixierte Wulf seinen Gegner. Dessen Brauner war kaum noch zu halten.

Als die Fanfare ertönte, stellte sich Adolfs Hengst auf die Hinterhand und sprang mit mächtigen Sätzen vorwärts. Wulf trieb Caesar an, stieß ein weiteres Mal mit den Sporen zu.

Caesar, erschreckt durch die plötzliche Grobheit seines Reiters, preschte los und hielt sogar die Spur. Wulf sah, wie die Lanze seines Gegners herumschwenkte und er seinen Hengst leicht nach innen stellte. Der Braune raste jetzt geradewegs auf ihn zu. Da es keine Absperrung gab, welche die beiden Reiter voneinander trennte, war ein solches Verhalten verpönt. Zu viele Ritter hatten sich schon die Beine dabei gebrochen.

Vorsichtshalber verstärkte Wulf den Druck seines äußeren Schenkels. Dennoch konnte er nicht verhindern, dass Caesars Hinterhand kurz vor dem Zusammenstoß ausbrach. Adolfs Lanze schrammte an Wulfs Schild vorbei. Wulf drehte sich im Sattel, und es gelang ihm gerade noch, ebenfalls einen Treffer zu landen. Allerdings musste er in die Mähne greifen, um sich zu halten. Beschämt wendete er Caesar und ritt im Schritt zurück.

»Einmal nur«, knurrte er dem Pferd zu. »Nur dieses eine Mal versuche, dich wie ein richtiges Streitross zu benehmen. Ich werde dich dann nie wieder reiten, versprochen. Wenn wir verlieren, wirst du bei dem anderen allerdings über dem Feuer enden, auch das verspreche ich dir.«

Adolf von Eberslohe hatte seinen Helm abgenommen. Als er Wulf passierte, rief er: »Redet Ihr Eurem Pferd Mut zu?«

Er konnte Wulfs gemurmelte Worte unmöglich verstanden haben. Dennoch verhielt Wulf seinen Hengst. »Das werdet Ihr gleich merken«, gab er dumpf zurück.

Erneut am Aufstellungsplatz angekommen, strich er über den Hals des Hengstes. »Also, mein Junge, gib dein Bestes und du bist mich los, ohne gleichzeitig dem Kerl da drüben zu gehören.«

Caesar stellte die Ohren auf. Ein zweites Mal galoppierten die beiden Kontrahenten aufeinander zu. Wieder verringerte der mächtige Hengst die Entfernung mit riesigen Sprüngen. Das grüne Tüchlein flatterte im Wind. Wulf erkannte, dass Adolf die Lanze diesmal früher in Position brachte. Das kostete Kraft bei einem solch langen Anlauf. Wie Heinrich von Schonrode es vorausgesagt hatte, wollte er sie im letzten Moment gegen Wulfs Hals führen und ihn von Caesars Rücken holen.

Wulf entschied sich für die sichere Variante. Er beabsichtigte, nochmals Schild oder Körper seines Gegners zu treffen. Der Abstand schmolz zusammen. Jetzt sah Wulf, wie Adolf die Lanzenspitze anhob. In diesem Augenblick tat Caesar, was er am besten konnte – er stolperte. Er sackte unter Wulf weg, ohne jedoch zu stürzen. Instinktiv riss Wulf die Lanze hoch.

Adolf stieß über seinen Kopf hinweg ins Leere. Wulfs Lanzenspitze traf den Ritter von Eberslohe jedoch punktgenau am Kinn.

Rücklings flog der aus dem Sattel und blieb einen Moment lang benommen liegen, während der Braune davondonnerte.

Wulf galoppierte bis zum Ende der Strecke und wendete sein Pferd. Caesar trabte aufrecht mit gespitzten Ohren bis vor die Tribüne, als hätte er sein Leben lang nichts anderes gemacht.

Graf Heinrich von Sayn erhob sich. »Wulfgar vom Röllberg, durch den Sturz Eures Gegners habt Ihr zwei weitere Punkte erhalten und den Tjost gewonnen. Pferd und Rüstung gehören Euch, oder bevorzugt Ihr das Lösegeld?«

Wulf schüttelte den Kopf. Derweil rappelte sich Adolf von Eberslohe auf. Leicht schwankend trat er vor das Grafenpaar.

»Ich erkenne den Sieg nicht an«, stieß er hervor. »Der da«, er zeigte mit dem Finger auf Wulf, »hat seinem Gaul zugeflüstert, dass er stolpern soll.«

Um die Mundwinkel des Grafen zuckte es kurz. »Wulfgar, Ihr seid mein Mann, wie Euer Vater es ist. Ich frage Euch, habt Ihr dies Eurem Pferd gesagt, damit Ihr den Tjost gewinnt?«

Energisch schüttelte Wulf den Kopf. »Nein, natürlich nicht.«

Graf Heinrich wandte sich an den Ankläger. »Da habt Ihr Eure Antwort. Jetzt übergebt ihm Eure Rüstung und Euer Schwert.«

»Es ist für Euch beschämend, den Tjost auf diese Art und Weise verloren zu haben«, lenkte Wulf ein. »Daher biete ich Euch an, Rüstung und Waffe zu behalten. Ich nehme lediglich das Pferd.«

»Wahrhaft ritterlich gesprochen«, lobte Graf Heinrich.

Grimmig stierte Adolf Wulf an, bis dieser schließlich mit den Schultern zuckte und sich abwandte. Er hörte, wie ein Schwert aus der Scheide gezogen wurde.

»Wulfgar, Vorsicht, hinter Euch!«, rief Heinrich von Sayn, während die Zuschauer aufschrien.

Wulf schnellte herum. Gerade rechtzeitig, sonst hätte ihm Adolfs Schwert den Schädel gespalten.

Sogleich kamen sechs Gefolgsleute des Grafen angelaufen und hinderten den Ritter von Eberslohe an weiteren Schandtaten. Sie packten ihn, entwanden ihm die Waffe und zerrten den wutschnaubenden Adolf vor Graf Heinrich. Dieser glühte vor Zorn. Mühsam beherrscht sagte er: »Der Verlust des Pferdes mag Euch hart treffen. Doch immerhin dürft Ihr Schwert und Rüstung behalten. Ein solches Verhalten, wie Ihr es soeben an den Tag gelegt habt, ist unentschuldbar. Ihr werdet Euch verabschieden und mit Euren Männern sofort Burg Blankenberg verlassen. Geht mit Gott und vergesst nicht: Aller Hader ist nach dem Turnier vergeben und vergessen.«

Adolf von Eberslohe blieb nichts anderes übrig. Er musste sich verbeugen und gehen. Als er Wulf passierte, zischte er: »Wir sehen uns wieder.«

Wulf antwortete nicht, doch er nahm die Drohung ernst. Er hatte sich einen Feind geschaffen.

Nach Abschluss des Turniers erfolgte die Siegerehrung. Gewonnen hatte ein Ritter aus dem Westerwald, den Wulf nicht kannte. Die Landgräfin, Elisabeth von Thüringen, erhob sich und überreichte ihm als Prämie eine Goldmünze und einen Jagdfalken. Stolz ritt der Sieger mit dem Vogel an der Tribüne vorbei.

Wulf wartete derweil auf Melinda und Anselm, sein neues Pferd sicher in Hagens Obhut wissend.

Seine Gemahlin sah ein wenig zerknirscht aus, als sie unter Anselms wachsamem Blick Wulf zumurmelte: »Verzeih mir bitte, dass ich deinen Gegner ermuntert habe, gegen dich anzutreten. Ich wollte dich keinesfalls bloßstellen.«

»Ist schon gut«, wiegelte Wulf gönnerhaft ab. Er war blendender Laune und wollte sie sich nicht verderben lassen. Er glaubte Melinda ihre Reue nur zum Teil. Doch das war jetzt nicht mehr wichtig.

Am Abend fand im Palas von Burg Blankenberg das übliche Bankett statt, zu dem Adelige, Geistliche und angesehene Bürger geladen waren.

Reihenweise waren Tische und Bänke herbeigeschafft worden. Die Gastgeber und das Landgrafenehepaar samt ihrem Gefolge saßen leicht erhöht mit dem Rücken zur Mauer, der Halle zugewandt. Alle übrigen Gäste schauten zu ihnen auf.

Bedienstete, Pagen und Knappen hasteten hin und her und sorgten dafür, dass die Platten mit Speisen immer gut gefüllt waren. Es gab gebratenes Wild und verschiedene Arten von Geflügel. Diverse Suppen und Eintöpfe, gegrilltes helles Brot und verschiedene Früchte. Dazu gab es mit Honig gesüßten Wein. Nach einer kurzen Ansprache des Grafen wurde das Mahl eröffnet.

Wulf langte ordentlich zu. Den Mund voll und kräftig kauend, sah er kurz zu seiner Gemahlin hinüber, die zierliche Bissen von dem hellen Brot nahm und ansonsten sichtlich aufgeregt immer wieder zu dem Grafenpaar und seinen Ehrengästen hinüberblickte.

Herzhaft biss Wulf in den saftigen Braten, als ein Minnesänger die Halle betrat. Mit einer tiefen Verbeugung machte er den Gastgebern seine Aufwartung und begann sogleich, begleitet von seiner Laute, ein Lied zu singen. Melinda lauschte hingerissen, während Wulf sich Anselm zuwandte. Mit hochgezogenen Brauen folgte sein Freund der Darbietung.

Weitere Lustbarkeiten folgten. Akrobaten, Possenreißer und Geschichtenerzähler unterhielten die Gäste mit ihrem Können.

Gesättigt wischte sich Wulf mit dem Hemdsärmel über den Mund. Sein Blick wanderte zu Graf Heinrich, der ihn auffing und Wulf zu sich heranwinkte.

Freudig stand Melinda ebenfalls auf und trat neben ihren Mann vor den Tisch der Gastgeber. Auf ein Zeichen des Grafen hin wurde von zwei Dienern eine Bank herbeigebracht.

Nachdem Melinda und Wulf sich gesetzt hatten, sagte Heinrich von Sayn zum Landgrafen: »Ich möchte Euch den glücklichen Ritter vorstellen, der neben einer wunderschönen Frau nun auch ein hervorragendes Streitross sein Eigen nennt.«

Ludwigs gütige Züge umspielte ein Lächeln. »Gratuliere zu dem recht ungewöhnlichen Sieg im Tjost. Wir haben mit Euch gefiebert und uns großartig unterhalten.« Er warf seiner Gemahlin einen kurzen Blick zu, die diese Aussage mit einem Nicken bestätigte. »Einen Mann wie Euch können wir in unseren Reihen gebrauchen, wenn wir ins Heilige Land ziehen.«

Wulf blieb vor Erstaunen sprachlos. Doch Melinda fragte sogleich: »Ihr habt das Kreuz genommen?«

»Bereits vor drei Jahren«, gab der Landgraf zu. »Allerdings ohne das vorherige Einverständnis meiner Frau. Wie sieht es mit Euch aus? Stimmt Ihr der Kreuzfahrt Eures Gatten zu?«

Kurz richtete Melinda den Blick auf ihren Schoß, bevor sie den Fürsten offen ansah. »Es ist der brennende Wunsch meines Gemahls, an der Rückeroberung der Heiligen Stätten mitzuwirken. Allein diesem Zweck diente die Teilnahme an dem Turnier. Sosehr es mich schmerzt, ihn ziehen zu lassen, tue ich es doch mit Freuden, wenn er sich damit seinen Traum erfüllen kann.« Verblüfft starrte Wulf seine Frau an.

»Ihr wisst, meine Liebe, ein Kreuzfahrer hat nur geringe Aussichten, lebend zurückzukehren«, meldete sich die Landgräfin zu Wort. »Ich bin ohnmächtig zu Boden gesunken, als ich zufällig das Kreuz in seiner Kleidung fand.«

Das konnte Melinda nicht geschehen, war sich Wulf sicher. Es schien vielmehr, als wollte sie ihn endlich loswerden. Ob sie deshalb auch Adolf von Eberslohe ermuntert hatte, gegen ihn zu kämpfen?

Melinda spielte trefflich die Rolle der liebenden Ehefrau. Ergeben seufzte sie auf. »Es geht um einen höheren Zweck, da haben persönliche Gefühle zu schweigen.«

»Ich wünschte, ich hätte Eure Zuversicht«, antwortete Elisabeth sichtlich beeindruckt. »Ich bemühe mich wahrlich darum, ein gottgefälliges Leben zu führen, doch in dieser Hinsicht bin ich von Eurer Größe weit entfernt.«

Melinda senkte den Kopf. Ihre Wangen waren mit einer flammenden Röte überzogen. Wulf fragte sich, ob sie wegen des falschen Lobes beschämt war oder sie lediglich das Lachen hinunterschlucken musste.

»Was seid Ihr für ein glücklicher Mann, Wulfgar vom Röllberg«, sagte Ludwig, »die tiefe Liebe einer solch schönen Frau errungen zu haben.« Sein Blick wanderte wieder zu Elisabeth.

Kurz biss Wulf die Zähne zusammen, bevor er sprach. »Wisst Ihr schon, wann Ihr aufbrechen werdet?«, wollte er wissen.

Der Landgraf wiegte den Kopf. »Derzeit reite ich durch mein Fürstentum, um für die Befreiung Jerusalems zu werben. Ich denke, zum Johannistag werden wir uns bei Schmalkalden sammeln. Wollt Ihr Euch mir anschließen?«

»Wenn es genehm ist«, antwortete Wulf mit Blick auf seinen Lehnsherrn.

»Natürlich ist mir das recht«, sagte Graf Heinrich. »Jedem Mann sollte die Gelegenheit gegeben werden, sich für sein Seelenheil irdische Verdienste zu erwerben und die Vergebung all seiner Sünden zu erlangen. Gute Männer, wie Ihr es seid, Wulfgar, sind rar gesät. Zieht im Gefolge des Landgrafen ins Heilige Land und kehrt gesund zu Eurer Gemahlin zurück.«

16. Kapitel

Mai 1227

Frankas Eintritt ins Kloster jährte sich, und damit endete auch ihr Noviziat. In regelmäßigen Abständen waren ihr in den vergangenen Monaten die Regeln des Heiligen Benedikt vorgelesen worden. Sie wurde geprüft und befragt, ob sie immer noch gewillt war, unter diesen Regeln ihren Dienst für Gott zu versehen. Jedes Mal wies die Priorin sie besonders eindringlich darauf hin, dass Franka auf jegliche freie Willensentscheidung verzichten müsse. Doch Franka blieb standhaft.

Marie war aufgeregt, sie redete von nichts anderem mehr und hoffte, dass Franka im Dormitorium der Nonnen eine Bettstatt in ihrer unmittelbaren Nähe erhalten würde.

»Vielleicht schnarcht stattdessen Edelgard direkt neben dir«, witzelte Franka und erntete einen entsetzten Blick. Obwohl Edelgard ein wenig früher ins Kloster eingetreten war als Franka, sollten sie gemeinsam das Gelübde ablegen. Das bedauerte Franka außerordentlich.

»Sei doch froh«, versuchte Marie, ihre Freundin zu trösten. »Immerhin musst du dich ihr nicht zu Füßen werfen wie den anderen Schwestern.«

In der Nacht vor der Profess schlief Franka sehr schlecht. Nur noch wenige Stunden trennten sie von dem endgültigen Abschied von der Welt – und von Wulf. Ob er käme? Edelgard und sie entstammten adeligen Familien, es lag nahe, dass diese im Kirchenschiff stehend die Zeremonie verfolgen würden. Konnte sich Mutter Isburga noch an die Schachfigur erinnern? Instinktiv wanderte Frankas Hand zu dem hölzernen König, der auf ihrer Brust ruhte. Würde die Äbtissin morgen fordern, dass sie ihn endgültig ablegte?

Der Gedanke daran ließ Franka leise aufschluchzen. Sofort schlug sie sich die Hand vor den Mund. Doch Edelgard schlief fest und röchelte nur leise. Franka drehte ihren Kopf zur Fensteröffnung. Selbst wenn Wulf morgen hier erschien, was versprach sie sich davon?

Es wird das letzte Mal in deinem Leben sein, dass du ihn siehst. Die Worte der ungebetenen Stimme in ihrem Innern drangen durch ihren Körper wie Messerklingen. Frankas Fingernägel bohrten sich in ihre Handflächen, versuchten, durch den körperlichen Schmerz den seelischen zu überdecken. Sie hatte richtig entschieden. Wulf liebte Melinda. Niemand konnte sich dem Liebreiz ihrer Schwester entziehen. Morgen würde sie ihn sehen, wenn auch nur aus der Entfernung und von ihm getrennt durch das Gitter der Chorschranke. Morgen würde sie sich mit eigenen Augen davon überzeugen können, wie sehr er seine Gemahlin liebte und wie stolz er neben ihr stand. Morgen würde sie wissen, ob Melindas Leib mit Wulfs Kind gesegnet war. Dieser Gedanke stach wie ein Splitter in ihrem Herzen. Fühlte sich so etwa Eifersucht an?

Ihre Lippen begannen zu zittern. War sie nicht glücklich hier? In Marie hatte sie eine gute Freundin gefunden. Sie liebte ihre Arbeit im Skriptorium. Alles fühlte sich richtig an, und doch …

Lautlos begann sie zu beten: *Maria, bitte hilf mir, dass ich morgen stark bin. Lass niemanden etwas von meinen heimlichen Gefühlen für ihn merken. Und bitte sorge dafür, dass ich seinen König behalten kann. Ich weiß, es ist falsch, aber mein dummes Herz hängt sehr an ihm. Bitte, Maria, sei gnä-*

dig mit mir und lege beim Herrn ein gutes Wort für meine sündige Seele ein.

Mit einer Mischung aus Angst und Erleichterung beobachtete Franka das Heraufziehen der Morgendämmerung. Wenn sie es doch nur schon hinter sich gebracht hätte.

Das ewige Gelöbnis wurde im Rahmen der Heiligen Messe gefeiert. Pater Quentin war ein Priester aus der Abtei Sankt Florian, einen halben Tagesritt vom Kloster entfernt. Er leitete die Gottesdienste und nahm den Nonnen die Beichte ab. Der Pastor war ein älterer Mann, dessen Tonsur von einem schlohweißen Haarkranz umgeben war. Er hatte freundliche helle Augen und oft ein Lächeln auf den Lippen. Der gemütliche Priester war reichlich untersetzt, mit einem roten Gesicht, dem anzusehen war, dass er den Wein, der in seinem Konvent gekeltert wurde, gerne selbst trank.

Ein charismatischer Redner war er bei Weitem nicht. Mutter Isburga und die Priorin wirkten immer wie erstarrt, wenn der Pater seine Predigt hielt. Sein Latein war so schlecht und seine Rede so einschläfernd, dass besonders zu früher Morgenstunde manch eine Nonne darum kämpfte, das Gähnen zu unterdrücken.

Auch heute zelebrierte Pater Quentin den Gottesdienst in gewohnter Manier. Edelgard und Franka knieten seitlich im Chor. Verstohlen suchte Franka aus den Augenwinkeln die Reihen der Gäste ab. Der blonde Schopf ihrer Schwester leuchtete zwischen den anderen heraus. Frankas Herz machte einen Satz, als sie daneben Wulfs hochaufgeschossene Gestalt erblickte. Sein Geschichtsausdruck war ernst, fast ein wenig traurig, bildete sich Franka auf die Entfernung ein. Ihr Schwager starrte auf den Rücken des Mannes vor sich, als krabbelte dort ein besonders abstoßender Käfer entlang. Melinda hingegen war gelangweilt und gab sich keine Mühe, das zu verbergen. Sie gähnte hinter vorgehaltener Hand. Soweit Franka erkennen konnte, trug sie kein Kind unter dem Herzen. Für die Erleichterung, die durch ihre Adern strömte, tadelte sie sich sofort.

Neben Melinda stand ihre Mutter. Strahlend vor Stolz, blickte Heimlinde nach vorne, und auch Ulfried sah mächtig zufrieden aus. Wenigstens ein einziges Mal gelang es Franka, diesen Ausdruck auf das Gesicht ihres Vaters zu zaubern, der ansonsten ausschließlich ihrer Schwester vorbehalten war.

Pater Quentin beendete die Predigt und trat auf die beiden knienden Novizinnen zu. Nach Edelgard gelobte auch Franka Beständigkeit, klösterlichen Lebenswandel und Gehorsam. Auf den dargereichten Pergamenten schrieben beide ihr Versprechen nieder, standen auf und legten die Urkunden auf den Altar. Nachdem sie die vorgeschriebenen Psalmen rezitiert und die Gemeinschaft diese wiederholt hatte, warfen die beiden jungen Frauen sich jeder Nonne zu Füßen, damit diese für sie betete. Marie zwinkerte Franka dabei unauffällig zu, und Schwester Gertrud sah sichtlich stolz auf Edelgard hinab, während ihre stechenden Augen Franka regelrecht zu durchbohren schienen. Lediglich Mutter Isburga betrachtete beide Frauen mit einem wohlwollenden Lächeln auf den Lippen.

Ihre weißen Schleier wurden gegen schwarze getauscht. Als Pater Quentin ihnen die Ringe als Braut Christi anstecken wollte, durchzuckte Franka der plötzliche heiße Wunsch, es möge Wulfs Goldreif sein, der nun ihren Finger schmückte. Ihre Hand begann zu zittern, und der füllige Pater hatte etwas Mühe, ihr den Ring überzustreifen. Zum Schluss übergab er jeder von ihnen ein aufwendig verziertes Stundenbuch.

Die beiden neu aufgenommenen Schwestern drehten sich nun zur Gemeinde um. Wulfs Anblick verschwamm vor Frankas Augen. Sie versuchte, die Tränen wegzublinzeln, wollte ein letztes klares Bild von ihm haben. Doch vergebens, sein Gesicht war nicht mehr als ein heller Fleck, umrahmt von braunen Locken. Sie nickte in seine Richtung, doch er reagierte nicht. Stattdessen hob ihre Mutter kurz die Hand.

Den restlichen Teil des Gottesdienstes über zwang sich Franka, nicht mehr an Wulf zu denken. Dabei spürte sie seine Gegenwart mit jeder Faser ihres Körpers. Der Schachkönig, den Mutter Isburga nicht zurückgefordert hatte, lag schwer auf Frankas Brust. Sie konzentrierte sich auf die Gebete und die Lobpreisungen und ließ sich ihren Schmerz nicht anmerken. Alles war so, wie es sein sollte.

Eine Last rutschte von ihren Schultern, als Franka nach Pater Quentins Schlusssegen mit den anderen die Kirche verließ. Wulf und ihre Familie würden nicht länger im Kloster verweilen. Sie musste ihn vergessen. Doch wie sollte ihr das gelingen, wenn sie sich noch nicht einmal von dem kleinen Schachkönig trennen konnte?

Mit aller Kraft richtete sie ihre Aufmerksamkeit auf die Köstlichkeiten, die heute im Refektorium, dem klösterlichen Speisesaal, auf sie warteten. Während des Gangs zum Hauptgebäude richtete Marie es ein, neben Franka zu gehen. »Bewegend, nicht?«, fragte sie leise. Offenbar hatte sie Frankas Ringen um Fassung bemerkt, schrieb ihm aber einen anderen Grund zu.

»Ich bin froh, dass es vorbei ist«, wisperte Franka zurück.

Fröhlich widersprach Marie: »Noch nicht ganz. Denk an das reichhaltige Essen mit Fleisch anlässlich eures Ehrentages und nicht zu verschweigen die doppelte Ration verdünnten Wein.«

Franka brachte ein Lächeln zustande, und Marie sah rundum glücklich aus.

✳✳✳

Zurück auf dem Röllberg, stürmte Wulf in die kleine Hauskapelle des Rittersitzes. Der Raum war nicht besonders groß und schlicht gehalten. Am Kopfende führte eine Stufe auf ein kleines Podest, auf dem eine hölzerne Tafel stand. Mit einem bestickten Tuch bedeckt, diente sie als Altar. Vor dem in der Mitte befindlichen Kruzifix lag eine aufgeschlagene Bibel, und daneben stand ein außen silberner, innen vergoldeter Messkelch mit klobigem Fuß. Auf der anderen Seite der Heiligen Schrift fand sich eine flache Silberschale zur Aufnahme der Hostie.

Kerzen waren auf Wandhaltern befestigt und erleuchteten während der Messen den Raum. Jetzt drang nur etwas diffuses Tageslicht durch die beiden schmalen Fensteröffnungen, links und rechts des Altars.

Wulf durchschritt die Kapelle. Schwer atmend blieb er vor der Stufe stehen und sank auf die Knie. Doch anstatt seine Hände zum Gebet fanden, ballte er sie zu Fäusten. Aus zu Schlitzen verengten Augen blickte er hinauf zu dem über der Tafel hängenden Kruzifix. Sein Blick war kühl. »Warum?«, stieß er hervor. »Warum gönnst du sie mir nicht? Was habe ich dir angetan, dass du mich so strafst? Sie zu sehen und zu wissen, dass sie niemals zu mir gehören wird, ist die schlimmste Folter, die ich mir denken kann. Es zerreißt mir das Herz.«

Der Gekreuzigte antwortete nicht. Die grob geschnitzte Figur, deren Kopf zur rechten Schulter geneigt war, hatte die Lider geschlossen.

»Hörst du mich überhaupt?«, schrie Wulf plötzlich. Die Wut stieg in ihm hoch wie eine heiße Welle, spülte seinen Verstand hinweg. Er spürte nichts mehr außer seinem Zorn. Wie von selbst richtete sich sein Körper auf, griffen seine Hände nach der Hostienschale und dem Kelch. Einen Augenblick später schlug die Schale scheppernd gegen die Wand hinter dem Altar.

»Hörst du mich jetzt?«, brüllte Wulf außer sich vor Wut und Verzweiflung und schleuderte den Messkelch hinterher.

Dieser flog knapp am Kruzifix vorbei, krachte an die Mauer und rollte hinter dem Altar hervor, eine tiefe Delle am oberen Rand.

»Wulf, um der Liebe Christi willen!«

Die Stimme seiner Mutter ließ Wulf innehalten, als er gerade nach der Heiligen Schrift greifen wollte. Kraftlos sank seine Hand herab. Sein Zorn löste sich auf, machte der Verzweiflung Platz. Wulf stand noch immer vor dem Altar, als Alvara vom Röllberg von hinten auf ihn zutrat und ihn sanft an der Schulter berührte. Der liebevolle Druck ihrer Finger brachte Wulfs Selbstbeherrschung ins Wanken. Er war kurz davor, sich umzudrehen, seiner Mutter in die Arme zu fallen und darauf zu hoffen, dass sie ihm tröstend durch das Haar strich. Stattdessen straffte er die Schultern.

»Was ist geschehen? Hast du dich wieder mit Melinda gestritten?« Alvaras Stimme war weich, voller Mitgefühl.

»Nein, Mutter«, antwortete Wulf ehrlich, »Melinda hat nichts damit zu tun.«

»Was schmerzt dich dann so sehr, dass du einen solchen Frevel begehst?« Alvara deutete auf die heruntergeworfenen Gegenstände.

Wulf wandte den Kopf, sah, wie sie um Fassung rang. Nur der ausgestreckte Zeigefinger zitterte ein wenig, während ihre geweiteten Augen die Delle im Messkelch betrachteten. Alvara schluckte.

Plötzlich überfiel Wulf Scham. Nun drehte er sich zu ihr um, zog sie einen Moment an sich, um sie sogleich wieder loszulassen. »Verzeiht mir, Mutter. Ich war nicht ganz bei Sinnen. Bald breche ich nach Jerusalem auf und hoffe, dass mir alle Sünden durch die Kreuzfahrt vergeben werden, auch diese, die ich jetzt begangen habe.« Sein Lächeln fühlte sich unecht und etwas schief an.

Die grauen Augen seiner Mutter, die Wulfs so ähnlich waren, sahen ihn unverwandt an. Wulf versuchte, zunächst dem Blick standzuhalten. Doch er hatte das Gefühl, Alvara würde bis auf den Grund seiner Seele schauen. Er senkte die Lider und betrachtete die getrockneten Schlammspuren auf seinen Lederstiefeln.

»Wulf?« Die Hand der Hausherrin legte sich auf seinen Oberarm. »Sieh mich an.«

Er räusperte sich, gehorchte aber. Erstaunt bemerkte er, dass die Augen seiner Mutter feucht schimmerten. Ob sie trotz der bevorstehenden Kreuzfahrt um sein Seelenheil bangte? Doch ihre nächste Frage riss ihn beinahe von den Füßen. »Hast du dich damals in Franka verliebt?«

Wulf keuchte und stolperte einen Schritt zurück. »Was? Wie kommt Ihr darauf?«, stotterte er.

»Ich habe es befürchtet«, antwortete seine Mutter leise. »Als wir bei Ulfried waren, um über den Ehevertrag zu sprechen, habe ich sie kennengelernt. Dein Vater war hingerissen von Melindas Schönheit, hatte kaum einen Blick für die unscheinbarere Schwester. Doch in Franka lodert ein Feuer. Ich wusste, wenn du es entdecken würdest, wäre für dich die Gefahr groß, dich an ihm zu verbrennen. Deshalb habe ich ihre Eltern vorsichtig gefragt, ob die Möglichkeit bestünde, dass du zwischen den Schwestern wählen könntest.« Alvara hielt inne.

»Und?«, fragte Wulf sofort. Obwohl er die Antwort bereits kannte, wurden seine Handflächen feucht.

Seine Mutter schüttelte den Kopf. »Ulfried und dein Vater haben mich ausgelacht. Heimlinde, Frankas Mutter jedoch, wurde regelrecht zornig. Sie gab mir unmissverständlich zu verstehen, dass Franka für das Kloster bestimmt war und niemand das ändern könne. Mir blieb nur die Hoffnung, dass Melindas Schönheit und Anmut auch dich blenden würden, damit du dich nicht zu ihrer Schwester hingezogen fühlst.«

Wulf antwortete nicht. Er fragte sich, weshalb seine Mutter in sein Herz sehen konnte, es ihm aber umgekehrt nicht gelang, ihre Gedanken zu erraten.

»Du sagtest mir bei deiner Vermählung, du wolltest Melinda heiraten. Es wäre die Erfüllung eines Wunsches.« Plötzlich schlug sich Alvara die Hand vor die Stirn. »Es war Frankas Wunsch, nicht wahr? Sie hat dir gesagt, du sollst ihre Schwester heiraten.«

»Sie hat es mir ausrichten lassen«, gab Wulf zu. Stockend berichtete er, wie er Franka in den Konvent gefolgt war.

Schweigend hörte Alvara zu, dann fragte sie: »Liebt sie dich?«

Wulf atmete tief durch. »Nicht genug, sonst wäre sie nicht vor mir geflohen.« Er verkniff sich, seiner Mutter von Melindas Hinterhältigkeit und dem Gespräch zwischen den Schwestern zu erzählen.

»Die Dinge sind nicht immer so, wie sie scheinen, Wulf. Bedenke, welche Erwartungen an Franka gestellt wurden. Seit ihrer Kindheit war ihr Weg vorgezeichnet, das streift niemand so schnell ab wie einen zerlumpten Schuh.«

»Es ist ohnehin zu spät«, resignierte Wulf.

»Die Wege des Herrn sind unergründlich«, erwiderte Alvara ernst.

Gegen seinen Willen musste Wulf kurz grinsen. »Ja, Anselm.«

»Sei nicht so frech. Dein Freund hat recht; ein wenig mehr Gottvertrauen würde dir nicht schaden«, sagte seine Mutter streng.

Mit gemischten Gefühlen sah Wulf zu, wie Alvara Schale und Kelch aufhob und wieder auf den Altar stellte. Die Delle drehte sie dabei nach hinten.

17. Kapitel

Juni 1227

Die Zeit des Abschieds war gekommen. Ein letztes Mal überprüfte Wulf die Ausrüstung und warf Anselm einen Blick zu. Die beiden Freunde wurden von zwei Stallknechten und Lorenz begleitet, die ebenfalls beritten waren. Das war zwar nicht üblich, aber Wulf hatte Wert darauf gelegt, damit sie schneller vorankamen.

Wulfs Hengst tänzelte. Mehrfach warf er den Kopf hoch, als wollte er prüfen, ob der Strick, mit dem er an Lorenz' Sattel festgebunden war, vielleicht doch nachgab. Obwohl Wulf beinahe täglich mit ihm gearbeitet hatte, war er immer noch sehr ungestüm. Wie ein Unwetter brauste er über die Weiden, und deshalb hatte er auf Anselms Vorschlag hin den Namen Tempête erhalten – der Sturm.

Wulfs Vater betrachtete seinen Sohn mit einer Mischung aus Stolz und Besorgnis. Da es bisher keine Anzeichen gab, dass Melinda ein Kind unter dem Herzen trug, befürchtete er das Aussterben seiner Blutlinie. »Möge dir mehr Glück mit der Eroberung Jerusalems beschieden sein, als es mir zuteilgeworden ist.« Wulf begnügte sich mit einem Nicken. Sein Vater war damals im Gefolge Friedrichs I., dem Großvater des jetzigen Kaisers, aufgebrochen und nach dessen Tod umgekehrt. Nie hatte er einen Fuß ins Heilige Land gesetzt.

Alvara vom Röllberg kämpfte erfolglos gegen die Tränen. »Komm heil zurück, mein Junge«, schluchzte seine Mutter, als er sie fest in die Arme nahm. Melinda hingegen sah seltsam unbeteiligt aus, als Wulf sich ihr zuwandte. Nichts in dem ebenmäßigen Gesicht ließ erahnen, ob sie für Wulfs Rückkehr oder seinen Tod betete. Entsprechend kühl sagte Wulf ihr Lebewohl, küsste sie lediglich auf die Stirn. Er war froh, endlich aufbrechen zu können, und wunderte sich nur kurz über Anselms feucht glänzende Augen. Die Bediensteten winkten und riefen ihnen fromme Wünsche nach, als sie durch den Torbogen ritten.

Ziel der kleinen Gruppe war nicht die Brüderstraße, die sie von Syberg weiter nach Siegen und Marburg geführt hätte, sondern Burg Sayn bei Bendorf. Dort sollten sie mit anderen Männern des Grafen zusammentreffen, um gemeinsam nach Thüringen zu reiten.

Wulf hatte es eilig. Auf dem Weg durch den Westerwald wollte er einen kleinen Umweg machen. Allerdings hatte er die anderen nicht in diese Pläne eingeweiht.

Gegen Abend erreichten sie das Tal des Heiligen Petrus und übernachteten dort in der Abtei Heisterbach. Früh am nächsten Morgen drängte Wulf zum Aufbruch. Sie waren schon sehr weit gekommen, als Wulf sein Pferd anhielt und Lorenz zu sich winkte.

»Ich werde noch einen kurzen Abstecher machen. Ihr reitet weiter, wir treffen uns in Sayn.«

»Wo willst du hin?«, fragte Anselm argwöhnisch.

»Ich habe noch etwas zu erledigen«, antwortete Wulf.

Sein Freund sah ihn scharf an. »Du machst doch keine Dummheiten, oder?«

»Nicht mehr als sonst auch«, gab Wulf zurück und schwang sich auf seinen Hengst.

Wulf ließ sein Streitross laufen. Pferd und Reiter genossen den schnellen Ritt, ohne von Begleitern aufgehalten zu werden. Zwei Stunden später erreichten sie ihr Ziel. Wulfs Herz schlug schneller, und sein Mund wurde trocken, als er abstieg und an die hölzerne Pforte klopfte.

Das Guckloch wurde geöffnet. »Wer seid Ihr, und was ist Euer Begehr?«

Wulf nannte seinen Namen. »Ich habe eine dringende Botschaft für Schwester Franka.«

Die Luke wurde geschlossen. Gleich darauf öffnete sich das Tor. Wulf trat ein, den kaum verschwitzten Tempête neben sich führend. Die kleine Nonne zeigte nach rechts. »Da ist der Stall. Ihr könnt Euer Pferd unterstellen, während Ihr die Nachricht überbringt.« Die Nonne deutete nach links. »Dort ist das Sprechzimmer der Ehrwürdigen Mutter.«

Wulf bedankte sich höflich, ohne die Pförtnerin darauf hinzuweisen, dass er sich bereits auskannte, und ging auf den Stall zu. Auf einem Schemel im Hof saß eine schlanke Nonne, die sich ein Tuch vor Mund und Nase hielt. Mit der anderen Hand hatte sie einen Holzlöffel umfasst und rührte in dem Kessel vor sich. Der Gestank war erbärmlich. Tempête blähte die Nüstern und schnaubte.

Die Frau blickte auf. Vor Schreck hätte Wulf beinahe die Zügel fahren lassen. »Franka!«, rief er.

Die Nonne stellte die Bewegungen sofort ein und starrte ihn schweigend an. Wulf kam ein Stück näher, den sich sträubenden Hengst fest am Zaum gepackt. Der Frau aufmerksam in die Augen schauend, sagte er schließlich: »Oh, Verzeihung. Ich habe Euch verwechselt.«

Langsam ließ sie das Tuch sinken. Instinktiv zuckte Wulf zurück. Das hagerste Gesicht mit der schmalsten Nase, das er je gesehen hatte, kam zum Vorschein.

»Schwester Franka«, sagte die Spitzmaus und zog den Namen in die Länge, »arbeitet dort drüben.« Sie zeigte mit dem Finger auf ein zweigeschossiges Bauwerk. »Das Sprechzimmer der Äbtissin befindet sich jedoch im Hauptgebäude.« Der Zeigefinger wanderte ein Stück nach links.

»Danke«, sagte Wulf schlicht, »und ich bitte Euch wegen der Verwechslung nochmals um Vergebung. Ich bedauere sie außerordentlich.« Als er sich umwandte, war er sicher, die gemurmelten Worte ›ja, den Eindruck hatte ich auch‹ gehört zu haben.

Er übergab sein Pferd einem Stallburschen und drückte ihm eine Münze für eine Extraportion Futter in die Hand. Langsam schritt er über den Hof auf das Gebäude zu und klopfte gegen die Tür. Die knochige Nonne rührte wieder in dem Kessel und tat, als hätte sie ihn bereits vergessen. Doch Wulf war sicher, dass sie ihn genau beobachtete.

***

Franka hatte ein ungutes Gefühl im Magen. Eine der Schwestern hatte ihr gerade mitgeteilt, dass ein Bote im Sprechzimmer der Äbtissin mit Nachricht von ihrer Familie auf sie wartete. »Das verheißt bestimmt nichts Gutes«, murmelte sie vor sich hin, als sie über den Hof zum Hauptgebäude hastete. Aus den Augenwinkeln bemerkte sie Edelgard, die auf einem Schemel saß und interessiert den Kopf hob. Doch Franka hatte jetzt keine Zeit, sich darüber Gedanken zu machen. Vor der Tür zum Sprechzimmer atmete sie nochmals tief durch, bevor sie den Raum betrat.

Der Mann hatte ihr den Rücken zugewandt und stand nach vorne gebeugt, wobei er seine Hände auf Mutter Isburgas Pult abstützte. »Ihr könnt mir viel erzählen«, knurrte er gerade. »Ich muss mich selbst davon überzeugen, dass es ihr gut geht.«

Diese Stimme! Nie hatte sie den Klang vergessen. Franka blieb in der halb geöffneten Tür stehen und legte die Hand auf ihr wild klopfendes Herz.

Als hätte er ihre Anwesenheit gespürt, richtete er sich auf. Die braunen Locken fielen ihm über den Kragen.

»Da ist sie doch schon«, sagte die Äbtissin mit einem verkniffenen Lächeln.

Langsam drehte Wulf sich um, während Mutter Isburga aufstand. »Überbringt Eure Nachricht und reitet weiter«, sagte sie ein wenig barsch.

Verblüfft sah Franka der Äbtissin nach, als sie die Tür hinter sich schloss. Warum ließ die Ehrwürdige Mutter sie mit Wulf allein? Sie wusste doch, wie es um Franka stand. Oder glaubte sie, dass mit Ablegen der Profess auch ihre Gefühle für ihn erloschen waren? Zögernd hob sie den Blick. Ihre Augen fanden die seinen.

Stumm musterten sich die beiden, während Franka sicher war, dass er das Trommeln ihres Herzens hörte. Schließlich brach sie das Schweigen. »Du hast eine Botschaft für mich?« Ihre Stimme war belegt.

Wulf lächelte traurig. Das Grübchen, das auf seiner Wange erschien, fesselte Frankas Aufmerksamkeit. »Nicht wirklich«, sagte er.

»Was willst du dann hier?«, brachte sie heiser hervor.

Wulf trat näher. Mit rauer Stimme antwortete er: »Ich wollte noch ein letztes Mal in diese frechen Katzenaugen sehen.«

Frankas mühsam aufrechterhaltene Selbstbeherrschung geriet ins Wanken. »Ein letztes Mal?«, wiederholte sie brüchig und mit Entsetzen in der Stimme.

Wulf drehte ihr die Schulter zu, so konnte sie das aufgenähte Kreuz auf seinem Mantel sehen.

Für einen Moment stockte Franka der Atem. »Ich habe mir schon gedacht, dass du dem Aufruf des Kaisers folgen wirst. Was sagt meine Schwester dazu?«

»Sie hat mit Freuden zugestimmt. Es ist die beste Gelegenheit für sie, mich ein für alle Mal loszuwerden.« Die Bitterkeit war nicht zu überhören.

»Was redest du denn da? Melinda liebt dich über alles.«

Wulfs Lachen klang gepresst. »Deine Schwester liebt nur einen Menschen auf dieser Welt, und zwar sich selbst.«

Franka erschrak vor dem plötzlichen Stich des Mitleids, der ihre Eingeweide durchdrang. Er war nicht glücklich.

»Willst du damit sagen, sie liebt dich nicht?«, hakte sie nach. »Aber du liebst sie doch.«

»Ach, kleine Schwägerin«, sagte Wulf und trat noch einen Schritt näher. »Ich habe sie geheiratet, weil du es so wolltest. Fühlst du dich denn geborgen hier?«

Mit Mühe gelang es Franka, mit fester Stimme zu antworten: »Ich habe die richtige Entscheidung getroffen.«

»Gut«, sagte Wulf. »Dann ist immerhin einer von uns beiden mit seinem Leben zufrieden.« Seine Hand zuckte nach oben, als wollte er sie berühren. Im letzten Moment hielt er inne. »Ich vergaß«, versuchte er zu scherzen, »nicht anfassen.«

Franka schossen Tränen in die Augen. Schnell senkte sie den Blick. Machtvoll überfiel sie die Erinnerung an die verbotenen Küsse, die sie geteilt hatten. »Du hättest nicht kommen dürfen«, stammelte sie. »Bei meiner Profess hast du mich ja auch kaum beachtet. Ich hatte den Eindruck, am liebsten wärst du gar nicht da gewesen.«

»Das stimmt.« Wulf hob den Kopf und fixierte einen Punkt an der frisch gekalkten Wand hinter ihr. Ein Muskel zuckte auf seiner Wange, während sein Kiefer sich anspannte, bevor sein Blick erneut den ihren traf. Der Schmerz darin legte sich wie ein eisernes Band um Frankas Kehle. »Deshalb«, sagte er schlicht, auf ihre Hand deutend, an deren Ringfinger der schmale Goldreif steckte.

Franka hob die Hand gegen das Licht. »Was ist denn mit dem Ring?«

Wulfs Antwort kam so leise, dass Franka ihn kaum verstehen konnte. »Es ist nicht der meine.«

Um nicht laut aufzustöhnen, biss Franka auf ihren Fingerknöchel.

»Was hast du erwartet, kleine Schwertschwingerin?«, fragte er sanft. »Du hast dich in mein Herz gekämpft. Ich weiß, es ist völlig aussichtslos und eine große Sünde. Wahrscheinlich werde ich dafür trotz Ablass auf ewig in der Hölle schmoren, wenn ich im Heiligen Land mein Leben lasse.«

Bebend bekreuzigte sich Franka. »Sag so etwas nicht. Ich bete für dich in der Hoffnung, dass du gesund zurückkehrst.«

Doch Wulf schüttelte den Kopf. »Im Kampf gegen die Heiden zu fallen wird meine Erlösung sein. Es gibt nichts, was mich hier hält.«

»Wulf«, flehte Franka schluchzend, »versprich mir, dass du den Tod nicht absichtlich suchst, bitte.« Sein Antlitz vor ihr verschwamm. Hastig fuhr sie sich mit dem Handrücken über die Augen.

»Liegt dir so viel daran, dass ich zurückkomme?«

Franka brachte nur noch ein Nicken zustande, während sie versuchte, den Stein in ihrem Hals herunterzuwürgen. Ängstlich betrachtete sie Wulf.

»Nun gut«, versprach er schließlich. Kurz lächelte er, als er ihr Aufatmen bemerkte. »Ich werde um mein Leben ringen, aber bedenke, dass ich auch einen Kampf verlieren kann.«

»Sollte …«, Franka stockte, »sollte es dem Herrn gefallen, dich zu sich zu holen, muss ich es wissen.«

»Ich werde Vorsorge treffen, dass ein Bote dir dieses übergibt.« Wulf öffnete die Schließe seines Mantels und legte ihn über seinen Arm. Dann nestelte er an den oberen Schnüren seines Hemdes.

Franka bemühte sich, ihren Blick von dem Stück brauner

Haut loszureißen, das dabei sichtbar wurde. Verlegen schaute sie zur Seite.

Wulfs Hand war in seinem Halsausschnitt verschwunden. Als er sie herauszog, hatte er sie zur Faust geballt. Er öffnete sie, und Franka sah ungläubig auf die Schachfigur aus Birkenholz.

»Du hast sie noch«, rutschte es ihr heraus.

»Ich trage sie immer bei mir, sie ist ein Teil von mir geworden. Niemals würde ich mich freiwillig davon trennen. Wenn du die Dame erhältst, wirst du wissen, dass ich tot bin.«

Franka biss sich auf die zitternden Lippen, unfähig zu antworten.

»Hast du seinerzeit den König bekommen?«, fragte Wulf rau.

Franka nickte und legte die Hand auf das Zeichen ihres Glaubens, das sie über dem Habit um den Hals trug.

»Er ist dir näher als das Kreuz«, stellte Wulf erfreut fest.

So hatte Franka das noch nie gesehen und verbot sich, weiter darüber nachzudenken. »Du musst jetzt gehen«, presste sie hervor. Es hatte keinen Sinn, den unvermeidlichen Abschied weiter hinauszuzögern.

Tief atmete Wulf durch, ließ die Figur an dem Lederband wieder unter sein Hemd gleiten, band es zu und warf sich den Mantel über. »Gibt es etwas, was du gerne aus dem Heiligen Land hättest, falls ich es je erreiche?«, fragte er.

Franka überlegte, dann versuchte sie ein zaghaftes Lächeln. »Wie wäre es mit ein wenig Wasser aus dem See Genezareth?«

Wulf neigte den Kopf. »Ich werde deinen Wunsch erfüllen.«

Sehnsüchtig streckte er ihr beide Hände entgegen und drehte die Handflächen nach oben. »Franka«, sagte er beschwörend. »Bitte, berühre mich nur ein einziges Mal. Ein allerletztes Mal – bitte.«

Wider besseres Wissen hob sie ihre Hände. Ihre Finger bebten, als sich ihre Kuppen sanft auf die seinen legten. Sie sah ihm in die Augen. Es war, als würde sie in seinen Bann gezogen. Wulf krümmte die Finger, und seine Daumen streichelten zärtlich über ihre Glieder. Allmählich verstärkte er den Druck und zog sie langsam näher.

Ein Geräusch an der Tür ließ beide zusammenfahren. Sofort gab Wulf Frankas Hände frei und trat einen Schritt zurück.

Mutter Isburga trat ein. Kritisch sah sie von einem zum anderen. Franka hatte ihre pulsierenden Finger ineinander verflochten. Wulf hatte eine Hand so fest um das Heft seines Schwertes gelegt, dass die Knöchel weiß hervortraten.

»Habt Ihr Eure Nachricht überbracht?«, wollte die Äbtissin wissen, wartete Wulfs Antwort jedoch nicht ab, sondern fuhr fort: »Konntet Ihr Euch davon überzeugen, dass Franka freiwillig hier ist? So wie Ihr Euer Schwert umklammert, bekomme ich fast den Eindruck, Ihr wollt Eure damalige Drohung wahrmachen.«

Wulf ließ das Heft los, als hätte er sich verbrannt. »Nein, Ehrwürdige Mutter«, stammelte er. »Ich wollte mich gerade verabschieden.«

»Lasst Euch nicht aufhalten.« Die hellen Augen der Äbtissin musterten den jungen Mann eindringlich.

»Ich habe ein neues Pferd, Tempête«, sagte Wulf an Franka gewandt. »Willst du ihn sehen?«

»Wenn Ihr das Kloster verlasst, kann sie von hier aus Euer Tier bewundern«, bestimmte Mutter Isburga.

Wulf biss die Zähne zusammen. Noch ein letztes Mal sah er in die Katzenaugen. »Lebe wohl, kleiner Dachs«, presste er hervor.

»Gott beschütze dich, Wulf«, erwiderte Franka erstickt.

Schnellen Schrittes verließ Wulf den Raum, ohne die Äbtissin auch nur eines Blickes zu würdigen.

Von der Fensteröffnung aus beobachtete Franka, wie er kurz darauf zum Stall eilte und wenig später mit einem kräftig gebauten, kastanienfarbenen Hengst wieder erschien. Er hielt kurz im Hof inne und blickte hinüber. Franka reckte einen Daumen in die Höhe zum Zeichen, dass sie seine Wahl guthieß. Wulf hob die Hand für einen letzten Gruß und verließ das Kloster.

Durch die geschlossene Pforte starrte Franka ihm nach. Plötzlich fühlte sie sich leer und einsam. Ein Räuspern machte sie darauf aufmerksam, dass die Äbtissin immer noch im Raum war. Aufgeschreckt wandte Franka sich um. Mutter Isburga sah sie ruhig an, als wartete sie auf eine Erklärung.

Doch was sollte Franka ihr sagen? Sie erinnerte sich an die Worte, die die Äbtissin eben an Wulf gerichtet hatte. »Was meintet Ihr damit, er hätte Euch gedroht?«

Einen Moment zögerte Mutter Isburga, ehe sie antwortete: »Als er dir nach deiner Ankunft nachgeritten war, hat er mir nur schwer geglaubt, dass du freiwillig hier bist. Damals drohte er mir, mich umzubringen, sollte er je erfahren, dass ich ihn deinetwegen belogen hätte.« Entsetzt schlug sich Franka die Hand vor den Mund.

Kurz lächelte die Äbtissin. »Er sorgt sich um dein Wohlergehen.« Sie wurde ernst. »Du hast dich getäuscht, er liebt wirklich dich – nicht deine Schwester.«

»Es ist zu spät«, hauchte Franka, benommen von der Erkenntnis, dass Wulf niemals mit ihren Gefühlen gespielt hatte.

»Wenn er frei wäre, würdest du mit ihm gehen?«

Mutter Isburgas Stimme klang sanft, und Franka biss sich fest auf die Unterlippe. »Er ist es aber nicht. Außerdem bin ich gerne hier. Durch Euch habe ich das Illuminieren lernen dürfen, und ich habe Marie gefunden.«

Für einen Moment glaubte Franka, einen Schatten über das Gesicht der Äbtissin huschen zu sehen. Doch es konnte auch nur das Lichtspiel der Sonne und Wolken sein, die einander am Himmel vor der Fensteröffnung jagten.

»Mein Platz ist hier«, bekräftigte sie deshalb. »Nie habe ich Wulf erwähnt und werde es auch weiterhin nicht tun, niemandem gegenüber.«

Aufatmend sah Franka, wie Mutter Isburga anerkennend nickte, bevor sie betonte: »Es ist sehr wichtig, dieses Versprechen zu halten, mein Kind.« Sanfter fuhr sie fort: »Du solltest jetzt erst einmal zur Ruhe kommen. Für die Arbeit im Skriptorium brauchst du deine ganze Aufmerksamkeit, und du zitterst wie eine Espe im Wind. Bis zum nächsten Gebet sind es noch zwei Stunden. Geh in die Kirche und reinige die Kerzenhalter auf dem Altar. Dabei kannst du beten und gleichzeitig um Vergebung von unrechten Gedanken bitten, falls du welche hattest. Betrachte das Säubern als Buße. Weitere Selbstbezichtigungen vor der Kapitelversammlung werden damit hinfällig.«

»Danke, Ehrwürdige Mutter«, stieß Franka hervor, »vielen tausend Dank.« Den nachdenklichen Blick, den die Äbtissin ihr nachsandte, sah sie nicht mehr.

Bemüht langsam und mit gesenktem Kopf holte Franka die benötigten Putzutensilien und machte sich auf den Weg zur Kirche.

Vor deren Tür traf sie auf Edelgard, die ihre Arbeit beendet hatte. »Schlechte Neuigkeiten von daheim?«, fragte diese scheinheilig.

»Nein, warum?«, erwiderte Franka.

»Du siehst verstört aus«, stellte Edelgard fest. »Wenn es nicht die Nachricht ist, liegt es wohl am Überbringer.«

»Was weißt du schon?«, fauchte Franka sofort und straffte sich.

Edelgard legte den Kopf schief. »Ich habe ihn gesehen. Er hat mich zuerst mit dir verwechselt.«

»Völlig unmöglich«, fuhr Franka auf. »Das glaube ich dir nicht.«

»Es ist die Wahrheit«, behauptete die andere. »Aber ich gebe zu, er hat wegen des Tuches nur meine Augen sehen können, und außerdem habe ich gesessen. Erstaunlicherweise hat er seinen Irrtum sofort bemerkt, als er näher kam. Er scheint dich sehr gut zu kennen, wenn er nur anhand der Augenform in der Lage ist, uns beide voneinander zu unterscheiden. Er steht dir wohl sehr nahe.«

»Unsinn. Er ist mein Schwager und hat mir lediglich mitgeteilt, dass er sich auf dem Weg ins Heilige Land befindet«, sagte Franka und hätte sich am liebsten auf die Zunge gebissen.

»Nein, so was, wie ungewöhnlich. Wollte er dich vorher noch einmal sehen?«

Franka holte tief Luft und versuchte, ruhig zu bleiben. Das Letzte, was sie gebrauchen konnte, war ein Frettchen, das eine Spur gewittert hatte. »Du irrst dich«, sagte sie daher betont gelassen. »Er hat mich in Kenntnis gesetzt, dass meine Schwester vielleicht ein Kind erwartet«, log sie.

»Und das nimmt dich so mit?«, fragte Edelgard und zog eine Augenbraue hoch.

»Meine Mutter wäre bei meiner Geburt beinahe gestorben. Ich habe Angst, dass es meiner Schwester ebenso ergehen könnte.« Franka sah, dass die andere ihr nicht glaubte, doch etwas Besseres fiel ihr nicht ein.

»Demnach bereitest du den Menschen schon Schwierigkeiten, seitdem du auf der Welt bist. Ich frage mich allerdings, welche Bindung dein Schwager zu dir hat.«

»Gar keine«, zischte Franka erbost.

Edelgard lächelte süffisant. »Vielleicht hätte er aber gerne eine. Du hättest sein Gesicht sehen sollen, als er mich erblickte und deinen Namen rief. Er strahlte geradezu.«

Damit drehte sich die hagere Nonne um. Sie ließ eine verwirrte Franka zurück, die zweimal neben die Klinke fasste, ehe es ihr gelang, die schwere Kirchentür zu öffnen.

18. Kapitel

Sommer 1227

Am Tag des Heiligen Johannes, dem 24. Juni, brach Wulf im Gefolge des Landgrafen von Schmalkalden auf. Viele waren dem Ruf Ludwigs gefolgt: Adelige, Ministeriale, Hofbeamte und Priester.

Lebewohl zu sagen fiel allen schwer. Ludwig konnte vor Kummer nicht sprechen. Weinend erbat er Gottes Segen für Elisabeth und die Frucht ihres Leibes, bevor sie sich voneinander losrissen.

Der Tross zog durch Franken, Schwaben, Bayern und schließlich über die Alpen, während Ludwig das Heer auf eigene Kosten unterhielt.

»Kunststück«, schnaubte Anselm, als Wulf außer sich vor Freude war, seine geringe Barschaft nicht antasten zu müssen. »Immerhin hat Friedrich ihm fünftausend Mark Silber für die Kreuzfahrt gezahlt.«

Wulf zuckte mit den Schultern. »Das ist mir gleich. Hauptsache, ich habe einen vollen Bauch. Außerdem zeigt es doch: Auf den Kaiser ist Verlass. Die Kreuzfahrtprediger haben davon gesprochen, Friedrich finanziere den Unterhalt, doch glauben wollte ich es nicht so recht.«

Ihr Weg führte sie durch die Lombardei und die Toskana. Nach fast sechs Wochen erreichten sie die Stadt Troia in Apulien. Bis dorthin war der Kaiser dem Heer entgegengezogen und empfing die Kreuzfahrer. Freudig umarmte er den Landgrafen zur Begrüßung.

Wulf betrachtete Friedrich staunend aus einiger Entfernung. Es war das erste Mal, dass er den Herrscher des Heiligen Römischen Reiches mit eigenen Augen sah. Nach dem, was Wulf über ihn gehört hatte, hatte er ihn sich viel größer und kräftiger vorgestellt. Friedrich war allenfalls mittelgroß, wenn auch nicht muskulös, so doch sehnig. Das rotblonde Haar umrahmte ein schmales, bartloses Gesicht. Als der Kaiser an dem versammelten Heer vorbeiritt, fiel Wulf die krankhafte Blässe des Herrschers auf. Die eisblauen Augen glänzten beinahe fiebrig in dem bleichen Antlitz.

Es ging eine Faszination von diesem Mann aus, der sich Wulf nicht entziehen konnte. Er spürte förmlich, in diesem Menschen hatte sich die äußere Macht seiner Stellung mit der Macht seines Geistes verbunden. Wulf war sicher, sosehr seine Gegner Friedrich auch zusetzten, er würde sich immer wieder erheben und als Sieger dastehen.

Sie zogen weiter über Bari und Monopoli und erreichten endlich das Ziel, die Hafenstadt Brindisi.

Wulf war beeindruckt. Tausende von Menschen hatten sich in der apulischen Ebene versammelt. Die Predigten und Versprechungen kirchlicher und weltlicher Art hatten mehr Früchte getragen als erwartet. Das Heer der Kreuzfahrer war eine bunte Mischung aus Fürsten, Rittern, Geistlichen, Pilgern und Abenteurern.

Überall entstanden Zeltstädte und freie Lager. Es erschien Wulf, als würde Brindisi aus allen Nähten platzen.

Ihre Pferde mit sich führend, schritten er und Anselm hintereinander durch die schmalen Wege zwischen den Zelten. Staub wirbelte von ihren Füßen auf, weil es lange nicht geregnet hatte, und die sommerliche Hitze trieb ihnen den Schweiß aus allen Poren.

Der Gestank von ungewaschenen Leibern und anderen

Ausdünstungen menschlichen und tierischen Ursprungs hing über dem gesamten Lager. Zwischen den Zelten häufte sich der Abfall. Latrinen waren zwar ausgehoben worden, doch manch einem war der Weg dorthin zu beschwerlich, zumal die Pferdeäpfel ohnehin überall verteilt lagen.

Wulf schritt zügig voran. Plötzlich verbreiterte sich der Weg und mündete in eine Art Platz. Hier gabelte er sich, und die Pfade führten in unterschiedliche Richtungen weiter. In der Mitte des Platzes stand ein Zelt, dessen Ausmaße die der anderen weit übertraf.

Abrupt blieb Wulf stehen. An dem Zelt war als Wappentier ein roter steigender, blau bewehrter und gekrönter Löwe mit zwei Schwänzen angebracht. Im oberen Drittel war ein fünflätziger Turnierkragen aufgemalt, als Zeichen der jüngeren Nebenlinie.

»Der limburgische Löwe«, raunte Wulf Anselm zu. »Herzog Heinrich hat also auch das Kreuz genommen. Wenn er hier ist, sind ihm doch sicherlich auch Männer aus seiner Grafschaft Berg gefolgt.«

»Du meinst«, vollendete sein Freund den Gedankengang, »dein Turniergegner könnte auch hier sein?«

Wulf nickte und sah sich suchend um. Plötzlich hob sein Hengst den Kopf und spitzte die Ohren.

An den Nüstern seines Pferdes vorbeisehend, entdeckte Wulf Adolf von Eberslohe, der auf ihn zuschritt. Er wirkte noch bulliger als in Wulfs Erinnerung. Der Ritter blieb ein Stück entfernt stehen. »Hat mein Pferd Euch noch nicht alle Knochen gebrochen?«, rief er. Der Hengst legte die Ohren an und bleckte die Zähne.

»Ruhig, Tempête«, sagte Wulf, während er ihm über den Hals strich.

»Tompäd«, äffte Adolf ihn nach. »Ein besserer Name ist Euch wohl nicht eingefallen. Nun, lange wird er ihn nicht mehr tragen. Ich hole mir mein Pferd zurück, darauf könnt Ihr Gift nehmen.«

Wulf wollte gerade heftig werden, als er Anselms Hand auf seiner Schulter fühlte. »Er ist es nicht wert, lass ihn. Du bist hier, um das Heilige Land zu erobern, nicht, um Christen zu bekämpfen.«

Wulf begnügte sich damit, seinem Widersacher einen bösen Blick zuzuwerfen, und drehte sich um. Adolfs spöttisches Lachen folgte ihnen.

Die Hitze ließ auch in den nächsten Tagen nicht nach. Nachdem das Wasser bereits rationiert worden war, wurde nun auch die Zuteilung der Lebensmittel eingeschränkt. Die Früchte faulten unter der sengenden Sonne Apuliens schnell dahin. Auch die übrige Nahrung war größtenteils verdorben und das wenige Wasser verschmutzt.

Keiner konnte später mehr sagen, wie es angefangen hatte, doch bald brach eine Seuche unter den Pilgern und Kreuzfahrern aus, die mit Fieber und Schüttelfrost begann. Die Erkrankten starben innerhalb weniger Tage, auch einer von Wulfs Bediensteten zählte zu den ersten Opfern, der zweite folgte bald darauf. Was zuerst einen schleichenden Verlauf nahm, breitete sich geschwind unter den dicht gedrängt hausenden Menschen aus. Die durch Nahrungs- und Wassermangel geschwächten Männer hatten der Krankheit nichts entgegenzusetzen. Viele Pilger flohen und trugen so die Krankheit in die ländliche Bevölkerung. Es war unübersehbar, dass es auch dem Kaiser schlecht ging. Darüber hinaus verhießen auch die fiebrig glänzenden Augen des Landgrafen nichts Gutes. Wulf und Anselm blieben verschont, und am 8. September war es endlich so weit. Gemeinsam mit Ludwig segelte Friedrich von Brindisi ab. Nun stachen etliche der wartenden Galeeren in See, darunter auch Herzog Heinrich von Limburg mit seinen Männern.

Schnell gewöhnte sich Wulf an das Schwanken unter seinen Füßen. Anselm hingegen hockte kreidebleich an der Reling. Obwohl das Meer relativ ruhig war, hatte sein Gesicht eine leicht grünliche Farbe angenommen. Zuerst erschrak Wulf mächtig und befürchtete, die Seuche hätte doch noch nach seinem Freund gegriffen. Doch ungewöhnlich für diese Krankheit war, dass Anselm sich ständig übergeben musste.

»Nicht so schlimm«, beruhigte der Kapitän den jungen Ritter. »Euer Freund ist lediglich seekrank. Das gibt sich wieder.«

Die Küste entlang segelten sie nach Süden. Zwei Tage später liefen sie in den Hafen von Otranto ein. Anselm dankte Gott für diesen Aufenthalt und hatte es eilig, von Bord zu kommen. Auch Wulf nutzte die Gelegenheit für einen Landgang, bevor das Mittelmeer überquert werden sollte. Lorenzo blieb mit den Tieren an Bord zurück. Er fühlte sich müde, und seine Stirn war heiß.

Am späten Nachmittag kehrten der Kaiser und der Landgraf auf ihr Schiff zurück. Wulf war über Ludwigs Anblick entsetzt. Der Fürst schwankte an ihm vorbei und bestieg seine Galeere.

Viel später sahen sie, wie der Patriarch Gerold von Jerusalem in Begleitung eines Kardinalpredigers die Galeere des Landgrafen betrat.

»Das sieht nicht gut aus«, meinte Anselm.

Seine Ahnung sollte sich bewahrheiten. Der Patriarch hatte Ludwig auf dessen Wunsch hin die Sakramente der Heiligen Ölung und der Wegzehrung erteilt. Alle bangten und beteten weiter. Am nächsten Tag wurde aus der Befürchtung Gewissheit. Wulf standen die Tränen in den Augen, als die Bahre mit den sterblichen Überresten Ludwigs von Thüringen von Bord getragen wurde.

Der Kaiser war erschüttert und von der Krankheit schwer gezeichnet. Eine Überfahrt war zum jetzigen Zeitpunkt zu gefährlich für ihn. Missmutig nahm Wulf zur Kenntnis, wie Friedrich das Kommando über das Heer Heinrich von Limburg übertrug. Der Herzog zögerte nicht und stach mit den verbliebenen Männern in See.

»Was für ein unglückseliger Beginn einer Kreuzfahrt«, stöhnte Wulf und ließ sich neben Anselm nieder. Der hockte in der Nähe der Bordwand, bereit, jederzeit aufs Neue die Fische zu füttern, während Lorenz mit glänzender Stirn auf die Wellen starrte.

Wulf war ernsthaft besorgt. Plötzlich rückte ein Scheitern der Kreuzfahrt in greifbare Nähe. Das konnte doch nicht der Wille des Herrn sein. Hatten sie alle so viele Sünden auf sich geladen, dass es Gott vorzog, die Stadt, in der sein Sohn gestorben war, im Besitz der Menschen zu belassen, die nicht dem wahren Glauben angehörten? Wulf bemühte sich, die Verzweiflung zu bekämpfen, die in ihm aufsteigen wollte. Sorgenvoll lenkte er seinen Blick nach Osten.

19. Kapitel

Herbst 1227

Weiterhin schwanden die Vorräte an getrockneten Maiglöckchenblüten. Schwester Hedwig gab immer noch vor, den Verlust nicht zu bemerken. Allerdings hatte sie die Frauen aus
dem nahe liegenden Dorf im Frühling vermehrt die weißen
Blüten sammeln und ins Kloster bringen lassen.

Heute war Franka von Mutter Isburga zur Mitarbeit im
Herbarium eingeteilt worden. Als sie die Kräuterküche betrat, war Marie gerade dabei, Anissamen in dem Mörser zu
zerstoßen.

»Die da müssen gewendet werden«, murmelte Marie. Sie
deutete auf die Hagebutten, die flach auf einem Tuch zum
Trocknen ausgebreitet waren. Während Franka begann, die
roten Früchte der Wildrose umzudrehen, brachte sie das Gespräch auf die Maiglöckchenblüten.

»Da Schwester Hedwig die Sammlerinnen einteilt, muss sie
die Frauen folglich dazu aufgefordert haben, besonders viele
zu pflücken. Sie weiß also mehr, als sie zugibt«, überlegte Marie laut.

»Selbst wenn sie die Blüten nicht für sich genommen hat, so
kennt sie immerhin die Diebin und weiß, dass sie noch mehr
Pflanzen braucht. Doch warum will Schwester Hedwig sie
decken?«, wollte Franka wissen.

Marie schürzte die Lippen. »Vielleicht wird sie erpresst.
Wir müssen sie unbedingt bei der Tat erwischen.«

»Das hast du doch schon so oft versucht«, sagte Franka

betrübt. Schmerzhaft zuckte sie zurück, als sich ein Dorn in ihren Finger bohrte. Sofort steckte sie den Daumen in den Mund und starrte böse auf den kleinen Stiel, an dem der Dorn heimtückisch lauerte. »Kannst du denn mittlerweile die ungefähre Tageszeit des Diebstahls eingrenzen?«, nuschelte sie.

Zu Frankas Überraschung nickte Marie. »Meistens fehlt morgens etwas. Deshalb vermute ich, dass die Blüten entweder abends oder nachts entwendet werden.«

»Also müssen wir uns nachts auf die Lauer legen.«

»Vergiss es. Schwester Hedwig beobachtet mich wie ein Wolf seine Beute«, seufzte Marie.

Franka nahm den Daumen aus dem Mund und lächelte selbstgefällig. »Aber mich nicht.«

Wann immer es ihr möglich war, schlich Franka in den nächsten Tagen abends zum Herbarium hinüber. Doch bisher war ihr kein Glück beschieden. Kurz vor der Komplet, dem Gebet zur achten Stunde, huschte Franka an den Wirtschaftsgebäuden entlang zur Kräuterküche. Es war noch hell genug und damit gefährlich, jetzt ungeschützt über den Hof zu gehen. Die Tür des Infirmariums, des an das Herbarium angrenzenden Krankensaals, öffnete sich. Marie und Schwester Adelheid traten heraus. Die rundliche Schwester pflegte die Kranken und wurde meist von Marie unterstützt. Franka drückte sich flach an die Mauer. Doch ihre Freundin entdeckte sie. Schnell wandte Marie ihr den Kopf zu, bevor sie auf den Kirchturm zeigte, von dem der erste Glockenschlag ertönte. Sie zog Schwester Adelheid am Habit und gemahnte sie zur Eile.

Angespannt beobachtete Franka, wie sich die beiden Nonnen entfernten. Ihr blieb nicht mehr viel Zeit. Schnell legte sie die letzten Schritte zurück und lugte durch die Fensteröffnung in die Kräuterküche. Der Vorhang des angrenzenden Raumes, in dem die giftigen Pflanzenteile aufbewahrt wurden, war zurückgezogen. Schwester Hedwig stand über der geöffneten Truhe. Sie hielt ein Leinensäckchen in der einen Hand und schüttete daraus einige Maiglöckchenblüten auf die andere, bevor sie die Truhe wieder schloss. Franka hatte genug gesehen. Zügig eilte sie zur Kirche.

»Sie stiehlt die Pflanzen also selbst«, fasste Marie zusammen, nachdem Franka ihr alles berichtet hatte, nachdenklich den Stößel in ihrer Hand betrachtend.

»Schwester Hedwig könnte auch im Auftrag handeln«, warf Franka ein.

Spöttisch hob Marie eine Augenbraue. »Oder selbst die Äbtissin vergiften wollen?«

»Nein, weshalb sollte sie? Sie ist viel älter als Mutter Isburga. Das gibt keinen Sinn.« Grübelnd legte Franka die Stirn in Falten. »Wer von euch bringt ihr den Stärkungstrank?«

»Hin und wieder Schwester Hedwig, meistens jedoch ich«, sagte Marie schulterzuckend.

»Sieh zu, dass ausschließlich du es bist, die zur Äbtissin geht«, bat Franka. »Vielleicht habe ich auch Wahnvorstellungen, und Schwester Hedwig braucht die Blüten für sich selbst, und die Priorin hat nichts damit zu tun.«

Seufzend sah Marie auf ihre Fingerspitzen. »Wie dem auch sei, sie hat mich belogen, und dafür muss es einen Grund geben.«

Januar 1228

Eine feine Schneedecke hüllte das Kloster ein, während der Himmel die Farbe von schmutzigem Bleiweiß angenommen hatte. Frankas Atem glich kleinen Wolken, als sie über den Hof zum Herbarium ging. Obwohl sie ihre Aufmerksamkeit auf die Nöte ihrer Freundin Marie lenken sollte, wanderten ihre Gedanken zu Wulf. Er fror sicherlich nicht im Heiligen Land, sofern er je dort angekommen war.

Die Nachricht vom Tode des thüringischen Grafen hatte im Oktober das Land erreicht. Mit Bangen hatte Franka den spärlichen Neuigkeiten gelauscht, die bis ins Kloster gedrungen waren. Eine verheerende Seuche musste in Apulien unter den Kreuzfahrern gewütet haben, der Tausende zum Opfer gefallen sein sollen.

Doch nur ein Name hatte für Franka Bedeutung. Angstvoll wartete sie auf einen Boten von Wulf, doch niemand traf ein. Entweder weilte er noch auf der Erde, oder Wulf hatte es nicht mehr geschafft, jemandem die Schachfigur zu übergeben.

Leise stöhnte Franka. Wenn sie doch nur Gewissheit hätte, ob Wulf wohlauf war.

Noch wenige Schritte und Franka erreichte das Herbarium. Mit Fingern, die nicht nur wegen der Kälte zitterten, öffnete sie die Tür ein wenig und schlüpfte durch den Spalt. Mit in die Hüften gestemmten Händen sah Schwester Hedwig auf Marie hinab, die auf dem Schemel vor dem Arbeitstisch saß und in einer kleinen hölzernen Schale rührte. »Hast du mir nicht zugehört? Ich sagte, du sollst mehr Kampfer zugeben.«

»Es ist genug, mir tränen schon die Augen«, widersprach die junge Nonne. Dabei hob sie den Blick. Franka sah, wie die blauen Augen feucht schimmerten.

»Unsinn«, brummte Schwester Hedwig. Sie griff nach der Schale, roch an dem Inhalt und verzog hustend das Gesicht. Dennoch wies sie Marie an, einen weiteren Tropfen des ätherischen Öls hinzufügen.

Pure Rechthaberei, dachte Franka erbost.

»Was suchst du denn schon wieder hier?«, wandte sich Schwester Hedwig stirnrunzelnd an die Hereintretende.

»Arbeitseinteilung«, antwortete Franka schnell.

»Meinetwegen. Wisch die benutzten Geräte sauber«, befahl die Leiterin. Ohne ein weiteres Wort verschwand sie keuchend im Infirmarium.

Erleichtert trat Franka zu Marie. Ihre Freundin blies die Wangen auf. »Mich wundert, dass der alte Drache beim Husten nicht gleich Feuer spuckt.« Mitleidig legte Franka ihr die Hand auf die Schulter, zog sie aber gleich wieder zurück. Freundschaftliche Berührungen waren im Kloster nicht erlaubt.

Doch Marie lächelte Franka kurz zu. »Nun hast du selbst miterlebt, wie sie ist. Ich weiß mir keinen Rat mehr. Sie drangsaliert mich, wo es nur geht.«

»Sicherlich ist sie neidisch auf deine Kenntnisse«, vermutete Franka. »Sie hat erkannt, dass du die richtige Mischung angerührt hast, will das aber nicht zugeben.«

»Danke, dass du das genauso siehst«, stieß Marie hervor. »Ich habe schon angefangen, an meinem Verstand zu zweifeln.« Sie schlug die Hände vor das Gesicht.

Franka war in Versuchung, ihre Freundin tröstend in die Arme zu nehmen, unterließ es jedoch. Stattdessen zog sie sich einen weiteren Schemel heran. Sie griff nach einer leeren, aber benutzten Schale und begann damit, sie mit einem getrockneten Grasbündel auszuwischen. »Vielleicht solltest du Schwester Hedwig öfter um Rat fragen«, sinnierte sie.

Marie ließ die Hände von den geröteten Augen sinken. »Wenn ich mich plötzlich unwissend stelle, wird sie erst recht misstrauisch.«

»Nicht unwissend – unsicher«, verbesserte Franka sie. »Da Schwester Hedwig ständig über deine Arbeit meckert, ist es doch nur natürlich, wenn du dir deiner Sache nicht mehr sicher bist. Dann bekommt sie das Gefühl, mehr zu wissen als du, und wird bestimmt freundlicher.«

»Meinst du?«, fragte Marie skeptisch. »Aber weshalb ist sie

neidisch?«, fuhr sie fort, ohne eine Antwort von Franka abzuwarten. »Unser aller Wissen dient doch dem Konvent und damit Gott.«

»Schwester Hedwig ist doch sicherlich deshalb Leiterin des Herbariums geworden, weil sie diejenige war, welche die größte Erfahrung mit Heilkräutern, ihrer Wirkungsweise und Verarbeitung hatte. Nun kommst du, nicht einmal halb so alt wie sie, und machst ihr etwas vor. Wundert es dich, dass sie dir dein Talent missgönnt?«

Einen Augenblick lang starrte Marie wortlos auf das Grasbüschel in Frankas Hand, dessen Halme von den Resten des Schweineschmalzes verklebt waren, das als Träger für die Salbe gedient hatte. Langsam nickte sie. »Du hast recht. Ich werde den Drachen künftig ständig fragen, bis es ihr zu viel wird. Womöglich sollte ich mich auch ein wenig besorgter geben, weil sie sich erkältet hat, und meine Hilfe anbieten, ihr einen Tee aus Mutterkraut, Anissamen und anderen Kräutern zuzubereiten, wovon sie ihren Husten schnell los wird. Vielleicht wird sie dann netter zu mir sein.«

Franka fand die plötzliche vorgetäuschte Anteilnahme etwas übertrieben, hoffte aber sehr, dass die Arbeit im Herbarium dadurch für ihre Freundin leichter würde.

In den folgenden zwei Wochen wurde Marie immer vergnügter. Sie erzählte Franka, dass ihr Plan tatsächlich aufgehe. Schwester Hedwig wäre ganz umgänglich geworden, obwohl sie aufgrund ihrer Erkältung geschwächt war und nur noch zu den Gebeten ihre Kammer verließ. Doch Marie hatte es geschafft, dass sich der Husten erheblich besserte und auch das Fieber zurückwich.

Dennoch war sie nicht mit ihrem Erfolg zufrieden, wie sie Franka gestand. Sie begleitete die Leiterin zu jedem Gebet, half ihr die Treppenstufen im Haupthaus hinab und führte sie über den Kreuzgang zur Kirche. Dies dauerte ungewöhnlich lange, da Schwester Hedwig immer nach wenigen Schritten innehalten und nach Luft ringen musste.

»Es ist ihr Herz«, klärte Marie ihre Freundin auf, als sie sich im Herbarium trafen. Sorgenfalten erschienen auf ihrer Stirn. »Doch immer, wenn ich ihr anbiete, einen Stärkungstrank zu brauen, lehnt sie ab.«

»Du kannst den Esel nur zur Tränke führen, aber nicht zum Saufen zwingen«, versuchte Franka, sie aufzumuntern. Sie freute sich über das kurze Lächeln, das im Gesicht ihrer Freundin aufblitzte, und fuhr fort: »Alte Drachen sterben nicht so schnell. Schwester Hedwig wird schon noch einsehen, dass du ihr helfen kannst, wieder gesund zu werden.«

Doch Franka irrte sich. Eine gute Woche später gellte vor der Komplet ein Schrei des Entsetzens durch das Gemäuer. Die Nonnen und Novizinnen, die sich gerade im Kreuzgang auf dem Weg zur Kirche befanden, blieben stehen. Lange dauerte es nicht, bis eine blass aussehende Nonne auf die Gruppe zueilte.

»Es ist Schwester Hedwig«, stieß die Nonne mit Namen Brunhild hervor. »Schwester Marie wollte ihr gerade den abendlichen Stärkungstrank bringen und sie dann zur Kirche geleiten. Die Leiterin des Herbariums ist zu Gott gegangen, ohne die Sterbesakramente empfangen zu haben.«

Entsetztes Gemurmel erhob sich unter den Anwesenden. Keine hatte mit dem plötzlichen Ableben der Nonne gerechnet. Edelgards grüne Augen trafen kurz auf Frankas. Das Frettchen sah besorgt aus. Ob sie von den Blütendiebstählen oder Schwester Hedwigs Herzschwäche wusste? Unruhig verlagerte Franka ihr Gewicht abwechselnd von einem Fuß auf den anderen, als sie die Möglichkeit in Betracht zog, dass die Leiterin des Herbariums ermordet worden war. Hirngespinste, schalt Franka sich selbst. Weder Edelgard noch die Priorin hätten einen Vorteil davon, oder doch?

Als Schwester Brunhild wieder zurück ins Haupthaus lief, klatschte die Kellermeisterin, Schwester Hildegardis, kurz in die Hände. »Alle folgen mir in die Kirche.« Sie wandte sich ab, und die anderen trotteten in Zweierreihen hinter ihr her, Franka und Edelgard als Letzte. Die anderen Nonnen tuschelten miteinander. Franka blieb stumm. Was hätte sie auch zu Edelgard sagen sollen?

Die Kirche war neben dem Schlafsaal und dem Speiseraum einer der Orte, an dem absolutes Schweigen zu herrschen hatte. So erstarb das Gemurmel auch sofort, als die Nonnen das Gotteshaus betraten. Franka allerdings wurde das Gefühl nicht los, dass Edelgard sie heimlich musterte.

Die sterblichen Überreste Schwester Hedwigs fanden ihre letzte Ruhestätte auf dem kleinen Gottesacker, der zum Konvent gehörte. Alle Nonnen und Novizinnen wurden hier bestattet, lediglich die Äbtissinnen erhielten einen Platz in der Kirche.

Gegen den vehementen Widerstand der Priorin und deren vorsichtiger Unterstützung durch Edelgard sprach sich die Mehrheit der Kapitelversammlung dafür aus, Marie als neue Leiterin des Herbariums zu berufen. Sie hatte während Schwester Hedwigs Erkrankung für zwei gearbeitet und erstaunliche Heilungserfolge erzielt. Ihr umfangreiches Wissen hatte fast alle überzeugt. Franka äußerte sich nicht zu der Debatte. Zum einen hätte sie nichts Neues beitragen können. Zum anderen wollte sie Marie nicht schaden, indem sie durch eine Verteidigung ihr freundschaftliches Verhältnis zu sehr in den Mittelpunkt der Aufmerksamkeit rückte. Doch sie stimmte offen für die Übertragung der Leitung an Marie.

20. Kapitel

Frühjahr 1228

Wütend trat Wulf nach einem Stein. Diese Kreuzfahrt verlief so ganz und gar nicht in seinem Sinn. Zwar war Friedrich wieder vollkommen genesen, doch er war vom Papst aus der Kirche ausgestoßen worden und ihnen bisher nicht ins Heilige Land gefolgt.

Am meisten zu schaffen machte Wulf die Stimmung, die den Kreuzfahrern in Akkon entgegenschlug. Die Einwohner der Stadt hatten sich, unabhängig von ihrem Glauben, miteinander arrangiert. Pilger wurden von vielen als Eindringlinge betrachtet, und die Bevölkerung stand ihnen teils gleichgültig, oft ablehnend oder mit unverhohlenem Hass gegenüber.

Krankheiten wüteten seit ihrer Ankunft unter ihnen. Reihenweise starben die Pilger – auch Lorenz. Wenige Tage nachdem sie die Stadt betreten hatten, starb er in Wulfs Armen, glitt im Fieberwahn aus dieser Welt. Mit Tränen in den Augen erfüllte Wulf Lorenz′ letzten Wunsch, sein Leib solle bis zur Auferstehung im Heiligen Land ruhen.

Die Bewohner Akkons scherte das Leid der Kreuzfahrer wenig. Waren, welche die Pilger kaufen wollten, wurden ihnen zu überhöhten Preisen angeboten, unabhängig davon, ob der Händler nun Mohammedaner oder Christ war.

Wulf dachte an die mit Leder ummantelte, gläserne Phiole, die er erstanden hatte. Den Preis, den er dafür bezahlen musste, konnte bestenfalls als Wucher bezeichnet werden. Doch er hatte Franka Wasser aus dem See Genezareth versprochen. Es war mit Sicherheit das einzige Geschenk, das sie von ihm annehmen würde.

Endlich bekam Wulf die Erlaubnis, mit Anselm und zwei erfahrenen Führern zum See zu reiten. Doch sie kamen viel langsamer vorwärts, als er sich das wünschte. Der heftige Regen behinderte ihr Fortkommen. Das Wasser fand den Weg zwischen Stoff, Leder und Kettengliedern hindurch bis auf die Haut. Wulf glaubte zu fühlen, wie das Eisen zu rosten begann.

Als sie das Nachtlager aufschlugen, verzichteten sie auf das Feuer, um nicht gesehen zu werden und möglicherweise umherstreifenden Ayyubiden in die Hände zu fallen. Die aus Zeltplanen hergestellten Unterkünfte schützten notdürftig vor dem Regen, der in der zweiten Nachthälfte nachließ, um gegen Morgen ganz aufzuhören.

»Trockene, heiße Sommer und regnerische, milde Winter«, jammerte Anselm, als sie die Pferde bestiegen. »Entweder du schwitzt, oder du bist nass. Die Haut scheint das ganze Jahr über feucht zu sein.«

»Jetzt übertreibst du aber«, antwortete Wulf. »Daheim ist der Regen viel kälter, Schnee und Eis gibt es bei uns obendrein.«

Als wollte sie Wulfs Worte bestätigen, schickte die Sonne ihr Licht hinunter auf die Reisegruppe. Sie brannte nicht heiß, sondern erwärmte und trocknete mit ihren Strahlen sanft die Menschen und Tiere. Die Mittagszeit war gerade überschritten, als die Männer den See erreichten.

Wulf brannte darauf, Franka endlich ihren Wunsch zu erfüllen. Kaum hatte Wulf die Phiole mit Wasser gefüllt, drängte er auf die Rückkehr. Für die malerische Landschaft hatte er keinen Blick, anders als Anselm.

Er konnte sich nicht sattsehen an den sanft geschwungenen Hügelketten rund um den See. Zu Wulfs Verdruss ließ sein Freund sich am Ufer nieder und tauchte immer wieder die Hände ins Wasser. Fasziniert beobachtete Anselm, wie es zwischen seinen Fingern hindurchrann. Verzückt begann er, aus den Evangelien Stellen zu rezitieren, die von Jesus am See handelten.

Wulf hörte zu und bemühte sich, seine Ungeduld zu zügeln. Er hatte seinen Freund über den Grund der Reise im Unklaren gelassen, auch von seinem Besuch im Kloster wusste Anselm nichts. Sicherlich machte er sich Gedanken und zog seine eigenen Schlüsse, doch er hatte kein Wort darüber verloren. Wulf hatte Anselm lediglich davon in Kenntnis gesetzt, ein Versprechen einhalten zu müssen.

Zurück in Akkon, versiegelte Wulf die Phiole mit Wachs und trug sie seitdem an einem weiteren Lederband um seinen Hals. Dies schien ihm der sicherste Platz vor Diebstahl zu sein, denn in der Stadt gab es Langfinger an jeder Straßenecke.

Es wurde April, und die Kraft der Sonne nahm stetig zu. Teppiche aus Wildblumen überzogen die Landschaft außerhalb Akkons und verströmten ihren süßlichen Duft.

Wulf trug noch immer die Phiole um den Hals. Er hatte flüchtig mit dem Gedanken gespielt, sie Franka bei seiner Rückkehr persönlich zu überreichen, entschied sich jedoch dagegen. Es würde ihm nur Schmerz bringen, sie wiederzusehen. Er wollte Anselm nicht darum bitten, einen Brief für ihn zu schreiben. Doch dieses Vorhaben selbst in Angriff zu nehmen hatte er bisher immer vor sich hergeschoben.

Sie nahmen gerade ein karges Mahl im städtischen Kreuzfahrerlager ein, als Wulf jemanden seinen Namen rufen hörte. Er ließ den Löffel in die Schüssel mit dem Getreidebrei sinken und blickte misstrauisch auf Adolf von Eberslohe und zwei seiner Gefolgsleute. Den Ritter aus der Grafschaft Berg hatte er seit der Begegnung im Lager von Brindisi nicht mehr gesehen.

»Ihr lebt ja immer noch«, sagte der stämmige Mann zur Begrüßung. Sein schmieriges Lachen klang falsch.

Wulf erhob sich. »So wie Ihr.«

Adolf trat einen Schritt näher. »Wie geht es meinem Pferd? Habt Ihr es noch nicht zuschanden geritten?«, zischte er.

»Mein Hengst erfreut sich bester Gesundheit«, gab Wulf erbost zurück. Aus den Augenwinkeln sah er, wie Anselm ebenfalls seine Schüssel beiseiteschob, über die Holzbank stieg und sich mit grimmiger Miene und verschränkten Armen neben ihn stellte.

Die übrigen Pilger und Deutschordensritter, die noch an der Tafel saßen, wurden aufmerksam. Wulf straffte die Schultern. Zornig sah er auf den kleineren Adolf hinab. »Ich habe Euch damals besiegt und werde es wieder tun, wenn Ihr nicht augenblicklich verschwindet.«

»Ihr wagt es, mir zu drohen?« Ein Speicheltropfen traf Wulfs Kinn, und er musste sich beherrschen, ihn nicht sofort abzuwischen.

»In der Tat.«

Anselm holte tief Luft, doch Wulf streckte den Arm aus. »Spar deinen Atem. Mit dem hinterhältigen Wicht werde ich alleine fertig.«

In dem Moment, als sein Freund sich abwandte, traf Adolfs Faust Wulf mitten ins Gesicht. Blut schoss aus Wulfs Nase und tropfte auf seinen blauen Waffenrock. Sofort stürzte er sich auf seinen Angreifer, wie ein Steinschlag prasselten seine Fäuste auf Adolfs Kopf nieder.

Schnell bildeten die Kreuzfahrer einen Ring um die Kämpfenden. Der Streit stellte eine willkommene Abwechslung dar. Die Ritter des Deutschen Ordens johlten, feuerten Wulf an, der den Tritten und Schlägen seines Gegners geschickt auswich. Er wartete auf eine Gelegenheit, einen wohl gezielten Treffer zu landen.

Derweil behielt Anselm die Gefolgsleute aus Berg im Auge, damit sie nicht in den Kampf eingriffen.

Schützend hob Adolf die Fäuste vor das Gesicht, als Wulf einen Kinnhaken antäuschte. Doch dann versetzte er Adolf einen Schwinger in den Magen, der diesen zurücktaumeln ließ. Der andere Ritter rappelte sich sogleich auf und griff nach seinem Schwert. Wulf wischte sich mit dem Ärmel über die Nase und zog ebenfalls blank.

Bewegung entstand in der Menge. Eine Gasse bildete sich, um den Oberbefehlshaber hindurchzulassen. Nicht allzu groß gewachsen, doch breitschultrig und kräftig, machte er den Eindruck eines Mannes, der wusste, was er tat.

Heinrich von Limburg baute sich vor den beiden Streithähnen auf. »Was soll das?«, polterte er. »Noch zu viel Kraft übrig? Wir sind nicht hier, um uns gegenseitig umzubringen. Hebt Euch das für die Heiden auf.« Drohend blickte der Herzog von einem zum anderen.

»Der da hat mein Pferd gestohlen«, maulte Adolf, steckte die Waffe jedoch augenblicklich ein.

»Ich habe es bei einem Turnier ehrlich gewonnen«, verteidigte sich Wulf.

»Genug jetzt!«, donnerte Heinrich von Limburg. »Wenn Ihr Euch unbedingt schlagen wollt, dann macht das so, wie es Eurem Stand geziemt, und nicht wie zwei Gassenlümmel.«

Adolf streckte sich. »Ich fordere Euch heraus, Wulfgar vom Röllberg. Morgen nach Sonnenaufgang, mit dem Schwert und bis zum Tode.«

»Angenommen«, sagte Wulf laut. »Bis zum Tode, anders werde ich Euch lästiges Ungeziefer ja doch nicht los.«

Der abschätzende Blick des Herzogs flog zu ihm hinüber. »So sei es.«

Noch vor Sonnenaufgang erwachte Wulf. Leise streckte er sich. Trotz Anselms Drängen hatte er sich am Abend zuvor geweigert, einen Priester aufzusuchen. Durch die Kreuzfahrt würden ihm hoffentlich alle Sünden vergeben, hatte er Anselm angeranzt, und wenn nicht, so könnte ihm auch kein Geistlicher die Absolution erteilen. Sein Freund hatte sich bekreuzigt, ihn ordentlich ausgezankt, aber schließlich seine Bemühungen eingestellt.

Wulf lag wach auf seiner Decke und hatte die Arme hinter dem Kopf verschränkt. Er fieberte dem Kampf entgegen. »Ich werde auf mich achten, Franka, wie ich es dir versprochen habe. Adolf wird es nicht gelingen, mich zu töten«, murmelte er mit Blick auf die Maueröffnung seines Quartiers, hinter der sich der Himmel zu röten begann. Wulf weckte Anselm. Er wollte keinesfalls später als sein Gegner am vereinbarten Treffpunkt erscheinen. Hastig schlangen die beiden je einen Kanten trockenes Brot hinunter, Anselm half Wulf, sich zu rüsten, und sie verließen die schlichte Unterkunft.

Kurz bevor sie den Kampfplatz außerhalb der Stadtmauer von Akkon erreichten, hielt Wulf seinen Freund zurück. »Anselm, es besteht die Möglichkeit, dass Adolf mich besiegt. Deshalb bitte ich dich um einen letzten Gefallen.« Wulf angelte nach den Lederbändern um seinen Hals. Er streifte sie über den Kopf und hielt sie Anselm hin. »Versprich mir, die Schachfigur und die Phiole mit dem Wasser an Franka zu senden, falls ich sterben sollte.«

»Melindas Schwester?«, hakte sein Freund verblüfft nach.

»Ebendiese«, antwortete Wulf.

Anselms Hand schloss sich fest um die beiden Anhänger. Die Frage nach dem Weshalb stand ihm auf die Stirn geschrieben, doch er schluckte sie hinunter. »Du kannst dich auf mich verlassen. Deine Schwägerin soll sie bekommen«, versprach er stattdessen, während er sie einsteckte.

Beruhigt klopfte Wulf seinem Freund auf die Schulter. Dann gingen die beiden schweigend Seite an Seite den verbleibenden Rest des Weges durch die noch nicht zum Leben erwachten Gassen der Stadt.

Als sie das Stadttor hinter sich gelassen hatten, stellte Wulf verärgert fest, dass Adolf von Eberslohe sie bereits erwartete. Auf der ebenen Fläche fand sich nichts als Staub und kleine Steine. Wulfs Blick schweifte über die Menge. Eine stattliche Anzahl Schaulustiger hatte sich eingefunden und den Platz umstellt.

Über dem Kettenhemd trug Adolf seinen rot gefärbten Waffenrock mit dem gestickten Wappen darauf. Der hämische Gesichtsausdruck ließ auf eine kommende spöttische Bemerkung schließen. »Da seid Ihr ja endlich. Ich dachte schon, Ihr hättet es Euch anders überlegt.«

»Verzeiht mir, Eure Hoffnung zerstört zu haben«, konterte Wulf, als er auf seinen Gegner zutrat.

Adolf spuckte aus. »Heute mache ich Euch fertig, Pferdedieb.« Die beiden Männer setzten sich die Kettenhauben und Helme auf.

Wulf blinzelte. Die Sonne gewann zunehmend an Kraft. Im Hintergrund sah er das Meer schimmern, nur wenige Schaumkronen zeigten sich. Wulfs Füße wirbelten ein wenig Staub auf, als er nun ungeduldig von einem auf den anderen wechselte.

Heinrich von Limburg saß mit verschränkten Armen am Rand auf einem Felsblock und sah abwechselnd zu den beiden Gegnern. Schließlich erhob er sich und trat zwei Schritte auf sie zu. »Nun denn«, begann er. »Da es offensichtlich Euer beider Wille ist, Euch zu schlagen, wollen wir die Entscheidung nicht länger hinauszögern. Ihr könnt Euch keine anderweitige Lösung denken, eine Zahlung vielleicht?« Beide Männer schüttelten die Köpfe.

Der Herzog zögerte einen Augenblick, trat dann zurück an den Stein. »Ich erkläre den Kampf für eröffnet. Möge der Bessere gewinnen.«

Wulf richtete seine Aufmerksamkeit auf den Feind. Beide hatten ihre Schwerter gezückt und begannen, sich gegenseitig belauernd zu umkreisen.

»Nun bleibt doch mal stehen«, rief Adolf von Eberslohe gereizt. »Ich will Euch nicht den ganzen Tag hinterherrennen.«

»Haltet doch selbst an, dann komme ich Euch schon näher.«

Der bergische Ritter blieb tatsächlich stehen. Wulf ließ das Schwert in einer Hand kreisen und ging geradewegs auf ihn zu.

Kraftvoll prallten die beiden Waffen aufeinander. Adolf suchte eine schnelle Entscheidung. Er attackierte Wulf mit einer Reihe von Schlägen gegen beide Halsseiten und den Kopf. Doch Wulf, größer und wendiger als sein Gegner, parierte sie mühelos. Er spürte, dass der Ritter von Eberslohe nicht seine volle Kraft in die Schläge legte. Augenscheinlich wollte er sich nicht so schnell verausgaben.

Adolf schlug jetzt nur noch halbherzig gegen den Körper, so als wartete er auf eine Unaufmerksamkeit seines Gegners. Doch Wulf war auf der Hut. Er gab sich keine Blöße und harrte seinerseits auf eine Möglichkeit, Adolf zu treffen.

Je höher die Sonne stieg und je länger der Kampf dauerte, desto wärmer wurde es Wulf. Schweißperlen bildeten sich auf seiner Stirn.

Plötzlich hob sein Gegner die Hand und zeigte die Innenfläche nach vorne. Gleichzeitig ließ er das Schwert sinken. Wulf streckte sich, behielt Adolf aber im Auge.

»Ich will mir nur den Schweiß von der Stirn wischen«, erklang es dumpf.

Wulf nickte und wartete, bis Adolf den Topfhelm abgenommen hatte. Mit dem Zipfel seines Waffenrocks fuhr er sich über die Stirn. Wulf wollte den Augenblick nicht ungenutzt verstreichen lassen. Auch er nahm den eisernen Helm ab und senkte den Kopf. Seine linke Hand griff nach dem Stoff seines Rocks, während die rechte das Schwert hielt, den Helm unter dem Arm eingeklemmt. Für einen Moment hatte seine Wachsamkeit nachgelassen. Das entsetzte Raunen der Zuschauer warnte ihn.

Sofort ließ er den Helm fallen, sprang zurück und hob abwehrend sein Schwert. Just in diesem Augenblick sauste Adolfs Waffe auf Wulfs Kopf nieder. Durch die plötzliche Wucht von Adolfs Angriff fiel Wulfs Parade etwas zu schwach aus, und die Klinge des Schwertes drang tief in das Fleisch seiner linken Wange ein, bevor sie von der Parierstange aufgehalten wurde. Blut strömte aus dem Schnitt sein Gesicht und den Hals hinunter. Sogleich schnellte Adolfs linke Hand vor und umschloss Wulfs Kehle. Wulf riss das Knie hoch, traf den Ritter im Schritt. Sein Gegner krümmte sich und ließ los.

Hustend und würgend stolperte Wulf zurück. Er war wütend auf sich selbst. Zum zweiten Mal war dem Ebersloher ein hinterhältiger Angriff gelungen. Adolf hatte sich wieder gefangen. Geduckt kam er auf Wulf zu. Die beiden Helme lagen im Staub. Keiner der Männer dachte daran, sie wieder aufzusetzen.

»Jetzt werde ich Euch endlich töten«, versprach Adolf.

»Ihr versucht doch schon seit geraumer Zeit vergebens Euer Glück«, gab Wulf zurück.

Wie ein wütender Keiler stürzte sich Adolf von Eberslohe auf Wulf. Das Schwert mit beiden Händen führend, wechselte er ständig zwischen Hieben nach oben und nach unten. Wulf durchbrach die Schlagfolge. Er täuschte einen Streich nach unten an, um sogleich nach oben zu schlagen.

Sein Gegner hatte dies zwar noch kommen sehen, konnte seine Waffe jedoch nicht mehr rechtzeitig hochreißen. Er sprang zurück. Wulfs Schwertspitze ritzte ihm lediglich die Haut am Kinn auf.

»Warte, du Hurensohn, das wirst du mir büßen!« Adolf ließ sich auf die Knie fallen. Die Schneide flog auf Wulfs Beine zu. Wulf sprang hoch, gleichzeitig sauste seine Waffe auf Adolfs Schulter nieder. Der Ritter brüllte vor Schmerz. Wulf zog das Schwert schnell aus dem Fleisch. Das Geräusch der an den Kettengliedern entlanggleitenden Klinge verursachte ihm ein Gefühl der Genugtuung. Zumal er sah, wie sie dabei eine rote Spur hinterließ.

Nun versuchte Adolf, seinen Gegner aufzuspießen. Doch seine Waffe stach ins Leere, da Wulf sich schnell zur Seite drehte. Vom eigenen Schwung mitgerissen, stolperte Adolf nach vorne. Wulf setzte ihm nach, holte aus und schlug ihm die rechte Hand ab, die den Griff des Schwertes umklammerte. Noch ehe der Ritter von Eberslohe begriffen hatte, was geschehen war, sauste Wulfs Waffe auf seinen Hals zu und durchtrennte die Schlagader. Blut sprudelte hervor und färbte den Waffenrock dunkel. Der Körper seines Gegners fiel beinahe lautlos zu Boden. Aus Armstumpf und Hals floss der Lebenssaft unaufhaltsam in den Staub.

Einen Augenblick herrschte atemlose Stille. Dann brachen Beifallsbekundungen los.

Heinrich von Limburg schritt auf Wulf zu und legte ihm die Hand auf die Schulter. »Wahrlich gut gekämpft«, lobte er. »Nehmt Euch seine Waffe, sein Pferd besitzt Ihr ja bereits.«

Wulf trat auf den toten Ritter zu und entwand der abgetrennten Hand das Schwert. Dann hockte er sich neben den Leichnam und senkte den Kopf. Alle Anwesenden mussten den Eindruck gewinnen, er spräche ein kurzes Gebet. Während Wulf Adolfs Schweinsaugen für immer schloss, murmelte er: »Du warst wirklich ein Kotzbrocken.«

Wortlos überreichte Anselm ihm die beiden Lederbänder samt Anhänger. Wulf ließ sie über seinen Kopf gleiten und unter dem Hemd verschwinden.

Die Menge zerstreute sich, und die beiden Freunde gingen den Weg zurück, den sie am Morgen gekommen waren. Wulf wunderte sich, dass Anselm weiterhin schwieg, doch er fragte nicht nach, was ihn beschäftigte. Er spürte, sein Freund hatte etwas auf dem Herzen.

»Wulf, könntest du dir vorstellen, schon vor Ankunft des Kaisers nach Hause zu fahren?«

»Nein, auf keinen Fall.«

»Vielleicht kommt Friedrich nicht, weil er immer noch exkommuniziert ist.« Anselm betrachtete seine Fingerkuppen, als er fortfuhr: »Selbst wenn er tatsächlich den Weg ins Heilige Land findet, bedeutet das noch lange nicht, Jerusalem für die Christenheit zurückzuerobern.«

Wulf griff nach der Schulter seines Freundes. »Niemand hält dich hier, Anselm.«

Anselm rang sichtlich mit sich. »Sollte ich nach Hause reisen, könnte ich die beiden Anhänger deiner Schwägerin persönlich vorbeibringen, falls du es wünschst.«

»Nicht nötig, Franka erhält nur die Phiole. Die Dame soll sie erst bekommen, wenn ich tot bin.«

»Weiß sie das?«, fragte Anselm.

»Ich war bei ihr«, gestand Wulf nun endlich, »damals auf unserem Weg nach Burg Sayn.«

Sein Freund kniff die Augen zusammen, als er sich erinnerte. »Warum hast du das getan?«

»Ich wollte sie noch einmal sehen, mehr nicht.« Wulf brach den Blickkontakt ab.

Lange starrte Anselm ihn an. »Das war nicht richtig«, begann er. »Sie ist …«

»Wie dem auch sei«, fiel ihm Wulf hastig ins Wort, weil er keine Lust auf eine Predigt verspürte. »Ich würde die Phiole lieber dem nächstbesten Heimkehrer in die Hand drücken als dir. Ich verstehe, dass du Sehnsucht nach der Heimat hast, aber mein Vater wird zu Hause schon alles richten. Wenn du an meiner Seite bist, fühle ich mich hier nicht so verloren.«

Sein Freund lächelte dünn. »Also gut, ich bleibe noch. Den Brief an deine Schwägerin lässt du dir aber von jemand anderem aufsetzen und denke daran, nichts Persönliches hineinzuschreiben. Die Äbtissin wird ihn vorher lesen, und du willst Franka doch nicht in Schwierigkeiten bringen. Die hat sie bei ihrem frechen Mundwerk bestimmt ohnehin schon.«

Den letzten Satz hatte Anselm nur noch gemurmelt, und Wulf gab vor, ihn nicht gehört zu haben.

Nachdem Wulf einen Schreiber gefunden hatte, übergab er drei Tage später zwei rückreisenden Pilgern das Pergament und die Phiole. Ihn beglückte die Vorstellung, dass Franka bald sein Geschenk in Händen halten würde, das er so lange bei sich getragen hatte.

21. Kapitel

Juli 1228

Franka betrat den überdachten Vorraum des Herbariums. Dutzende von Kräuterbündeln hingen kopfüber von den Balken und verströmten einen unnachahmlichen Duft. Die junge Nonne sog tief die verschiedenartigen Gerüche ein. Dies war einer der Momente, in denen sie fast bedauerte, hier nicht ständig zu arbeiten.

Marie stand vor dem Platz in der Nähe der Fensteröffnung. Ein Haufen frischer Kräuter lag vor ihr, den sie gerade bündelte. Sie sah auf, und ein Lächeln breitete sich über ihre hübschen Züge, als sie ihre Freundin erblickte. »Franka, was machst du hier? Bist du etwa krank?«

Die Angesprochene schüttelte den Kopf. »Schwester Almatia hat sich mit dem Radiermesser in den Finger gestochen, und ich soll dich um eine Salbe bitten.«

»Schon wieder?«, fragte Marie und nahm aus dem Regal ein Tontöpfchen. »Zum Glück habe ich erst gestern eine neue Paste angerührt. Ziemlich ungeschickt für eine Leiterin des Skriptoriums, sich ständig mit dem Werkzeug zu verletzen. War es nicht letzte Woche ein Federkiel?«

»Sie sieht immer schlechter«, erwiderte Franka, hob den Deckel von dem Töpfchen und schnupperte an dem gelblichen Inhalt. »Hm, riecht gut.«

Marie zuckte mit den Schultern. »Überwiegend Ringelblumen und Arnika. Da ich als Trägerstoff ausgelassenes Schweinefett benutzt habe, tat ich noch einige Tropfen Rosenöl hinzu. Ich will dich ja nicht bei der Arbeit einem ranzigen Geruch aussetzen.«

»Danke für die vorausschauende Rücksichtnahme«, erwiderte Franka und grinste kurz. »Ist immer noch alles in Ordnung?« Das war die übliche Frage zwischen ihnen, die darauf abzielte, ob die Priorin Marie unter Druck setzte.

»Alles bestens – und es verschwinden auch keine Heilpflanzen mehr. Schwester Hedwig hat sie wirklich für sich selbst gebraucht.«

»Vielleicht würde sie heute noch leben, wenn sie sich dir anvertraut hätte«, vermutete Franka.

Ein leises Lachen klang in Maries Stimme mit, als sie antwortete: »Ich kenne mich zwar in der Heilkunst aus, kann jedoch keine Wunder vollbringen. Aber ich danke dir für dein Vertrauen in meine Fähigkeiten.«

Sie gab Franka noch einen sauberen Leinenstreifen, mit dem sie den Finger verbinden sollte, und wandte sich wieder ihren Kräuterbündeln zu.

Zurück im Skriptorium, übergab Franka Schwester Almatia die gewünschte Salbe. »Komm, Kind«, sagte diese und deutete Franka, ihr zu folgen. Sie gingen in den durch einen Vorhang abgetrennten Lagerraum für die Materialien und Gerätschaften.

Auf Schwester Almatias Geheiß strich Franka etwas von der duftenden Salbe auf den verletzten Finger und wickelte sorgsam den Tuchstreifen darum.

Die Leiterin des Skriptoriums blickte sie aus leicht getrübten Augen an. Sie verzog den Mund zu einem kurzen Lächeln, sodass tausend Fältchen das alte Gesicht zu sprengen schienen. »Als Heilerin wärst du bestimmt auch sehr geschickt.«

Vehement schüttelte Franka den Kopf. »Meine Bestimmung liegt hier, bei den Farben und Tinten.«

»Niemand weiß, was der Herr für uns ausersehen hat«, tadelte die Ältere sanft. Sie seufzte leise, ehe sie fortfuhr: »Dir wird nicht entgangen sein, dass ich immer schlechter sehe.«

Zur Bestätigung nickte Franka. Schon seit geraumer Zeit bediente sich die Leiterin Frankas Fähigkeiten, wenn es darum ging, besonders schwierige Stellen zu kolorieren.

»Wenn mein Augenlicht mich noch mehr im Stich lässt, werde ich wohl eine Nachfolgerin benennen müssen.« Schwester Almatia machte eine kleine Pause. Unwillkürlich hielt Franka den Atem an, als die Leiterin die Stimme senkte und beinahe verschwörerisch flüsterte: »Meine Wahl ist auf dich gefallen. Nein, keine Widerrede«, sagte die Nonne lauter, als Franka aufbegehren wollte. »Ich lebe seit über einem halben Jahrhundert hier in dem Kloster, doch ein solches Talent, wie du es besitzt, ist mir noch nicht untergekommen. Selbst meine Meisterin hätte dir nicht das Wasser reichen können. Unterbrich mich bitte nicht«, forderte sie, als Franka erneut zum Sprechen ansetzte. »Wenn die Zeit gekommen ist, möchte ich meine Nachfolge gesichert wissen. Ich werde dich als die nächste Leiterin des Skriptoriums vorschlagen.«

Franka dachte an die Kapitelversammlung vor einem halben Jahr zurück, in der Marie zur Leiterin des Herbariums ernannt worden war. Bei Franka würde der Widerstand der Priorin noch um ein Vielfaches höher ausfallen. Mit Sicherheit wollte sie Edelgard an dieser Stelle sehen. Deshalb räusperte Franka sich bloß und antwortete: »Darüber entscheiden andere.«

Die kleine Nonne plusterte sich auf. »Unser Skriptorium liefert Illustrationen, die weit über die Grafschaft hinaus bekannt sind. Die Arbeiten, die wir im Auftrag ausführen, stellen für den Konvent eine hervorragende Einnahmequelle dar. Mutter Isburga wird es sich nicht leisten können, den hohen Anspruch unserer Werke sinken zu lassen. Was ich dir beibringen konnte, hast du schneller verstanden und umgesetzt als alle meine Schülerinnen vor dir. Du bringst neue Ideen ein – zum Teil ungewöhnlich –, aber sehr wirkungsvoll. Wir brauchen Nonnen wie dich, und die Ehrwürdige Mutter weiß das auch. Sie hält sehr viel von dir.«

Franka seufzte. »Ich könnte mir schon vorstellen, eines Tages Euren Platz einzunehmen. Mir macht die Arbeit wirklich Freude, obwohl das Vergnügen daran für meine Demut nicht gerade förderlich ist.«

»Der Demut nicht«, gab Schwester Almatia augenzwinkernd zu, »aber dem Arbeitsergebnis.«

Ein leises Rascheln ertönte hinter dem Vorhang. Mochte Schwester Almatia auch nicht mehr gut sehen, hören konnte sie noch ausgezeichnet. Sie legte den Finger an die Lippen und schlich lautlos auf den Vorhang zu. Mit einem Ruck riss sie den Stoff zur Seite.

Edelgard stand dort, eine Schreibfeder in der Hand. Sie besaß immerhin so viel Anstand, rot zu werden, als sie nun stotternd nach einem feineren Federkiel fragte. Wortlos gab Schwester Almatia Franka ein Zeichen. Diese trat an das Regal und reichte der hageren Nonne das Gewünschte. Edelgard schlich zu ihrem Pult zurück.

Wahrscheinlich hatte sie schon eine ganze Weile das Gespräch belauscht und würde der Priorin alles berichten. Nun, Frettchen, dachte Franka mit einem Anflug von Schadenfreude, immerhin hast du dich gehörig blamiert.

Auf dem Weg zu ihrem Arbeitsplatz trat Franka an die Fensteröffnung des Skriptoriums heran, neben der ihr Pult stand. Im Sommer ließ sie Licht und Luft hinein. Die junge Nonne blickte auf den Hof hinaus. Gerade öffnete die Pförtnerin das Tor, und zwei Männer traten ein.

Sie machten einen ausgezehrten Eindruck. Ihre Kleidung

schlotterte um ihre Glieder. Die Haare waren lang und ungepflegt, die Bärte struppig. Ihre mitgeführten Pferde sahen keinen Deut besser aus.

Als Franka sich abwenden wollte, um sich erneut ihrer Arbeit zu widmen, bemerkte sie, wie einer der beiden ein Pergament aus der Tasche zog. Ihr Atem stockte, als sie dabei das aufgenähte Kreuzzeichen auf seiner Kleidung erblickte. Der Pilger übergab der hinzugekommenen Nonne den Brief. Eine weitere führte die beiden Männer Richtung Stall. Danach würden sie im Gästehaus eine Mahlzeit erhalten. Franka hatte genug gesehen. Nachdenklich trat sie an ihr Pult, auf dem ein Bildnis der Muttergottes darauf wartete, illuminiert zu werden. Während sie nach dem Federkiel griff, eilten Frankas Gedanken dahin, woher die beiden Kreuzfahrer gekommen waren.

Wie es Wulf jetzt wohl gerade ging? Franka hoffte inständig, die Nachricht der beiden Pilger hatte nichts mit ihm zu tun. Sie wollte die Dame aus dem Schachspiel ihres Vaters nie wiedersehen.

Heilige Muttergottes, lass Wulf wohlbehalten in Syrien auf den Kaiser warten, bat sie lautlos, wie schon Tausende Male zuvor.

Sie tauchte die Spitze des Kiels in die schwarze Tinte, um die Mantelfalten Marias zu zeichnen.

Tief atmete Franka durch und schüttelte den Gedanken an Wulf ab, bevor sie nach dem kostbaren Ultramarin, gewonnen aus geriebenem Lapislazuli, griff. Gerade als sie begann, Marias Umhang auszumalen, öffnete sich die Tür, und eine Novizin trat ein.

Sie schaute sich kaum um, ging direkt nach vorne und flüsterte Schwester Almatia etwas ins Ohr. Die alte Nonne nickte und deutete mit dem Kopf zu Franka hinüber. Der jungen Frau schlug plötzlich das Herz bis zum Hals, als die Novizin zu ihr trat und ihr mitteilte, dass die Ehrwürdige Mutter nach ihr schickte. Die Nachricht der Kreuzfahrer! dachte Franka sofort. Wulf! Wie in Trance säuberte Franka ihre Arbeitsutensilien und räumte sie weg. Sie hatte aus dem Vorfall mit der gelben Farbe damals gelernt. Nie wieder ließ sie ihren Platz unaufgeräumt zurück. Erst dann folgte sie der Novizin, die sie zum Sprechzimmer geleitete.

Maria, bitte, lass Wulf noch am Leben sein!

Die Äbtissin saß an ihrem Pult, neben ihr stand mit ernster Miene die Priorin.

Die Novizin schloss die Tür von außen. Hektisch sah Franka von einer Nonne zur anderen. Ihr Blick blieb an der Pergamentrolle haften, die vor Mutter Isburga auf dem Tisch lag. Zögernd trat Franka näher. Ihr Mund wurde trocken, und sie rang nach Luft.

»Es sind zwei Pilger gekommen«, begann die Äbtissin, »und haben diesen Brief für dich abgegeben. Im Inneren der Rolle befindet sich ein kleiner Gegenstand. Ich kann ihn fühlen, wenn ich fest genug auf das Pergament drücke. Schwester Gertrud bestand darauf, das Schriftstück zu öffnen und nachzusehen. Da es sich offensichtlich um ein Geschenk für dich handelt, will ich zunächst von dir wissen, ob du uns erklären kannst, was es damit auf sich hat?«

Ihre Hände zitterten, als Franka sie nach dem Schreiben ausstreckte. Das missbilligende Schnauben der Priorin ignorierend, überreichte ihr Mutter Isburga das Pergament. Frankas Finger fuhren darüber und hatten sogleich den harten Inhalt ertastet. Die Größe stimmte mit der Schachfigur überein.

Die Erkenntnis über die Bedeutung explodierte in ihrem Gehirn. Ihr ganzes Blut floss zum Herzen, und es hörte auf zu schlagen. Frankas Knie gaben nach. Ohnmächtig sank sie zu Boden. Als stünde sie neben sich, sah sie ihren eigenen Körper in gekrümmter Haltung vor dem Tisch liegen. Mutter Isburga sprang auf und eilte zusammen mit Schwester Gertrud an ihre Seite. Beide Nonnen rüttelten sie, und die Priorin schlug ihr heftig ins Gesicht. Flatternd hob Franka die Lider. Zwei besorgte Gesichter beugten sich über sie.

»Kind, wie kannst du uns einen solchen Schrecken einjagen?«, fragte Mutter Isburga streng. »Wein«, sagte sie zu Schwester Gertrud.

Die Priorin erhob sich sogleich, goss von dem Krug auf dem Tisch etwas in den danebenstehenden Tonbecher und setzte ihn Franka an die Lippen. Gehorsam trank sie in kleinen Schlucken. Ihre Lebensgeister kehrten zurück. Sie setzte sich auf.

Schwester Gertrud stellte den Becher zurück. Ihr Gesicht nahm wieder den üblichen strengen Ausdruck an. »Ich denke, Schwester Franka weiß bestens über den Inhalt Bescheid, der offenbar eine schwerwiegende Bedeutung für sie hat.«

»Dann werde ich jetzt nachsehen«, sagte die Äbtissin, ohne dass Franka in der Lage war, sich zu rühren.

Als sie das Pergament öffnete, rollte ihr die mit Leder umwickelte Phiole entgegen. Erstaunt wurde sie von Mutter Isburga und der Priorin betrachtet. Franka biss sich auf die bebenden Lippen. Tränen schossen aus ihren Augen. Sie wischte sie hastig fort, konnte das Schluchzen jedoch nicht ganz unterdrücken.

»Sie ist versiegelt«, stellte Mutter Isburga fest. »Weißt du, was sie enthält?«

»Wasser«, hauchte Franka, bevor sie sich vornüber auf die Knie sinken ließ und die Hände faltete. »Maria, ich danke dir für deine Gnade!« Zu den beiden verwirrt dreinblickenden Nonnen sagte sie mit bebender Stimme: »In der Phiole befindet sich Wasser aus dem See, auf dem Gottes Sohn gewandelt ist. Sie ist eine Gabe für das Kloster.«

»Vom wem?«, fragte Schwester Gertrud sofort.

»Von meinem Schwager«, antwortete Franka wahrheitsgemäß.

»Das hätte ich mir ja denken können«, murmelte Mutter Isburga. Sie ignorierte den erstaunten Blick der Priorin und griff nach dem Brief. Schnell überflog sie die Zeilen. Ihre Wangen verfärbten sich leicht rosa, dann rollte sie das Pergament zusammen und gab es Franka. »Es steht nichts Ungebührliches drin. Du darfst es selbst lesen.« An die Priorin gewandt, erklärte sie: »Franka hatte recht, sie enthält tatsächlich Wasser aus dem See Genezareth, und sie ist ein Geschenk zum Ruhme unserer Gemeinschaft.«

Die Andeutung eines Lächelns zeigte sich in Schwester Gertruds Mundwinkeln. »Ausgesprochen liebenswürdig von deinem Schwager.« Sogleich sah sie Franka wieder mit gewohnter Härte an. »Ist es das, was du erwartet hast?« Der lauernde Unterton ließ die junge Frau aufhorchen.

»Es ist das, was ich erhofft habe«, antwortete sie ausweichend.

Die Raubvogelaugen bohrten sich in ihre. »Dein Schwager ist wirklich sehr großzügig. Dann wollen wir für ihn beten, damit nicht noch mehr Boten eintreffen, die möglicherweise das mitbringen, was du befürchtest.«

Franka zog es vor zu schweigen. Mutter Isburga rettete sie, indem sie die junge Nonne zurück an ihre Arbeit schickte.

Das Pergament fest an sich gedrückt, durchquerte Franka den Kreuzgang. Niemand war zu sehen. Dennoch versteckte sie sich hinter einem Mauervorsprung, bevor sie den Brief entrollte. Sie lächelte unwillkürlich, als sie die akkuraten Buchstaben sah. Entweder hatte Anselm die Zeilen verfasst, oder Wulf hatte einen Schreiber beauftragt.

»Ehrwürdige Mutter«, las sie. »Ich weiß, Ihr seht diese Zeilen ja doch zuerst. Deshalb eine Bitte: Zeigt Franka zunächst die Phiole, bevor Ihr meiner Schwägerin sagt, sie sei von mir. Sonst könnte sie etwas anderes vermuten, und ich will ihr keinen unnötigen Schrecken zufügen.« Es folgte ein größerer Abstand.

»Liebe Franka«, las sie weiter. »Beigefügt das versprochene Wasser aus dem See Genezareth. Ich habe es eigenhändig geschöpft. Du wirst es wohl kaum für dich allein behalten können. So soll es denn ein Geschenk für alle sein.« Ein weiterer Absatz folgte.

»Anselm und ich sind gesund und erwarten brennend die Ankunft des Kaisers. Ich wünsche dir alles Gute. Lebe wohl. Dein Schwager Wulfgar vom Röllberg, Akkon im April 1228.«

Franka rollte das Pergament zusammen und drückte es an ihr wild schlagendes Herz. Es wunderte sie nicht mehr, dass Mutter Isburga die Farbe gewechselt hatte. Die Äbtissin musste sich ziemlich schuldig fühlen. Wulfs letzte Worte hingegen hatten etwas erschreckend Endgültiges an sich. Traurig und doch dankbar, weil er noch lebte, setzte Franka ihren Weg fort.

22. Kapitel

Herbst 1228

Endlich brach der große Tag an. Heute, am 7. September, sollte der Kaiser in Akkon eintreffen. Aufgeregt standen Wulf und Anselm im Meer der Kreuzfahrer, Pilger, Ritterorden und der Geistlichkeit des Heiligen Landes.

Alle reckten die Hälse, während das Schiff des Herrschers, den anderen vierzig Galeeren voran, in den Hafen von Akkon einlief. Als der Fuß des Kaisers den Boden berührte, brandeten Begeisterungsstürme unter dem Volk auf.

Wulf wurde von dem Jubel um ihn herum mitgerissen. Jetzt würde alles gut werden. Unter Friedrichs Führung würde den Heiden Jerusalem abgerungen werden und das Königreich neu erstarken. Für Wulf stand außer Frage, dass der Papst nun, da der Kaiser sein Versprechen eingelöst hatte und persönlich im Heiligen Land erschienen war, sofort den Bann lösen würde.

Doch Papst Gregor dachte nicht daran, das verlorene kaiserliche Schaf wieder in die Herde einzugliedern. Er schickte sogar zwei Hirten aus, um dies allen anderen Herdenmitgliedern kundzutun. Wenige Tage nach Friedrich erreichten zwei Franziskaner die Stadt. Sie erklärten unmissverständlich im Namen des Papstes, der Kaiser solle im Banne bleiben. Gregor gebot den drei Ritterorden weder den Kaiser zu unterstützen noch ihm zu gehorchen.

Wulf stürzte in ein Loch der Verzweiflung. Alles, was er sich erhofft hatte, war auf einmal zunichte. Seine Seele war verloren. Wie sollte er sie retten können, wenn er nicht im Zeichen des Kreuzes kämpfen durfte, wenn er nicht helfen konnte, Jerusalem zu befreien?

Zu Wulfs grenzenloser Erleichterung fand der Kaiser eine vorübergehende Lösung. Er gab den Oberbefehl über die Kreuzfahrer ab und verteilte ihn auf drei ihm treu ergebene Männer. Wulf und Anselm unterstanden, wie die übrigen Männer aus dem Heiligen Römischen Reich und die Ritter des Deutschen Ordens, ab sofort dem Kommando des Großmeisters Hermann von Salzas. So gelang es Friedrich, das völlige Auseinanderbrechen des Heeres zu verhindern. Das Gewissen der gläubigen Pilger war beruhigt, da sie nun nicht gegen den Willen des Papstes verstießen.

Einige Zeit später schlenderte Wulf allein über den Markt von Akkon. Anselm hatte es vorgezogen, in der Unterkunft zu bleiben. Das Einzige, was Wulf an dieser Stadt mochte, war der Duft der Gewürze, die Früchte und die verschiedenfarbigen Tücher, für die Melinda sicherlich ihre Seele verkauft hätte.

Die Marktstände wurden von Baldachinen aus bunten Stoffen überdacht, welche die Waren vor der Sonne schützten. Fein säuberlich aufgestapelt, warteten Feigen, Datteln, Zitronen und exotische Gemüsearten auf ausgebreiteten Tüchern auf Käufer.

Bei dem Stand eines Gewürzhändlers blieb Wulf stehen. Er schloss die Augen und nahm tief die Düfte in sich auf. Unterschiedliche Sprachfetzen wehten an sein Ohr. Arabische, französische, sizilianische und angelsächsische Zungen konnte er unterscheiden. Ab und an hörte er auch einige lateinische Brocken. Geistliche mussten demnach in der Nähe sein. Die Sonnenstrahlen kitzelten ihn an der braun gebrannten Nase. Er fühlte sich wie auf einer Insel im wogenden Meer der Geschäftigkeit.

In diesem Moment veränderten sich jäh die Geräusche um ihn herum. Die Worte verwandelten sich in Ausrufe des Erstaunens oder Erschreckens. Wulf riss die Augen auf.

Ein weißes Pferd stürmte in die Gasse. Es war orientalisch gezäumt, die Zügel flatterten hinter ihm her. Die Menschen stoben schreiend auseinander, um es vorbeizulassen. Ein Mann jedoch stellte sich dem Pferd brüllend in den Weg und fuchtelte mit den Armen durch die Luft. Der Schimmel stieg. Die Hufe sausten um Haaresbreite am Kopf seines vermeintlichen Angreifers vorbei. Als der Mann zur Seite sprang, preschte das Pferd geradewegs auf Wulf zu. Die Gasse zwischen den Ständen verengte sich an der Stelle. Wulf stellte sich in die Mitte. Äußerlich gelassen wartete er, streckte eine Hand vor sich aus und vermied es, dem Schimmel in die Augen zu schauen. Er hatte die Erfahrung gemacht, dass ein direkter Blick viele Pferde verängstigte.

Das Tier stoppte und stieg abermals. Wulf rührte sich nicht, leise begann er, mit tiefer Stimme auf den Schimmel einzusprechen. Dieser rollte die Augen, die Nüstern waren weit gebläht, und die Flanken hoben und senkten sich unter seinem schnellen Atem.

»Na, wen haben wir denn da?«, fragte Wulf. »Du bist ja eine ganz Hübsche.«

Die Stute schnaubte, senkte den Kopf und schnupperte vorsichtig an Wulfs Hand. Behutsam machte Wulf einen Schritt auf das Pferd zu und ergriff die Zügel. Sacht streichelte er über den Hals. »Eine solche Schönheit wie dich habe ich noch nie gesehen. Eine Farbe wie frisch gefallener Schnee und reinen arabischen Blutes. Du musst ein Vermögen wert sein.«

Langsam führte Wulf den tänzelnden Schimmel über den Marktplatz Richtung Straße. »Dein Besitzer sucht bestimmt schon nach dir. Dich kann ich mir sehr gut für meine Zucht vorstellen«, redete Wulf mehr mit sich selbst als mit dem Pferd.

»Vergiss es, Franke!«

Wulf wandte den Kopf. Seitlich von ihm stand ein Araber und starrte ihn böse an. Die weiten Hosen steckten in ledernen Stiefeln. Ein Gürtel aus rotem Tuch hielt das locker fallende Hemd zusammen, in dem ein Dolch mit einem kunstvoll verzierten goldenen Griff steckte.

Die Augen des Mannes glänzten so schwarz wie sein Haar und der kurze, gepflegte Bart. Der Mann, der gut einen halben Kopf kleiner als Wulf war, wirkte auf ihn wie eine gespannte Bogensehne – jederzeit bereit, den todbringenden Pfeil davonschnellen zu lassen.

Wulf wunderte sich, dass der Moslem seine Sprache beherrschte. »Wer bist du?« Er dachte nicht im Traum daran, das Pferd dem Nächstbesten zu übergeben, ohne sich sicher zu sein, tatsächlich dem Besitzer gegenüberzustehen.

»Raschid«, lautete die knappe Erwiderung.

»Mehr nicht? Ihr habt doch sonst immer so lange Namen.«

Der Araber antwortete herablassend: »Die anderen neun Namen könntest du dir ohnehin nicht merken.«

Der Mann hatte wahrscheinlich recht, dennoch ärgerte sich Wulf. »Gehört das Pferd etwa dir?«, fragte er deshalb scharf.

Raschid schüttelte den Kopf. »Ich könnte es mir nicht leisten, selbst wenn es zum Verkauf stünde. Die Stute gehört zu den Pferden Emir Fahr ed-Dins«, sagte er in einem Tonfall, als sei damit alles erklärt.

Wulf hob eine Augenbraue. »Wer ist das denn?«

»Was seid ihr Franken nur für ein ungebildetes Volk«, rief der Araber entrüstet. »Der Emir ist hier, um mit eurem Kaiser zu verhandeln. Er ist der Gesandte des Sultans.«

»Wie auch immer«, schnappte Wulf. »Da du jedoch nicht in der Lage bist, auf sein Pferd aufzupassen, werde ich es ihm selbst zurückbringen. Also führe mich zu ihm.«

Entsetzen spiegelte sich in den dunklen Augen des anderen. »Das kann ich nicht zulassen. Der Emir weiß noch nichts vom Verschwinden der Stute. Das plötzliche Trompeten des Elefanten hat sie erschreckt, und der Junge, der für sie verantwortlich ist, hat sie vor Angst losgelassen. Sie werden ihn töten – und zwar langsam, wenn ich das Pferd nicht schnell und unversehrt zurückbringe.«

Wulf kniff die Augen zusammen. »Was liegt dir denn an dem Wohlergehen dieses Pferdepflegers?«

Einen Moment betrachtete der Araber ihn stumm, bevor er sagte: »Er ist der Sohn meiner ältesten Schwester.«

»Ich verstehe.« Kurz dachte Wulf nach. »Ich verspreche dir, niemandem von dem entlaufenen Pferd zu erzählen, doch einen Elefanten habe ich noch nie gesehen. Ich will dich in euer Lager begleiten.«

Sichtlich angestrengt überlegte Raschid. Die Schimmelstute schnüffelte derweil an Wulfs Waffenrock, und er kraulte ihr den Mähnenkamm. Schließlich zuckte der Araber mit den Schultern. »Du scheinst etwas von Pferden zu verstehen, sie vertraut dir. Nun gut, gehen wir.«

Seite an Seite folgten die beiden ungleichen Männer der Straße, die sie aus der Stadt führte. Wulf hielt den Schimmel, der wachsam jegliche Bewegung der ihnen entgegenkommenden Menschen wahrnahm. Ab und an kippte einer der Hausbewohner Abfälle auf die Straße, was die Stute jedes Mal erschreckt schnauben ließ.

»Du hast mir deinen Namen noch gar nicht genannt«, riss der Araber Wulf aus seinen Betrachtungen.

»Wulfgar.«

»Wulfgar und weiter? Ihr heißt doch immer von Soundso.«

Wulf grinste frech. »Aber den Rest könntest du doch nicht richtig aussprechen.« Ein Seitenblick zeigte ihm, wie Raschid nachdenklich die Stirn kräuselte. Wahrscheinlich erinnerte er sich an seine Bemerkung über die mangelnde Merkfähigkeit der Franken.

»Der Schimmel scheint aus einer exzellenten Blutlinie zu kommen«, lenkte Wulf das Gespräch wieder auf neutralen Boden. Sie hatten das Stadttor erreicht und schritten hindurch.

»Die Schönheit neben dir wird Saklawia gerufen, gleich der Stute des Propheten, auf die sie zurückgeht. Ich kann dir ihre Abstammung zurück bis zu ihrer Urahnin aufzählen.«

»Das glaube ich gerne.« Wulf lächelte Raschid offen an.

Plötzlich fiel ihm ein, wie er wenigstens einen seiner Wünsche erfüllen könnte. Sein Blick fiel auf die Ansammlung von Zelten, die vor ihnen in der flimmernden Hitze auftauchten. Es war nicht mehr weit. Verlegen fuhr Wulf sich mit gespreizten Fingern durch die Haare. »Ich betreibe daheim eine Pferdezucht. Wenn du nicht allzu viel dafür verlangst, würde ich dir gerne ein oder zwei Hengste abnehmen.«

Der Araber verhielt den Schritt und sah ihn an. »Ich habe kein Pferd für dich dabei.«

»Natürlich nicht«, erwiderte Wulf hastig. »Da ich aber von längeren Verhandlungen ausgehe, ergibt sich sicherlich die Möglichkeit, eins herzuschaffen.«

Raschid runzelte die Stirn. »Das hängt von deinem Verhalten ab, ob du wegen Saklawia wirklich den Mund hältst.«

»Niemand erfährt etwas, mein Wort darauf«, versicherte Wulf ernst.

Fragend hob der Araber eine Augenbraue. »Das Ehrenwort eines Franken? Wir werden sehen.« Das war immerhin eine halbe Zusage, die Wulf für den Augenblick zufrieden stimmte.

Kaum hatten er und Raschid das Lager der ayyubidischen Gesandtschaft betreten, wurden sie schon aufgeregt von den zurückgebliebenen Männern begrüßt. Misstrauische, offene und vor allem neugierige Blicke trafen den großen Franken. Ein Junge von etwa zehn Jahren stellte sich gesenkten Hauptes vor Wulfs Begleiter. Ein Wortschwall ergoss sich aus Raschids Mund. Er deutete auf Wulf, und der Junge nickte betreten. Bei dem Burschen musste es sich um den Neffen des Arabers handeln. Nach Beendigung der Strafpredigt ging der Kleine zu Wulf, sagte etwas in seiner Sprache und griff nach Saklawias Zügeln. Ein wenig traurig sah Wulf der Stute nach, als der Junge sie davonführte.

Raschids Hand berührte kurz Wulfs Schulter. »Mein Neffe Rhamal bedankt sich bei dir. Wir stehen in deiner Schuld.«

Er führte Wulf an den Rand des Lagers. Dort waren behelfsmäßige Gehege aufgebaut, in denen sich verschiedenartige Tiere tummelten. Wulf entdeckte den grauen Koloss sofort. Mit leicht geöffnetem Mund starrte er ihn an. Die großen Ohren bewegten sich sacht, als er mit dem Rüssel sanft die Hand des Mannes neben sich berührte.

»Unfassbar«, stieß Wulf hervor.

»Er ist eines der Geschenke an den Kaiser«, erklärte Raschid. »Die übrigen stehen zum Teil dort.« Damit deutete er auf die Kamele und Pferde in zwei weiteren Umzäunungen. Raschid zog ihn zu einem der kleineren Zelte. »Dein Kaiser erhält weiter Edelsteine, goldene Gefäße, wunderbar gefärbte Stoffe und noch einiges mehr. Dem Sultan liegt viel daran, die Geschenke zu übertrumpfen, die er von ihm bekommen hat.«

Der Araber schlug die Stoffbahn vor dem Zelteingang zurück und winkte Wulf mit einer Handbewegung hinein. Zögernd betrat dieser den rot-gold gemusterten Teppich, der den staubigen Boden bedeckte. Der Raum war durch einen Vorhang geteilt, der je nach Lichteinfall silbrig schimmerte. Einige bunte Kissen lagen als Sitzgelegenheit verstreut um einen kleinen hölzernen Tisch herum, dessen Beine mit orientalischen Schnitzereien verziert waren.

Auf Raschids Geste hin nahm Wulf unbeholfen auf einem der Sitzkissen Platz. Seine langen Beine streckte er unter dem Tisch aus, sodass seine Füße am anderen Ende hervorlugten. Raschid lachte und setzte sich mit unterschlagenen Beinen auf ein weiteres Kissen. Wulf versuchte, es ihm gleichzutun. Er nahm die Hände zu Hilfe, um die Beine in die ungewohnte Sitzposition zu bringen.

Er hatte nicht bemerkt, ob sein Gastgeber ein Zeichen gegeben hatte, als unerwartet eine Frau mit einem Tablett hinter dem Vorhang hervortrat. Ihr Gewand reichte bis zum Boden und hatte lange Ärmel. Ein Schleier verhüllte Haar und Gesicht. Sie hielt den Kopf gesenkt und stellte zwei mit Gold eingefasste Gläser auf den Tisch, in denen eine grünliche Flüssigkeit dampfte.

»Tee – zur Begrüßung«, erklärte Raschid.

Wulf sah der Frau nach, die sich nach einer Verbeugung augenblicklich zurückzog. Ein Räuspern lenkte seine Aufmerksamkeit wieder auf seinen Gastgeber.

Der Ritter langte nach dem Tee vor sich und nahm einen kleinen Schluck. Beinahe hätte er das Glas fallen lassen. Zum einen hatte er sich den Mund verbrannt, zum anderen war dieses Gesöff völlig überzuckert. Er hatte sich gerade noch in der Gewalt, das Getränk nicht über den Tisch zu spucken.

»Stimmt etwas nicht?«, fragte der Araber.

Wulf blies die Wangen auf. »Ich hätte nicht gedacht, dass er noch so heiß ist.« Den widerlichen Geschmack würde er nicht erwähnen.

»Wo hast du meine Sprache so gut gelernt?«, stellte er als Nächstes die Frage, die ihm von Beginn an auf der Zunge gebrannt hatte.

Das angedeutete Lächeln in Raschids Mundwinkeln verschwand. »Die Antwort wird dir nicht gefallen.«

»Ich will es trotzdem wissen«, sagte Wulf achselzuckend.

Der Araber griff nach dem Tee und nippte daran. »Es ist gut fünfzehn Jahre her«, begann er. »Damals kaufte mein Vater auf dem Sklavenmarkt in Kairo zwei fränkische Kinder. Sie waren ausgezogen, Jerusalem zu befreien.« Raschid machte eine Pause und sah seinen Gast prüfend an.

Wulf biss die Zähne zusammen. Er wusste, worauf der Araber hinauswollte.

Unter der Führung eines Jungen namens Nikolaus waren damals viele Kinder und junge Erwachsene über die Alpen gezogen, um Jerusalem unblutig für die Christenheit zu gewinnen. Durch Hunger, Kälte und Überfälle erreichte nur ein Drittel der ursprünglich zwanzigtausend Aufgebrochenen das Meer.

Doch entgegen den Voraussagen Nikolaus´ teilte sich das Wasser nicht. Einige versuchten, auf Schiffen ins Heilige Land zu gelangen. Piraten sollen sie überfallen und an Sklavenhändler verkauft haben.

Zumindest Teile des Gehörten entsprachen demnach der Wahrheit. »Du meinst die Kinderkreuzfahrten«, brummte Wulf.

»Genau«, bestätigte Raschid. »Die beiden Jungen, die mein Vater kaufte, wollten ihrem Glauben nicht abschwören, dennoch ließ er sie am Leben. Sie sollten mir die Sprache und Lebensgewohnheiten der Franken beibringen.«

»Warum?«, fragte Wulf. »Du verachtest uns doch.«

Jetzt lächelte sein Gegenüber. »Je besser du deinen Feind kennst, desto leichter findest du seine Schwachstellen.«

Wulf überwand sich und griff nochmals nach seinem Glas. Mittlerweile war der Tee abgekühlt, und er trank ihn in kleinen Schlucken aus, ohne das Gesicht zu verziehen.

»Er scheint dir zu schmecken. Möchtest du mehr?«, fragte Raschid.

»Danke«, lehnte Wulf höflich ab. »Ich werde bestimmt schon vermisst und sollte mich auf den Rückweg machen.«

Mit einer fließenden Bewegung stand der Araber auf. Wulf hingegen streckte umständlich die Beine aus, die inzwischen eingeschlafen waren. Er wartete ein wenig, bis das Kribbeln in seinen Adern nachließ und das Blut wieder zirkulierte. Erst dann erhob er sich vorsichtig.

Impulsiv legte er Raschid seine rechte Hand auf die Schulter. »Ich freue mich, dich kennengelernt zu haben«, sagte er wahrheitsgemäß.

Sein Gastgeber schaute einen Moment lang auf die Hand, hob seinerseits den Arm und erwiderte die Geste. »Wir sehen uns wieder, Franke Wulfgar.«

Wulf löste seine Hand von Raschids Schulter. »Sicherlich, denn du willst mir doch noch ein oder zwei deiner Hengste verkaufen.«

Vielversprechend lächelte Raschid und neigte den Kopf. Wulf verließ das Zelt. Auf dem Rückweg pfiff er eine Melodie.

23. Kapitel

Februar 1229

Seit Schwester Almatia Franka eröffnet hatte, sie als Nachfolgerin für die Skriptoriumsleitung vorzuschlagen, verschlechterte sich das Verhältnis der beiden Nonnen zueinander stetig.

Dabei strengte sich Franka noch mehr an als bisher. Die
wenige Zeit, die sie zu ihrer freien Verfügung hatte, verbrachte sie damit, die Kunstwerke der bekanntesten Illumi-
natoren kritisch zu studieren. Bei jedem Bild überlegte sie,
wie sie selbst es angegangen wäre. Meistens kam sie zu dem
Ergebnis, ihr wäre ein besseres, lebendiger wirkendes Werk
gelungen.

»Ich darf nicht hochmütig sein«, ermahnte sie sich oft und
erzählte außer Marie niemandem etwas davon.

Doch so viel Mühe sie sich auch gab, jeder Vorschlag von
ihr wurde vehement abgelehnt. Schwester Almatia schüttelte
immer nur den Kopf, wenn ihre Schülerin wieder mit etwas
Neuem aufwartete.

»Lerne erst das Althergebrachte wahrhaft zu schätzen, ehe
du es der Veränderung unterwirfst«, bekam sie mehr als einmal zu hören. Das waren ganz neue Töne. Keine Rede mehr
von Talent und kreativen Einfällen.

»Mach dir nichts daraus«, tröstete Marie, wenn ihre Freun-
din zu ihr kam, um sich auszusprechen. »Es ist Zeit für
Schwester Almatia, die Zügel aus der Hand zu geben, ihre
Sehkraft lässt von Tag zu Tag nach. Sie hadert mit der ihr auf-

erlegten Krankheit und wird deshalb so grantig. Bestimmt meint sie es nicht persönlich.«

Mit Sicherheit hatte Marie recht, doch Franka fiel es zunehmend schwerer, den Mund zu halten.

Einige Tage später arbeitete Franka an der Illumination des Heiligen Georg, dem Schirmherr der Kreuzfahrer und Ritter. Mit den grauen Augen, den dunklen Locken und den markanten Gesichtszügen sah er schlichtweg attraktiv aus. Sein kräftiger brauner Hengst bäumte sich auf, während der Heilige seine Lanze in den Körper des hoch aufgerichteten Drachen bohrte, dessen grüne Schuppenhaut – dank der Farbe aus geriebenen Malachit – von innen heraus zu leuchten schien.

Immerhin fanden Ross und Ungeheuer Gnade vor Schwester Almatias Augen. Das Gesicht des Ritters bedurfte ihrer Meinung nach jedoch der dringenden Umgestaltung.

»Er sieht aus wie ein Mann«, stellte die alte Nonne entsetzt fest, nachdem sie das Pergament lange betrachtet hatte.

»Nun«, antwortete Franka trocken, »es ist ein Mann.«

»Das meine ich nicht. Er sieht so lebendig aus, so heldenhaft. Es lenkt die Betrachter und besonders die Betrachterinnen von der Geschichte ab. Ändere das. Male ihn weniger männlich.«

»Aber …«, versuchte Franka zu widersprechen.

»Das ist mein letztes Wort«, fuhr Schwester Almatia auf und fuhr krachend mit der Hand auf das Pult.

»Ihr erniedrigt meine Arbeit mit Absicht und verliert damit ihren Wert für den Konvent aus den Augen«, rief Franka außer sich.

»Für diese Worte wirst du dich vor der Kapitelversammlung verantworten müssen. Diesmal wird dir die Rute nicht erspart bleiben.« Schwester Almatias Mund war schmal wie ein Strich.

»Und wenn schon, Wahrheit bleibt Wahrheit.«

»Ich habe mich in dir getäuscht«, fuhr die alte Nonne erbittert fort. »Du hast vielleicht die Gabe, gelungene Abbildungen zu entwerfen, doch dir fehlen wesentliche Eigenschaften, um die Verantwortung zu tragen, die diese Leitungsfunktion mit sich bringt. Demut, zum Beispiel. Vielleicht sollte ich doch eine andere vorschlagen.« Die leicht getrübten Augen schienen durch Franka hindurchzublicken. »Wie wäre es mit Edelgard?«

»Guter Einfall«, schnappte die junge Nonne. »Wir erzielen dann zwar keine hervorragenden Arbeitsergebnisse mehr und rutschen ins Mittelmaß zurück, dafür aber demütig!«

»Du bist zu ehrgeizig. Es ist noch zu früh, dir eine solche Position anzuvertrauen. Ich muss Schwester Gertrud zustimmen.«

»Die Priorin – natürlich.«

»Schweig!«, donnerte Schwester Almatia mit einer Stimme, die Franka ihrem schmächtigen Brustkorb nicht zugetraut hätte.

Selbst die unaufmerksamsten Schreiberinnen wussten nun, dass es Streit gab. Edelgard hingegen gab vor, hoch konzentriert zu arbeiten.

Aus Frankas Augen schossen Blitze, als sie sich zu Schwester Almatia hinunterbeugte. »Schade«, sagte sie und bemühte sich, ihre Stimme zu dämpfen. »Ich hatte Euch für hochherziger gehalten. Tatsächlich seid Ihr von Neid zerfressen. Es tut mir leid, wie Ihr die Angelegenheit nun seht. Ich wünschte, Ihr hättet mir nie die Leitung angetragen. Bisher hat es mir Freude gemacht, unter Euch zu arbeiten, und ich wollte Euch nie verdrängen. Bevorzugt ruhig Edelgard, nur hört auf, ständig an dem zu mäkeln, wozu Ihr mich vor Kurzem noch ermuntert habt.«

Wütend griff sie nach dem Radiermesser und kratzte über das Pergament. Sie versuchte, die Tränen des Zorns zurückzuhalten, ehe sie auf das Bild tropften und es völlig ruinierten. Prompt passte sie nicht auf und stach mit der Spitze des Messers ein kleines Loch hinein. Franka unterdrückte einen Fluch. Zum Glück war es winzig, gemahnte sie aber, von nun an vorsichtiger zu sein.

Verbissen entfernte sie Stück für Stück das Haupt der eigenmächtig entworfenen Darstellung des Heiligen Georg.

»Also, wenn du mich fragst, ich finde, Schwester Almatia hat recht«, zischte Edelgard vom Nebenpult herüber.

»Ich frage dich aber nicht«, fauchte Franka zurück und kürzte die dunklen Locken ein gutes Stück ein.

»Irgendwie erinnert mich dein misslungener Heiliger an jemanden«, säuselte Edelgard noch und war dann endlich still.

Nach dem Stand der Sonne zu urteilen würden die Glocken der Kirche bald zum Nachmittagsgebet läuten. Die Nonnen begannen, ihre Arbeitsplätze aufzuräumen, denn nach dem Stundengebet und dem anschließenden Essen war es jetzt im Winter zu dunkel, um an den Pergamenten weiterzuarbeiten. Franka war gerade fertig, als Schwester Almatia sie zu sich winkte.

»Ich habe noch einmal über das nachgedacht, was du mir vorhin an den Kopf geworfen hast«, wisperte die alte Nonne.

»Das bedauere ich sehr und möchte Euch aufrichtig um Verzeihung bitten«, sagte Franka zerknirscht. »Ich habe es nicht so gemeint.«

»Doch, hast du«, widersprach Schwester Almatia. »Du meinst immer, was du sagst. Es ist schwer, nach so vielen Jahren festzustellen, dass man nicht mehr viel taugt.«

»Aber nein«, widersprach Franka sofort. »Eure Erfahrung ist unersetzlich.«

»Danke, mein Kind. Wir reden in Ruhe später darüber. Ich entschuldige mich bei dir und werde dich natürlich nicht bei der Kapitelversammlung anzeigen. Aber den Heiligen Georg änderst du mir dennoch ab.«

Franka nickte. »Ich sitze bereits darüber.«

»Hör doch, die Glocken läuten zur Non. Nun geh! Schwester Edelgard fällt es zunehmend schwerer, den letzten Federkiel auf ihrem Pult einzuräumen, um noch etwas Zeit zu schinden.«

Franka wandte sich grinsend um und sah tatsächlich nur noch Edelgard im Saal, die jedoch einen Pinsel in der Hand hielt. Gemeinsam mit ihr ging Franka die Stufen hinunter. Sie durchquerten den Innenhof und gesellten sich zu den anderen Nonnen und Novizinnen, die bereits in der Kirche versammelt waren.

Nach dem Gebet fanden sich alle im Refektorium, dem Speisesaal des Klosters ein. Während des Winterhalbjahres wurde nur einmal täglich gegessen, und das geschah zur Non, damit bei Tisch noch der Rest des Tageslichtes ausgenutzt werden konnte. Die Mahlzeiten wurden stets in völliger Stille eingenommen und nur von der Tischlesung einer Schwester begleitet. Daher gab es eine ausgefeilte Zeichensprache, mit deren Hilfe es sich schweigend kommunizieren ließ.

Franka formte mit beiden Daumen und Zeigefingern einen Kreis und bekam sofort das gewünschte runde Brot gereicht. Kauend sah sie in die Runde. Ihr Blick glitt über die wenigen leeren Plätze, bis er an dem von Schwester Almatia hängen blieb. Fragend schaute sie zur Äbtissin hinüber, die am Kopfende der Tafel saß. Mutter Isburga hatte das Fehlen der Skriptoriumsleiterin ebenfalls bemerkt. Sachte nickte sie Franka zu, der plötzlich der Appetit vergangen war. Die alte Nonne brauchte die Mahlzeit, um bei Kräften zu bleiben.

Das Essen war kaum beendet, als die Äbtissin Edelgard und Franka zu sich winkte. »Geht ins Skriptorium und sucht Schwester Almatia dort zuerst.«

Die beiden Nonnen machten sich sogleich auf den Weg. Edelgard hielt beide Talglampen, während Franka an der schweren Tür zog, hinter der die Treppe hinauf in die Schreibstube führte. Knarrend ließ sie sich öffnen. Die Stufen der Treppe waren aus Stein gehauen. Sie führten zunächst geradeaus auf einen Absatz zu, änderten dort die Richtung nach rechts, um nach einem weiteren Absatz abermals nach rechts abzuschwenken.

»Die Tür ist unverschlossen. Sicher ist Schwester Almatia noch da«, vermutete Franka.

»Wir werden es gleich wissen«, antwortete Edelgard kurz, gab Franka ein Licht und ging voran. Der Schein der Flamme warf ihre Schatten gespenstisch an die Wand. Die Zugluft verformte sie zu dämonengleichen Wesen, die ihnen nachschlichen. Franka unterdrückte ein Schaudern und folgte Edelgard die Stufen hinauf. Bereits am nächsten Absatz blieb diese so ruckartig stehen, dass Franka beinahe in sie hineingelaufen wäre.

»Was soll das? Die Treppe ist steil, willst du uns umbringen?«

Statt einer Antwort bekreuzigte sich Edelgard keuchend. Franka schloss zu ihr auf und sah nun selbst, was diese hatte erstarren lassen. Von ihrer Position aus konnten sie bis zum nächsten Absatz sehen. Das flackernde Licht enthüllte eine Hand, die auf der letzten Stufe lag und über den Absatz hinausragte. Mehr war nicht zu sehen. Der zur Hand gehörende Arm und der Rest des Leibes wurden durch die Treppenwendung verdeckt.

»Schwester Almatia«, stieß Franka hervor und eilte nach oben.

Dort lag die kleine Nonne, den Kopf in unnatürlicher Haltung abgeknickt. Arme und Beine vom Körper weggestreckt, die Augen weit aufgerissen und blicklos ins Leere starrend.

»Heilige Muttergottes«, stammelte Franka entsetzt und bekreuzigte sich ebenfalls. Ihr stiegen die Tränen in die Augen. »Ich hätte sie nicht alleine gehen lassen sollen. Sie sah doch so schlecht.« Sie wischte sich mit dem Zipfel ihres Schleiers über die Augen.

Edelgard schien sich von ihrem Schrecken bereits wieder erholt zu haben. »So ein Zufall«, murmelte sie.

»Was willst du damit andeuten?«

»Gar nichts«, beteuerte die andere. »Sag mal, bist du nicht noch einmal zurückgegangen, weil du etwas vergessen hattest?«

Die grünen Katzenaugen sprühten Funken. »Du weißt genau, ich bin mit dir in die Kirche gegangen und stand während der gesamten Messe neben dir.«

In den Augen des Frettchens begann es zu flimmern. »Ich habe mich auf die Gebete und Gesänge konzentriert. Du hättest dich unbemerkt davonschleichen können.«

»Unbemerkt von dir? Dass ich nicht lache. Äußere deine Vermutung nur, aber ich warne dich, du selbst setzt dein Seelenheil aufs Spiel. Der Herr sieht alles und weiß alles.«

Die Blicke der beiden bohrten sich noch eine Weile ineinander, bis Edelgard schließlich den Kopf senkte. »Lass uns die Ehrwürdige Mutter von dem Verlust unterrichten«, sagte sie.

Franka nickte.

Sinnend blickte Edelgard auf die Tote hinunter. »Ich frage mich, weshalb sie keine Kerze bei sich hatte.«

»Es war doch noch hell, als wir gegangen sind«, antwortete Franka. »Es fiel genug Licht durch die Maueröffnungen.«

»Für uns vielleicht. Es war ein trüber Tag. Ich glaube kaum, dass die Helligkeit für Schwester Almatia ausgereicht hätte.«

Das war nicht von der Hand zu weisen. »Warte hier«, befahl Franka der anderen. »Ich sehe mal nach, ob sie die Kerze unterwegs verloren hat.«

Vorsichtig stieg sie über den Leichnam hinweg. Murrend folgte Edelgard ihr.

»Angst, ich würde etwas verschwinden lassen?«, fragte Franka misstrauisch.

Die Nonne mit dem spitzen Gesicht schnaufte. »Ich will nicht mit der Toten allein sein.«

Auf den Stufen fanden sie nichts. Oben brannte jedoch eine Kerze. Sie stand mitsamt ihrer Halterung auf einem kleinen Tisch, der neben dem Zugang zur Treppe platziert war. Die beiden ungleichen Frauen sahen sich an.

»Entweder sie hat die Kerze hier vergessen und ist gestürzt ...«, begann Edelgard.

»Oder Schwester Almatia hat sie hier abgestellt, um zum Beispiel mit jemandem zu reden, und wurde von derjenigen hinuntergestoßen«, vollendete Franka die Vermutung. Sie nahm die Kerze an sich.

Gemeinsam stiegen die beiden Nonnen wieder hinab. Obwohl sie nun wussten, was sie vor dem nächsten Treppenabsatz erwartete, erschauderten sie abermals, als die Tote im Schein der Flammen in Sicht kam. Franka stellte die Kerze neben Schwester Almatia ab. Ein weiteres Mal schlugen die beiden das Kreuzzeichen und gingen die restlichen Stufen nach unten.

Der Tod der Nonne löste Bestürzung unter den Mitgliedern des Konvents aus. Sie trösteten sich damit, dass Schwester Almatia die völlige Erblindung erspart geblieben war, weil der Herr in seiner grenzenlosen Gnade die Nonne zu sich gerufen hatte. Die vorsichtigen Andeutungen Frankas, bei Schwester Almatias Sturz hätte möglicherweise jemand nachgeholfen, wies Mutter Isburga energisch von sich.

»Es waren nicht alle beim Gebet versammelt und beim Essen auch nicht«, gab Franka zu bedenken.

»Keine Nonne fehlte ohne Entschuldigung«, erwiderte die Äbtissin, »oder willst du Marie verdächtigen, die – auf mein Geheiß hin – bei der schwer kranken Schwester Ludmilla wachte, oder etwa die Priorin?«

»Stimmt, Schwester Gertrud war auch nicht anwesend«, murmelte Franka.

»Franka!« Die Ehrwürdige Mutter klang verärgert. »Du vergisst, diesen beiden, und allen anderen, fehlt der Grund für eine solche Tat. Du bist neben Edelgard die Einzige hier im Konvent, die einen Vorteil von Schwester Almatias Tod hätte.«

Franka fühlte sich in die Ecke gedrängt. Sie konnte Mutter Isburga schlecht von ihrem Verdacht erzählen, dass auch Schwester Gertrud einen Vorteil darin sehen würde, diese wichtige Position mit ihrem Liebling besetzt zu wissen. Allerdings hatte dabei die Versammlung noch ein Wörtchen mitzureden. Deshalb schwieg sie dazu und erzählte der Äbtissin stattdessen von ihrem letzten Gespräch mit Schwester Almatia.

»Die Kapitelversammlung wird morgen entscheiden, wie es weitergehen soll«, sagte Mutter Isburga, und damit war Franka entlassen.

Während die Nonnen über Schwester Almatias Nachfolgerin berieten, saßen Franka und Edelgard in Mutter Isburgas Sprechzimmer und warteten auf das Ergebnis. Es war ihnen untersagt worden, bei der Versammlung anwesend zu sein.

Franka konnte sich gut vorstellen, wie ihre schlechten Charaktereigenschaften von der Priorin ausführlich den anderen dargelegt wurden. Die junge Nonne presste die Lippen zusammen, verknotete ihre Finger. Leiterin des Skriptoriums zu werden war ihr plötzlich wichtig. Unter Edelgard zu arbeiten käme Tantalusqualen gleich.

Mit geschlossenen Augen begann sie, lautlos die Heilige Jungfrau zu bitten: *Maria, ich erflehe deine Hilfe. Lass sich die Versammlung für mich entscheiden. Dann verspreche ich dir auch, mich künftig widerstandslos allen Anordnungen zu beugen. Bitte erspare mir die Folter, die es für mich bedeutet, auf Edelgards Zustimmung für meine Werke angewiesen zu sein.*

Stumm saßen die beiden Nonnen nebeneinander, bis die Tür sich öffnete und die Äbtissin den Raum betrat. Mit klopfendem Herzen beobachtete Franka, wie sich die Ehrwürdige Mutter auf den Stuhl hinter ihrem Pult setzte.

»Die Versammlung konnte sich nicht für eine von euch entscheiden«, begann Mutter Isburga. »Deshalb wurde beschlossen, neue Wege zu gehen. Zunächst wirst du, Edelgard, das Skriptorium für sechs Jahre leiten, danach ist Franka an der Reihe. Nach zwölf Jahren wird endgültig über die Besetzung der Position entschieden. Solange Edelgard das Sagen hat, werden mir alle Entwürfe Frankas zur Kenntnis gebracht, die sie abgelehnt hat. Gleiches gilt nach den sechs Jahren umgekehrt für Edelgards Arbeiten.«

Beide Frauen schluckten schwer. Frankas Magen zog sich krampfhaft zusammen.

Streng blickte die Äbtissin von einer Nonne zur anderen. »Wir hoffen, auf diese Weise festzustellen, wer von euch beiden geeigneter ist, die Skriptoriumsleitung zu übernehmen. Insbesondere im Verhalten zueinander wird sich zeigen, wie groß Herz und Verstand von euch wirklich sind.«

Ziemlich geknickt verließen die beiden so Ermahnten den Raum.

Nach der Vesper, dem Abendgebet, an dem Marie wiederum nicht teilgenommen hatte, schlich Franka zum Herbarium. Sie hatte das dringende Bedürfnis, mit ihrer Freundin zu sprechen. Sie durchquerte die Kräuterküche und ging durch eine Tür in den angebauten Krankensaal. In der Regel beherbergte er nur die Nonnen und Novizinnen des Klosters, die Bediensteten und hin und wieder Gäste. Die Bewohner des Dorfes wurden zu Hause gepflegt. Die Wände wurden alljährlich gekalkt und der Boden täglich gefegt. Das Stroh der Lager war stets frisch, was keineswegs selbstverständlich war. Doch seit Marie die Leitung übernommen hatte, wurde noch peinlicher auf Sauberkeit geachtet. Bis auf ein Kreuz, von dem Gottes Sohn tröstend auf die Kranken blickte, war der Raum völlig schmucklos. Derzeit waren nur zwei der Lager belegt. Eine Novizin wuselte im hinteren Bereich des Saales herum und stopfte Kissen mit Stroh aus.

Marie erneuerte gerade die Wadenwickel der fiebernden Schwester Ludmilla. Sie sah auf, als Franka sich näherte, und ein trauriges Lächeln zeigte sich in ihrem müden Gesicht. Behutsam deckte sie die kranke Nonne wieder zu. »Es tut mir so leid für dich«, wurde Franka begrüßt. »Wir haben uns in der Kapitelversammlung deshalb die Köpfe heißgeredet.«

»Ja«, sagte Franka. »Das habe ich mir schon gedacht.«

»Schwester Gertrud hat vehement auf Edelgard bestanden. Es ist schon erstaunlich, wie gut sie es versteht, dich immer in einem schlechten Licht darzustellen. Da kamen Sachen hoch, die schon Jahre her waren, und immer wieder betonte sie deine Eigenwilligkeit, deine Schwierigkeiten, dich gehorsam unterzuordnen. Wer sich nicht beugen kann, kann auch nicht herrschen, hat sie immer wieder gesagt. Es war widerlich. Die Stimmung drohte vollends auf Edelgards Seite zu kippen. Die Ehrwürdige Mutter und ich haben dagegengehalten, und schließlich hatte Mutter Isburga den Einfall mit der Teilung. Schwester Gertrud hat noch eine Weile herumgenörgelt, sich dann aber dem Vorschlag angeschlossen mit der Prämisse, Edelgard zuerst ans Ruder zu lassen. Das soll eine Prüfung deiner Geduld, deiner Demut und vor allem deines Gehorsams sein. Darauf haben wir uns schließlich geeinigt.

»Ach, Marie, warum musste das geschehen? Ausgerechnet jetzt, wo ich mich mit Schwester Almatia ausgesprochen hatte und es wieder alles besser zu werden schien.«

»Du hattest dich wieder mit ihr versöhnt?« Kurz hielt Marie mit dem Umwickeln von Schwester Ludmillas anderer Wade inne.

Franka hatte noch keine Gelegenheit gehabt, ihre Freundin von Schwester Almatias Sinneswandel in Kenntnis zu setzen, und holte dies geschwind nach. Mit kurzen Worten erzählte sie von dem letzten Streit und der späteren Entschuldigung.

Maries Gesicht drückte Bestürzung aus. »So ein Pech. Immerhin hast du deinen Frieden mit ihr gemacht, bevor sie starb.«

Schwester Ludmilla stöhnte. Marie griff nach einem Becher, der neben der Bettstatt stand. Sie hob den Kopf der Liegenden an und flößte ihr ein wenig von dem Inhalt ein.

Franka beugte sich zu ihrer Freundin hinüber. »Glaubst du, sie ist gefallen, oder hat da jemand anderer seine Hände im Spiel?«, flüsterte sie.

Marie sah sie mit großen Augen an. »Wer hätte sie denn umbringen wollen, außer dir natürlich?«

Franka prallte bei den Worten ihrer Freundin zurück, doch als sie das Zucken um Maries Mundwinkel sah, musste sie wider Willen grinsen. »Klar hatte ich einen Grund, Edelgard aber auch. Allerdings haben wir beide zusammen das Skriptorium verlassen und standen auch in der Kirche nebeneinander. Wenn Schwester Almatia wirklich von oben die Treppe heruntergefallen ist, müssten doch Quetschungen oder sonstige Verletzungen zu sehen gewesen sein. Du hast die Tote doch gewaschen, ist dir etwas aufgefallen?«

Marie nickte. »Sie hatte eine Beule am Hinterkopf, wo dieser auf die Stufen aufgeschlagen sein muss, und mehrere Abschürfungen. Ich vermute, sie ist just vor dem Treppenabsatz gestürzt, hat sich den Kopf angeschlagen und dabei gleichzeitig das Genick gebrochen.«

Franka schaute missmutig drein und schwieg.

Nachdenklich kaute Marie auf ihrer Unterlippe. »Wusste Edelgard, dass ihr euch wieder vertragen habt, du und Schwester Almatia?«

Franka zuckte mit den Achseln. »Schon möglich. Jedenfalls räumte das Frettchen verdächtig lange seinen Platz auf.«

»Dann«, sagte Marie langsam, »wurde es für sie Zeit zu handeln.«

»Sie hatte doch gar keine Gelegenheit dazu.«

Ihre Freundin schürzte die Lippen. »Ich bin erst zum Essen drüben erschienen, als meine Ablösung für Schwester Ludmilla eintraf.« Die kranke Nonne stöhnte wie zur Bestätigung.

»Ja, und weiter?«, drängte Franka.

»Ich meine, ich hätte sie gesehen, wie sie aus Richtung Skriptorium kam und dann zum Refektorium eilte. Aber wahrscheinlich irre ich mich.«

Franka wiegte den Kopf. »Vielleicht sollte ich sie einmal fragen, was …«

»Lass das lieber«, riet ihr Marie eindringlich. Beschwörend sah sie Franka an. »Reize sie nicht. Ich will nicht dich irgendwann beweinen müssen, weil du einen bedauerlichen Unfall hattest.«

»Du meinst wirklich, Edelgard könnte zu so etwas fähig sein?« Nachdenklich runzelte Franka die Stirn.

»Sie ist sehr ehrgeizig – wie du. Aber von sich aus einen Mord zu begehen traue ich ihr nicht zu. Es sei denn, sie handelte im Auftrag.«

»Du redest von der Priorin. Sie war übrigens weder bei der Non noch beim Essen«, erwähnte Franka betont beiläufig, dabei gespannt auf Maries Reaktion wartend.

»Wie ungewöhnlich.« Ihre Freundin dachte einen Augenblick nach. »Wenn Schwester Gertrud beteiligt war, wird zumindest Edelgard nicht die Treppe hinunterfallen.«

»Bloß nicht«, rief Franka entsetzt. »Wenn ihr etwas zustößt, bin ich dran. Schwester Gertrud wird alles Mögliche in Bewegung setzen, um mich als Schuldige dastehen zu lassen, und darauf drängen, dass ich in einen anderen Konvent komme. Edelgard darf nichts passieren.«

»Da könntest du recht haben«, nickte Marie. Vorsichtig sah sie sich um. Die Novizin kämpfte noch immer mit dem Stroh. Marie tastete nach Frankas Hand. Zärtlich drückte sie diese. »Es kommen harte Zeiten auf dich zu, doch du wirst das schon schaffen, nur Mut. Ich helfe dir, wo ich kann, ich bin immer für dich da.«

24. Kapitel

Frühjahr 1229

Gut drei Monate war es her, dass die Pilger den Befehl zum Aufbruch nach Jaffa, dem Tor zu Jerusalem, bekommen hatten. Seit ihrer Ankunft halfen Wulf und sein Freund Anselm bei der Befestigung der Stadt.

Der Kaiser trieb die Verhandlungen mit dem Sultan voran und erzielte endlich eine Einigung.

Am 18. Februar erschienen die Gesandten des Sultans beim Kaiser zur Siegelung des Friedensvertrags. Während Emir Fahr ed-Din, Hermann von Salza und die anderen Großen Syriens bei Friedrich weilten, nutzte Wulf die Gunst der Stunde.

Unter einem Vorwand verließ er Anselm und suchte das Lager der ayyubidischen Delegation auf. Wulf hatte Raschid schnell zwischen den notdürftig aufgestellten Zelten entdeckt. Während er durch das Lager schritt, beobachteten ihn die anderen Männer teils verblüfft, teils misstrauisch. Mehr als einer hatte die Hand an den Krummsäbel gelegt. Ein paar von ihnen schienen Wulf jedoch von seinem letzten Besuch wiederzuerkennen, denn sie hielten die anderen zurück. Zielstrebig schritt Wulf auf Raschid zu, der sich ehrlich freute, als er seines Besuchers ansichtig wurde. Sofort wurde Wulf unter den provisorischen Sonnenschutz gebeten und ihm sogleich der unvermeidliche Tee aufgenötigt. Der Ritter verzog das Gesicht und fügte sich in sein Schicksal, als er sich mit gekreuzten Beinen vor dem niedrigen Tisch niederließ.

Nach einigem Geplauder fragte Raschid seinen Gast: »Wulfgar, nun hast du uns nicht das Schwert gebracht und dein Ziel dennoch erreicht. Wie mir scheint, sehr zum Missfallen eurer kirchlichen Würdenträger.«

Wulf nickte und griff tapfer nach dem dampfenden Getränk. »Oh«, entfuhr es ihm überrascht, als der erste Schluck seine Kehle hinunterrann.

Ein Lächeln umspielte Raschids Lippen. »Wenig süß genug?«

Wulf nickte. »Woher wusstest du es?«

»Ihr fränkischen Männer wisst die Süße nicht zu schätzen, die euren Gaumen verwöhnt, zumindest dann nicht, wenn ihr hier ankommt.«

»Ich bin schon fast anderthalb Jahre in Syrien und habe mich immer noch nicht damit anfreunden können.«

»Wie es aussieht, lohnt es sich für dich auch nicht mehr«, sagte sein Gastgeber. »Der Friedensvertrag wird heute besiegelt. Jerusalem wird wieder euch gehören, bis auf den Platz, auf dem der Felsendom steht, und die Al-Aqsa-Moschee. Die Christen werden allerdings den Zugang zum Felsendom kontrollieren, um dort ihre Gebete verrichten zu können. Der Sultan wird deswegen angefeindet.«

Betreten nippte Wulf an seinem Tee. »Diese Kreuzfahrt habe ich mir ganz anders vorgestellt. Wir sind ohne Herrscher losgefahren und haben einen krummen Rücken vom Steineschleppen bekommen, während wir auf ihn warteten. Als er endlich hier eintraf, folgten wir einem Gebannten, dem es nun ohne einen Schwertstreich gelingt, was Tausende zuvor nicht fertiggebracht haben. Die heiligste Stadt der Erde ist wieder in unserem Besitz, und der Papst freut sich noch nicht einmal darüber.«

Raschid nickte. »Jerusalem ist ein wahrer Streitpunkt. Meine Leute sind erbost, es verloren zu haben, und die Christen stehen dem Gewinn zwiespältig gegenüber. Das Volk mag jubeln, doch eure Priester toben, weil einem Ausgestoßenen Erfolg beschieden ist. Wenn das so weitergeht, wird hier in eintausend Jahren noch keine Ruhe eingekehrt sein.«

Zustimmend senkte Wulf den Kopf. Er hatte seinen Tee ausgetrunken und streckte sich. »Es wird Zeit für mich zurückzukehren.«

»In dein Lager oder dein Land?«, fragte Raschid neugierig.

»Zu beidem, aber eins nach dem anderen.«

»Freust du dich darauf?«

Wulf dachte an Melinda. Nein, da war nicht ein Funken Verlangen in ihm, sie wiederzusehen. Ungebeten schob sich ein Paar grüner Augen vor das Bild seiner wunderschönen Gemahlin. Schmerzhaft zog sich Wulfs Herz zusammen.

»Bist du verheiratet?«

Die Frage überraschte Wulf. Er begnügte sich mit einem zustimmenden Brummen.

Aufmerksam musterte ihn Raschid. »Du bist offensichtlich nicht glücklich. Weshalb hast du sie geheiratet?«

»Weil ich die andere nicht haben konnte«, rutschte es Wulf heraus.

»Warum nicht?«, wollte sein Gastgeber wissen.

»Sie ist eine Braut Christi«, gab Wulf kurz zurück und glaubte, damit das Thema beendet zu haben.

Doch Raschid ließ nicht locker. »Liebt sie dich?«

Wulf nickte zögernd. »Ja, das glaube ich fest.«

Der Araber hielt einen Moment inne. Wulf merkte ihm an, wie er nach Worten suchte. »Jesus hat viele Frauen in Klöstern, da könnte er doch sicherlich auf diese eine verzichten.«

Wulf schüttelte traurig den Kopf. »Unmöglich.«

»Warum?«, hakte Raschid nach. »Soweit ich weiß, wurden Jesus immer wieder aus politischen Gründen Bräute genommen. War nicht die Mutter deines Kaisers auch ursprünglich für dieses Klosterleben vorgesehen?«

»Schon«, gab Wulf zu. »Doch ich habe weder eine einflussreiche Position bei Hofe noch genügend Geld, um eine solche Dispens zu erwirken. So viel wirft unsere kleine Pferdezucht nicht ab. Und ich bin immer noch verheiratet.«

Erstaunt blickte er auf, als er die Hand des Arabers auf seiner Schulter fühlte. Raschids Gesicht drückte Mitleid aus. »Weißt du, durch dich hat sich mein Bild von euch Franken gewandelt. Den meisten von uns ist bekannt, dass ihr in feuchten, kalten Gebieten wohnt. Wir glauben, es wirkt sich entsprechend auf euer Gemüt und euren Charakter aus. Wir halten euch für dumm, roh und ungewaschen. Leidenschaft empfindet ihr nur in eurem Glauben, nicht jedoch in der Liebe zu einer Frau. Ehrlich«, bekräftigte er auf Wulfs fassungslose Reaktion hin, »es gibt Gelehrte von uns, die euch jegliches Empfinden ehelicher Eifersucht absprechen.«

»So ein Unsinn«, ereiferte sich Wulf. »Ich würde jeden umbringen, der Franka etwas antun will.«

»Das glaube ich dir«, versicherte der Araber. »Ich spüre deine Liebe zu dieser Frau, wenn du von ihr sprichst.« Raschid machte eine Pause, bevor er fortfuhr: »Das kleine Abenteuer mit der entlaufenen Stute ist unbemerkt geblieben. Vor deiner Heimkehr werde ich dir zum Dank zwei meiner Hengste überlassen. Verbessere deine Zucht, finde einen Vorwand, um deine Frau loszuwerden, und hole dir deine Franka.«

»So einfach ist das nicht«, antwortete Wulf resigniert.

»Habe ich das etwa behauptet?«, fragte Raschid ernst.

»Ich kann Melinda nicht einfach verstoßen.«

»Wenn sie dir keine gute Gemahlin ist, kannst du das. Im Koran …«

»Hör auf«, unterbrach ihn Wulf rüde und stieß mit dem Knie an den Tisch, der kurz erzitterte. »Im Christentum …«

Doch Raschid ließ ihn nicht ausreden. »Willst du etwa andeuten, noch nie ein christlicher Herrscher wäre seine Frau losgeworden, um eine andere zu heiraten?«

»Nun, es gibt durchaus Möglichkeiten, eine Ehe zu lösen«, gab Wulf zu. »Aber es ist bedeutend leichter, wenn man über Einfluss und Geld verfügt.«

Im Tonfall des Arabers schwang etwas Lauerndes, als er fragte: »Schon mal darüber nachgedacht, deiner Frau ein Unglück zustoßen zu lassen?«

»Auf gar keinen Fall«, fuhr Wulf heftig auf.

Erleichterung und Verständnis zeigte sich auf Raschids ebenmäßigen Zügen. »Das hätte ich von dir auch nicht anders erwartet. So bleibt dir nur, zu Gott zu beten. Aber in der Zwischenzeit kannst du dir mit meinen Hengsten eine Zucht aufbauen.«

»Das werde ich, versprochen. Solltest du irgendwann einmal die Sehnsucht verspüren, mein kaltes, feuchtes Land kennenzulernen, lass es mich wissen. Du bist mir jederzeit herzlich willkommen«, sagte Wulf ehrlich.

»Danke«, antwortete der Araber. »Ich weiß dein Angebot wohl zu schätzen. Vielleicht komme ich eines Tages darauf zurück.«

Die Nachricht, in naher Zukunft endlich in Jerusalem einziehen zu können, verbreitete sich im Heer wie ein Lauffeuer. Die Pilger fielen sich lachend und weinend zugleich in die Arme.

Am 17. März zog der Kaiser, gefolgt von den jubelnden Kreuzfahrern und Pilgern, in Jerusalem ein. Damit hatte er als Gebannter die Geistlichkeit brüskiert, die zwei Tage später die Grabeskirche und alle anderen Gotteshäuser mit dem Interdikt belegte – ihnen also jegliche kirchliche Handlung untersagte. Sogleich verließ Friedrich mit seinem Heer wütend die

Stadt. Ihn drängte es zurück ins Reich, in dem der Papst gegen ihn rüstete.

Auf dem Weg zurück nach Akkon brannte die Sonne wieder einmal erbarmungslos auf die schwitzenden Männer nieder. Keine frische Brise wehte vom Meer herüber, um ihnen die drückende Hitze zu erleichtern. Stumm ritten Wulf und Anselm nebeneinander.

Eine kleine Staubwolke in der Ferne, die sich schnell näherte, erweckte Wulfs Aufmerksamkeit. Immer mehr Kreuzfahrer starrten dorthin, behielten aber ihre Formation und Geschwindigkeit bei.

Wulf kniff die Augen zusammen. Er erkannte jetzt drei muslimische Reiter, von denen einer zwei Pferde mit sich führte. Der Trupp hielt in einiger Entfernung an. In Wulfs Magen breitete sich ein warmes Gefühl aus. Raschid hatte Wort gehalten. Schnell neigte er sich zu Anselm hinüber und sagte: »Die warten auf mich. Reite weiter, ich bin gleich zurück.«

Wulf lenkte Tempête nach rechts und trabte flott auf die Gruppe zu. Er sah, wie Raschid vom Pferd stieg und einem seiner Begleiter die Zügel zuwarf. In dem anderen erkannte Wulf den Neffen des Arabers. Bewundernd wanderte sein Blick über die beiden Hengste, die der Junge hielt. Einen Braunen ohne jegliche Abzeichen und einen Fuchs mit schmaler Blesse. Die Ohren waren auf den Neuankömmling gerichtet, die Augen wach und klar. Wulf schätzte die beiden auf knapp zwei Jahre. Er spürte, wie er unwillkürlich zu strahlen begann. Kaum hatte er Tempête vor Raschid pariert, sprang er auch schon ab.

Sein arabischer Freund lachte ihn offen an, breitete die Arme aus und drückte ihn an sich. »Wulfgar«, begann er und zeigte mit einer Handbewegung auf die beiden Pferde. »Nimm sie mit. Wenn ich jemals in dein kaltes Land kommen sollte, erwarte ich, eine gut aufgebaute Zucht vorzufinden, die dir genug Geld eingebracht hat, um die Frau deines Herzens aus dem Kloster zu holen.«

Wulf lächelte schief. »Danke für das großzügige Geschenk, doch am Geld allein wird es wohl nicht liegen.«

»Nein«, bestätigte Raschid. »Es wird dir lediglich den Weg ebnen. Kämpfen und beten musst du schon selbst.«

Der Araber schaute über Wulfs Schulter. »Es wird Zeit, mein Freund, endgültig Lebewohl zu sagen. Übrigens, dort kommt ein mittelmäßiger Reiter mit gelben Haaren, um dich vor uns zu beschützen. Jedenfalls hat er sein Schwert gezogen.«

Wulf wandte sich um. Anselm war noch ein gutes Stück entfernt. Wulf legte die Hände um den Mund und brüllte: »Bleib stehen, ich komme gleich. Und steck das verdammte Schwert weg!«

Zu Raschid sagte er: »Es tut mir leid. Mein Freund macht sich Sorgen um mich und ist auf Muslime nicht besonders gut zu sprechen.«

»Den Eindruck habe ich auch«, bestätigte Raschid. »Wenigstens hört er auf dich. Er hat angehalten und die Waffe eingesteckt. Er ist also dein Freund?«

Wulf nickte. »Seit Jahren schon.«

»Habt ihr Gemeinsamkeiten?«

»Wie kommst du darauf?«, wollte Wulf verwundert wissen.

Raschid lächelte ein wenig. »Nur so ein Gedanke. Die Art und Weise, wie er auf dem Pferd sitzt, lässt vermuten, dass er nicht viel für diese Geschöpfe Allahs übrig hat. Er wird dir keine große Hilfe bei deiner Pferdezucht sein.«

Wulf schüttelte den Kopf. »Das erwarte ich auch nicht«, murmelte er.

Die scharfen Ohren des Arabers hatten ihn dennoch verstanden. »Warum ist er dein Freund?«

Wulf stutzte. Darüber hatte er noch nie nachgedacht, doch

Raschid hatte recht. Anselm und er waren selten einer Meinung und hatten völlig unterschiedliche Vorlieben. Daher zuckte er mit den Schultern und antwortete: »Wir vertrauen uns und können uns in jeder Lebenslage aufeinander verlassen. Vielleicht harmonieren wir gerade, weil wir so gegensätzlich sind.«

Eindringlich sah Raschid sein Gegenüber an. »Möglicherweise wirst du eines Tages zwischen ihm und Franka wählen müssen, sollte es dir gelingen, alle Hindernisse zu beseitigen und sie für dich zu gewinnen.«

Wulfs Augen weiteten sich überrascht. »Weshalb denkst du das?«

Langsam antwortete der Araber: »Es ist so ein Gefühl. Jedenfalls solltest du die Entscheidung getroffen haben, wenn es so weit ist.«

Die beiden Männer sahen sich ein letztes Mal an und umarmten sich erneut. Wulf bestieg Tempête und nahm aus der Hand von Raschids Neffen die Zügel der beiden Hengste in Empfang. Er nickte den Männern noch einmal zu und wandte sich ab.

»Wer war das denn?«, fauchte sein Freund, kaum dass Wulf ihn erreicht hatte.

Wulf seufzte. »Lass uns zum Heer zurückkehren. Ich habe lediglich die Grundlage für meine neue Zucht abgeholt.« Er sah Anselm an, wie wütend dieser war. Stumm ritt Wulf weiter.

Seinem Freund blieb nichts anderes übrig, als ihm zu folgen, doch er tat es mit hochrotem Kopf und zusammengebissenen Zähnen. »Du hast es gewagt, dich hinter meinem Rücken mit diesen heidnischen Hunden einzulassen.«

Wulf lächelte in sich hinein. »Ich könnte mir gut vorstellen, dass Raschid die gleichen Vorwürfe zu hören bekommt.«

»So ein Schwachsinn«, brachte Anselm erstickt hervor. »Wir sind doch keine Heiden.«

Wulf sah ihn ernst an. »In deren Augen schon.«

Sein Freund machte den Eindruck, als würde er ernsthaft unter Luftmangel leiden. Aus seinem Mund kamen einige unartikulierte Laute.

»Schon gut, Anselm«, lenkte Wulf ein. »Es war ein Zufall. Ich habe ein Unheil verhindert, und seitdem glaubte Raschid, in meiner Schuld zu stehen. Die hat er heute beglichen. Das ist alles. Ich bin nicht zum Islam konvertiert und habe es auch nicht vor. Allerdings musste ich feststellen, dass wir uns – rein menschlich gesehen – ziemlich ähnlich sind.«

Der letzte Satz war ein Fehler gewesen. Wulf erkannte dies in dem Augenblick, als die Gesichtsfarbe seines Freundes von rot zu weiß wechselte. Schnell legte er ihm die Hand auf den Arm. »Lass es gut sein. Ich habe, was ich für einen Neuanfang brauche. Das ist es, was wirklich für mich zählt.«

Anselm schüttelte die Hand ab. »Sarazenenfreund«, zischte er beleidigt.

»Streng genommen ist er ein Ayyubide. Aber das tut wohl nichts zur Sache«, setzte Wulf hastig hinzu, als er den Blick seines Freundes sah. Er musste Anselm nur etwas Zeit geben. Dann würde er schon wieder ganz der Alte werden.

Als sie Wochen später endlich Richtung Heimat segelten, war dem auch beinahe so.

Während sein Freund sich wegen des rauen Wetters permanent über die Bordwand beugte, verbrachte Wulf die meiste Zeit bei seinen Pferden. Je weiter sie nach Westen kamen, desto klarer erschien ihm seine Zukunft. Zunächst musste er sich eine Zucht aufbauen. Raschid hatte neue Hoffnung auf ein Leben mit Franka in ihm geweckt, und Wulf würde darum kämpfen, seinen Traum Wirklichkeit werden zu lassen.

Teil 3

Frühjahr 1231 – Mai 1232

25. Kapitel

Frühjahr 1231

Mit geschlossenen Augen saß Wulf auf der Bank im Kräutergarten des Rittersitzes seiner Eltern und lehnte mit dem Rücken an der Wand des Gemäuers.

Die Sonnenstrahlen wärmten sein Gesicht und schienen auch die Kälte in seinem Inneren behutsam anzutauen. Ein zaghaftes Lächeln stahl sich in seine Mundwinkel, als er an seine Pferdezucht dachte. Raschids Hengste leisteten gute Arbeit und gaben ihr hervorragendes Erbe an ihre Nachkommen weiter. Mittlerweile hatte es Wulf zu bescheidenem Wohlstand gebracht. Statt der zuvor üblichen Talglichter gab es nur noch Kerzen auf dem Rittersitz, und Melinda bekam hin und wieder ein neues Gewand, doch die meisten Münzen legte Wulf beiseite. Er würde sie brauchen, sollte je der Tag kommen, an dem er Franka der Kirche entriss.

Unwillkürlich hob Wulf die Hand und tastete mit den Fingerspitzen an der Narbe entlang, die sich quer über seine linke Wange zog, ein bleibendes Andenken an den Kampf mit Adolf von Eberslohe.

Bei Melinda glaubte er tiefes Bedauern über seine Rückkehr zu spüren. Kurz nach seinem Eintreffen hatte er sie zum ersten Mal darauf angesprochen, ihre Ehe zu lösen. Da sie keine Kinder hatten, gab es sicherlich eine Möglichkeit, ihre Verbindung für ungültig erklären zu lassen.

Doch zu seinem Ärger wollte Melinda nichts davon hören.

Niemals würde sie mit einem solchen Makel leben können, erklärte sie entschieden.

»Sei nur vorsichtig, damit dir kein tödlicher Unfall zustößt«, hatte Wulf außer sich vor Zorn eines Tages gebrüllt, nachdem sie seine Bitte um Freiheit zum wiederholten Male abgewiesen hatte.

Das süffisante Lächeln hätte er ihr am liebsten aus dem Gesicht geschlagen. »Wenn mir etwas zustößt, wird Franka dich nie heiraten. Glaube mir, für diesen Fall habe ich vorgesorgt.«

Wütend war Wulf davongestürzt. Genau wie er wusste auch Melinda, Franka richtig einzuschätzen. Außerdem wäre er nie dazu imstande, einer Frau etwas anzutun. Natürlich machten Melindas Arroganz und ihre Kälte ihn wütend, aber er würde sich niemals zu etwas hinreißen lassen.

Der sanfte Wind streichelte die Blätter der Kräuter, und die Sonne gewann ständig an Kraft. Wulf streckte sich ihr entgegen. Nachdem er die Hoffnung schon fast aufgegeben hatte, seine Ehe zu lösen, seine Gebete, Melinda möge endlich einwilligen, nicht erhört zu werden schienen, zeigte sich durch eine Fügung des Schicksals ein Ausweg aus seiner verzweifelten Lage. Melinda wurde schwer krank – sie war dem Tod geweiht.

Zuerst hatte es harmlos angefangen, ein Husten, der nicht weichen wollte. Über den Winter jedoch hatte sich ihr Leiden stetig verschlimmert, und seit einiger Zeit spuckte sie Blut.

Täglich betete Anselm mehrere Stunden in der kleinen Hauskapelle, ritt einmal die Woche nach Syberg, um dort dem Heiligen Anno zu huldigen, doch Melindas Zustand verschlechterte sich zusehends.

Es war nicht so, dass sich Wulf darüber freute, dass es seiner Frau nicht gut ging. Er wünschte ihr nichts Schlechtes. Lieber wäre es ihm gewesen, wenn sie sich getrennt hätten.

Zudem befürchtete er, dass Melinda Vorsorge getroffen hatte, dass Franka ihn auch im Fall einer tödlichen Krankheit ihrer Schwester ablehnte. Er würde seiner Gemahlin durchaus zutrauen, das Gerücht zu streuen, er hätte sie vergiftet.

Das Geräusch knirschender Kieselsteine veranlasste Wulf, die Lider zu öffnen. Mit gesenktem Kopf näherte sich Anselm. Schwerfällig fiel er neben Wulf auf die Bank. Er verschränkte die Arme und starrte mit rot geränderten Augen auf den Thymian vor ihnen.

Der Blonde brauchte einige Zeit, ehe er mit erstickter Stimme hervorpresste: »Sie will dich sofort sehen.«

Die Frage nach dem Warum konnte Wulf gerade noch hinunterschlucken. Wortlos stand er auf, schritt langsam den Weg entlang an den duftenden Kräutern vorbei zum Eingang des Hauptgebäudes.

Vor der Tür zu Melindas Kammer zögerte er einen Augenblick. Von innen hörte er das quälende Husten, was ihm jedes Mal einen Schauder den Rücken hinunterjagte. Trotz allem wollte er nicht, dass sie litt.

Kurz klopfte er an, bevor er den Raum betrat. Es roch so stark nach Weihrauch, dass Wulf das Atmen schwerfiel. Die Bettstatt befand sich an der Wand gegenüber der schmalen Fensteröffnung, durch die sich die Sonnenstrahlen zwängten. Melindas ausgezehrter Körper hob sich kaum unter der Decke ab. Das einst seidig schimmernde goldene Haar erinnerte Wulf nun an altes Stroh. Die schmale Nase ragte übergroß aus dem eingefallenen Gesicht, dessen Wangenknochen stark hervortraten. Die leicht durchscheinende, straff gespannte Haut sah aus wie Pergament.

Einzig Melindas blaue Augen hatten ihre Leuchtkraft nicht verloren. Sie glänzten fiebrig, hoben sich deutlich von den blutleeren Lippen ab, die sich nun zitternd bewegten, als wollte ihre Besitzerin etwas sagen.

»Du wolltest mich sprechen«, kam Wulf ihr zuvor, während er sich auf den Schemel neben dem Bett setzte.

Seine Gemahlin nickte schwach. Sie versuchte, sich ein wenig aufzurichten, sank jedoch sogleich wieder kraftlos in sich zusammen. Wulf half ihr, stopfte zwei der mit Stroh gefüllten Kissen in ihren Rücken und lehnte sie vorsichtig dagegen. »Besser?«, fragte er.

Die spröden Lippen verzogen sich, und Wulf konnte nicht sagen, ob es ein dankbares Lächeln oder ein höhnisches Grinsen werden sollte. Er zuckte zusammen, als Melindas skelettgleiche Finger nach dem Ärmel seines Hemdes griffen. »Hast du für meinen Tod gebetet?«, presste sie unter Anstrengung hervor.

»Niemals«, antwortete Wulf bestimmt. »Ich habe lediglich den Herrn angefleht, dir zur Einsicht zu verhelfen, mich freizugeben.« Sein Blick streifte durch den Raum, blieb in der Ecke hängen, in der Anselm auf einem Tisch die Bibel und einige Heiligenbilder aufgestellt hatte, darunter auch eines von Anno von Syberg. »Ich gelobe bei allen Heiligen, dass ich nie ...«

Doch die abgemagerten Finger rutschten bereits vom Ärmelstoff hinab, als könnten sie sich nicht mehr halten. »Ich weiß, dass du die Wahrheit sagst.«

Das Sprechen fiel Melinda sichtlich schwer. Für einen Moment schloss sie flatternd die Lider. Nur das schwache Heben und Senken ihrer Brust zeigte Wulf, dass seine Gemahlin noch atmete.

Still wartete er ab, bis Melinda erneut die Augen öffnete. Als hätten die Augenblicke der Ruhe sie neue Kraft schöpfen lassen, wirkte ihr Blick plötzlich klarer und schärfer als zuvor.

Sogar ihre Stimme klang fester, als sie sprach: »Versprichst du mir, nach meinem Tod um Franka zu kämpfen und die

Dispens für euch zu erlangen?« Verblüfft über die Wendung, brachte Wulf lediglich ein Nicken zustande.

»Es wird nicht einfach für dich werden. Wie ich Franka kenne, wird sie nur schwer zu überzeugen sein, wenn du es nicht geschickt anstellst – und listig bist du nun wahrlich nicht.« Mit einer Handbewegung schnitt sie Wulf das Wort ab, als er etwas erwidern wollte. »Ich war dir keine gute Gemahlin, und dennoch hast du mich niemals geschlagen. Es war falsch, mich mit dir zu vermählen. Mein Stolz wollte nicht erkennen, dass du meine unscheinbare kleine Schwester mir vorziehst.«

»Sie ist nicht unscheinbar«, widersprach Wulf sofort.

Dieses Mal war Melindas Lächeln echt, fast liebevoll. »Du hast immer mehr in ihr gesehen als andere. Doch Franka ist stur. Selbst wenn sie dich liebt, ist der Schritt aus dem Kloster zurück in die Welt schwerer, als sich weiterhin hinter diesen Mauern zu verstecken. Du musst ihr das tiefe Misstrauen nehmen, dass sie gegen Männer hegt, und sie überzeugen, dass du es aufrichtig mit ihr meinst. Dabei werde ich dir helfen.«

»Wie willst du das tun?«, brach es aus Wulf heraus.

Ein Hustenanfall schüttelte Melindas ausgezehrten Körper. Sofort griff Wulf nach einem der sauberen Tücher, die fein säuberlich neben der Bettstatt gestapelt waren. Melinda presste es sich vor den Mund, und der Leinenstoff färbte sich augenblicklich rot. Die wenige Kraft, die sie gesammelt hatte, verflüchtigte sich. Wulf zwang sich, die Hände in den Schoß zu legen und abzuwarten.

Nach einer Weile, die ihm wie eine Ewigkeit vorkam, öffnete Melinda ein weiteres Mal die Augen. Ihre Hand lag matt auf der Decke, lediglich der Zeigefinger streckte sich, um auf die Heiligenbilder zu deuten.

»Ich habe einen Brief an Franka geschrieben, er liegt in

der Bibel. Gib ihn ihr.« Melinda brach ab, rang erneut nach Atem.

Unterdessen sprang Wulf auf und trat auf den Tisch zu. Hinten in der Heiligen Schrift fand er ein gefaltetes und versiegeltes Pergament, das Frankas Namen trug. Er steckte es ein und kehrte an das Lager seiner Frau zurück.

»Franka hat meistens auf meinen Rat gehört«, murmelte Melinda. »Hoffentlich auch dieses Mal, wenn ich sie bitte, dir zu folgen.«

»Warum tust du das?«, fragte Wulf, der den Sinneswandel seiner Gemahlin immer noch nicht fassen konnte.

Ein heiseres Lachen entwich ihrem Mund und mündete in einen erneuten Hustenanfall. Wieder nahm Wulf ein Tuch und hielt es Melinda hin.

»Ich dachte schon, du willst es nicht wissen«, hauchte sie, nachdem sie ermattet auf die Kissen zurückgesunken war. »Es ist zu meinem Seelenheil. Vielleicht kann ich es durch eine gute Tat noch retten. Ich habe noch einen Brief verfasst, aber auch der ist nicht für dich bestimmt. Seinen Inhalt wirst du nur erfahren, wenn Franka einwilligt, deine Gemahlin zu werden, und du um die Dispens bittest. Sollte es dir gelingen, wird er euch helfen, falls nicht, ist er ohne Belang. Ich werde ihn Pater Ignatius zur Aufbewahrung übergeben, sobald er hier eintrifft.«

Wulf beugte sich vor und strich Melinda eine der farblosen Strähnen aus dem Gesicht. »Danke«, flüsterte er. Er war sich noch nicht sicher, was er davon halten sollte.

»Gib Franka den Brief persönlich, locke sie unter einem Vorwand aus dem Kloster. Bringe meinen Vater auf deine Seite, aber heimlich, damit meine Mutter zunächst nichts bemerkt. Sie wird all ihren Einfluss auf Franka geltend machen, damit sie im Kloster bleibt, um eines Tages Äbtissin zu werden.« Die lange Rede hatte Melinda den verbliebenen Rest ihrer Kraft gekostet.

»Danke«, wiederholte Wulf erneut. »Deinen Eltern habe ich einen Boten geschickt. Sie werden bald hier sein.«

Melinda legte ihre Hand kurz auf Wulfs, und er unterdrückte ein Schaudern. Ihm war, als würde der Tod nach ihm greifen.

Mit geschlossenen Augen murmelte seine Gemahlin: »Warte noch ein halbes Jahr, ehe du mit meinem Vater sprichst, dann schmerzt ihn die Trauer um mich nicht mehr so sehr. Sage ihm, dass es mein Letzter Wille war, dass du mit Franka vermählt wirst. Wenn er dir nicht glaubt, erzähle ihm von meinem Brief an sie und weise ihn darauf hin, dass nur Franka die Blutlinie der Familie fortführen kann.«

»Weshalb teilst du es deinem Vater nicht selbst mit?« Vorsichtig zog Wulf seine Hand unter Melindas fort, die klauenartig gekrümmt auf der Decke liegen blieb.

»Werde ich, falls er noch rechtzeitig eintrifft.«

Es klopfte sacht. Wulf stand auf, drehte den Kopf zur Tür, die langsam geöffnet wurde. Herein trat Anselm in Begleitung des Priesters von Lomere, einem älteren schlanken Mann mit grauem Haarkranz und gütigen braunen Augen. Melinda öffnete die Lider. Ein schwaches Lächeln zeigte sich auf den blutleeren Lippen. »Pater Ignatius – endlich.«

Offenbar hatte sie Anselm beauftragt, den Priester zu holen, um ihr die letzte Ölung zuteilwerden zu lassen. Wulf schluckte. Er griff nach dem Arm seines Freundes. Was immer Melinda dem Geistlichen anvertraute, es war nicht für ihre Ohren bestimmt. »Komm mit«, forderte er Anselm auf.

Sichtlich widerwillig wandte sein Freund den Blick von der Sterbenden ab und folgte Wulf hinunter in die Halle. Sie setzten sich an eine Tafel. »Soll ich nach Wein schicken?«, fragte Wulf, doch Anselm schüttelte stumm den Kopf. Er verschränkte seine Finger ineinander und starrte trübsinnig auf die Holzplatte.

Nach einer kleinen Weile hob Wulf den Blick. Seine Mutter näherte sich ihnen. Alvara vom Röllberg setzte sich neben Anselm auf die Bank. Fragend sah sie ihren Sohn an.

»Pater Ignatius ist gerade bei Melinda«, erklärte Wulf.

Alvara nickte verstehend. »Der Herr sei ihrer Seele gnädig.«

»Noch ist sie bei uns«, fuhr Anselm aus seinem Schweigen auf.

»Nur ein Wunder kann sie retten«, antwortete Alvara und wollte tröstend nach Anselms Hand greifen.

Doch Wulfs Freund sprang auf. Aufgebracht stieß er hervor: »Ich bin in der Hauskapelle, um deine Pflicht zu erfüllen.« Er bedachte Wulf mit einem giftigen Blick. »Eigentlich ist es deine Aufgabe, um ein Wunder zu beten.«

Noch ehe Wulf etwas erwidern konnte, stürzte Anselm aus der Halle. »Was hat er denn auf einmal?«, fragte Wulf laut.

»Sieh es ihm nach.« Aufmerksam musterte Alvara ihren Sohn. »Ich denke, er fühlt sich schuldig an Melindas Zustand.«

»Wie kommst du denn darauf?«, wollte Wulf überrascht wissen.

»Es ist so ein Gefühl. Anselm sieht darin sicherlich eine Strafe Gottes.«

Wulf schnaubte. »Unsinn. Ich kenne keinen Menschen, der tugendhafter ist als er. In letzter Zeit betet er ständig, und wenn ich die Geräusche nachts richtig deute, geißelt er sich permanent. Sein Rücken muss übersät sein mit blutigen Striemen. Ich wüsste nicht ...«

»Er liebt Melinda«, platzte Alvara ungeduldig hervor.

Mit einem Schulterzucken wischte Wulf den Einwand fort. »Anselm liebt uns alle. Er ist froh, dass wir ihn seinerzeit nach der Schwertleite mit hierher ...«

Die schmale Handfläche seiner Mutter landete klatschend auf dem Tisch. Ihre grauen Augen verdunkelten sich, weil er nicht verstehen wollte.

Doch dann begriff Wulf. »Oh«, sagte er bloß. Für einen flüchtigen Moment hatte er den Eindruck, seine Mutter wollte die Augen verdrehen.

»Aber warum hat er nichts gesagt – damals?«, fuhr Wulf auf.

»Nie hätten ihre Eltern Melinda mit einem mittellosen Mann ohne Titel vermählt, und sie selbst strebte ebenfalls nach mehr.«

Wulf bedauerte seinen Freund aufrichtig. Gleichzeitig erkannte er, dass er über die Wahrheit weder eifersüchtig noch verletzt war.

Die Finger seiner Mutter umschlangen seine Handgelenke. Ein trauriges Lächeln umspielte ihre Lippen. »Dein Vater wird auf eine neue Vermählung drängen.«

»Hat er schon eine bestimmte Frau im Sinn?«, fragte Wulf entsetzt.

»Noch nicht«, beruhigte ihn Alvara. »Aber er wird darauf bestehen, dass du dich wieder bindest.«

»Das will ich auch, Mutter. Nur dieses Mal soll es die Richtige sein.«

Melinda starb zwei Tage später, kurz bevor ihre Eltern auf dem Röllberg eintrafen. Ulfried und Heimlinde von Marienfeld beugten sich weinend über das Lager ihrer toten Tochter, während Wulf und Anselm vom anderen Ende des Raumes zusahen.

»Warum hat der Herr ihr nicht noch ein wenig mehr Zeit geschenkt, damit sie wenigstens ihre Eltern noch einmal umarmen konnte?«, fragte Wulf seinen Freund. Mit verschränkten Armen und verkniffenen Lippen starrte er vor sich hin.

Melinda wollte ihrem Vater selbst von ihrem Letzten Willen erzählen, doch jetzt lag es allein an ihm, Ulfried zu überzeugen.

26. Kapitel

Es war ein freundlicher Frühsommertag. Der Wind zupfte hin und wieder an Frankas Schleier, während sie den Gottesacker betrat, der zum Konvent gehörte. Die Mauer, die das Kloster umgab, begrenzte den Friedhof an zwei Seiten. In der Ecke, in der sich die beiden Steinwälle trafen, stand eine mächtige Eibe. Ein kleinerer Teil der Gräber war durch eine Buchenhecke abgeschirmt. Hier befanden sich die letzten Ruhestätten der Mädchen und Frauen, welche die ewige Profess nicht abgelegt hatten.

Zielstrebig ging Franka daran vorbei und auf das Grab Schwester Almatias zu. Sie kam hierher, wann immer es ihr möglich war. Meistens erzählte sie der Toten von neuen Entwürfen oder welche Auftragsarbeiten im Skriptorium gefertigt wurden. Hin und wieder beklagte sie sich über Edelgard, deren Sticheleien zwar abgenommen, aber nichts von ihrer Schärfe verloren hatten.

Das Grab Schwester Almatias war ein Zufluchtsort für Franka geworden. Hier erlaubte sie sich, auch an Wulf zu denken. Einige Zeit war es ihr gelungen, ihn weitgehend aus ihren Träumen zu verbannen. Doch seit dem Brief, durch den ihre Mutter ihr vom Ableben Melindas berichtet hatte, beherrschte er zunehmend ihre Gedanken. Franka trauerte um ihre Schwester, doch gleichzeitig war ihr der Stachel der Eifersucht aus dem Fleisch gezogen worden. Natürlich wusste sie seit Wulfs letztem Besuch im Kloster, dass er Melinda nie geliebt hatte. Dennoch teilten die beiden das Lager, und Franka hatte bei jeder Nachricht ihrer Mutter befürchtet, dass sie ihr schrieb, Melinda wäre guter Hoffnung. Das war nicht eingetreten. Ihre Schwester war tot und Wulf jetzt frei. Frei – für wen? Jedenfalls nicht für Franka. Sie trug bereits einen Ring am Finger, der sie an einen anderen band. Er würde sich bestimmt bald mit einer anderen vermählen. Niemals würde Franka an seiner Seite stehen dürfen.

Dennoch entstand vor ihrem inneren Auge ein Bild von ihr, Hand in Hand mit Wulf, wie sie sich anlächelten und küssten. Eine einzelne Träne bildete sich in ihrem Augenwinkel. Sogleich wischte die Nonne sie fort. Fest biss sie sich auf die Unterlippe und schmeckte Blut. Der Schmerz half ihr, sich von dem Trugbild zu lösen.

Energisch wandte Franka sich um, wollte den Friedhof verlassen, als sie plötzlich ein Wimmern vernahm. Die junge Nonne blieb stehen und lauschte. Das Schluchzen wurde lauter. Es kam aus Richtung der Buchenhecke. Durch das dichte Laub konnte Franka die dahinterstehende Bank nicht sehen. Vorsichtig schlich sie näher und lugte um die Ecke. Dort saß eine Novizin, hatte die Hände vor das Gesicht geschlagen und weinte. Franka trat zu ihr. Das Mädchen blickte erschrocken auf und wischte sich die Tränen ab.

Mitleidig sah die Nonne auf sie hinab und setzte sich. In ihrem Gedächtnis suchte sie nach dem Namen des jungen Mädchens, das erst seit kurzer Zeit im Kloster war. »Isabel, nicht wahr?«, fragte sie schließlich. Das Mädchen nickte verschämt.

»Sicher vermisst du deine Familie?«, mutmaßte Franka.

Die Novizin schüttelte den Kopf.

»So bist du auf eigenen Wunsch eingetreten?«

Die Kleine gab keine Antwort und starrte auf ihre im Schoß gefalteten Hände.

»Also nicht«, schloss die Nonne daraus. »Ich bin übrigens Schwester Franka.«

Die Novizin sah sie aus großen dunklen Augen an, die ein wenig hervorstanden. Sie hatte ein hübsches, rundliches Gesicht, und als sie ein mutloses Lächeln versuchte, zeigte sich ein Grübchen auf ihrer Wange.

Mitleidig beugte sich Franka ein wenig vor. »Möchtest du über deinen Kummer sprechen, Isabel?«

Gequält stammelte die Kleine: »Ich darf nicht. Schwester Gertrud hat es mir streng verboten.«

Verwirrt runzelte Franka die Stirn. Was hatte die Priorin mit der Novizin zu schaffen? Allerdings konnte Franka sich lebhaft vorstellen, welche Angst die strenge Schwester dem Mädchen eingejagt hatte. »Dann darfst du mir natürlich nichts erzählen, doch Fragen stellen ist sicherlich erlaubt.«

Isabels Hände zitterten. Tief holte sie Luft. Als sie endlich sprach, vermied sie jeglichen Blickkontakt. »Geht die Sehnsucht jemals vorbei?«, flüsterte sie.

Franka stutzte. Plötzlich begriff sie, worauf das Mädchen hinauswollte. Einem Impuls folgend, streichelte sie der Novizin tröstend über den Rücken. »Wenn du ihn wirklich liebst, wird der Schmerz mit der Zeit zwar nachlassen, aber vergehen wird die Sehnsucht nie. Es hilft sehr, ihn nicht wiederzusehen, denn jedes Treffen reißt die Wunde erneut auf.«

Erschreckt sah Isabel hoch. »Ihr habt es erraten. Oh bitte, Schwester Franka, sagt niemandem etwas davon. Wenn das herauskommt, gerät er in Schwierigkeiten. Er stammt aus einer einflussreichen adeligen Familie.«

»Und woher kommst du?«, wollte Franka neugierig wissen.

»Mein Vater ist Kaufmann in Coblenz.«

Sieh an, eine Bürgerstochter. Keine standesgemäße Verbindung. Die Familie des Mannes wird wohl eine hübsche

Summe gespendet haben, damit das Mädchen hier im Konvent aufgenommen worden war. Etwas übertrieben räusperte sich Franka. »Das Leben in einem Kloster bringt für uns Frauen viele Vorteile. Wenn du erst die ewige Profess abgelegt hast ...«

Heftig fiel ihr Isabel ins Wort: »Niemals werde ich das tun. Er liebt mich und wird einen Weg für uns finden«, stieß sie trotzig hervor.

Ein wenig rückte Franka von ihr ab und sah sie streng an. »Mit unerfüllter Sehnsucht kannst du lernen zu leben, mit enttäuschter Hoffnung nicht.«

»Ihr tut gerade so, als würdet Ihr Euch mit diesen Dingen auskennen«, schnappte die Novizin. »Ich will nicht hierbleiben. Immer nur beten und arbeiten und arbeiten und beten. Ich will heiraten und Kinder bekommen – seine Kinder. Wisst Ihr, was es heißt, in den Armen eines Mannes zu liegen?«

»Natürlich nicht«, sagte Franka bestimmt, um den Funken Misstrauen, den sie in dem Mädchen entzündet hatte, sofort wieder zu löschen. Sie erhob sich. »Ich hoffe, du hast dich ihm nicht hingegeben.«

Die Kleine schwieg. Franka dachte sich ihren Teil, doch sie wollte nicht richten. Daher sagte sie streng: »Du wirst niemandem von dieser Unterredung erzählen. Ich werde es auch nicht tun.«

»Danke«, sagte Isabel leise, erheblich ruhiger als noch wenige Momente zuvor. »Ich weiß nicht, weshalb, aber ich glaube, Ihr versteht mich.«

Franka blieb ernst. »Etwas nachvollziehen zu können bedeutet noch lange nicht, es auch gutzuheißen.« Dann drehte sie sich um und ging grußlos davon.

Das Mädchen tat ihr leid, doch sie durfte sich nicht in die Angelegenheit einmischen. Franka war ausschließlich für Illustrationen zuständig, nicht für die Aufsicht der Novizinnen.

Schwester Gertrud allerdings auch nicht. Merkwürdig, dass die Priorin in die Sache verwickelt schien.

Nachdenklich schritt Franka weiter. Das Gespräch mit der Kleinen hatte sie aufgewühlt. Isabel hoffte darauf, dass ihr Liebster sie aus dem Konvent holen und heiraten würde. Mit Sicherheit erwartete sie eine Enttäuschung. Zorn stieg in Franka auf. Für sie stand fest, der junge Adelige hatte nur mit der Bürgerstochter gespielt und dachte nicht daran, sich gegen seine Familie zu stellen und Isabel zu ehelichen.

Erneut tauchte ein Paar grauer Augen und ein markantes Gesicht vor Frankas innerem Auge auf. Mittlerweile hatte sie den Kreuzgang erreicht und lehnte die Stirn an einen der Pfeiler. Sie durfte nicht schon wieder an ihn denken, es war nicht richtig. Zur Bekräftigung schlug sie mit der flachen Hand gegen den Stein. Ihr Blick fiel auf den Goldreif, der an ihrem Finger glänzte. Sie gehörte einem anderen – für immer.

27. Kapitel

September 1231

Der Herbst hielt früh Einzug in diesem Jahr. Die Blätter begannen, sich bereits jetzt, Ende September, zu verfärben. Die Tage wurden merklich kürzer.

Wulf saß in der Halle des Rittersitzes Johannes vom Röllberg gegenüber, der ihn auf dem Weg zum Stall abgefangen und ihm ein Gespräch aufgezwungen hatte. Seine Faust donnerte auf die Tischplatte. »Ich werde mich nicht noch einmal vermählen und wenn, dann nur mit einer Frau, die ich mir selbst aussuche.«

Sein Vater seufzte auf. »Wulfgar, ich verstehe dich nicht. Ein Mann braucht ein Weib, das ihm Herz und Bett wärmt.«

»Ich nicht«, beharrte Wulf stur.

»Natürlich kannst du nicht erwarten, nochmals eine so schöne Braut zu bekommen, wie Melinda es war, aber Irmhild, deren Vater ein Lehnsmann des Grafen von Berg ist, ist auch recht hübsch. Sieh sie dir doch wenigstens einmal an.«

»Nein!« Das klang endgültig.

Johannes vom Röllberg rieb sich über die Stirn. »Wulfgar«, versuchte er es erneut, brach jedoch ab, als er die finstere Miene seines Sohnes erblickte.

»Vater«, begann Wulf, darum bemüht, seiner Stimme einen bittenden Klang zu verleihen. »Bedrängt mich nicht. Es gibt da jemanden, allerdings ist die Angelegenheit ein wenig schwierig.«

»Es ist doch keine Bürgerliche?«, fuhr Johannes auf.

»In der Hinsicht braucht Ihr Euch keine Sorgen zu machen«, versicherte Wulf ihm schnell.

Skeptisch, aber doch ein wenig beruhigt, schaute Johannes seinen Sohn an. »Ich bin alt geworden. Allzu viel Zeit bleibt mir nicht mehr. Gerne würde ich noch deine nächste Hochzeit erleben.«

»Ich auch, Vater, ich auch«, antwortete Wulf traurig.

Er nickte seinem Vater zu, erhob sich und setzte seinen unterbrochenen Gang zum Stall fort.

Wulf beabsichtigte, bald nach Marienfeld zu reiten unter dem Vorwand, seinen Schwiegervater bei der Bewirtschaftung des Rittersitzes zu unterstützen.

Die Boten, die er geschickt hatte, berichteten ihm, Ulfried habe seit Melindas Tod den Lebenswillen verloren. Heimlinde indes hatte Wulfs tastende Fragen nach Franka rigoros abgeblockt. Es gehe ihr gut im Kloster und in nicht allzu ferner Zukunft würde sie mehr Verantwortung übertragen bekommen. Das war alles, was Wulf herausgefunden hatte.

✳✳✳

Am heutigen Septembertag schien seit dem frühen Morgen die Sonne, und das Licht reichte noch aus, um weiter an der Verzierung des Lukas-Evangeliums zu arbeiten. Ein einfacher Auftrag für Franka, die lediglich ineinander verflochtene Ranken kolorieren sollte. Mit leichter Hand tupfte sie das Blattgold auf die Zweige, während ihre Gedanken zu der kleinen Novizin wanderten.

Obwohl sie weiterhin regelmäßig Schwester Almatia auf dem Friedhof besuchte, war das Mädchen dort nicht mehr erschienen. Die heimlichen Zeichen, die sie der Kleinen während mancher Mahlzeit und manchem Stundengebet gegeben hatte, waren entweder tatsächlich nicht gesehen oder schlichtweg ignoriert worden. Franka wurde sich immer sicherer, dass Isabel ihr absichtlich aus dem Weg ging.

Schließlich gab die Nonne es auf, die Novizin nochmals anzusprechen.

Die Kleine schien sich wider Erwarten doch in das klösterliche Leben einzufinden. Nach ihrem Gespräch auf dem Friedhof hatte Isabel noch betrübter gewirkt, doch das hatte sich seit Anfang des Monats deutlich geändert. Jetzt machte sie einen beinahe glücklichen Eindruck.

Nichts hatte seitdem den ruhigen Alltag innerhalb des Konvents aufgerüttelt. Franka unterdrückte ein Stöhnen. Ein wenig mehr Aufregung hätte sie schon gerne gehabt. Sie war gerade dabei, sich selbst für diesen unbotmäßigen Gedanken zu tadeln, als ein durchdringender Schrei die Stille zerriss.

Sofort ließ Franka den Pinsel fallen und eilte mit den anderen zum Fenster. Da ihr Pult diesem am nächsten war, verging nur ein Wimpernschlag, bis sie an der Öffnung stand. Der erste Blick nach unten erfasste eine Gestalt in der Tracht der Novizinnen, die merkwürdig verrenkt auf dem Innenhof lag. Franka hob den Kopf und sah zur Kirche. Für einen Moment glaubte sie, eine Gestalt in der Öffnung des Turmes zu erspähen, die sofort mit dem Schatten des Hintergrundes verschmolz. Franka kniff die Augen zusammen und starrte angestrengt zum Gotteshaus hinüber. Doch sie konnte nichts Verdächtiges mehr bemerken.

Die ersten Frauen eilten auf den Hof. Franka verließ ihren Platz und hastete mit den übrigen die Treppe des Skriptoriums hinunter.

Ein enger Kreis hatte sich um die tote Novizin gebildet. Alle schnatterten aufgeregt durcheinander. Mutter Isburga kniete neben dem Mädchen nieder und bekreuzigte sich. Dort, wo der Hinterkopf aufgeschlagen war, bildete sich eine Blutlache, die den weißen Schleier dunkel färbte.

Erschüttert sah Franka in Isabels Gesicht: die Augen in der Erkenntnis des nahenden Todes weit aufgerissen, den Mund zum Schrei geöffnet.

»Was in Gottes Namen hat sie auf dem Turm gewollt?«, sprach die Äbtissin die Frage aus, die allen auf der Zunge brannte.

Schwerfällig erhob sich Mutter Isburga. Plötzlich sah sie sehr müde aus. Schwester Gertrud stand mit versteinertem Gesicht neben ihr. Die Priorin winkte zwei Stallburschen herbei, die durch den Tumult angelockt worden waren, und signalisierte ihnen, die Leiche ins Infirmarium zu bringen. »Ruhe alle miteinander«, verlangte sie, und alle gehorchten sofort. »Wir müssen einen kühlen Kopf bewahren. Es ist einiges zu tun. Du, Marie, wirst die Waschung vornehmen«, giftete sie die junge Nonne an. Diese blickte kurz auf und senkte ergeben den Kopf.

»Franka soll ihr dabei zur Hand gehen«, ergänzte Mutter Isburga schwach.

»Verzeiht«, widersprach Schwester Gertrud, »aber soweit ich weiß, arbeitet sie gerade an einem Auftrag, der bald fertiggestellt sein muss.« Sie tauschte einen Blick mit Edelgard, die sogleich heftig nickte.

»Nein«, antwortete die Äbtissin fest. »Es bleibt dabei.«

Die Priorin presste die Lippen zusammen und schwieg.

Franka sah Zorn in den Augen der älteren Nonne aufflackern, und sie glaubte, noch etwas anderes zu erkennen: Besorgnis. Doch dazu gab es keinen Grund, es sei denn, Schwester Gertrud befürchtete, Franka könnte bei der Herrichtung des Körpers etwas Geheimnisvolles entdecken. Je mehr sie darüber nachdachte, desto wahrscheinlicher erschien ihr diese Vermutung. Sie musste sich Isabels Körper genau ansehen.

Neben dem Krankensaal gab es eine kleine Kammer mit einem großen Tisch, auf dem Marie gelegentlich gebrochene

Knochen schiente und größere Wunden behandelte. Die Knechte legten Isabel darauf und verließen sofort den Raum. Kein Mann durfte während der Entkleidung zugegen sein.

Das tote Mädchen sollte ein letztes Mal gewaschen und ihre Haut eingeölt werden. Nachdem Marie die nötigen Utensilien herbeigeholt hatte, begann sie damit, Schleier und Haube von Isabels Kopf zu lösen.

Frankas Vorsatz der genauen Beobachtung geriet ins Wanken, als ihr Blick auf das blutverklebte Haar fiel. Der Schädelknochen war eingedrückt und schimmerte hell zwischen einer roten Masse hervor. Die junge Nonne würgte und wandte sich ab.

»Schon gut«, sagte Marie vom Ende des Tisches herüber. »Setz dich nach nebenan, ich mache das alleine.«

Kurz hielt sich Franka die Hand vor den Mund, bevor sie tapfer den Kopf schüttelte. »Ich werde dir helfen. Dir scheint das nicht viel auszumachen.«

Ihre Freundin zuckte mit den Schultern. »Ich habe schon schlimmere Verletzungen gesehen. Am besten, wir entkleiden sie zuerst, und ich richte das gebrochene Bein. Dann kümmerst du dich um ihren Leib, während ich den Kopf übernehme. Hierfür werde ich eine Weile brauchen. Wir wollen doch, dass der kleine Engel hübsch zurechtgemacht vor unseren Herrn tritt.«

Schweigend machten sie sich an die Arbeit. Bald darauf lag Isabel vor ihnen, wie Gott sie erschaffen hatte. Franka vermied es konsequent, der Toten ins Gesicht zu sehen. Immer wieder tauchte sie das Leinentuch in das Wasser. Sie wusch den Brustkorb mit den kleinen und doch voll wirkenden weißen Hügeln. Dazwischen, auf dem Brustbein, war ein dunklerer, runder Fleck zu sehen. Ein Muttermal? Franka beachtete es vorerst nicht weiter und fuhr fort, Ober- und Unterarme zu reinigen.

Als sie eine Hand herumdrehte, um die Innenfläche zu säubern, stutzte sie. Franka besah sie sich näher. Einige kleine Splitter steckten in der Haut. Sie langte über den Tisch und griff nach der anderen Hand. Auch hier hatten sich die feinen Holzstückchen ins Fleisch gebohrt.

Marie war aufmerksam geworden. »Warum schaust du dir die Hände so lange an?«

»In beiden sind Splitter, als ob sie sich an etwas hatte festhalten wollen«, antwortete Franka.

Ihre Freundin legte den blutigen Lappen beiseite und trat heran. »Du hast recht, da sind tatsächlich welche. Das muss aber nichts heißen.«

»Da bin ich anderer Meinung«, sagte Franka sofort. »Isabel muss versucht haben, ihren Sturz zu verhindern.«

Überrascht sah Marie auf. »Natürlich hat sie das, Selbsttötung ist Sünde. Sie wird gestolpert sein und nach etwas gegriffen haben.«

»Doch woran hat sie sich festgehalten? Der Turm und die Öffnungen sind gemauert, da gibt es kein Holz, es sei denn …« Franka betrachtete erneut die Verfärbung auf Isabels Brustbein. »Marie, es könnte doch möglich sein, dass jemand sie mit einem Stock gestoßen hat. Im Fallen hat sie nach dem Holz gegriffen und sich dabei die Verletzungen zugezogen.« Franka nickte bekräftigend. »So könnte es gewesen sein.«

Energisch schüttelte ihre Freundin den Kopf. »Überall witterst du Mord und Totschlag. Bei Schwester Almatia kann ich es ja noch verstehen, auch wenn wir weder der Priorin noch Edelgard etwas nachweisen können. Aber keine hat einen Grund dafür, sich an der Novizin zu vergreifen.«

»Isabel war die Tochter eines Kaufmannes aus Coblenz«, sagte Franka nachdenklich.

Verblüfft fragte Marie: »Woher weißt du das?«

»Ein einziges Mal habe ich mich mit ihr unterhalten. Ich

habe ihr versprochen zu schweigen, sonst hätte ich dir längst davon erzählt.«

»Jetzt wird sie wohl nichts mehr dagegen haben, wenn du dein Wort brichst«, meinte Marie trocken.

Während die beiden Nonnen Isabels Körper weiter für seine letzte Ruhestätte vorbereiteten, berichtete Franka von dem Gespräch auf dem Friedhof. »Der Mann ihres Herzens stammt aus einer einflussreichen adeligen Familie. Das bezeugt allein die Tatsache, dass die Kleine als Bürgerstochter hier im Kloster aufgenommen wurde. Für mich gibt es zwei Möglichkeiten«, fuhr Franka fort, »entweder war das Mädchen lästig oder gefährlich. Vielleicht wollte ihr Geliebter zu ihr halten und sie heiraten. Den drohenden Skandal musste jemand verhindern und brachte sie um.«

»Ich sehe schon, du hältst nichts von Unfällen«, seufzte Marie. »Nehmen wir an, sie wurde tatsächlich ermordet. Fremde sind derzeit nicht hier, es müsste also eine von uns gewesen sein. Weißt du, zu wem Isabel eine Verbindung hatte?«, fragte sie gespannt.

»Leider nein. Sie hat mir weder den Namen des Mannes noch den seiner Familie verraten«, antwortete Franka stirnrunzelnd. »Vielleicht hat ihr Geliebter eine Verwandte in diesem Konvent, und sie wurde hier untergebracht, damit dieses Familienmitglied das Mädchen im Auge behalten konnte. Jedenfalls muss es sich dabei um eine höhergestellte Nonne handeln, wie die Äbtissin selbst oder die Priorin.«

Frankas Freundin schürzte die Lippen. »Immer kommst du auf Schwester Gertrud. Doch dieses Mal widerspreche ich dir. Die Kleine war hier gut aufgehoben. Niemand hat sie umgebracht. Die Verletzung kann schon etwas älter sein.«

Mit zusammengekniffenen Augen betrachtete Franka nochmals den dunklen Fleck, die wohlgeformten Brüste und den gerundeten Bauch. Die plötzliche Erkenntnis traf sie wie ein Schwertstreich aus dem Hinterhalt. Tonlos sagte sie: »Ich glaube, Isabel erwartete ein Kind.«

»Unsinn!«, rief Marie scharf. »Im Kloster kann sie sich nicht unbemerkt mit einem Mann getroffen haben.«

»Sie ist doch erst seit drei Monaten bei uns. Es wird vorher passiert sein.« Franka wurde immer aufgeregter. »Es muss dir doch auch auffallen, sieh sie dir mal genau an.«

Die andere Nonne zögerte. »Vielleicht ist es möglich.«

»Marie!« Ungeduldig wedelte Franka mit dem ölgetränkten Lappen durch die Luft. »Niemand kennt sich besser mit dem menschlichen Körper aus als du.«

Marie wich ihrem Blick aus. »Über Schwangerschaften weiß ich nicht so gut Bescheid. Die kommen so selten bei Nonnen vor.« Plötzlich sah ihre Freundin Franka scharf an. »Also ist sie doch vom Turm gesprungen.«

»Um das Kind von dem Mann zu töten, den sie über alles liebte? Nie und nimmer.« Für Franka fügte sich auf einmal alles zu einem Bild zusammen. »Isabel war betrübt, aber zuversichtlich, hier nicht für immer zu bleiben. Zunehmend wurde sie trauriger. Wahrscheinlich hat sie erkannt, dass sie guter Hoffnung war. Irgendwie muss die Nachricht zu ihm gelangt sein. Ihr Geliebter hat ihr versichert, sie bald zu heiraten. Das war der Grund, weshalb Isabel in der letzten Zeit so vergnügt war. Vielleicht war die Vermählung auch nur eine Finte, um sie in Sicherheit zu wiegen, und der Mann hat seine Verwandte mit der Ermordung beauftragt. Die war gezwungen zu handeln, schließlich stand die Familienehre auf dem Spiel. Unter einem Vorwand hat sie Isabel auf den Turm gelockt und mit einem runden Gegenstand, einem Stock vermutlich, das Mädchen hinuntergestoßen.«

Marie schüttelte den Kopf. »So einfach wäre das nicht. Die Brüstung ist viel zu hoch. Dann hätte die Kleine schon darauf klettern müssen.«

»Genau das ist es«, fuhr Franka hastig fort. »Isabel sollte auf die Mauer steigen. Somit hatte die Mörderin leichtes Spiel.«

»Ich weiß nicht«, meinte Marie skeptisch und zog ein Gesicht. »Jetzt reimst du dir aber was zusammen, nur damit es passt.«

Gegen ihren Willen musste Franka lachen. »Du solltest dich jetzt sehen. Du guckst haargenau wie Schwester Gertrud, wenn ihr mal wieder etwas gegen den Strich geht.«

Sofort kniff Marie die Augen zusammen. »Netter Vergleich.«

Franka dachte an das besorgte Gesicht der Priorin und fragte: »Hast du ihren Blick gesehen, als Mutter Isburga mich zu der Waschung einteilte? Ich glaube, sie hatte Angst. Schwester Gertrud ist in die Sache verwickelt, immerhin war sie es, die Isabel verboten hat, mit jemandem zu sprechen.«

»Jetzt hör mir mal zu, Franka.« Marie stemmte die Hände in die Hüften und sah ihre Freundin streng an. »Ich weiß, dass du ein gestörtes Verhältnis zu Schwester Gertrud und Edelgard hast. Am Anfang habe ich auch vermutet, die zwei hätten etwas mit den Unglücksfällen zu tun. Doch mittlerweile glaube ich, dass du dir etwas einredest.«

»Wir haben ihnen bisher nur nichts nachweisen können«, beharrte Franka.

»Wahrscheinlich, weil es nichts zu beweisen gibt. Sei um Himmels willen vorsichtig mit deinen Verdächtigungen und steck deine Nase nicht in Angelegenheiten, die dich nichts angehen.«

Franka kippte erneut Öl auf den Lappen, während sie missbilligend brummte.

»Ich will nur nicht, dass dir etwas zustößt«, setzte Marie beschwörend hinzu. »Die Mörderin, wenn es denn eine gibt, ist skrupellos. Es wird ihr nur ein müdes Lächeln entlocken, auch dich in den Tod zu schicken. Versprich mir bitte, mit niemandem darüber zu reden, was du heute hier gesehen hast. Es ist zu deinem eigenen Besten, glaube mir.«

Maries eindringliche Warnung drang zu Franka durch. Widerstrebend nickte sie. »Du hast ja recht. Ich mache keine Dummheiten.«

Erleichtert trat Marie wieder an Isabels Kopf heran. »Lass uns weiterarbeiten. Es gibt noch viel zu tun.«

Franka fuhr still fort, Isabels Körper zu salben. Marie verschwieg ihr etwas, da war sie sich ganz sicher. Bei nächster Gelegenheit würde Franka auf den Turm steigen und sich selbst ein Bild von der Absturzstelle machen.

Bereits am nächsten Tag setzte sie ihr Vorhaben um. Sie gab vor, sich nochmals genau den Ysop im Kräutergarten ansehen zu müssen, den sie für das Werk über Heilkräuter zeichnen sollte, und verließ unter Edelgards wachsamen Augen das Skriptorium.

Sofort eilte sie zum Kirchturm und stieg hinauf. Enttäuscht stellte sie fest, dass nichts auf den Sturz hindeutete: keine Kratzer am Mauerwerk, kein Stofffetzen, der sich verhakt hatte, und erst recht keine Mordwaffe. Franka lehnte sich mit dem Rücken gegen die mehr als hüfthohe Brüstung und sah aus der gegenüberliegenden Maueröffnung, die zum Friedhof zeigte. Sicherlich hatte die Mörderin den Stock dort hinausgeworfen, bevor sie die Turmstufen wieder hinuntergeeilt war und sich zu den anderen Nonnen auf den Hof gesellte. Sie trat auf die Öffnung zu. Ein Blick nach unten zeigte ihr, dass dort kein Stock mehr lag. Natürlich hatte es die Täterin mit der Beseitigung des Mordwerkzeuges eilig gehabt, sofern Frankas Verdacht stimmte. Enttäuscht drehte sie sich um und betrachtete erneut eingehend die Brüstung.

Was hätte Isabel dazu veranlassen können, dort hinaufzusteigen? Suchend glitt Frankas Blick über die Wand. Plötzlich stutzte sie. Oberhalb der Öffnung, aus der das Mädchen gestürzt war, entdeckte sie einen kleineren Stein, der ein Stück herausstand. Er schien nur lose im Mauerwerk zu stecken.

Vorsichtig kletterte Franka auf die Brüstung. Nun konnte sie den Stein bequem erreichen und zog daran. Sofort löste er sich aus dem Verbund und gab einen kleinen Hohlraum frei. Franka tastete hinein. Er war leer. Nachdenklich schob sie den Stein wieder an seinen Platz und kletterte von der Mauer herunter. Ein ideales Versteck. Was mochte darin gelegen haben, was Isabel unbedingt haben wollte? Grübelnd stieg Franka die Stufen hinunter.

Zwei Tage später verspürte Franka während der Laudes eine leichte Übelkeit. Bei der anschließenden morgendlichen Arbeitsphase im Skriptorium stand sie nun betont würgend über dem Bildnis des Wasserdosts.

Edelgard, die sie immer zu beobachten schien, kam näher. »Geh sofort ins Herbarium und bitte Schwester Marie um Hilfe. Ich will nicht, dass du die Illumination ruinierst, indem du deinen Haferbrei wieder von dir gibst.«

Das Grinsen verbergend, machte sich Franka auf den Weg. Niemals hätte sie von sich aus Edelgard gebeten, ihren Arbeitsplatz zu verlassen, um der Hageren keine Gelegenheit zur Demütigung zu bieten. Ihr Plan war aufgegangen.

Als Franka jedoch das Herbarium betrat, war niemand zu sehen. Der Vorhang, der den angrenzenden kleinen Raum abtrennte, war zugezogen. Auf Zehenspitzen näherte sich Franka. Sie glaubte, unterdrückte Stimmen zu hören. Tatsächlich, der zischende Tonfall gehörte der Priorin: »Hast du noch einmal darüber nachgedacht?«

»Da war wirklich nichts«, piepste Maries Stimme ungewöhnlich hoch und dünn.

Vorsichtig spähte Franka durch einen Spalt zwischen Stoff

und Mauer. Er erlaubte ihr einen kleinen Einblick in den Raum. Schwester Gertrud stand mit dem Rücken zu ihr, die Hände in die Hüften gestemmt. Marie ihr gegenüber, den Blick gesenkt.

»Du lügst mich an«, fuhr die Priorin auf. »Isabels gerundeter Bauch konnte nicht mehr zu übersehen sein. Franka ist nicht dumm, sie muss etwas bemerkt haben.«

»Hat sie aber nicht«, log Marie beharrlich. »Woher soll sie auch wissen, wie eine Schwangere aussieht?«

Nun packte Schwester Gertrud die Jüngere an den Schultern und schüttelte sie kräftig. »Ich behalte dich im Auge, Mädchen, und wenn ich auch nur irgendetwas …«

Ihre Freundin wurde bedroht! Mit einem Ruck riss Franka den Vorhang weg. Die Priorin ließ Marie los und fuhr herum. »Ach, hier bist du, Marie«, sagte Franka mit einem honigsüßen Lächeln und gab vor, nichts von dem Streit bemerkt zu haben.

Streng sah Schwester Gertrud Franka an. »Sei bloß vorsichtig mit dem, was du dir zusammenreimst.« Mit einem letzten bösen Blick auf Marie rauschte sie davon.

»Dem Himmel sei Dank, Franka, das war gerade rechtzeitig«, stöhnte ihre Freundin, griff sich an den Kopf und ließ sich auf einen Schemel fallen.

Franka verschränkte die Arme und bekämpfte erfolgreich die Welle der Übelkeit, die sie überrollen wollte. »Ich glaube, du hast mir etwas verschwiegen.«

»Es tut mir leid«, gab Marie sofort zu, »ich wollte dich nicht beunruhigen.«

Der Blick der Katzenaugen wurde hart. »Wie lange setzt Schwester Gertrud dich schon unter Druck?«

»Seit Isabels Ankunft«, antwortete Marie zerknirscht.

»Vorher nicht?« Franka war sich nicht sicher, ob sie ihrer Freundin glauben sollte.

»Nein, jedenfalls nicht mehr als jede andere hier – ehrlich. Erst als das Mädchen ständig über morgendliche Übelkeit klagte, hat die Priorin mich aufgesucht. Der Kleinen ging es wirklich schlecht. Ich musste schwören, niemandem davon zu erzählen – und schon gar nicht dir.«

»Mir?«, hakte Franka nach.

»Offensichtlich ist Schwester Gertrud dir gegenüber genauso misstrauisch wie umgekehrt, und ich hänge dazwischen. Ich wollte dich schützen, Franka, deshalb habe ich gelogen.«

»Jetzt verstehe ich, weshalb du vorgegeben hast, Isabels Schwangerschaft nicht zu erkennen. Gewundert hatte ich mich zwar, habe dir dein Unwissen aber dann doch abgenommen. Alle Achtung, Marie, lügen kannst du wirklich gut.«

Wie ein Häuflein Elend saß Marie auf dem Schemel und schüttelte betrübt den Kopf. »Wie du eben gesehen hast, nicht gut genug. Die Priorin glaubt mir nicht, und auch du hattest Zweifel. Du bist doch alles, was ich habe.« Sie schniefte.

Franka trat einen Schritt auf Marie zu und drückte sie an sich. »Mir geht es doch genauso. Ohne dich und meine Malerei wäre das Leben hier nicht zu ertragen.«

»Weshalb bist du eigentlich ins Herbarium gekommen?« Marie sah zu ihr auf.

Plötzlich fiel Franka etwas ein, um ihre Freundin aufzumuntern. Sie griff sich theatralisch an den Bauch und stöhnte. »Die letzte Zeit geht es mir nicht gut. Heute Morgen war es ganz besonders schlimm. Ich musste mich ständig übergeben. Vielleicht habe ich mich bei Isabel angesteckt.« Das Grinsen, das sich gerade auf ihrem Gesicht ausbreiten wollte, erstarb augenblicklich.

Marie sprang auf und schrie: »Du bist guter Hoffnung? Los, sag schon, mit wem hast du dich eingelassen?«

Erschrocken wich Franka zurück. Instinktiv griff sie an die Stelle, wo Wulfs Schachkönig ruhte. »Mit keinem, er war überhaupt nicht hier.«

»Er – wer ist Er?« Marie war außer sich.

»N…niemand«, stotterte Franka. Wie konnte ihr nur so eine Unbedachtsamkeit herausrutschen?

»Sag mir sofort seinen Namen«, verlangte Marie zornig.

»Gabriel«, stieß Franka einer plötzlichen Eingebung folgend hervor. »Der Engel der Verkündigung.«

Die andere stutzte, dann begann sie zu lächeln und hob spielerisch den Zeigefinger. »Du hast mich reingelegt.«

Erleichtert nickte Franka. »Es war ein dummer Einfall, ich gebe es zu. Du stehst momentan viel zu sehr unter Anspannung, als dass du dich an einem Scherz erfreuen könntest. Es tut mir ehrlich leid, ich wollte dich bloß zum Lachen bringen. Das ist mir wohl gründlich misslungen.«

Jetzt begann Marie zu glucksen. »Ich stelle mir gerade vor, was Schwester Gertrud für ein Gesicht machen würde, wenn der Erzengel ausgerechnet dir die Geburt eines Kindes prophezeit.«

Franka lächelte dünn. Das war gerade noch einmal gut gegangen.

28. Kapitel

November 1231

Der Wind pfiff um den Rittersitz auf dem Röllberg, trieb Regen, vermischt mit Graupel, vor sich her. Dieses Jahr schien der Winter früh zu kommen, doch Wulf wollte nicht länger warten. Die Zeit erschien ihm günstig, da Anselm zu seinen Eltern nach Bayern aufgebrochen war. Sein Freund würde es nicht gutheißen, eine Nonne aus dem Kloster zu holen, schon gar nicht, wenn es sich dabei um Melindas Schwester handelte.

Es war nur eine kleine Gruppe Reiter, die am nächsten Tag in der Frühe bei strömendem Regen den Röllberg verließ. Zu Wulfs Freude hatte Hagen trotz seines Alters und des zunehmenden Reißens in seinen Gliedern sofort zugestimmt, seinen Herrn zu begleiten. »Einer muss doch auf Euch achten, wenn Euer mönchischer Freund nicht da ist«, feixte der Stallmeister.

Es war für Wulf in der Tat ein merkwürdiges Gefühl, ohne Anselm an seiner Seite zu reiten. Doch für sein Vorhaben war Hagen besser geeignet.

Als Marienfeld endlich in Sicht kam, hatte der Wind die Regenwolken vertrieben, und die Sonne brach hervor.

Der Empfang war jedoch recht kühl. Heimlinde schickte nach Brot und Wein, während sich Wulf, Hagen und die beiden Knechte an der Tafel in der Halle niederließen.

»Was führt Euch hierher?«, wollte Frankas Mutter wissen. Ihr Blick war misstrauisch, und sie hielt die Arme vor der Brust verschränkt.

»Verzeiht, aber darüber muss ich mit Eurem Gemahl unter

vier Augen sprechen.« Keinesfalls durfte Wulf ihr die Wahrheit sagen. »Wo ist er?«

Heimlinde zuckte mit den Schultern. »Draußen. Es gab Streit zwischen zwei Unfreien. Ich nehme an, Ihr habt von Ulfrieds angegriffener Gesundheit gehört.« Wulf hob und senkte die Achseln, doch er antwortete nicht.

Die Augen seiner Schwiegermutter wurden zu grünen Schlitzen. »Ihr seid doch nur hergekommen, um zu sehen, wie es um meinen Gemahl steht. Wie die Katze auf die Maus, so lauert Ihr auf eine Gelegenheit, Euch zu bereichern. Doch ich warne Euch«, energisch fuchtelte Heimlinde mit dem Zeigefinger vor Wulfs Nase herum, »nichts werdet Ihr erhalten, dafür habe ich gesorgt.«

Für einen Moment war Wulf sprachlos, doch dann sprudelte Zorn in ihm hoch. Hitzig sprang er auf. »Was erlaubt Ihr Euch? Unterstellt Ihr mir gerade, Melindas Vermögen von Euch fordern oder gar beim Ableben Eures Gemahls nachhelfen zu wollen?« Wulfs Stimme drang in jeden Winkel der Halle.

Heimlinde wurde blass, wich aber nicht zurück. »Ich traue Euch nicht, Wulfgar vom Röllberg. Wenn Ihr nicht wegen des Geldes hier seid, weshalb dann?«

»Wie ich bereits sagte«, antwortete Wulf immer noch laut, »dies bespreche ich mit Ulfried – nicht mit Euch.«

Die Lippen seiner Schwiegermutter waren fest zusammengekniffen, als sie sich umwandte und wortlos die Halle verließ. Schwer fiel Wulf auf die Sitzbank.

»Was für ein Drache«, brummte Hagen, während er erneut nach dem Krug mit dem verdünnten Wein griff. »Was wollt Ihr wirklich von Ulfried?«

»Hab noch ein wenig Geduld, Hagen. Wenn alles nach meinen Vorstellungen läuft, werde ich bald deine Dienste benötigen.«

Es dauerte jedoch noch geraume Zeit, bis Ulfried sichtlich erschöpft den Palas betrat. Sein Äußeres erschreckte Wulf. Der Herr von Marienfeld wirkte kränklich. Unter seinen Augen hatten sich dunkle Schatten gebildet, seine Haut wirkte fahl, und sein Haar war inzwischen gänzlich ergraut.

»Wulfgar«, lächelte er, ihm kurz die Hand auf die Schulter legend. »Ich freue mich, Euch zu sehen. Leert einen Becher Wein mit mir und sagt, was Euch herführt.«

Wulf prostete seinem Schwiegervater zu. »Es geht um Melindas Letzten Willen«, sagte er leise, sobald er das Trinkgefäß abgesetzt hatte.

Sogleich verschwand das vergnügte Funkeln in Ulfrieds Augen. »Geht es um ihre Mitgift?«

Beinahe hätte Wulf laut gestöhnt. »Nein«, antwortete er gepresst. »Inzwischen habe ich meine Pferdezucht zu gutem Erfolg geführt und bin auf kein Vermögen von Euch angewiesen. Ich muss Euch etwas anderes von Melinda ausrichten.«

»Worauf wartet Ihr dann noch?« Der Trinkbecher in seiner Hand knackte bedenklich, als er ihn hastig auf die Tafel stellte. »Was ist es?«

»Nicht hier«, raunte Wulf. »Dazu braucht es einen Ort ohne fremde Augen und Ohren.«

Ulfried benötigte einen Moment, ehe er nickte. »Folgt mir.«

Sofort stand Wulf auf, zwinkerte Hagen kurz zu, bevor er hinter Ulfried den Palas verließ. Seine Hände bebten ein wenig. Nun galt es, seinen Schwiegervater davon zu überzeugen, ihm seinen Segen zu einer Verbindung mit Franka zu geben.

Ulfried führte ihn durch den gemauerten Gang und einige Stufen hinauf, bevor er die Tür zu einer kleinen Kammer aufstieß. Es schien eine Art Schreibstube zu sein, schloss Wulf aus dem Mobiliar, bestehend aus einem Pult, auf dem Pergament und Gänsefeder neben einem Tintenhorn lagen, und zwei Stühlen mit Armlehnen sowie einem kleinen Tisch. Durch die schmale Fensteröffnung fiel wenig Licht herein. Ulfried rief nach einem Bediensteten, der kurz darauf die Kerzen in den Wandhaltern entzündete und die Stühle zurechtrückte.

»Ihr wirkt unruhig«, kam der Herr von Marienfeld gleich zur Sache. »Bedrückt Euch, was Ihr mir von meiner Tochter sagen sollt?«

»Nein, ganz und gar nicht«, erwiderte Wulf wahrheitsgemäß.

»Sprecht, warum eröffnet Ihr es mir erst jetzt?«

Wulf glaubte, eine Spur Misstrauen bei seinem Schwiegervater zu erkennen. »Melinda wollte es Euch selbst sagen, hat es mir nur anvertraut, falls Ihr nicht mehr rechtzeitig eintreffen solltet. Für den Fall bat sie mich, Euch nach etwa einem halben Jahr aufzusuchen, nachdem Eure Trauer um sie etwas milder geworden ist.«

Nun schnitt Ulfried ihm mit einer Handbewegung das Wort ab. »Genug, erklärt Euch endlich.«

»Melinda fühlte sich schuldig, mir kein Kind geboren zu haben«, begann Wulf vorsichtig, seinen Schwiegervater genau beobachtend.

Ein Muskel zuckte in Ulfrieds Gesicht. »Habt Ihr ihr je Vorwürfe deshalb gemacht?«

»Nie«, versicherte Wulf schnell.

Der Muskel beruhigte sich. »Weiter.«

»Sie glaubte, auch Euch damit schwer enttäuscht zu haben.«

Ulfried wich Wulfs Blick aus, starrte einen Moment lang auf die Kerzenflammen, dann seufzte er. »Ich gebe zu, ich hätte gerne einen Enkelsohn gehabt.«

»Das ist noch immer möglich«, sagte Wulf leise, während er seine Finger fest ineinander verschränkte. Er wollte keinesfalls, dass Ulfried deren Zittern bemerkte und erkannte, wie aufgeregt er war.

Doch sein Schwiegervater war viel zu sehr beschäftigt, zu verstehen, was Wulf ihm sagen wollte, eher er ungläubig die Augen aufriss. »Ihr meint, Melinda hat Euch gebeten, Franka aus dem Kloster zu holen und Euch mit ihr zu vermählen?«

»Ja, das war in etwa ihr Wunsch.«

»Mein Sohn ...« Mitfühlend beugte sich Ulfried zu ihm, umklammerte kurz Wulfs verschränkte Hände. »Dieses Opfer bringt Euch Melinda nicht zurück.«

Wulf kämpfte den plötzlichen Impuls nieder, seinen Schwiegervater zu packen und kräftig durchzurütteln. »Das ist nicht der Grund«, presste er, um Selbstbeherrschung ringend, hervor. Tief atmete er durch. Es war Zeit für die Wahrheit. »Als ich damals hierherkam, habe ich mich in Franka verliebt.«

Ulfried fuhr keuchend zurück, doch Wulf ließ sich nicht beirren. »Ich habe sie sogar gebeten, meine Gemahlin zu werden, aber sie glaubte mir nicht, ist stattdessen hinter die Klostermauern geflohen. Viel später habe ich herausgefunden, dass sowohl Eure Gemahlin als auch Melinda Schuld an Frankas mangelndem Vertrauen in mich trugen. In unserer Ehe war Melinda ebenso unglücklich wie ich. Ich war nicht so gebildet, wie sie sich ihren Gatten gewünscht hatte, konnte ihr nicht bieten, was sie sich erträumte. Außerdem konnte sie nie verstehen, was mich zu ihrer Schwester hinzieht. Es hat sie in ihrer Eitelkeit getroffen. Ich vermute, lediglich die Angst um ihr Seelenheil hat sie zur Einsicht bewogen. Deshalb hat sie vor ihrem Tod einen Brief an ihre Schwester geschrieben.« Wulf klopfte gegen seine Brust. »Ich trage diesen bei mir und soll ihn Franka übergeben. Euch bittet sie, mich zu unterstützen. Lasst Franka nach Marienfeld kommen, damit ich mit ihr sprechen kann.«

Sein Schwiegervater öffnete den Mund, schloss ihn jedoch gleich darauf ohne ein Wort wieder. Wulf löste die Hände voneinander, legte sie auf seine Oberschenkel. Seine rechte Fußspitze wippte rhythmisch auf den Boden. Schließlich gelang es Ulfried, eine Frage zu formulieren. »Seid Ihr Euch wirklich sicher?«

»Absolut.«

»Meine Gemahlin wird nicht erfreut sein«, zögerte Ulfried. »Sie hat andere Pläne mit Franka.«

»Das ist mir bekannt«, gab Wulf zu. »Deshalb bat Melinda mich, Euch auszurichten, dass Eure Gemahlin nur dann die wahren Hintergründe von Frankas Eintreffen erfahren darf, wenn Franka und ich uns einig sind.«

Wieder versank Ulfried in Schweigen.

»Was ist mit Euch?«, rüttelte Wulf ihn auf. »Würdet Ihr uns Euren Segen geben?«

Endlich nickte Ulfried. Wulf entspannte sich. Voller Tatendrang beugte er sich vor. »Dann lasst uns ein Schreiben aufsetzen, mit dem wir die Äbtissin dazu bringen, Franka nach Marienfeld reiten zu lassen.«

Eine ganze Weile später drückte Ulfried sein Siegel in das weiche Wachs und reichte Wulf die Pergamentrolle. Ein Hauch von Hochachtung leuchtete in seinen blauen Augen. »Es sollte mich wundern, wenn Eure List keine Früchte trägt.«

***

Franka überquerte gerade den Hof, als die Pförtnerin drei Männer mit vier Pferden einließ. Ihr Blick wurde von dem breitschultrigen, grauhaarigen Mann angezogen, der die Gruppe anführte. Ihr Herz machte einen Satz, als sie den Stallmeister vom Röllberg erkannte. Sie zögerte kurz, bevor sie auf ihn zutrat. »Hagen!«

Der Angesprochene stutzte. »Franka! Verzeiht, ich meine natürlich Schwester Franka«, verbesserte er sich sofort. »Ich habe eine Botschaft von Wulf, nein, eigentlich von Eurem Vater für die Äbtissin.«

»Wulf?« Franka schnappte nach Luft. »Ist er wohlauf?« Ihr Blick klebte an Hagens Lippen. Erleichtert stieß sie die Luft aus, als der Stallmeister ihre Frage bejahte.

Er wedelte mit der Schriftrolle durch die Luft. »Es geht um eine Erbschaftsangelegenheit. Ihr sollt sofort mit mir nach Marienfeld reiten.«

»Das ist unmöglich«, stammelte Franka. »Wulf ist demnach bei meinen Eltern?«

Hagen nickte. »Er muss Euch unbedingt sehen.«

Franka berührte die Schachfigur unter ihrem Habit. Sollte es ihr vergönnt sein, ihn tatsächlich noch einmal zu treffen? Doch die Wirklichkeit holte sie schnell aus ihren Träumen. »Die Ehrwürdige Mutter wird dies niemals erlauben, schon gar nicht, wenn sie weiß, dass er in Marienfeld ist.«

Die Lippen des Stallmeisters verzogen sich zu einem Schmunzeln. »So was Ähnliches hat er mir auch gesagt. Wulf schärfte mir ein, auf Eure Abreise zu bestehen, ohne ihn jedoch zu erwähnen.«

»Hört auf ihn, sonst wird sie mich nicht fortlassen.«

»Euch drängt es also auch, ihn wiederzusehen«, stellte Hagen vergnügt fest. Franka erschrak. War es so offensichtlich, wie sehr sie sich nach ihm sehnte?

»Lasst mich nur machen«, fuhr Hagen fort und forderte Franka auf, ihn zur Äbtissin zu führen.

Sie hatten Glück, Mutter Isburga war allein. Sie saß an ihrem Tisch und prüfte einige Abrechnungen.

»Entschuldigt, Ehrwürdige Mutter«, begann Franka. »Hier ist ein Bote aus Marienfeld für Euch.« Damit schob sie Hagen ins Zimmer.

Mutter Isburga streckte die Hand nach dem Pergament aus und betrachtete es. »Die Nachricht ist von deinem Vater«, stellte sie mit einem Blick auf das Siegel fest, bevor sie Hagen scharf ansah. »Kennt Ihr den Inhalt?«

»Nein, Ehrwürdige Mutter.«

»Dann könnt Ihr gehen«, bestimmte die Äbtissin.

»Aber ich soll auf Antwort warten«, sagte der Stallmeister und verschränkte die Arme.

Mutter Isburgas Lächeln hatte die Wärme eines Gebirgssees im Winter. Unwillkürlich trat Hagen einen Schritt zurück. »Schwester Hildegard ist in der Küche. Lasst Euch dort eine Mahlzeit richten, während ich über die Antwort nachdenke.«

Hagen wollte aufbegehren, bemerkte jedoch Frankas warnenden Blick und das angedeutete Kopfschütteln. »Wie Ihr wünscht«, brummte er und verließ den Raum.

Franka wollte sich ebenfalls zurückziehen, doch die Äbtissin signalisierte ihr zu bleiben. Sie zerbrach das Wachs und entrollte das Pergament.

Während sie las, beobachtete Franka interessiert ihr Mienenspiel. Zunächst wirkte Mutter Isburga traurig, dann erstaunt und schließlich richtig verärgert.

»Also, das ist doch eine Frechheit«, entfuhr es ihr.

»Ehrwürdige Mutter?«, brachte sich Franka in Erinnerung.

Ein wenig irritiert blickte die Äbtissin auf. »Mein Kind«, begann sie, sichtlich bemüht, sich ihre Entrüstung nicht anmerken zu lassen. »Dein Vater glaubt, das kommende Frühjahr nicht mehr zu erleben, und will seinen Nachlass geregelt wissen. Doch zuvor möchte er dich noch ein letztes Mal sehen.« Mutter Isburga endete abrupt.

»Das ist ungewöhnlich«, gab Franka zu. Wenn sie nicht gewusst hätte, dass Wulf in Marienfeld auf sie wartete, hätte sie geglaubt, ihr Vater sei verwirrt.

»Verzeiht, aber Ihr seht mächtig zornig aus«, wagte Franka mit Blick auf die zusammengepressten Lippen der Äbtissin einzuwerfen.

»Das bin ich auch«, schnappte Mutter Isburga, alle Beherrschung fahren lassend. Sie schien zu überlegen, ob sie die junge Nonne einweihen sollte. Schließlich sagte sie: »Er will mir meine Entscheidung, dich reisen zu lassen, erleichtern. Du sollst Gut Heringhausen erhalten. Ihm ist bekannt, wie interessiert der Konvent an den Ländereien ist. Leider sieht er sich zu der Überschreibung nur in der Lage, wenn du persönlich bei ihm erscheinst.«

»Oh«, sagte Franka überrascht. »Das sieht meinem Vater gar nicht ähnlich. Meine Anwesenheit in Marienfeld muss für ihn wirklich wichtig sein, wenn er zu einem solchen Mittel greift.« Nur Wulf konnte ihrem Vater diese Finte vorgeschlagen haben, da war sich Franka sicher. Versteckt unter den Ärmeln ihres Habits knetete sie ihre Finger. Wenn die Äbtissin doch nur endlich etwas sagen würde.

Schließlich atmete Mutter Isburga zischend aus. »Nun gut«, grummelte sie. »Reise morgen nach Marienfeld und finde heraus, was dein Vater wirklich von dir will.«

29. Kapitel

Am frühen Nachmittag des nächsten Tages erreichten Franka und ihre Begleiter Marienfeld. Nachdem sie abgestiegen waren, rieb sich die junge Frau verstohlen die Kehrseite. Zu lange hatte sie nicht mehr auf einem Pferd gesessen.

Ihr Vater erwartete sie im Palas. Kaum hatte er sie begrüßt, betrat auch Frankas Mutter die Halle. Sie breitete die Arme aus. »Franka, wie schön, dass du da bist, obwohl es mir lieber gewesen wäre, dein Vater hätte noch ein wenig gewartet.« Ein missbilligender Blick traf Ulfried, der ihn mit einem Schulterzucken abtat.

»Deine Mutter will nicht verstehen, weshalb ich dich und deinen Schwager bei der Aufsetzung meines Letzten Willens dabeihaben möchte. Schließlich wollen wir nach meinem Tod keine unliebsamen Überraschungen erleben.« Hätte Franka nicht bereits gewusst, dass Wulf hier war, hätte sie ihre freudige Erregung schlecht verbergen können. Jetzt war es ihr jedoch möglich, das Gesicht unbeteiligt wirken zu lassen, als sie fragte, wo er denn sei.

»Mir war wichtig, dass du ihm nicht schon bei deiner Ankunft über den Weg läufst, bevor du weißt, worum es geht«, antwortete Heimlinde. »Ich traue ihm nicht. Er wird versuchen, das komplette Erbe an sich zu reißen.«

»Genug jetzt«, donnerte Ulfried. »Nichts dergleichen wird Wulfgar tun, dafür sorge ich.« Seine Gemahlin warf ihm einen eisigen Blick zu, schloss allerdings verkniffen den Mund.

»Mutter Isburga erwartet, dass ich morgen Abend wieder

zurück bin«, sagte Franka in die Stille hinein. Sie bemerkte das Aufatmen ihrer Mutter.

»Dann wollen wir keine Zeit verschwenden, es sei denn, du hast Hunger.« Als seine Tochter den Kopf schüttelte, wandte sich Ulfried ab. »Komm mit mir.«

Gehorsam folgte Franka ihm in die Schreibstube. Mit jedem Schritt klopfte ihr Herz schneller. Bald würde sie Wulf wiedersehen. Doch als sie den Raum betraten, war er leer. Enttäuschung wallte in ihr auf. Sie sah den prüfenden Blick ihres Vaters und rang sich ein Lächeln ab. »Ich bin bereit.«

War sie das wirklich? Denn jetzt hörte sie Stiefelabsätze auf dem Steinboden, die sich zügig näherten. Er kam! Franka fuhr herum, den Blick fest auf die Tür gerichtet, beide Hände auf den Magen gedrückt, der sich plötzlich flau anfühlte.

Einen Moment später stand Wulf im Türrahmen, groß, mit schulterlangen Locken, das Schwert über der Tunika gegürtet, genauso wie das Bild von ihm, das sie tief in ihrem Inneren vergraben hatte.

Doch als sie genauer hinsah, entdeckte sie kleine Unterschiede. Da war kein spitzbübisches Lächeln, kein Schalk in seinen Augen. Seine Gesichtszüge wirkten härter als früher, und eine Narbe zog sich quer über seine linke Wange. Wer hatte ihn verletzt? Angst und Wut darüber schnürten Franka die Kehle zu.

»Sei gegrüßt, Franka.«

Seine Worte holten sie zurück in diesen Raum. Sie stammelte eine Erwiderung und ließ sich auf einen Stuhl fallen. Er zog sich den anderen herbei, setzte sich neben sie, während Ulfried ihnen gegenüber Platz nahm.

Wulf wandte den Blick nicht von Frankas Gesicht ab, und sie spürte, wie sie erglühte. Verlegen sah sie zur Seite.

»Franka muss uns morgen wieder verlassen«, sagte Ulfried zu Wulf und zog damit seine Aufmerksamkeit auf sich. »Ihr habt also nicht viel Zeit.«

»Es muss reichen«, knirschte Wulf.

Franka merkte auf. »Es geht um mehr als Euren Letzten Willen, Vater?«

»In der Tat, doch das wird Wulfgar dir selbst erklären. Ich will nur, dass du weißt, ich stehe hinter seinen Wünschen, wenn es auch die deinen sind. Das Gut, an dem deine Äbtissin so großes Interesse zeigt, soll dem Konvent gehören. Allerdings nicht sofort. Es soll dir nützen, wie immer du dich entscheidest.«

Verwirrt blickte Franka von ihrem Vater zu Wulf. Was meinte er damit? Ehe sie die Frage stellen konnte, erhob sich Ulfried. Unter dem Vorwand, dringend noch etwas erledigen zu müssen, verließ er den Raum.

Franka fühlte sich betrogen. Stirnrunzelnd sah sie ihrem Vater nach. Sie sollte nicht mit Wulf allein sein. Himmel, sie brauchte bloß die Hand auszustrecken, um ihn zu berühren. Ihr Magen krampfte sich zusammen, als aus dem Nichts die Hitze wieder da war, wie damals bei ihrem Kuss im Stall. Sie durfte nicht hier sein. Musste aufstehen und gehen, doch ihre Beine wollten nicht gehorchen. Sie hörte, wie Wulf neben ihr Luft holte und leise ihren Namen sagte.

»Woher hast du die Narbe? Wie ist es dir im Heiligen Land ergangen?« Hintereinander stieß sie die Fragen hervor, weil seine Nähe ihr den Atem nahm.

Überrascht lehnte er sich zurück, erzählte von der Kreuzfahrt, dem Ayyubiden Raschid, der sein Freund geworden war und ihm geholfen hatte, den Grundstein für eine erfolgreiche Pferdezucht zu legen. Während er sprach, entspannte sich Franka zunehmend. Sie lauschte seiner Stimme, hatte das Gefühl, selbst die blühenden Wildblumen um Akkon zu sehen, zitterte bei der Schilderung seines Kampfes mit Adolf von Eberslohe und sah beinahe vor sich, wie er den Schwertstreich erhielt, der ihm die Wange aufschlitzte, kurz bevor er seinen Angreifer tötete. Sie verspürte seinen Triumph und die anschließende Ernüchterung bei der Rückgewinnung Jerusalems.

Franka bat ihn, sich noch einmal sein Schwert ansehen zu dürfen. Begrüßte den eingravierten Wolf wie einen lang vermissten Freund und strich bebend über das Heft, dessen abgewetztes schwarzes Leder stellenweise durch braunes ersetzt worden war. Die Kerben und Kratzer in der Klinge erzählten ihre eigene Geschichte, doch das Eisen glänzte ebenso sauber wie an dem Tag, als sie es zum ersten Mal betrachtet hatte. Mit einem gedankenverlorenen Lächeln reichte Franka Wulf das Schwert zurück.

Instinktiv streckte sie nun ihre Finger aus und berührte die Narbe auf seiner Wange. Entsetzt schrak sie zurück, spürte noch immer seine Haut unter ihren glühenden Fingerspitzen.

In seinen Augen sah sie den Schmerz über ihren Rückzug, ehe es ihm gelang, ihn zu verbergen. »Ich habe einen Brief von Melinda für dich.«

»Was?«, brachte Franka mühsam hervor.

»Sie wollte, dass du ihn hier in Marienfeld liest«, fuhr Wulf fort, während er unter seine Tunika griff und eine versiegelte Pergamentrolle hervorzog.

»Deshalb also das Possenspiel, wegen einer Nachricht meiner toten Schwester«, schloss Franka und schwankte zwischen Wut und Ernüchterung. Was hatte sie denn erwartet? Einen Heiratsantrag? Über sich selbst den Kopf schüttelnd, schnappte sie nach dem Schriftstück und sprang auf.

»Ich werde ihn in meiner alten Kammer lesen, Mutter hat sie für mich herrichten lassen.«

Hatte sie geglaubt, ihm damit entkommen zu können, sah sie sich getäuscht. Sie streckte bereits die Hand nach dem Türknauf aus, als sie von hinten seinen Atem spürte, der ihren Hals zu streicheln schien. »Nicht so eilig, kleine Wildkatze.

Lies den Brief und komm dann zu mir. Ich wohne im Gästetrakt.«

Franka griff nach dem Ende ihres Schleiers und zog ihn über die Schulter, als wäre er eine Mauer, die sie vor ihm schützen konnte. »Wir werden sehen«, antwortete sie. Sie konnte sich nicht vorstellen, was ihre Schwester ihr mitteilen wollte und was das mit ihm zu tun haben sollte.

»Heute Abend«, wiederholte er streng, ehe er sie gehen ließ.

Kaum hatte Franka ihre Kammer betreten und die Tür hinter sich geschlossen, riss sie sich die Haube samt Schleier herunter. Genüsslich kratzte sie sich am Kopf, dessen kurz geschnittene Haare bald nach allen Richtungen abstanden. Der Raum hatte sich nicht verändert, stellte Franka mit zufriedenem Blick fest. Die Marienstatue in der Ecke schien sie mit einem gütigen Lächeln willkommen zu heißen, und Franka lächelte zurück. Dann setzte sie sich mit verschränkten Beinen auf ihre Bettstatt und öffnete mit klopfendem Herzen den letzten Brief ihrer Schwester.

Meine liebe Franka,
verzeih mir, denn ich habe uns beide mit unendlichem
Leid überhäuft. Nicht du warst für das Leben im Kloster
vorgesehen, sondern ich. Vater hat es mir eines Tages ver-
raten. Doch ich wollte nicht hinter dicken Mauern ein
Dasein fristen, bestimmt von Gebet und Arbeit. Schöne
Kleider, kostbares Geschmeide und ein Gemahl, der mich
auf Händen trägt, danach stand mir der Sinn. Zum Glück
für mich wollte Vater mich ohnehin nicht gehen lassen.
Wie du weißt, stand ich seinem Herzen immer näher als
du. Mutter hingegen sonnte sich in dem Wunsch, eine Äb-
tissin als Tochter zu haben. Ein Traum, den ich ihr durch

meine Selbstverliebtheit und Eitelkeit niemals hätte er-
füllen können, so waren ihre Worte. Sie setzte daher alle
ihre Hoffnungen auf dich.

Hier war mehr Tinte auf das Pergament getropft, als hätte
Melinda länger über ihre nächsten Worte nachgedacht. Das
bisher Gelesene überraschte Franka. Doch im Kloster hatte
sie ihr Talent für das Illuminieren entdeckt und eine Freundin
gefunden. Es hatte ihr nicht geschadet. Den Gedanken an die
Priorin und Edelgard schob sie bewusst beiseite und las weiter.

Alles lief zu unserer Zufriedenheit – bis Wulfgar nach
Marienfeld kam. Von Beginn an warnte Mutter mich,
mich mehr um ihn zu bemühen. Ich lachte sie aus, konnte
nicht glauben, dass er dich neben mir überhaupt be-
merkte. Selbst als du mir von seinem Antrag berichtetest,
wachte ich nicht auf. Ich glaubte wirklich, er wollte sei-
nen Spaß mit dir treiben, war böse auf ihn.
Als er dann doch um meine Hand anhielt, sah ich mich
bestätigt. Ich gab mir keine Mühe, ihm eine gute Ge-
mahlin zu sein, ihn zu verstehen, wie er auch mich nicht
verstehen wollte.
Franka, ich war so blind! Er lachte immer weniger, sehnte
sich danach, von mir zu ziehen – ins Heilige Land. Um
das Pferd hierfür zu bekommen, nahm er sogar an einem
Turnier teil. Wir haben uns dort so heftig gestritten wie
noch nie zuvor, und dabei gestand er mir, dass er mich
nur geheiratet habe, weil er dich nicht haben konnte.

Franka ließ den Brief sinken. Ihre Hand fühlte nach ihrem
Herzen, das so heftig schlug, als wollte es gleich aus der Brust
springen. Sie spürte Tränen in ihren Augen brennen und blinzelte sie fort. Abermals griff sie nach Melindas Zeilen.

Leichten Herzens ließ ich ihn nach Jerusalem ziehen, beflügelt von der Hoffnung, er würde nicht zurückkehren. Doch er überlebte, kam heim und bat mich, ihn freizugeben – für dich.

Vergib mir, Franka, ich konnte es nicht. Die Schmach, öffentlich von ihm zurückgewiesen zu werden, hätte ich nicht ertragen. Ich weigerte mich, drohte, Lügen über ihn zu verbreiten, wohl wissend, dass du ihm dann niemals die Hand reichen würdest.

Eine Zeit lang befürchtete ich, er würde mich umbringen. Doch Wulfgar hätte nicht mit einer solchen Schuld leben, dir niemals in die Augen sehen können. Es hätte ihn ebenso zerrissen, wie seine Sehnsucht nach dir ihn auffrisst.

Eine Träne fiel auf die Tinte und verwischte sie. Schnell hielt Franka den Brief außer Reichweite. Nie hätte sie für möglich gehalten, dass ein Mann aus Liebe so leiden konnte. Nachdem sie ihre Fassung wiedererlangt hatte, tauchte sie erneut in Melindas Sätze ein.

Nun ist es so weit, der Herr ruft mich zu sich. Ich werde Wulfgar diesen Brief anvertrauen, damit er ihn dir überbringt. Er liebt dich so sehr, niemals wird eine andere Frau deinen Platz in seinem Herzen einnehmen.

Höre ein letztes Mal auf mich, Franka: Verlasse das Kloster und heirate ihn. Du wirst keinen besseren Mann finden. Obwohl er wahrlich genug Gründe gehabt hätte, hat er mich nie geschlagen. Sorge dafür, dass das Lachen und die Fröhlichkeit zu ihm zurückkehren. Nur du vermagst das.

Mach dir keine Sorgen um alles Weitere. Mach dir keine Sorgen wegen der Verschwägerung. Ich habe Vorkehrungen getroffen, ihr werdet die Dispens bekommen.

Frage dein Herz, Franka. Es kennt die Wahrheit. Bitte verzeih deiner törichten Schwester. Wenn ich das Vergangene ungeschehen machen könnte – ich würde es ohne zu zögern tun.
Bete für meine sündige Seele, Franka, und werde glücklich.
Melinda
Röllberg, im Frühjahr 1231

Das Pergament entglitt Frankas Fingern und segelte lautlos zu Boden. Zunächst konnte sie sich nicht rühren, starrte blicklos nach oben, bis langsam die Erkenntnis in ihr aufstieg. Wulf hatte Melinda tatsächlich niemals geliebt, er hatte nicht gelogen, seinen Antrag damals ehrlich gemeint.

Nun waren es Tränen des Glücks, die ihre Wangen hinabliefen. Wulf liebte sie wahrhaftig – nach all der Zeit noch immer. Franka schlug sich die Hand vor den Mund, um nicht laut aufzuschluchzen. Sie wollte jauchzen, schreien, zu ihm laufen, sich an ihn drücken.

Sie sprang von der Bettstatt, eilte zur Tür. Doch als Franka sie aufriss, prallte sie zurück. Ihre Mutter stand davor, in den Händen ein Brett mit einem Becher Wein und kaltem Braten.

»Ich habe noch gar nicht geklopft«, sagte Heimlinde und zog eine Augenbraue nach oben.

»Und doch dachte ich, ein Geräusch gehört zu haben«, log Franka schnell, während sie einen Schritt beiseitetrat. Sie sah zu, wie ihre Mutter das Brett auf dem Tisch abstellte.

»Es ist besser, wenn du heute Abend nicht beim Nachtmahl erscheinst«, meinte Heimlinde. Franka betrachtete stumm ihre Schuhspitzen.

»Sag mal, wie siehst du überhaupt aus? Deine Haube fehlt, und deine Augen sind gerötet.« Die Mundwinkel ihrer Mutter zogen sich missbilligend nach unten.

»Ich dachte nicht, dass mich hier jemand sieht«, antwortete Franka kleinlaut. »Geweint habe ich um Melinda. Vater gab mir einen letzten Brief von ihr.«

»So?« Heimlinde straffte sich. »Den hat er sicher von Wulfgar. Wir haben deine Schwester seinerzeit nicht mehr lebend angetroffen. Zeig ihn mir.«

»Nein!« Jetzt wagte Franka, ihrer Mutter in die Augen zu sehen, die nur noch schmale Spalten waren. »Verzeiht, Mutter, aber Melindas Zeilen sind ausschließlich für mich bestimmt.«

»Wie seltsam, wo sie doch sonst kaum ein Wort für dich übrighatte.«

»Eben das bedauert sie aufrichtig. Das und ihre Ehe.« Bewusst vermied es Franka, Wulfs Namen zu erwähnen.

»Nun, das hat sie sich selbst zuzuschreiben. Deine Schwester hat nie verstanden, dass es mehr als Schönheit braucht, um manche Männer zu fesseln.«

Da Franka nicht wusste, was sie darauf antworten sollte, ohne sich zu verraten, zog sie es vor zu schweigen.

Heimlinde nickte vor sich hin. »Demnach hat Melinda dir ihr Leid in der Ehe geklagt. Im Kloster hingegen erwartet dich eine strahlende Zukunft als Leiterin des Skriptoriums. Ich weiß, dass du dich bewähren wirst.«

Offenbar glaubte ihre Mutter nicht, dass Melinda fähig gewesen war, ihre eigenen Fehler zu erkennen, und gab sich mit dem wenigen zufrieden, was sie erfahren hatte. Franka atmete auf. Sie brauchte Heimlinde über den Inhalt des Briefes nicht zu belügen.

»Du wirst deinen Weg gehen, Franka.« Die grünen Augen der Herrin von Marienfeld ruhten nun wohlwollend auf ihrer Tochter.

»Natürlich, Mutter. Gerne würde ich morgen bei Tagesanbruch zurückreiten, und nun bin ich müde.«

Verständnisvoll lächelte Heimlinde. »Ich werde dafür sorgen, dass dich niemand stört. Gute Nacht, mein Kind.«

Erleichtert sah Franka zu, wie sich die Tür hinter ihrer Mutter schloss. Doch das Geräusch des sich drehenden Schlüssels fuhr ihr in die Glieder. »Mutter!«, schrie sie entsetzt.

»Es ist nur zu deinem Besten«, rief Heimlinde fröhlich, und Franka lauschte verzweifelt ihren sich entfernenden Schritten.

***

Fast hatte Wulf damit gerechnet, dass Franka nicht zum Nachtmahl erscheinen würde. Heimlinde entschuldigte ihre Abwesenheit damit, dass ihre Tochter erschöpft war und morgen in aller Frühe abreisen musste.

Lustlos stocherte er in seiner Suppenschüssel herum. Wulf glaubte seiner Schwiegermutter kein Wort. Doch er musste um Frankas willen so tun, als ginge ihn das nichts an. Er bemerkte die fragenden Blicke, die Ulfried ihm zuwarf. Am liebsten wäre er aufgesprungen und hinausgeeilt. Heimlinde durfte jedoch keinen Verdacht schöpfen, nicht, ehe er selbst mit Franka gesprochen hatte. Den Löffel fest umklammernd, zwang er sich, wenigstens die Hälfte der Kohlsuppe hinunterzuwürgen.

Sobald Wulf glaubte, es verantworten zu können, erhob er sich. Unter dem Vorwand, morgen ebenfalls früh nach Hause aufbrechen zu wollen, zog er sich zurück. Er sah das siegesgewisse Lächeln seiner Schwiegermutter und ballte die Hände zu Fäusten.

Wenig später fiel die Tür seines Schlafraumes krachend ins Schloss. Franka musste den Brief längst gelesen haben. Erst jetzt erkannte Wulf, wie groß der Teil in ihm gewesen war, der gehofft hatte, Franka würde sofort zu ihm eilen. Offenbar war es auch Melinda nicht gelungen, ihre Schwester von seiner Liebe zu überzeugen.

Ob Frankas Liebe für ihn nur ein Trugbild war, das er sich ausgemalt hatte und das sich im Licht der Wahrheit sofort auflöste wie Eis in der Sonne? Wulf schluckte, fuhr sich mit beiden Händen über das Gesicht. Was, wenn er sich irrte und sie keine romantischen Gefühle für ihn hegte?

Es gab nur einen Weg, das herauszufinden.

**

Franka sprang auf, als sie erneut hörte, wie sich der Schlüssel drehte. Sie huschte an die Tür, bereit, ihre Mutter umzustoßen und den Gang entlangzurennen. Sie musste zu Wulf, mit ihm sprechen, ihm endlich ihre Liebe gestehen.

Kaum hatte sich die Tür geöffnet, hechtete Franka nach vorn. Sie prallte gegen einen harten Körper, bedeckt durch den groben Stoff einer blauen Tunika. Franka taumelte und spürte sogleich, wie zwei Arme sich um sie legten. Augenblicklich versteifte sie sich. Umarmt hatte sie schon seit Jahren niemanden mehr, von Marie einmal abgesehen. Franka stemmte ihre Hände gegen die Brust der anderen Person und stolperte rückwärts in den Raum. Erst jetzt erkannte sie ihren Besucher. »Wulf!«

Sein Gesichtsausdruck ließ sie verstummen. Finster betrachtete er sie, ehe er leise die Tür schloss. »Wer hat dich eingesperrt?«

»Meine Mutter«, gestand Franka. »Sie brachte mir eine Mahlzeit und schloss die Tür ab, als sie ging.«

»Zum Glück hat sie den Schlüssel stecken lassen.« Wulf sah sich um und steuerte dann auf die Truhe zu, in der sich früher Frankas Kleider befunden hatten. Breitbeinig setzte er sich darauf. »Ich wollte mit dir reden«, begann er. Sein Blick streifte ihre kurzen Haare, und für einen Moment glaubte Franka, Bedauern darin aufblitzen zu sehen.

Errötend blickte sie zur Seite, riss den Kopf jedoch gleich wieder hoch, als er sie nach Melindas Brief fragte.

»Ich habe ihn hier«, antwortete sie und hob das Pergament auf, das neben das Bett gefallen war. »Sie bittet mich um Verzeihung und beteuert, dass du immer ein guter Ehemann gewesen bist.«

»Wirklich? Nun, das trifft sich gut.«

Verwirrt blickte Franka ihn an. »Wie meinst du das?«

Zunächst blieb sein Gesicht ausdruckslos. »Du musst wissen, dass ich Pläne für die Zukunft habe.« Als Franka nicht reagierte, fuhr er fort: »Ich möchte mich bald wieder vermählen.«

Zum zweiten Mal fiel Franka Melindas Brief aus der Hand. Ihr Mund wurde trocken, und ihr Magen krampfte sich zusammen. »Dann ist alles schon verhandelt?«, presste sie hervor.

Da war es, dieses spitzbübische Lächeln, das sie bei ihm so schmerzlich vermisst hatte und das sich jetzt einem Dolchstoß gleich in ihr Herz bohrte. »Wenn es nach meinem Vater geht, soll ich mich lieber heute als morgen binden.«

»Und du?«, flüsterte sie und fragte sich gleichzeitig, weshalb sie sich quälte.

»Ich will das auch.«

In Frankas Ohren begann es zu rauschen. Unter Aufbringung all ihrer Selbstbeherrschung trat sie an die Fensteröffnung und hielt sich am Mauerwerk fest. Tief sog sie die kalte Luft in die Lungen. Sie hörte, wie Wulf aufstand und näher kam. Weiß traten ihre Fingerknöchel hervor, als sie ihren Griff verstärkte.

»Wie schön, dass du mit deinem Vater einer Meinung bist. Dann heirate und werde diesmal glücklich«, zischte sie. »Verlass auf der Stelle meine Kammer. Ich will dich nie wiedersehen.«

Seine Stimme klang sanft wie zu Beginn und drang doch zu ihr durch, als würde er ihr ins Ohr schreien. »Wir sind uns nicht einig. Mein Vater will, dass ich eine aus der Grafschaft Berg heirate, und ich ... ich will nur dich.«

Frankas Zorn fiel in sich zusammen wie eine gefüllte Schweinsblase, die mit einem Messer aufgeschlitzt wurde. Mit ihm ging auch die Kraft, die Franka mühsam aufrecht gehalten hatte. Sie schwankte. Starke Hände legten sich um ihre Taille und drehten sie herum.

Graue Augen versenkten sich in grüne. »Es gab immer nur dich, Franka, und es wird für mich nie eine andere Frau geben. Ich weiß, du warst gerade rasend eifersüchtig. Gestehe es dir endlich ein, du liebst mich auch.«

Tränen schimmerten in ihren Augen, als sie zaghaft nickte. Die Hände an ihrer Taille strahlten eine Hitze aus, die sich durch ihren Habit hindurch in ihre Haut brannte und durch ihren Leib zu rasen schien. Sie stieg empor, umspülte ihr trommelndes Herz und sammelte sich in Frankas Nacken. In Wulfs Augen entdeckte Franka eine Mischung aus Leidenschaft, Zuneigung und einen Funken Misstrauen.

Erst jetzt bemerkte Franka, dass Wulf den Atem angehalten hatte. Er wartete auf ihre Antwort, wollte aus ihrem Munde hören, was sie für ihn empfand. Sie versuchte, seinem Blick zu entkommen, doch sogleich legten sich seine Fingerspitzen an ihr Kinn und zwangen sie, ihn wieder anzusehen.

»Was hast du?«, fragte er kehlig.

»Wulf, ich liebe dich, aber es ist zu spät. Glaubst du wirklich, wir könnten uns je vermählen? Ich bin bereits einem anderen anvertraut, das weißt du genau.«

Seine Hände umfassten ihr Gesicht. Sanft drückte er seine Lippen auf ihre Wangen und ihre Stirn. Den Mund sparte er aus, als scheute er sich davor, sie in ihrer Ordenstracht zu küssen.

»Hast du mir zugehört?«, wollte Franka wissen, während sie gegen den Drang kämpfte, sich in seine Arme zu werfen.

»Ja«, murmelte er glücklich. »Du liebst mich.«

Eine steile Falte erschien auf Frankas Stirn. Sie befreite sich aus Wulfs Händen, indem sie einen Schritt zurücktrat. »Ich habe noch mehr gesagt.«

»Tatsächlich?«

Sie wollte gerade auffahren, als ihr das Schmunzeln auffiel, das seine Mundwinkel umspielte. Leicht verärgert presste sie die Lippen zusammen und verschränkte die Arme. Warum musste er sie in dieser Situation necken?

»Fahr die Krallen ein, kleine Wildkatze«, begann er. »Ich werde Graf Heinrich um Unterstützung bitten. Mit seinen Verbindungen kann er die Dispens erwirken. Was die Verschwägerung angeht, so hat Melinda unserem Pfarrer einen Brief gegeben. Sie war zuversichtlich, uns damit zu helfen.«

»Es kann also wirklich eine gemeinsame Zukunft für uns geben?« Ungläubig starrte Franka Wulf an, der heftig nickte.

»Dein Vater gibt uns seinen Segen, mit deiner Mutter habe ich noch nicht gesprochen.«

»Sie wird schwer enttäuscht von mir sein. Es reicht, sie einzuweihen, wenn alle Hindernisse beseitigt sind«, meinte Franka. Stirnrunzelnd knetete sie ihre Finger. Plötzlich fragte sie: »Stimmt es, dass du Melinda nie geschlagen hast?«

Ohne eine Miene zu verziehen, erwiderte Wulf ihren zweifelnden Blick. »Deine Schwester verstand es, meine Geduld ständig zu prüfen. Aber es ist wahr, ich habe niemals die Hand gegen sie erhoben.«

»Du willst kein Weib, das dir untertan ist?« Franka hielt die Luft an.

»Der Herr hat Eva aus Adams Rippe geschaffen, nicht

aus seinem Fußknöchel! Ich will dich an meiner Seite haben, Franka, für immer. Deshalb frage ich dich nochmals: Willst du meine Gemahlin werden?«

Offen lächelte Franka ihn an. »Ja, Wulf, von ganzem Herzen.«

Im nächsten Augenblick schwanden ihr beinahe die Sinne. Wulf hatte sie an den Hüften gepackt, wirbelte sie um sich herum. Dabei jauchzte er so laut, dass sie ihm vor Schreck die Hand auf den Mund legte. »Psst, sei leise. Außer meinem Vater soll es hier noch niemand erfahren.«

Er verstummte, drückte sie fest an sich. »Ich kann es kaum noch erwarten. Schick mir sofort nach deiner Rückkehr eine Nachricht, ob die Ehrwürdige Mutter deinen Austritt befürwortet. Wenn alles gut geht, werde ich dich zu Beginn des Frühjahrs heimholen. Zur Freude deiner Mutter werde ich hier in Marienfeld warten.«

Franka schlang die Arme um ihn, drückte ihren Kopf gegen seine Schulter. »Wulf, das ist doch kein Traum, aus dem ich wieder erwache?« Als Antwort presste Wulf sie noch ein wenig enger an sich.

30. Kapitel

Mutter Isburga drehte Franka den Rücken zu und starrte durch die Fensteröffnung nach draußen. Die Hände hatte sie hinter dem Rücken verschränkt, die Daumen umkreisten einander.

Franka hatte ihr erzählt, was sich in Marienfeld zugetragen hatte. Mit versteinerter Miene hatte die Äbtissin zugehört und war schließlich aufgestanden.

»Werdet Ihr meinen Ordensaustritt befürworten?« Frankas letzte Frage schwebte noch im Raum. Die junge Nonne wagte kaum zu atmen. Immer wieder verlagerte sie ihr Gewicht von einem Fuß auf den andern. Sie seufzte unhörbar, als Mutter Isburga sich schließlich umwandte.

»Ich wusste«, begann sie tonlos, »dass er nach dem Tod deiner Schwester erneut versuchen würde, dich für sich zu gewinnen.« Die Äbtissin hob die Schultern, ließ sie aber sogleich wieder fallen. »Er liebt dich, und du liebst ihn. Eure gegenseitige Zuneigung hat all die Jahre überdauert. Sie bedeutet dir mehr als deine Arbeit im Skriptorium, mehr als deine Freundschaft zu Marie.« Ein wenig beschämt senkte Franka den Kopf.

»Und du bist sicher, dass ihr die Dispens bezüglich der Verschwägerung erhaltet?«

»Wulf ist sehr zuversichtlich«, antwortete Franka und ärgerte sich, weil ihre Stimme dünn klang.

»An mir soll es nicht scheitern.« Mutter Isburga rang sich ein trauriges Lächeln ab. »Du wirst mir fehlen, Franka, aber wenn du ehrlich zu dir bist, fällt es dir immer noch schwer, dich unseren Regeln zu beugen, nicht wahr? Ich bin sicher, ein weltliches Leben an der Seite dieses Mannes wird dir mehr Erfüllung schenken.«

Franka spürte ihren Puls an der Halsschlagader pochen. »Ihr lasst mich ohne Widerstand gehen?«

»Schweren Herzens«, gestand die Äbtissin. »Doch eins muss ich von dir verlangen.«

»Alles, was Ihr wollt, Ehrwürdige Mutter«, versicherte Franka hastig.

»Ich erwarte von dir absolutes Schweigen. Kein Wort davon zu Edelgard und Marie. Sie dürfen es erst erfahren, wenn die Dispense vorliegen. Jetzt schreib an Wulfgar und teile ihm meine Entscheidung mit.«

Überschwänglich bedankte sich Franka. Viel fehlte nicht und sie hätte die Äbtissin umarmt.

In den kommenden zwei Wochen regnete es viel. Der Boden des Gottesackers war aufgeweicht, und Franka versuchte, springend den Pfützen auszuweichen, die sich überall auf dem Weg ausgebreitet hatten, der sie zu Schwester Almatias Grab führte. Plötzlich stutzte sie. Als sie an Isabels letzter Ruhestätte vorbeiging, bemerkte sie dort große Stiefelabdrücke um den zusammensinkenden Erdhügel. Das Kloster beherbergte zurzeit keine Gäste. Es konnte sich demnach nur um die Spuren eines heimlichen Besuchers handeln.

Sogleich folgte Franka ihnen, verlor sie aber in der Vielzahl der Fußabdrücke auf dem Hauptweg. Nachdenklich machte sie kehrt und ging zum Grab von Schwester Almatia. Wer war der Mann? Ein Verwandter von Isabel oder gar ihr Liebhaber? Die Vorstellung von dem Vater des Kindes, den die Sehnsucht zum Grab seiner Geliebten trieb, ließ ihre Gedanken zu Wulf wandern.

Franka hatte ihm Mutter Isburgas Entscheidung mitgeteilt und auch den Preis, nämlich das Gut, das ihr Vater in seinem Schreiben erwähnt hatte. Wulf musste den Boten sofort zu ihr zurückgeschickt haben, denn wenige Tage später erhielt sie seine Antwort, dass er sowohl den Grafen als auch den Lomerer Priester aufsuchen würde.

Auf ihrem Rückweg ins Hauptgebäude blieb Franka nochmals an Isabels Grab stehen. »So wie du will auch ich das Kloster wegen eines Mannes verlassen«, murmelte sie dem Hügel zu. »Hoffentlich ist mir mehr Glück beschieden.«

31. Kapitel

Durchnässt von Schnee und Regen der letzten Tage, ritten Wulf und Anselm durch die Severinstorburg nach Coellen hinein.

»Wenn die Bautätigkeit so fortschreitet, müssen sie den Ring der Stadtmauer ein weiteres Mal vergrößern«, meinte Anselm, einen hölzernen Baukran beäugend.

»Ich finde, Coellen hat etwas. Wohnen möchte ich hier nicht, aber immer, wenn ich hier bin, habe ich das Gefühl, als würde die Zeit …«, Wulf suchte nach Worten, »… schneller verrinnen.«

»Dann pass bloß auf, dass du nicht als alter Mann wegreitest, wenn wir die Stadt wieder verlassen.«

»Oh, da hat aber jemand schlechte Laune.« Wulf verkniff sich das Grinsen. Er selbst würde morgen bei Graf Heinrich wegen der Dispens für Franka vorsprechen. Seine Hochstimmung war deshalb ungebrochen, auch wenn er Anselm den wahren Grund der Unterredung verschwiegen hatte und sein Freund davon ausging, dass er Lehnsangelegenheiten mit dem Grafen zu klären hatte.

»Was erwartest du von mir? Ich bin nass bis auf die Knochen und friere erbärmlich. Der Wind, der durch die Straßen pfeift, bläst mir noch die Kleidung vom Leib. Außerdem bin ich müde und ausgehungert. Lass uns eilen, damit wir die Herberge erreichen«, maulte Anselm.

»Ein wenig mehr Demut würde dir gut stehen, mein Freund«, zog Wulf ihn auf.

»Demut?« Anselm blies die Wangen auf. »Sicher, sobald ich wieder trocken, warm, satt und ausgeschlafen bin.«

Die Herberge des deutschen Ritterordens, St. Katharinen, war bald erreicht. Nachdem Wulf und Anselm die Pferde untergebracht hatten, saßen sie gemeinsam auf einer der grob zusammengezimmerten Bänke und löffelten Erbsensuppe aus einem Kessel, der mitten auf dem Tisch stand.

Früh am nächsten Morgen erwachte Wulf und kratzte zunächst an den Flohstichen auf den Waden, bevor er aufstand. Anselm öffnete die Augen. Er wälzte sich auf dem dünnen Strohlager und kam auf die Beine. »Grundgütiger, ich bin völlig zerstochen«, jammerte er.

»Hab dich nicht so. Heute rede ich mit dem Grafen, und morgen früh reiten wir zurück nach Hause.«

Mit düsterer Miene ging Anselm an Wulfs Seite durch die Stadt, am Weydtmarkt vorbei, bis sie auf eine gepflasterte Straße trafen, die sie in die unmittelbare Nähe des Domes führte.

Seit sein Freund von seinen Eltern zurückgekehrt war, wirkte er bedrückt. Doch auf Wulfs Nachfrage hatte Anselm ihm versichert, es sei alles in Ordnung.

In Sichtweite des Domes, der aus karolingischer Zeit stammte, erhellte sich das Gesicht seines Freundes. Er wollte am Grab des ermordeten Erzbischofs Engelbert beten.

Unterdessen suchte Wulf Graf Heinrich auf, der in der nahe gelegenen Trankgasse ein Anwesen besaß. Der Graf erwartete ihn bereits. Er ließ Wulf einen Becher gewürzten Wein bringen und hörte sich aufmerksam die Bitte seines Ritters an. Nachdenklich wiegte er den Kopf. »Sie bedeutet Euch so viel?«, fragte er schließlich ernst.

»Mehr als mein Leben«, antwortete Wulf bestimmt.

»Aber Ihr wart doch mit ihrer Schwester vermählt.«

»Die Ehe wird für ungültig erklärt«, strahlte Wulf.

Dem sichtlich verwirrten Fürsten erzählte er nun, wie er den Lomerer Pfarrer Ignatius aufgesucht hatte. In Wulfs Beisein öffnete der Geistliche den Brief, den Melinda ihm seinerzeit gegeben hatte, und las ihn vor. Darin gab sie an, Wulf von Beginn an verabscheut zu haben. Lediglich ihrem Vater zuliebe sei sie die Verbindung eingegangen. Dabei hätte sie gewusst, dass sie ihrem Gemahl niemals Kinder gebären könnte, weil sie vor ihrer Ehe schwer vom Pferd gestürzt sei.

Melinda schrieb weiter, ihrem Gemahl schließlich die Wahrheit gesagt zu haben, worauf er nie wieder das Lager mit ihr geteilt hatte, weil er den ehelichen Beischlaf ohne mögliche Folgen für Unzucht hielt.

Bei der Behauptung hatte sich Wulf an seinem eigenen Speichel verschluckt. Später fand er durch Nachfragen bei Ulfried heraus, dass sich Melinda den Sturz vom Pferd ebenfalls ausgedacht hatte. Sie beendete den Brief mit der Bitte, um ihr Seelenheil zu beten und dafür Sorge zu tragen, dass ihre Ehe für ungültig erklärt werde.

Daraufhin hatte Wulf dem Priester einen Beutel Geld in die Hand gedrückt, damit er für die Seele der Verstorbenen Messen las. Erschüttert hatte Pater Ignatius versprochen, persönlich zum Coellener Erzbischof zu reisen. Für den Priester schien es eine reine Formsache zu sein. Die endgültige Entscheidung stand noch aus, würde aber nicht mehr lange dauern.

Der mitleidige Blick, mit dem Graf Heinrich ihn nun bedachte, beschämte Wulf zutiefst. Es ging ihm gewaltig gegen den Strich, aus falschen Gründen bedauert zu werden. Frankas Lächeln tauchte vor seinen Augen auf. Er musste Melindas Spiel mitspielen, wollte er gewinnen.

Der Graf streckte sich. »Wie Ihr sicherlich wisst, bin ich mit dem Erzbischof von Coellen verwandt, und die Kirche in Lomere mitsamt dem Fronhof gehört dem Cassiusstift in Bonna, dessen Vogt ich bin. Sollte es zu Verzögerungen kommen, wendet Euch an mich. Schwieriger wird es mit dem Austritt aus der klösterlichen Gemeinschaft. Hat die Äbtissin schon ihre Zustimmung erteilt?«

»Hat sie, dennoch wäre ich Euch sehr dankbar, wenn Ihr selbst mit dem Trierer Erzbischof sprechen würdet. Vielleicht lässt sich die Angelegenheit ein wenig vorantreiben«, bat Wulf hoffnungsvoll.

Heinrich von Sayn legte die Stirn in Falten. »Ich werde beim Erzbischof vorsprechen und bin zuversichtlich, dass Dietrich von Wied gegen eine größere finanzielle Zuwendung zügig auf eine Nonne verzichten kann.«

»Er soll mir seinen Preis nennen«, sagte Wulf ernst.

Graf Heinrich lachte auf. »Das wird er, verlasst Euch darauf. Doch ich versuche, den Betrag herunterzuhandeln, schließlich wird die Äbtissin auch ein Stück von dem Kuchen haben wollen.«

Wulf grinste. »Ich weiß auch schon welches.«

Fröhlich zog Wulf mit Anselm an diesem Abend durch die Stadt. Er war so gut gelaunt, dass ihn das bekümmerte Gesicht seines Freundes nicht weiter störte. Sicherlich dachte der bereits an die bevorstehende Nacht.

Die Schänke, in die sie schließlich einkehrten, war nur zu einem Drittel besucht. Die beiden Freunde nahmen am Ende einer langen Tafel Platz. Missmutig schaute Anselm sich um. Sein Blick blieb an der üppig gebauten Bedienung haften. »Müssen wir unbedingt noch etwas trinken?«, fragte er gereizt.

»Mir ist nach Feiern zumute«, erwiderte Wulf.

Vorsichtig nippte er an dem Becher Wein, der jedem von ihnen zwischenzeitlich serviert worden war. Er war erstaunlich gut. Wulf nahm einen weiteren tiefen Schluck.

»Sei nicht so gierig«, warnte ihn Anselm. »Der Wein ist

überraschend schwer für ein solches Gasthaus. Er steigt einem schnell zu Kopf.«

»Na und?«, murmelte Wulf. »Ah, da kommt das Essen.« Er warf dem Brett in der Hand der Bedienung einen erfreuten Blick zu.

Die Frau stellte den gebratenen Hasen zwischen den Freunden ab. Ihre Hand legte sich federleicht auf Wulfs Schulter. »Wenn Ihr sonst noch etwas braucht, scheut Euch nicht, mich zu rufen«, säuselte sie.

»Später vielleicht«, gab Wulf zurück und spießte mit seinem Messer ein Stück Fleisch auf.

Die blonde Walküre schenkte ihm einen verheißungsvollen Einblick in ihren prall gefüllten Ausschnitt, streifte ihn mit einem weit ausladenden Hüftschwung und wandte sich einem anderen Gast zu.

Anselm schien etwas sagen zu wollen, unterließ es aber, als die Eingangstür aufgestoßen wurde. Eine Handvoll Männer – den Schwertern und dem etwas abgerissenen Aussehen nach zu urteilen Söldner – betrat polternd die Schankstube. Sie setzten sich zu Wulf und Anselm an die Tafel. Ein kleiner, breitschultriger Kerl mit Schmerbauch und verfilztem Bart winkte der Bedienung zu. Er schien der Anführer des Trupps zu sein. Als er die Bestellung aufgab, landete seine dunkel und dicht behaarte Hand klatschend auf dem Hinterteil der blonden Frau. Diese verzog das Gesicht und beeilte sich, den Anliegen der Gäste nachzukommen.

Wulf achtete erst wieder auf seinen neuen Tischnachbarn, als die Bedienung den Männern das Gewünschte brachte. Unter ihrem Protestschrei zog sie der Bärtige auf seinen Schoß und versuchte, sie zu küssen.

Wulf sprang auf, die Rechte auf das Heft seines Schwertes gelegt. »Lass die Frau los«, forderte er bestimmt. »Sie will deine Aufmerksamkeit nicht.«

»Ach nein?«, fragte der Söldner und stieß die Blonde von sich. Langsam stand er auf und zog blank. »Wen interessiert schon, was Weiber wollen? Das wissen die doch selbst nicht, oder wollt Ihr sie für Euch? Es ist genug an ihr dran, dass es für uns beide reicht.«

Wulf zog sein Schwert. Die Spitze zeigte auf die Kehle seines Gegenübers. »Ich will sie zwar nicht, aber wenn, würde ich sie gewiss nicht mit dir teilen.«

Der Wirt kam herbeigelaufen, je einen Krug in der Hand. »Aber meine Herren, ich bitte Euch. Warum um etwas streiten, was ohnehin nur einer haben will? Hier, der Wein geht aufs Haus.« Mit dem Kopf bedeutete er der Blonden zu verschwinden. Sie verließ die Gaststube durch eine Tür im hinteren Bereich des Raumes.

Der Söldner zuckte mit den Schultern, steckte das Schwert ein und griff nach einem Krug. »Auf Euch, Narbengesicht«, sagte er und prostete Wulf zu.

Beschwichtigt ließ nun auch Wulf seine Klinge sinken und griff nach dem anderen Krug, den der Wirt noch immer in der Hand hielt. Er hob ihn seinem Gegenüber entgegen und trank einen großen Schluck. Der Gastwirt zog sich sichtlich erleichtert zurück.

Die beiden ungleichen Männer setzten sich, und es entspann sich eine lebhafte Unterhaltung. Dabei wurde fleißig dem Wein zugesprochen und immer wieder neuer bestellt.

Anselm hörte eine Weile schweigend zu, ehe er sich zu Wulf beugte und sagte: »Wir sollten gehen, solange du es noch kannst. Ich glaube, du hast genug getrunken. Deine Augen sind schon ganz glasig.«

»Wer ist denn das?«, lachte der Bärtige. »Eure Amme?« Anselms Gesicht nahm eine rötliche Färbung an.

Wulf gluckste. »Der Vergleich ist gar nicht so schlecht«, lallte er.

Der Verspottete erhob sich abrupt, ging um den Tisch herum und verlangte Wulfs Börse.

»Was willst du denn damit?«, fragte er mit schwerer Zunge.

»Dich vor einer Dummheit bewahren«, antwortete sein Freund.

Umständlich, aber ohne Widerrede begann Wulf, an dem Band zu nesteln, an dem der Beutel befestigt war.

Als Anselm ihn endlich in der Hand hielt, holte er drei Münzen heraus und legte sie vor Wulf auf den Tisch. »Das sollte für den Rest des Abends reichen. Ich bezahle unseren bisherigen Verzehr und gehe zurück in unsere Unterkunft. Du kannst ja nachkommen, sofern du den Weg noch findest.«

Wulf fehlten die Worte, und so beobachtete er mit trübem Blick, wie Anselm dem Wirt einige Geldstücke in die Hand drückte und das Gasthaus verließ.

Achselzuckend wandte er sich wieder seinem neuen Bekannten zu. Es dauerte nicht lange, und sein Kopf fiel nach vorne auf die verschränkten Arme, die auf der Tischplatte ruhten.

Wulf erwachte, als etwas auf seine Brust sprang und sofort wieder herunter. Erschrocken richtete er sich auf, fasste sich augenblicklich an den Kopf und ließ sich wieder sinken. Sein Schädel dröhnte, als wären einhundert Karren über ihn hinweggefahren. Stöhnend betastete er sein Haupt, konnte aber keine Beule oder Verletzung fühlen. Vorsichtig öffnete er die Augen. Helle und dunkelgraue Flächen tanzten davor. Langsam nahmen sie Formen an und setzten sich zu einem Bild zusammen. Er lag auf dem Rücken und starrte senkrecht nach oben auf ein Stück verhangenen Himmel, umrahmt von dunkleren Hausdächern.

Ganz behutsam richtete er sich zum Sitzen auf. Seine Hände stützten sich auf schlammigen Untergrund. Irritiert blickte er auf seine nackten Füße. Wo waren seine Lederstiefel? Er konnte sich nicht erinnern, sie ausgezogen zu haben. Eigentlich wusste er überhaupt nichts mehr. Wie war er in diese Gasse gekommen?

Eine Maus huschte an ihm vorbei, dicht gefolgt von einem roten Kater, der Wulfs Knie als Absprungpunkt nutzte. Jetzt wusste er zumindest, was ihn geweckt hatte. Er zog die Beine an und umfasste mit den Fingern seine tauben Zehen. Mit kreisenden Bewegungen brachte er das Blut wieder zum Zirkulieren.

Mühsam stemmte er sich hoch. Schwankend blieb er einen Augenblick stehen und stützte sich an der Hauswand hinter sich ab. Nachdem er sicher war, das Gleichgewicht auch ohne Hilfe zu halten, tastete er nach seiner Geldbörse, fand sie aber nicht. Der Schreck durchzuckte ihn gewaltig, bis ihm einfiel, dass sein Freund den Beutel an sich genommen hatte. Guter Anselm!

Wulf besah sich, soweit es ihm möglich war. Außer seinen Stiefeln und seinem Schwert schien nichts zu fehlen, auch die Schachdame war noch an ihrem Platz um seinen Hals, wie er erleichtert feststellte. Er grübelte, doch er konnte sich nicht erinnern, ob sein Freund auch die Waffe mitgenommen hatte. Die Stiefel hatte er mit Sicherheit nicht. Wulf konnte sich auch nicht vorstellen, was Anselm dazu bewogen haben könnte, das Schwert einzustecken. Wie dem auch sei, er musste erst einmal fort von hier.

Schritt für Schritt tappte Wulf aus der Gasse hinaus. Als er auf eine breitere Straße einbog, spürte er seine Füße bereits nicht mehr. Die Gebäude zu beiden Seiten waren ihm unbekannt, auch das Wirtshaus sah er nicht. Da er den Namen der Schänke vergessen hatte, konnte er keinen der vorbeieilenden Menschen danach fragen. Seine Unterkunft lag in südlicher Richtung, das wusste er noch. Er schickte ein Stoßgebet an die

Heiligen Drei Könige, die Schutzpatrone der Reisenden, und bat um schnelle Hilfe aus der Not.

Gerade als er sich dazu entschlossen hatte, seinen Mantel zu zerreißen und ihn sich um die Füße zu wickeln, ritt ein Mann auf einem Grauschimmel die Straße herauf. Das Pferd hätte er mit verbundenen Augen erkannt.

»Anselm!«, brüllte Wulf, nur um sich sogleich mit beiden Händen den Schädel zu halten. Doch er hatte sein Ziel bereits erreicht. Sein Freund war auf ihn aufmerksam geworden und kam eilig herbeigetrabt.

»Wulf, gelobt sei Jesus Christus! Ich hatte schon das Schlimmste befürchtet.«

»Das tust du ja immer«, brummte Wulf, aber leise, damit Anselm es nicht hörte.

»Wie du aussiehst! Hast du im Dreck gelegen? Wo sind deine Stiefel?« Ratlos zuckte Wulf mit den Schultern.

Anselm stieg ab. Er half seinem Freund mit einigen Mühen aufs Pferd und kramte in den Satteltaschen. Schließlich entnahm er ihnen zwei schmale Tücher, die er sorgsam um Wulfs Füße wickelte und mit Lederriemen verschnürte.

»Hast du gestern mein Schwert mitgenommen?«, fragte Wulf mit klappernden Zähnen.

»Nein, aber deinen Geldbeutel. Zum Glück, denn sonst würde er jetzt deinen Stiefeln und deiner Waffe Gesellschaft leisten.«

Sein Freund ergriff die Zügel und wendete das Pferd mit dem zu Eis erstarrten Wulf darauf. Die Kälte in seinem Inneren rührte von der plötzlichen Erkenntnis her, das Schwert für immer verloren zu haben. Die Diebe hatten sicher schon längst das Weite gesucht.

Wulf glaubte, sich zu erinnern, der Anführer wollte wieder zurück ins Königreich Sizilien ziehen, wenn er überhaupt je da gewesen war.

»Das hast du nun davon«, konnte Anselm sich nicht verkneifen. »Bisher hieltest du dich von solchem Pöbel fern. Ich hoffe, es war dir eine Lehre.«

Wulf biss die Zähne zusammen. Sollte er je wieder auf diese Männer treffen, würde er sie in Stücke hauen.

32. Kapitel

Frühjahr 1232

Anfang März entdeckte Franka auf dem Gottesacker abermals Spuren im frisch gefallenen Schnee. Diesmal gelang es ihr, die Fußstapfen zu verfolgen. Sie endeten vor dem Teil der Mauer, an dem die Eibe stand. Ob der Besucher noch ein weiteres Mal kommen würde?

Franka opferte etliche ihrer kostbaren Nachtstunden, um sie auf dem Friedhof zu verbringen. Als der Mond seinen höchsten Punkt erreicht hatte, wurde ihre Hartnäckigkeit belohnt. Im fahlen Licht näherte sich ein Mann, unter dessen Mantel ein Waffenrock zu erkennen war. Franka hielt sich hinter der noch unbelaubten Buchenhecke verborgen. Das Ende des schwarzen Schleiers halb vor das Gesicht gezogen, verschmolz sie mit der Umgebung. Doch der Ritter hätte sie wahrscheinlich auch nicht bemerkt, wenn sie reglos zwischen den Gräbern gestanden hätte.

Zielstrebig ging er auf Isabels Ruhestätte zu, kniete nieder, schlug das Kreuz und betete. Plötzlich vernahm sie ein unterdrücktes Schluchzen. Der Besucher hielt sich die Hände vor die Augen. Seine Schultern bebten.

Von hinten schlich sich Franka an den Mann heran und hockte sich neben ihn. Erschrocken sah er auf. Sofort legte Franka den Finger an ihre Lippen.

»Wer seid Ihr?«, flüsterte der junge Mann, dessen hellbraunes Haar ein wenig wirr vom Kopf abstand.

»Schwester Franka«, gab die Nonne leise zurück. »Ich habe auf Euch gewartet.«

Verständnislos sah er sie an.

»Ihr habt bei den letzten Besuchen Eure Fußabdrücke hinterlassen. Es war anzunehmen, dass Ihr wiederkommt. Isabel hat mir von einem Mann aus einflussreicher Familie erzählt, von dem sie überzeugt war, er würde sie aus dem Kloster holen. Seid Ihr das?«

Aus dunkelblauen Augen starrte er trübsinnig auf den Grabhügel. »Hat sie Euch noch mehr gesagt?«

Franka schüttelte den Kopf. »Sie war sehr verschwiegen. Die Tatsache, Euch hier zu finden, spricht jedoch für Euch. Ihr wolltet sie wirklich heiraten, nicht wahr?«

Unter Tränen nickte der Ritter. »Ich habe sie so sehr geliebt.«

Neugierig betrachtete Franka den jungen Mann. Sie schätzte ihn auf Mitte zwanzig. In dem schmalen Gesicht hatte der Schmerz um den Verlust seiner Geliebten Spuren hinterlassen. Irgendetwas an ihm erinnerte sie merkwürdigerweise ein wenig an Marie.

»Wer seid Ihr?«, fragte sie.

»Mein Name ist Tristan, mehr braucht Ihr nicht zu wissen.«

Franka kniff die Lippen zusammen.

»Verzeiht, Schwester. Aber es ist nur zu Eurem Besten. Ein Teil meiner Verwandtschaft ist nicht zimperlich, wenn es um ihren guten Ruf geht.«

Franka sog hörbar die Luft ein.

»Deshalb habe ich Isabel auch hier untergebracht«, fuhr Tristan fort. »Hier glaubte ich sie sicher.«

»Es war ein Unfall«, murmelte Franka wenig überzeugend.

»Das hat meine Tante auch behauptet«, erwiderte Tristan heftig.

»Eure Tante?«, hakte Franka sofort nach.

Doch der junge Mann schwieg.

Die Nonne überlegte einen Augenblick, gedachte des ungewöhnlichen Interesses der Priorin an der Novizin. »Schwester Gertrud«, stellte Franka fest.

Der schnelle Blick, der ihr zugeworfen wurde, bestätigte, dass sie mit ihrer Vermutung richtiglag. Franka wartete.

Tristan ächzte leise, ehe er sich zum Sprechen durchrang: »Tante Gertrud ist die Schwester meines Vaters. Sie ist streng, doch verlässlich. Ich nahm ihr das Versprechen ab, auf Isabel zu achten. Ihr Tod hat Tante Gertrud sehr getroffen.«

Das glaubte Franka ihm nicht. Während sie ihn betrachtete, fiel ihr auf, was sie an Marie erinnerte: seine blauen Augen. Deshalb fragte sie ihn nach weiteren Verwandten im Kloster, einer Base oder Schwester.

Doch Tristan schüttelte den Kopf. »Ich hatte eine Schwester. Sie war auch Nonne, doch sie ist bereits vor Jahren beim Brand ihres Klosters ums Leben gekommen.«

»Das tut mir leid«, sagte Franka sofort.

»Gott allein weiß, wofür es gut war«, erwiderte der junge Mann. »Sie war schon in jungen Jahren ehrgeizig und rücksichtslos. Ihr hätte ich einen Mord an der Frau, die mein Kind unter dem Herzen trägt, ohne Weiteres zugetraut.«

Franka erschrak. »Ihr wusstet von der Schwangerschaft?«

Tristans Augen wurden erneut feucht. »Anfang September haben wir uns heimlich auf dem Friedhof getroffen. Ich bekannte mich zu dem ungeborenen Leben und versprach, Isabel so bald wie möglich zu mir zu holen.«

Tristan machte eine Pause. Leise ergänzte er: »Heute bin ich hier, um Abschied zu nehmen. Ich kann nicht weiterhin wie ein Dieb in der Nacht zu ihrem Grab schleichen. Mein Leben geht weiter, doch ein Teil von mir wird immer hier bei ihr wachen.«

Franka nickte verständnisvoll. »Ich werde Euch jetzt allein lassen, es dauert ohnehin nicht mehr lange, bis die Glocken zur Vigil schlagen, dann solltet Ihr gegangen sein. Lebt wohl.«

Franka musste sich dringend eine Gelegenheit verschaffen, um mit Marie zu sprechen. Wulf hatte ihr die Mitteilung geschickt, dass seine Ehe mit Melinda für ungültig erklärt worden war. Vor Erleichterung und Dankbarkeit hatte Franka heimlich ein paar Tränen vergossen. Wenig später erhielt die Äbtissin die Nachricht, dass der Erzbischof nichts gegen den Austritt Frankas von Marienfeld einzuwenden hatte, die genauen Bedingungen, zu welchen das geschehen könnte, wären jedoch noch auszuhandeln. Von Mutter Isburga war kein Signal gekommen, dass sie Marie die Wahrheit sagen dürfe, doch Franka wollte nicht länger warten. Sie hatte ohnehin ein sehr schlechtes Gewissen ihrer Freundin gegenüber.

Die Fußspuren an Isabels Grab hatte sie zwar erwähnt, aber nicht, dass sie nachts auf den Mann gewartet hatte. Es wurde Zeit, ihrer Freundin von Tristan zu berichten. Auch wenn er nicht an die Schuld seiner Tante glaubte, für Franka stand fest, dass Schwester Gertrud sehr wohl einen Grund gehabt hätte, die nicht standesgemäße Beziehung ihres Neffen gewaltsam zu beenden.

Nach der Non erhielt Franka im Skriptorium den Auftrag, ein Kräuterbündel zu malen. Bewusst stellte sie sich ungeschickt an. Kopfschüttelnd betrachtete Edelgard die Darstellung, bevor sie Franka mit verkniffenen Lippen ins Herbarium schickte. Zunächst sollte sie eine brauchbare Skizze anfertigen. Wenig später machte sich Franka grinsend auf den Weg.

Der Duft von Kräutern und verschiedenen Essenzen schlug ihr entgegen, als sie die Tür zum Herbarium öffnete. Sie hatte Glück, Marie war allein und zerschnitt gerade einige Wurzeln. Ihre Freundin hob den Kopf und lächelte Franka an.

»Was verschafft mir die Ehre deines Besuches?«, fragte sie.

»Ich soll ein Bündel Kräuter skizzieren, da Edelgard mit meiner Zeichnung aus dem Gedächtnis nicht zufrieden ist.«

Marie schmunzelte. »Ich wette, du hast dir nicht besonders viel Mühe gegeben, weil du Sehnsucht nach mir hattest.«

Als Franka nickte, wurde Maries Feixen noch ein Stückchen breiter. Wortlos nahm sie einige getrocknete Kräuterstängel und legte sie vor ihrer Freundin auf den Tisch. »Nicht dass du es nötig hättest. Also, was gibt es?«

Franka nahm den Griffel und begann, erste Striche in das Wachs der mitgebrachten Tafel zu ziehen. Während die Melissenblätter langsam Formen annahmen, suchte sie nach einem Anfangspunkt. »Ich muss dir etwas sagen.«

Augenblicklich wurde Marie ernst. »Du siehst besorgt aus. Hat das etwas mit deinen nächtlichen Ausflügen zu tun?«

Für einen Moment verschlug es Franka die Sprache. »Dir entgeht nicht viel.«

Sie erntete ein Schulterzucken. »Du weißt, wie oft ich nachts im Herbarium bin oder mich um die Kranken kümmern muss. In den letzten Nächten habe ich beobachtet, wie du Richtung Kirche geschlichen bist.«

»Du hast mich aus der Entfernung erkannt?«

»Wer sollte es sonst sein?«, erwiderte Marie mit einem wissenden Lächeln. »Für Edelgard war die Nonne zu klein, für Mutter Isburga zu behände, und außer dir traue ich den anderen Schwestern nicht zu, sich heimlich aus dem Dormitorium zu schleichen. Außerdem hast du mir doch von den Fußabdrücken an Isabels Grab erzählt. Also liegt es für mich auf der Hand, dass du dem Mann aufgelauert hast. Hattest du Erfolg?«

»Allerdings«, antwortete Franka ein wenig stolz.

Ihre Freundin riss die Augen auf und legte das Messer zur Seite. »Du hast ihn wirklich getroffen?«

»Viel Hoffnung hattest du mir nicht gemacht«, erinnerte sich Franka und erzählte, was sich auf dem Friedhof zugetragen hatte.

Als sie geendet hatte, betrachtete Marie nachdenklich ihre Fingerspitzen. »Glaubst du ihm?«

»In jeder Hinsicht«, antwortete Franka bestimmt.

»Auch das, was er über Schwester Gertrud gesagt hat?«

Franka runzelte die Stirn. »Ich glaube, er ist tatsächlich von dem überzeugt, was er mir über seine Tante erzählt hat. Doch ich selbst traue ihr nicht über den Weg. Sie hat etwas zu verbergen und spielt ihr eigenes Spiel, da bin ich mir sicher.«

Marie schien mit der Antwort zufrieden zu sein. »Es ist gewiss richtig, sich das Misstrauen ihr gegenüber zu bewahren.«

Frankas Herz klopfte heftig. Das war ein Stichwort für die Überleitung. »Deshalb fällt es mir auch schwer, dich hier zurückzulassen.«

Marie schreckte hoch und sah Franka ungläubig an. »Wie meinst du das?«

»Ich werde aus dem Konvent austreten und mich vermählen«, stotterte Franka.

Einen Augenblick herrschte Stille, dann begann Marie, haltlos zu kichern. »Sicherlich, und ich kenne auch seinen Namen: Gabriel. Allerdings verkündet er eigentlich nur Geburten, keine Hochzeiten.«

Franka schluckte, atmete tief durch, bevor sie betont ruhig weitersprach: »Er heißt Wulfgar. Ich habe mich in ihn verliebt, bevor ich in das Kloster eintrat. Jetzt ist er frei und hat um meine Hand angehalten.«

Maries Lächeln verschwand. Ihr Gesicht glich einer steinernen Maske. Ihre Pupillen verengten sich.

Franka wollte ihrer Freundin mehr von Wulf erzählen, doch diese schnitt ihr mit einer Handbewegung das Wort ab. »Ich will nichts von ihm hören«, sagte sie kalt. »Du glaubst, du erhältst die Dispens?«

»Es steht bereits fest, nur die Urkunden über die Besitztümer, die der Konvent und die Kirche erhalten sollen, müssen noch ausgestellt werden«, gab Franka zu.

Langsam beugte sich Marie vor. »All die Jahre hast du mich hintergangen, mir vorgespielt, ich wäre die wichtigste Person in deinem Leben, ohne die du es im Kloster nicht aushalten könntest. In Wirklichkeit gab es da immer jemand anderen, nach dem du dich gesehnt hast. Du hast mich betrogen, Franka von Marienfeld.«

Entsetzt fuhr Franka zurück. »Nein, Marie, niemals! Du hast mir Halt gegeben hinter diesen Mauern. Du bist meine einzige Freundin und neben ihm der mir teuerste Mensch in meinem Leben.«

»Neben oder nach ihm?«, fragte Marie hart. Sie griff nach dem Kräuterbündel und warf es Franka vor die Füße. »Raus jetzt. Mit Verräterinnen will ich nichts zu schaffen haben.«

»Um der Liebe Christi willen«, rief Franka verzweifelt. »Ich will dich und unsere Freundschaft nicht verlieren.«

»Das, meine Liebe, hättest du dir früher überlegen müssen. Verschwinde und stiehl mir nicht länger meine Zeit. Etliche Kranke bedürfen meiner Hilfe.«

Franka fasste Marie am Arm, doch diese schüttelte sie barsch ab, drehte sich herum und rauschte aus dem Raum.

Betäubt starrte Franka auf ihre halb fertige Skizze. Sie hatte gewusst, dass sie Marie mit ihrem Weggang schwer verletzen würde, doch diese harte Reaktion hatte sie überrascht.

In den nächsten Tagen behandelte Marie Franka, als bestünde sie aus Luft. Weil es derzeit viele Kranke gab, die sich mit Husten und tropfenden Nasen herumschlugen, übernachtete Marie sogar im Herbarium. Zu ihr zu gehen traute sich Franka nicht. Sie wollte sich nicht noch einmal vorwerfen lassen, sie von der Arbeit abzuhalten. Die Worte hatten Franka verletzt und stimmten sie unendlich traurig.

Zwei Wochen später eröffnete ihr die Äbtissin, dass die Dispens des Erzbischofes eingetroffen war. Die Forderungen Dietrich von Wieds hatte Wulfgar alle erfüllt. Auf der Kapitelversammlung am kommenden Tag wollte Mutter Isburga alle von Frankas bevorstehendem Austritt in Kenntnis setzen. Im Anschluss sollte Franka Wulf schreiben und ihn auffordern, sie abzuholen sowie die Urkunde mitzubringen, durch die Gut Heringhausen zu ihrem Seelenheil dem Konvent überschrieben wurde.

In Frankas Adern summte es vor Glück. Als sie über den Hof zum Skriptorium ging, wäre sie am liebsten gehüpft. Sie freute sich schon jetzt auf Edelgards Gesicht, wenn sie morgen von ihrem Austritt erfuhr. Wo Wulf sich wohl gerade aufhielt? Ob er schon in Marienfeld war? Wann würde er kommen? Franka schmunzelte über sich selbst. So lange hatte sie gewartet, und nun konnte es ihr nicht schnell genug gehen. Einzig Maries Ablehnung stach ihr ins Herz. Wenn es doch einen Weg gäbe, sich mit ihrer Freundin zu versöhnen.

Franka erreichte die oberste Treppenstufe zum Skriptorium und betrat den Schreibsaal. Ein leiser Seufzer entwich ihr, der sich in ein Stöhnen wandelte. Edelgard stand an Frankas Pult, die Hände in die Seiten gestemmt. Ihre Nase zitterte – ein untrügliches Zeichen, dass sie sich aufregte. Mit zusammengekniffenen Augen starrte sie auf die Illumination des Erzengels Michael. Leise trat Franka neben sie. »Was hast du dieses Mal zu meckern?« Angeekelt deutete Edelgard mit dem Finger auf den erhobenen Arm des Heiligen, als wäre er ein zweiköpfiger Käfer mit acht Beinen.

Betont gelangweilt zuckte Franka mit den Schultern. »Wenn ein Mann den Arm hebt, siehst du seine Muskeln. Das Schwert in seiner Hand hat ein hohes Gewicht.«

»Du willst es nicht verstehen«, fauchte Edelgard. »Er ist ein

Erzengel, ihm ist nichts zu schwer. Male ihm ein Gewand, das seine Arme vollständig bedeckt.«

Frankas Fingernägel bohrten sich in ihre Handflächen. »Nein! Sein Gesicht ist noch nicht fertig, und ich verspreche dir, dass er unbeteiligt wirken wird und in eine ganz andere Richtung schaut. Aber lass ihm wenigstens ein Hauch von Gefährlichkeit und Bedrohung. Immerhin ist er der Seelenwäger am Tag des Jüngsten Gerichts.«

»Du widersetzt dich mir?« Edelgard Stimme wurde schrill. »Ich kann dafür sorgen, dass du nie wieder einen Pinsel in die Hand nehmen darfst.«

Früher hätte diese Drohung Franka erschreckt zurückweichen lassen, doch dieses Mal genoss sie es, das Frettchen weiter zu reizen. Sie griff nach dem Pergament, rollte es auf und hielt es der anderen unter die Nase. »Was hältst du davon, wenn ich es gleich zerreiße, da ich es dir ja doch niemals recht machen kann?«

Augenblicklich schnappte sich Edelgard das Werk und packte Franka hart am Oberarm. »Du kommst sofort mit mir zu Mutter Isburga.« Nur schwer gelang es Franka, ein Grinsen zu unterdrücken.

Als sie das Sprechzimmer betraten, verabschiedete sich Marie eben. Mit geradem Rücken verließ sie den Raum, ohne den beiden eintretenden Nonnen einen Blick zu schenken.

Traurig sah Franka ihr nach. Zeit, darüber nachzudenken, blieb ihr jedoch nicht, denn Edelgard begann sofort, der Äbtissin den Vorfall im Skriptorium zu schildern. Die Worte schossen aus ihrem Mund wie Pfeile, wild fuchtelte sie mit der Pergamentrolle herum und knallte sie mit einem letzten ausgestoßenen Vorwurf Mutter Isburga auf das Pult.

Der Blick der Äbtissin wanderte zu Franka, die während der Tirade geschwiegen hatte. Auch jetzt fiel ihr nichts ein, was sie zu ihrer Verteidigung vorbringen konnte. Wortlos entrollte Mutter Isburga die Illumination, betrachtete sie eingehend, und Franka glaubte sogar, ein kleines Lächeln in ihren Mundwinkeln aufblitzen zu sehen.

Es dauerte ein wenig, ehe die Äbtissin das Pergament wieder einrollte. »Du wirst es ändern müssen, Franka. Edelgards Vorschlag ist gut, male dem Heiligen Michael ein langärmeliges Gewand.«

Gehorsam nickte sie. Mutter Isburga schien zu wissen, dass sie Edelgard mit der männlichen Darstellung des Erzengels ein letztes Mal hatte reizen wollen. Sie sah zu der Nonne hinüber. Die dünnen Lippen kräuselten sich in höchster Zufriedenheit.

»Ihr könnt gehen«, wollte die Äbtissin die beiden entlassen.

Edelgards Lächeln verschwand. »Aber, Ehrwürdige Mutter«, protestierte sie. »Was ist mit Frankas Drohung, das Bild zu zerstören? Ich fordere ihre Bestrafung.«

»Du forderst?« Die hellen Augen der Äbtissin glichen Eisschollen.

Sofort trat Edelgard einen Schritt zurück. »Ich meinte, es wäre doch ein Fall für die morgige Kapitelversammlung«, stotterte sie.

»Für die Versammlung liegen andere Punkte an.« Mutter Isburgas Stimme war so kalt wie ihr Blick. »Außerdem solltest selbst du mittlerweile erkannt haben, dass Franka niemals eines ihrer Werke mutwillig zerstören würde. Sie wollte dich lediglich auf die Probe stellen. Von einer Leiterin des Skriptoriums erwarte ich ein wenig mehr Souveränität und Einfühlungsvermögen.«

Die Gescholtene senkte den Kopf. Franka sah, wie Edelgard den Mund fest zusammenpresste und ihr einen vernichtenden Blick zuwarf.

Als sie gemeinsam zurückkehrten, zischte sie Franka zu:

»Damit kommst du nicht durch. Das wird noch ein Nachspiel haben.«

Franka schwieg. Sollte Edelgard ruhig ihr Gift versprühen, es konnte ihr nichts mehr anhaben.

Nach der Komplet, dem Gebet zur achten Abendstunde, begab sich Franka mit den anderen Nonnen ins Dormitorium. Ihre Gedanken flogen zu Wulf und der morgigen Versammlung. Unruhig wälzte sie sich auf der Strohmatratze hin und her.

Die ihr gegenüberliegende Bettstatt war leer. Edelgard fehlte. Obwohl den Leiterinnen hier im Kloster eine eigene Zelle zustand, hatte die Äbtissin darauf bestanden, dass Edelgard weiterhin im Dormitorium nächtigte. Was mochte das Frettchen zu dem Ungehorsam bewogen haben, den Schlafsaal zu verlassen? Ob sie etwa ihre Drohung in die Tat umsetzen wollte?

Franka zwang sich, still liegen zu bleiben, und wartete, bis sie von überall regelmäßige Atemzüge vernahm. Vorsichtig richtete sie sich auf, griff nach ihrer Ordenstracht, stieg in die Schuhe und schlüpfte unbemerkt aus dem Saal. Vor der Tür streifte sie sich hastig den Habit über.

Erleichtert atmete sie auf, als sie den Kreuzgang erreichte. Sie sah sich um. Die klostereigenen Gebäude um den Hof herum lagen stockfinster in der Nacht. Lediglich im Herbarium zeigte sich ein flackernder Lichtschein. Dort war Edelgard mit Sicherheit nicht.

Einer inneren Eingebung folgend, schlich Franka zur Kirche. Die Ostseite grenzte an den Gottesacker. Die junge Frau hatte gerade das Portal erreicht, als sie ein dunkles, schmieriges Lachen aus Richtung Friedhof hörte. Gleich darauf vernahm Franka ein scharfes Zischen, bevor wieder Stille herrschte. Die Tonlage des Lachens war zu tief gewesen für eine Frau. Neugierig ging Franka dem Geräusch nach. Dabei hielt sie sich im Schatten, den das schwache Mondlicht entlang der Kirchenwand erzeugte.

Als sie um einen Mauervorsprung biegen wollte, prallte sie entsetzt zurück und versteckte sich hinter den Steinen. Vorsichtig sah sie um die Ecke. Dort standen drei Menschen: eine Nonne und zwei Männer. Frankas Herz klopfte zum Zerspringen. Sie drückte sich gegen das Mauerwerk und spitzte die Ohren. Bei dem kurzen Blick auf die Männer hatte Franka die schäbige Kleidung und die Schwerter bemerkt, die sie trugen. Die Nonne stand mit dem Rücken zu ihr. Sie zu erkennen war nicht möglich.

Franka horchte angestrengt, allerdings war die Gruppe wachsam. Ein gleichbleibendes Gemurmel drang zu der bebenden Lauscherin hinüber. Nicht einmal einzelne Wortfetzen konnte sie verstehen.

Schließlich sagte einer der Männer etwas lauter: »Dann wünschen wir Euch eine angenehme Nachtruhe, Schwester.«

Augenblicklich drehte sich Franka mit dem Gesicht zur Wand, damit dessen helle Farbe und die weißen Teile ihrer Haube sie nicht verrieten. Leider konnte sie so keinen Blick auf die Nonne riskieren, die jetzt zügig an ihr vorbeischritt und sie nicht bemerkte.

Zuerst wollte Franka ihr sofort folgen, doch ein unterdrücktes Auflachen hielt sie zurück. Die beiden Männer waren immer noch da. Nachdem die Schwester gegangen war, wurden sie unvorsichtiger und hoben ihre Stimmen.

»Das hätte ich mir auch nicht träumen lassen, dass unsere Truppe mal von einer Nonne angeheuert wird, ihr eigenes Kloster zu überfallen«, sagte einer der beiden.

Franka stockte der Atem. Sie konnte das dreckige Grinsen des anderen regelrecht fühlen, als er antwortete: »Weibern kannst du eben nicht trauen, auch nicht, wenn sie adelig sind und ihr Leben Gott geweiht haben. Äbtissin will sie werden, diese Satansschwester. Unter der werden die anderen viel leiden. Wer ihr nicht passt, wird aus dem Weg geräumt.«

»Wie stellen wir es an, die Nonne mit den Katzenaugen zu finden?«

Vor Schreck schlug sich Franka die Hand vor den Mund.

Der andere Mann schien der Anführer zu sein, denn er sagte bestimmend: »Wir treiben sie zusammen wie eine Herde Schafe. Die mit den grünen Augen sondern wir ab und haben zunächst ein wenig Spaß mit ihr, bevor wir sie zu ihrem Schöpfer schicken.«

Frankas Beine zitterten und wollten sie nicht mehr recht tragen. Halt suchend lehnte sie sich an die Mauer. Mit Erleichterung vernahm sie, wie sich die beiden Männer scherzend über den Friedhof entfernten. Franka durfte sich jetzt keine Schwäche erlauben. Sie musste zu Mutter Isburga – sofort. Tief durchatmend beruhigte sie sich ein wenig und eilte zurück. Als sie über den Hof lief, fiel ihr das schummerige Licht im Skriptorium auf. Brannte dort eine Kerze? Edelgard, schoss es ihr durch den Kopf, doch sie konnte sich dem jetzt nicht widmen.

Gerade als Franka die Kammer der Äbtissin erreicht hatte, öffnete sich die Tür, und Schwester Gertrud trat heraus, mit einem Becher in der Hand.

»Was tust du zu dieser Zeit hier?«, fauchte die Priorin sofort.

»Ich muss die Ehrwürdige Mutter sprechen, es ist dringend.«

»Das geht jetzt nicht. Sie hatte einen leichten Schwächeanfall und schläft nun. Du musst bis morgen warten. Und wer hat dir erlaubt, den Schlafsaal zu verlassen?«

»Niemand, mir ist eine andere Lösung zu der Illumination des Heiligen Michael eingefallen«, schwindelte Franka. »Das wollte ich mit Mutter Isburga besprechen.«

An der hochgezogenen Augenbraue erkannte sie, dass die Priorin ihr nicht glaubte. Doch Schwester Gertrud ging nicht weiter darauf ein. »Das nächste Mal besprichst du deine Einfälle zunächst mit Schwester Edelgard. Als Leiterin ist sie es, an die du dich zuerst zu wenden hast.« Ohne eine Erwiderung abzuwarten, rauschte sie an der jungen Nonne vorbei.

Frankas Gedanken überschlugen sich. Wie viel Zeit war vergangen, seit sie in ihrem Versteck die Männer nach dem Verschwinden der Nonne belauscht hatte? Jedenfalls genug, um vom Friedhof hierherzukommen und der Äbtissin einen Trank einzuflößen. Mit gerunzelter Stirn sah Franka der Priorin nach. Was sollte sie jetzt tun? Marie kam ihr in den Sinn, die es mit ihren ruhigen Überlegungen immer wieder geschafft hatte, Franka auf neue Gedanken zu bringen. Sie würde ihre Freundin aufsuchen.

Ehe sie der Mut verließ, lief Franka hinaus. Auf dem Hof sah sie hinauf zu den Fensteröffnungen des Skriptoriums. Das Licht war erloschen. Edelgard musste demnach wieder in den Schlafsaal zurückgekehrt sein.

Ein wenig außer Atem erreichte Franka das Herbarium. Weil niemand da war, ging sie hindurch und öffnete die Tür zum Infirmarium. Marie saß am Lager eines kranken Gastes und tupfte ihm die Stirn ab.

Sie sah kurz auf, widmete sich aber augenblicklich weiter ihrer Arbeit. Franka hastete zu ihr hinüber. »Marie, ich muss dich sprechen.«

»Hast du es dir anders überlegt?«, fragte diese, ohne die Augen von dem schmuddeligen Mann zu wenden.

»Marie, bitte, es geht um Leben und Tod.«

Jetzt sah ihre Freundin sie endlich an. »Das geht es doch immer«, sagte sie sanft.

»Ich habe ein Gespräch belauscht, vorhin auf dem Friedhof. Zwei bewaffnete Männer haben sich mit einer von uns dort getroffen«, stieß Franka hervor.

»Nicht hier«, fiel ihr Marie ins Wort. Sie sah sich um und winkte Schwester Adelheid herbei, die sich weiter um den Mann kümmern sollte. Als die Pflegerin ihre Aufgabe übernommen hatte, stand Marie auf und deutete Franka, ihr zu folgen.

Sie gingen hinaus vor das Gebäude. »Was genau hast du gehört und gesehen«, wollte Marie sofort wissen.

Franka erzählte ihr alles, bis auf die Tatsache, dass die Männer hinter einer Nonne mit Katzenaugen her waren. Als sie geendet hatte, stellte Marie fest: »Du hast die Schwester nicht erkannt.«

»Leider nein, aber es muss Schwester Gertrud gewesen sein. Edelgard ist ein Stück größer als die meisten von uns. Ich habe Licht im Skriptorium gesehen, gewiss war sie dort.«

»Du hast es nicht überprüft, oder?«

»Wie denn? Ich wollte die Ehrwürdige Mutter warnen. Nachdem Schwester Gertrud mich aufgehalten hatte, war es zu spät. Im Skriptorium brannte kein Licht mehr. Wer sollte es denn gewesen sein, wenn nicht Edelgard? Sie ist eine der wenigen, die einen Schlüssel hat.«

»Auch wieder wahr«, gab ihre Freundin zu. »Fassen wir also zusammen: Die Priorin und Edelgard hecken einen Plan aus. Schwester Gertrud bedient sich irgendwelcher gekauften Halunken, um die Äbtissin umbringen zu lassen. Edelgard hingegen bereitet etwas im Skriptorium vor, um es dir in die Schuhe zu schieben.«

Franka stutzte. »Warum sollte die Priorin dafür die Hilfe von Fremden benötigen? War sie eigentlich bei dir, um sich ein Stärkungsmittel für die Ehrwürdige Mutter geben zu lassen?«

Marie schüttelte den Kopf. »Es war niemand bei mir.«

»Was soll ich denn jetzt machen?« Mit beiden Händen fuhr sich Franka über das Gesicht.

»Heute gar nichts«, empfahl Marie. »Warte bis morgen, dann kannst du die Ehrwürdige Mutter von dem eben Gehörten unterrichten.«

»Bis dahin könnte es bereits zu spät sein.«

»Du weißt doch nicht, wann der Überfall stattfinden wird – wenn überhaupt«, meinte Marie langsam.

»Was willst du denn damit sagen?«, fuhr Franka auf.

»Vielleicht war das auch alles inszeniert, um dir einen Schrecken einzujagen und dich in Verruf zu bringen. Es ist ja bekannt, dass du unangenehme Fragen stellst und deine Nase in Dinge hineinsteckst, die dich absolut nichts angehen. Die beiden haben etwas vor. Du solltest erst herausfinden, was es ist, bevor du handelst.«

Eine steile Falte bildete sich auf Frankas Stirn, als sie ihre Schuhspitzen betrachtete, an denen ein wenig Lehm klebte. Sie hätte auf die Füße der Priorin achten sollen.

Sie zuckte zusammen, als sie Maries Hand auf ihrer Schulter fühlte, die sie bittend ansah. »Ich beschwöre dich, Franka, um unserer Freundschaft willen: Unternimm nichts. Es könnte gefährlich für dich sein, und ich habe Angst um dich.«

»Du bist mir nicht mehr böse?«, fragte Franka zaghaft.

»Und ob ich das noch bin«, erwiderte Marie. »Aber ich habe eingesehen, dass ich nichts ändern kann. Ich werde dich verlieren. Komm her, du dummes Mädchen, und drücke mich ganz fest.«

Mit Tränen in den Augen umarmten sich die beiden.

»Geh zurück in den Schlafsaal. Die Zeit bis zur Vigil vergeht schnell. Morgen finden wir gemeinsam eine Lösung.« Aufmunternd lächelte Marie ihr zu.

»Sicher hast du recht«, murmelte Franka zum Abschied.

Doch Marie hatte ihre Zweifel nicht vertreiben können.

Mitten auf dem Hof blieb Franka stehen. Ein Blick zurück zeigte ihr, dass Marie wieder im Herbarium verschwunden war. Ein merkwürdiges Gefühl im Magen warnte sie davor, den Rat ihrer Freundin zu befolgen. Es drängte sie, sofort etwas zu unternehmen.

Nachdenklich tastete Franka nach dem König unter ihrem Gewand. Es gab nur eine Nonne mit Katzenaugen in diesem Konvent, und das war sie selbst. Franka hatte Angst. Sie fasste einen Entschluss.

So schnell es ihr Habit erlaubte, rannte sie hinüber zu den Stallungen. Sie rüttelte einen der Burschen wach, die dort im Stroh schliefen. Schlaftrunken richtete er sich auf. »Was gibt es denn, Schwester?«, nuschelte er.

Franka holte das Lederband hervor, zog es sich über den Kopf und hielt dem Jungen die Schachfigur unter die Nase. »Kennst du den Weg nach Marienfeld?«, fragte sie.

Der Bursche nickte.

»Reite sofort zu meinem Vater Ulfried, dem Herrn dort. Bei ihm sollte sich jetzt ein Ritter aufhalten – Wulfgar vom Röllberg. Gib ihm diesen Holzkönig und sage ihm, er soll mit bewaffneten Männern sofort hierher ins Kloster kommen.«

Augenblicklich war der Junge völlig wach. »Jetzt gleich?«

»Es geht um Leben oder Tod vieler Menschen«, erwiderte Franka. »Ich weiß, dass du wegen der Dunkelheit langsamer vorankommen wirst, aber jeder Augenblick zählt. Halte dich in Marienfeld nicht auf. Wechsle das Pferd und komme sofort mit dem Ritter und seinen Leuten zurück.«

»Was ist, wenn er nicht dort ist?«, wandte der Bursche ein.

»Dann sprich mit meinem Vater. Was uns dann noch bleibt, ist nur die Hoffnung, dass ihm unsere Rettung gelingt.«

Die Faust des Jungen schloss sich um den Anhänger. Er stand auf. Franka half ihm, ein Pferd zu satteln, und schickte ihm ein Stoßgebet hinterher, als er durch die geöffnete Pforte preschte.

Maria, ich bitte dich, flehte sie lautlos, als sie das nachts unbewachte Tor wieder schloss. *Lass Wulf bereits in Marienfeld warten und hilf ihm, rechtzeitig hier einzutreffen.*

Als Franka ins Dormitorium schlich, suchte ihr Blick sofort die Bettstatt ihrer Kontrahentin. Edelgard schnarchte leise.

33. Kapitel

Die zweite Nachthälfte war angebrochen, als ein nassgeschwitztes Pferd durch Marienfeld galoppierte.

Wulf glaubte zu träumen, als er rüde geweckt wurde. Anselm, der seit Wochen um diese Zeit nie zu schlafen schien, hatte ihn an den Schultern gepackt. »Steh auf, du hast Besuch.«

Schlaftrunken versuchte Wulf, einen klaren Gedanken zu fassen. »Was soll das heißen – mitten in der Nacht?«

Anselm sah besorgt aus. »Es ist ein Bote aus dem Konvent der Barmherzigen Schwestern eingetroffen. Es geht um Leben und Tod, sagt er.«

Jetzt war Wulf hellwach. Er schlüpfte in seine Beinlinge, griff nach dem Hemd und lief seinem Freund voraus in die Halle.

In ihrer Mitte stand ein Junge von ungefähr zwölf Jahren und drehte eine Mütze in seinen Händen. Aus dem verschwitzten Gesicht starrte ihn ängstlich ein Paar brauner Augen an.

Wulf hastete auf den Burschen zu. »Rede, wie lautet deine Nachricht?«

»Wer seid Ihr, Herr?«, fragte der Kleine, wobei seine Finger sich an die Mütze klammerten.

»Frecher Kerl, was fällt dir ein?«, brauste Anselm auf.

Doch Wulf hob die Hand und sagte ruhig: »Ich bin Wulfgar vom Röllberg.«

Die Erleichterung, die sich augenblicklich auf dem Gesicht des Jungen zeigte, verriet Wulf, dass die Botschaft nur für ihn bestimmt war. »Du kommst aus dem Kloster?«, fragte er rau.

Der Bursche nickte. »Mir wurde aufgetragen, unverzüglich mit Euch und Euren Männern zurückzureiten, Herr, sonst sterben viele Menschen.«

Wulfs Herz krümmte sich schmerzhaft. »Die Nonnen erwarten einen Überfall?«

»Unsinn«, fuhr Anselm dazwischen. »Wer würde es wagen, ein solches Sakrileg zu begehen? Vielleicht ist es eine Falle. Kennst du die Schwester, die dich zu uns geschickt hat, Junge?«

Dieser schüttelte den Kopf. »Ihren Namen weiß ich nicht, aber sie gab mir das hier.« Mit diesen Worten drückte er Wulf den König in die Hand.

Die Schachfigur schien zwischen seinen Fingern zu glühen. Wulf schoss die Hitze der Angst in die Glieder. Einen Augenblick schwankte er, wie unter einem Schwertstreich. Hart schloss sich seine Faust um das Pfand, ehe er zu Anselm herumwirbelte. »Franka ist in großer Gefahr. Schnell, hol die Leute zusammen und lass die Pferde satteln. Wir brechen sofort auf.«

Verärgert starrte Wulf auf Ulfried und Heimlinde, die durch den Lärm geweckt worden waren. Er wollte sich jetzt nicht mit Erklärungen aufhalten – jeder Augenblick zählte. Daher beschränkte er sich auf das Notwendigste.

»Wulfgar!« Das Flehen in Ulfrieds Stimme jagte ihm einen Schauer über den Rücken. »Versprecht mir, dass ich nicht noch eine Tochter verliere.«

Wulf straffte sich. »Alles, was in meiner Macht steht, werde ich dafür tun. Betet, dass es mir mit Gottes Hilfe gelingen wird, sie heil zurückzubringen.«

»Was meint er mit ›zurückbringen‹?«, fuhr Heimlinde auf, die grünen Augen misstrauisch auf ihren Gemahl gerichtet.

Wulf drehte sich um und durchschritt die Halle. Anselms erstaunten Blick ignorierte er. Sollte Ulfried Heimlinde ruhig die Wahrheit sagen. Wulf biss die Zähne zusammen. Hoffentlich war es nicht zu spät, und Franka lebte noch.

***

Franka begann zu glauben, Marie könnte mit ihren Vermutungen recht gehabt haben. Es geschah nichts. Nacht- und Morgengebet, Vigil und Laudes, gingen vorüber, ohne dass etwas passierte.

Mutter Isburga hielt sich noch in ihrer Kammer auf. Sie ließ durch Schwester Gertrud ausrichten, sie würde erst zur Terz erscheinen und anschließend die Kapitelversammlung einberufen.

Franka war erleichtert, die Äbtissin während des Stundengebetes zu sehen. Mutter Isburga sah ein wenig mitgenommen aus, legte aber die ihr eigene Ruhe und Stärke an den Tag. Aufmerksam huschte Frankas Blick über die Reihen. Da war Schwester Gertrud mit verkniffenem, strengem Gesichtsausdruck. Ein Stück weiter entfernt stand Marie, bleich und ein wenig zittrig. Daneben – alle überragend und mit einer Miene, als hätte sie eben einen Becher Essig leer getrunken – Edelgard.

Erstaunt betrachtete Franka, wie diese sich langsam zurückzog und schließlich die Kirche verließ. Ob sie die Erlaubnis dazu hatte? Wohl kaum. Was wurde hier gespielt?

Mit dem ersten Teil des Schauspiels wurde Franka konfrontiert, als sie die Kirche verließ. Edelgard schoss auf sie zu. Ihre Gesichtsfarbe wechselte zwischen Rot und Weiß. Bebend streckte sie den dürren Zeigefinger aus. »Du«, stieß sie angeekelt hervor. »Was hast du dir dabei gedacht?«

Völlig überrumpelt brachte Franka hervor: »Ich verstehe nicht, was du meinst.«

»Ach nein?«, fauchte Edelgard mit sich überschlagener

Stimme. »Dann kommst du am besten mit mir ins Skriptorium.«

Einige Schwestern waren stehen geblieben. Franka wollte kein Aufsehen erregen, jetzt, so kurz vor der Versammlung. Also folgte sie der Nonne, die wutschnaubend und zähneknirschend voraneilte.

Im Schreibsaal ging sie zielstrebig auf Frankas Arbeitsplatz zu. Wortlos deutete sie auf das Bildnis des Heiligen Michael. Der Bezwinger Satans, der Seelenwäger, der den Toten das Geleit gab, hatte eine stümperhaft gemalte Schlinge um den Hals.

Franka stieß einen kleinen Schrei aus. Verdattert schaute sie Edelgard an. »Du glaubst doch nicht etwa, dass ich das war?«

Edelgard stemmte die Hände in die Hüften. »Du willst mir schaden, aber ich habe auch nicht erwartet, dass du es zugeben würdest. Nach dieser Schandtat wird selbst die Ehrwürdige Mutter nichts mehr mit dir zu tun haben wollen.«

Franka hatte ihre Erschütterung überwunden. Sie ging zum Gegenangriff über. »Mutter Isburga wird dir gar nichts glauben«, zischte sie auf den Strick deutend. »Ich denke, du hast das Bild selbst ruiniert, um mich zu verunglimpfen. Überragende Leistungen hast du bei der Leitung des Skriptoriums nicht vollbracht – wenn du dich auch geschickter angestellt hast, als ich erwartet hätte. Jetzt versuchst du auf diesem Wege, das Beste für dich herauszuholen. Allerdings solltest du etwas wissen: Ich habe keinen Grund, dich zu schädigen, denn ich werde das Kloster verlassen und heiraten. Gerade jetzt auf der Kapitelversammlung wird es die Ehrwürdige Mutter allen Schwestern verkünden.« Franka hielt einen Moment inne.

Edelgard ließ die Schultern sinken und legte die Stirn in Falten. »Du wirst gehen?«, fragte sie ungläubig.

»Allerdings«, bestätigte Franka. Sie zeigte mit dem Finger auf die Nonne und reckte das Kinn vor. Triumphierend fuhr sie fort: »Und deshalb wirst du dieses Mal nicht mit deinem hinterhältigen Spiel durchkommen – wie damals, als du mir das Rinderhorn mit der Tinte über das Bild gekippt hast.«

Plötzlich sah Edelgard unsicher aus. Ihre Hände rutschten von den Hüften ab, und sie wich Frankas bohrendem Blick aus. »Ich habe dafür gebüßt«, nuschelte sie.

»Tatsächlich? Bevor oder nachdem ich die Nacht auf dem Kirchenboden verbracht habe?«

»Nachher«, gab Edelgard sofort zu. »Pater Quentin hat mir die Absolution erteilt. Die mir auferlegte Buße war Schwester Gertrud allerdings zu gering. Sie hat mir zusätzlich zwanzig Hiebe mit der Rute verpasst.«

Franka verschränkte die Arme. »Mein Mitleid hält sich in Grenzen. Außerdem glaube ich dir nicht, dass Schwester Gertrud dich meinetwegen bestraft hat.«

»Nicht deinetwegen. Ich hatte ein Unrecht begangen. Mit der Züchtigung versuchte sie, mich auf dem rechten Weg zu halten. Ich habe sie damals mit meinem Verhalten sehr enttäuscht. Es hat lange gedauert, bis sie mir wieder ihr Vertrauen schenkte.«

Edelgard seufzte und setzte leiser werdend hinzu: »Die Priorin sorgt sich um dich, Franka. Aus diesem Grund sollte ich dir kaum von der Seite weichen. Sie schätzt deinen wachen Geist. Ich war deshalb immer ein wenig eifersüchtig auf dich.«

Frankas Unterkiefer klappte hinunter. »Du hast den Heiligen Michael wirklich nicht verunstaltet?«, fragte sie zur Sicherheit.

Vehement schüttelte Edelgard den Kopf.

»Doch wer war es dann?«, überlegte Franka laut. »Jemand war letzte Nacht hier. Ich habe Licht gesehen, als ich über den

Hof ging. Du warst nicht im Dormitorium, also hatte ich dich in Verdacht. Wo warst du?«

»Im Herbarium«, antwortete Edelgard, ohne zu zögern. »Schwester Gertrud hat mich dorthin geschickt, um Kräuter für den Stärkungstrank der Ehrwürdigen Mutter zu holen. Im Skriptorium war alles dunkel, da bin ich mir sicher.«

Franka kniff die Augen zusammen. »Marie hat niemanden gesehen, ich habe sie gefragt.«

Edelgard lachte kurz auf. »Wie sollte sie auch, sie war gar nicht da. Schwester Adelheid hat mir die Kräuter gegeben.«

»Sie wird im Krankensaal gewesen sein«, meinte Franka.

»Nein, von dort habe ich Schwester Adelheid geholt.«

»Willst du damit sagen«, platzte Franka, »Marie wäre hier gewesen?«

»Hörst du mir eigentlich zu? Ich sagte doch eben, dass hier kein Licht zu sehen war. Außerdem, wie sollte sie hier hereinkommen? Die Tür war abgeschlossen, und sie hat keinen Schlüssel.«

Erleichterung rauschte durch Franka. Für einen Augenblick glaubte sie, einen Teil des Rätsels entdeckt zu haben, den sie gar nicht sehen wollte. »Ich habe übrigens auch keinen Schlüssel.«

»Stimmt, daran hatte ich gar nicht gedacht. Aber weshalb sagte mir Marie eben in der Kirche, dass ...«

Ein Aufschrei erklang.

»Nicht schon wieder«, entfuhr es Edelgard und stürzte an eine Maueröffnung, Franka hinterher. Der Anblick, der sich den beiden bot, ließ sie erstarren. Die Pförtnernonne lag mit durchschnittener Kehle im Staub. Das Tor stand weit offen, und nun fiel unter Schreien eine Horde berittener Männer in den Hof ein. Sie sprangen sofort von den Pferden, zückten ihre Waffen und stürmten in die Kirche und die umliegenden Gebäude.

»Jesus Christus, stehe uns bei«, stöhnte Edelgard. »Die Unseren sind fast alle im Kapitelsaal versammelt. Was haben diese Kerle vor?«

Franka antwortete nicht. Sie faltete die Hände, sank auf die Knie und betete um das Eintreffen der Hilfe.

»Jetzt treiben sie unsere Schwestern hinaus wie eine Herde Lämmer«, kommentierte die hagere Nonne das Gesehene. »Sie gehen von einer zur anderen, als würden sie jemanden suchen. Herr im Himmel, Franka, was sollen wir nur tun?«

»Beten«, lautete die Antwort. »Und komm endlich von dem Fenster weg, sonst sieht dich noch jemand.«

Edelgard fuhr herum und hockte sich neben sie. »Das hätte ich nicht von dir gedacht. Ich habe dich immer für deine Tatkraft und deinen Mut bewundert – und jetzt?«

Franka blickte in Edelgards grüne Augen. »Hilfe wird kommen«, sagte sie zuversichtlich. »Mein Bräutigam ist auf dem Weg hierher, das fühle ich.«

Edelgards Blick fiel auf das etwa fünf Fuß große Kruzifix, das hinter der ersten Pultreihe mit Klötzen unterlegt auf dem Boden lag, damit die Farbe besser trocknen konnte.

»Nicht nur der«, sagte Franka. »Gestern Abend habe ich einen der Stallburschen nach Marienfeld geschickt. Er müsste bald mit Wulf und seinen Männern hier sein.«

»Du hast von dem Überfall gewusst?«, fragte die andere erstaunt, und ihre Gesichtszüge spannten sich an.

»Ich war gestern auf dem Friedhof und habe Bruchstücke eines Gespräches belauscht.« Mit kurzen Worten gab Franka das Gehörte wieder, unterließ es aber wiederum, von der Nonne mit den Katzenaugen zu sprechen. »Als Anstifterin habe ich Schwester Gertrud in Verdacht, du bist nämlich für die Friedhofsschwester zu groß.«

»Nie und nimmer«, widersprach Edelgard energisch. »Außerdem war sie die ganze Zeit über bei Mutter Isburga.«

Franka erhob sich und trat vorsichtig an die Öffnung. Sie achtete darauf, von unten nicht gesehen zu werden. Grob überschlug sie die Anzahl der Zusammengetriebenen. Ungefähr eine Handvoll fehlte.

Sie fuhr zu Edelgard herum. »Die Kerle scheinen kein Blutbad unter den Schwestern anrichten zu wollen. Wir können ihnen von hier aus nicht zu Hilfe eilen. Schließ die Tür zum Skriptorium ab.«

Zu Frankas Erstaunen griff Edelgard sofort zu dem Schlüssel, der an ihrem Gürtel hing, und eilte die Stufen hinunter. Wenig später kehrte sie keuchend zurück. Keinen Augenblick zu früh. Franka beobachtete, wie sich zwei Männer auf das Gebäude zubewegten. Kurz darauf wurde kräftig an der Tür gerüttelt.

Die beiden Frauen sahen sich mit einer Mischung aus Entsetzen und Erleichterung an. Von ihrem Posten aus verfolgte Franka, wie die beiden Männer zurück über den Hof gingen und das Hauptgebäude betraten. Nach einer kleinen Weile erschienen sie wieder, und einer der beiden hielt etwas in der Hand. Zielstrebig näherten sie sich wiederum der Tür des Skriptoriums.

Franka richtete die Augen auf Edelgards Gürtel. »Du hättest den Schlüssel stecken lassen sollen«, sagte sie tonlos.

Die spitze Nase der Nonne schien noch ein wenig mehr aus dem Gesicht herauszuwachsen. Sie hörten, wie sich unten ein Schlüssel im Schloss drehte. Die Tür öffnete sich knarrend, und mit schweren Schritten polterten die Männer die Treppe herauf.

***

Wulf hetzte Leute und Pferde erbarmungslos. Die Tiere waren müde, nach diesem Gewaltritt am Ende ihrer Kräfte. Einzig Tempête machte einen halbwegs frischen Eindruck.

Das Kloster kam in Sicht, und Wulf ließ seinen Hengst ausgreifen. Der preschte davon und zog die anderen Rösser mit sich, geradeso, als hätten sie erkannt, dass dort vorn ihr Ziel lag.

Alles war ruhig. Im Näherkommen erkannten die Männer jedoch das geöffnete Tor und zogen alle gleichzeitig blank. Anselm und Hagen schlossen zu Wulf, auf und gemeinsam sprengten sie in den Hof.

Etliche Söldner bedrohten dort mit gezückten Schwertern die Nonnen und Novizinnen. Der Erste, der sich von seinem Schrecken erholt hatte, stellte sich Wulf in den Weg. Tempête stieg. Der Söldner versuchte, den Hufen auszuweichen, kam dadurch in Wulfs Reichweite, und dieser nutzte die Gelegenheit. Sofort stieß er zu und durchbohrte den Mann mit der Waffe, die einst Adolf von Eberslohe gehört hatte.

Wulf zog die Klinge zurück, sprang mit einem Satz von seinem Hengst. »Franka!«, brüllte er.

Doch er hatte keine Zeit, die Gesichter unter den schwarzen Schleiern näher zu betrachten, die sich dicht aneinanderdrängten. Der nächste Gegner griff ihn an. Eine Parade, eine blitzschnelle Drehung, und Blut floss aus der aufgeschlitzten Kehle des anderen.

Wulf sah sich um. Seine Männer und seine Unterstützer aus Marienfeld hatten nun ebenfalls das Kloster erreicht und stürzten sich ins entbrannte Kampfgetümmel. Hagen schien spielend mit seinem Angreifer fertigzuwerden, während Anselm sich mühsam gegen zwei verteidigte. Wulf kam seinem Freund zu Hilfe. Gerade als einer der beiden die Arme zum Kopfschlag gehoben hatte, drang sein Schwert durch die Achselhöhle in den Körper des Mannes. Wulf drehte es leicht, versetzte dem Verwundeten einen Tritt in die Seite und zog die Waffe heraus, während er ihn von sich stieß. Der Söldner fiel tot zur Seite.

Sein Kumpan, der sich nun seinerseits zwei Gegnern gegenübersah, drehte sich um und versuchte zu entkommen. Doch Wulf war schneller. Er hetzte hinter dem Flüchtenden her und schlug ihm ins Bein. Wie ein gefällter Baum stürzte der Mann zu Boden, rollte sich um die eigene Achse und wollte Wulfs Leib durchbohren. Doch dieser schlug ihm den Unterarm mitsamt der Waffe ab, drehte sein Schwert herum und stieß es ihm senkrecht ins Herz. Ein letztes Röcheln und der Söldner regte sich nicht mehr. Für einen flüchtigen Moment glaubte Wulf, den Toten schon einmal gesehen zu haben. Doch die Erinnerung war zu dunkel.

Kein neuer Gegner forderte Wulf heraus. Er nutzte die Gelegenheit und wandte sich der Gruppe der Nonnen und Novizinnen zu, die sich immer noch ängstlich in der Hofmitte aneinanderdrängten.

»Wo ist Franka?«, rief Wulf den Schwestern zu.

Niemand antwortete ihm. Entweder wussten sie es wirklich nicht, oder sie waren zu verschreckt, um mit ihm zu sprechen. Wulf blickte sich um. Es war abzusehen, dass seine Männer mit dem Rest der Söldner fertigwürden. Zwei Kerlen war es gelungen, ihre Pferde zu erreichen. Sie galoppierten augenblicklich davon.

Wulf schritt auf das Hauptgebäude zu. Die Wahrscheinlichkeit war groß, dass die Ehrwürdige Mutter sich dort befand. Sie wusste bestimmt, wo er Franka finden würde.

Er eilte in den Empfangsraum der Äbtissin. Wulf hatte richtig vermutet. Mutter Isburga saß an ihrem Pult, vor sich einen Becher. Eine jüngere Nonne stand neben ihr. Sie hatte ihre Hand auf die Schulter der Äbtissin gelegt, als wollte sie Mutter Isburga Mut zusprechen. Eine ältere Schwester mit strengem Gesicht und gebogener Nase drehte sich zu ihm um.

»Wulfgar«, stöhnte die Ehrwürdige Mutter. »Euch schickt der Himmel.«

»Nein«, sagte er. »Franka.«

Die Augen der jungen Nonne starrten ihn hasserfüllt an. Irritiert wandte er sich an die Äbtissin. »Euer Kloster wird angegriffen, und Ihr sitzt hier in aller Seelenruhe und trinkt?« Ohne eine Antwort abzuwarten, fragte er: »Wo ist Franka?«

Mutter Isburga schien ein Stück in sich zusammenzusinken. »Ihr habt sie noch nicht gefunden?«

»Niemand wird sie finden, zumindest nicht mehr rechtzeitig, es sei denn, Ihr trinkt endlich den Becher leer, Ehrwürdige Mutter«, sagte die junge Nonne.

Wulf spannte die Muskeln an. Plötzlich sah er den Dolch in der Hand der Jüngeren aufblitzen.

»Um deines Seelenheils willen: Halt ein, Kind«, rief die ältere Schwester mit dem Raubvogelgesicht.

Als die Junge das Messer an die Kehle der Äbtissin setzen wollte, sprang Wulf vor. Er nutzte die Kante des Tisches als Stütze. Seine Beine flogen durch die Luft. Der eine Fuß traf die Hand, der andere das Kinn der Nonne. Klirrend fiel die Waffe zu Boden. Die Frau taumelte und stürzte rücklings nieder. Augenblicklich war Wulf über ihr. Er packte den Stoff in der Nähe des Halses und schüttelte sie kräftig. Bedenklich schlackerte der Kopf hin und her.

»Was hast du mit Franka gemacht? Wo ist sie?«, brüllte er.

»Wenn Ihr sie so behandelt, wird sie schwerlich reden können«, sagte die ältere Nonne.

»Wer seid Ihr?«, schnauzte Wulf sie an.

»Ich bin Schwester Gertrud, die Priorin des Klosters.«

Wulf wandte sich wieder der Person zwischen seinen Händen zu, hörte aber auf, sie durchzurütteln. Am Kinn der Frau bildete sich ein roter Fleck, der bereits bedenklich anschwoll.

Sie lächelte ihn auf eine Art und Weise an, die Wulfs Blut vereiste. »Nichts habe ich mit ihr gemacht, gar nichts.«

Wulfs Linke drückte ihr die Kehle zu, während er die Rechte drohend zur Faust geballt erhob. »Lass die Mätzchen.«

»Wulf«, erklang es entsetzt von der Tür her. »Was machst du da?«

»Anselm, du kommst gerade zur rechten Zeit. Schnell, fessle dieses Weib mit deinem Gürtel. Mach schon, ich muss Franka suchen.«

Anselm gehorchte. Wulf drehte die junge Nonne grob um und hielt die Hände der Frau auf ihrem Rücken fest, während sein Freund den Lederriemen darumwickelte und dabei fassungslos den Kopf schüttelte.

»Du kommst zu spät«, fauchte die Gefesselte.

»Halt's Maul, Schwester, sonst stopfe ich es dir doch noch«, schrie Wulf außer sich vor Zorn. »Lass sie nicht entwischen«, befahl er Anselm und hastete mit langen Schritten auf die Tür zu.

»Ist der immer so gewalttätig?«, hörte er Schwester Gertrud fragen.

»Nur wenn es um seine Schwägerin geht«, antwortete sein Freund. »Dann sieht er beim kleinsten Anlass rot.«

Als Wulf wieder hinaus in die Sonne trat, sah er zwei seiner Männer und alle verbliebenen Söldner tot im Hof liegen. Hagen versuchte ein wenig hilflos, die Nonnen wie einen Haufen Hühner vor sich herzuscheuchen.

Ein Räuspern ließ ihn herumfahren. Schwester Gertrud stand dort und streckte ihm einen Schlüssel entgegen. »Versucht es im Skriptorium, ich vermute, Franka und Schwester Edelgard sind dort.« Damit deutete sie auf ein weiter links liegendes Gebäude.

Wulf schnappte wortlos den Schlüssel und rannte auf die massive, mit Eisen beschlagene Türe zu. Sie war abgeschlossen. Mit zitternden Händen versuchte er, den Schlüssel ins

Schloss zu stecken. Es gelang ihm nicht ganz. Ein anderer Schlüssel musste sich innen befinden. Also hielt sich dort jemand auf.

Er sah zu den leeren Fensteröffnungen hoch, legte die Hände an den Mund und brüllte: »Franka, bist du da oben?«

Er erhielt keine Antwort.

34. Kapitel

Als die Schritte der Eindringlinge näher kamen, versteckte sich Franka hinter dem Pult der Leiterin, vor dem das Kruzifix lag. Edelgard huschte in den angrenzenden Raum, um sich dort zwischen den Gerätschaften zu verbergen.

Jetzt hörte Franka, wie die Männer die oberste Treppenstufe erreichten.

»Hier ist niemand«, sagte der eine.

»Die Schwester, die uns den Schlüssel gab, war anderer Meinung. Es muss jemand hier sein«, brummte der andere. »Such alles ab.«

Zitternd lauschte Franka den Stimmen, die sich unaufhaltsam näherten. Sie kamen ihr bekannt vor. Franka drückte sich noch enger an das Holz.

Beide Männer sprachen nicht mehr, offensichtlich verständigten sie sich durch Handzeichen. Erleichtert vernahm sie, wie sich die Schritte entfernten.

Plötzlich wurde der Vorhang mit einem Ruck zur Seite gerissen. »Hier ist sie!«, erklang es freudig.

Franka traute sich nicht aus ihrem Versteck hervor. Versteinert hörte sie mit an, wie die Männer Edelgard in den Schreibsaal schleiften.

Sofort bellte der eine: »Bist du allein?«

Die Antwort war ein gehauchtes »Ja«.

»Lass dich anschauen«, brummte der andere. »Eine Schönheit bist du nicht gerade.« Er lachte hämisch. »Was meinst du?«, fragte er seinen Kumpanen. »Ist es die, die wir suchen?«

»Grüne Augen hat sie schon, aber Katzenaugen sehen für mich anders aus.«

»Sprich«, wurde Edelgard aufgefordert, »gibt es noch andere Schwestern im Kloster mit grünen Augen?«

Die Nonne antwortete nicht.

»Was ist denn? Ich habe nicht ewig Zeit.« Das Klatschen einer Ohrfeige erschallte, gefolgt von einem Stöhnen.

»Herr, steh mir bei und vergib mir meine Sünden«, sagte Edelgard laut. »Ich bin die Einzige.«

Hinter dem Pult hielt sich Franka die Hand vor den Mund, um das Schluchzen zu unterdrücken. Ausgerechnet diejenige, die sie immer für ihre Feindin gehalten hatte, log, um sie zu schützen, und opferte sich damit selbst. Offenbar war die Neuigkeit von Frankas Austritt dafür verantwortlich, dass Neid und Eifersucht von Edelgard abgefallen waren.

»Schade«, grunzte einer der Männer. »Viel Spaß wird es mit dir nicht machen. Halt sie fest, ich bin zuerst an der Reihe.«

Vorsichtig lugte Franka hinter ihrem Versteck hervor. Einer der Kerle hockte mit dem Rücken zu ihr und drückte Edelgards Arme auf den Boden. Der andere schob ihren Habit nach oben, zerrte ihre Beine auseinander und kniete sich dazwischen. Sein schwarzes, verfilztes Haar ging nahtlos in einen struppigen Vollbart über. Er schielte auf die Nonne hinunter und zog die Ärmel seiner abgetragenen Kleidung hoch.

Weshalb wehrte sich Edelgard nicht? War sie gewillt, die Schande, die ihr der Halunke antun wollte, demütig hinzunehmen? Franka wusste, gegen zwei kampferprobte Männer hatten sie kaum eine Erfolgsaussicht, doch mit ein bisschen Glück könnte sie zumindest einen der beiden ausschalten.

Langsam tasteten ihre Hände nach dem großen Kruzifix. »Verzeih und hilf mir«, flüsterte sie dem Gekreuzigten zu.

Just in diesem Augenblick schallte Kampflärm aus dem

Hof herauf. Der Mann zwischen Edelgards Beinen erhob sich. Blitzschnell zog Franka ihre Hände zurück, riskierte aber einen weiteren Blick.

Während der eine Mann unverändert Edelgard festhielt, ging der andere zur Fensteröffnung. Er runzelte die Stirn, sah aber nicht allzu besorgt aus. »Wir werden angegriffen«, meinte er lakonisch. Dann jedoch versteifte er sich.

Für einen Moment glaubte Franka, ihren Namen rufen zu hören. War das nicht Wulfs Stimme? Der Mann am Fenster drehte sich abrupt um, schritt auf Edelgard zu und kauerte sich erneut zwischen ihre Schenkel.

»Heißt du Franka?«

»Gott vergib mir – ja«, lautete die leise Antwort.

»Nun, Schwester, ich hoffe, du bist noch unberührt.«

»Sollten wir den anderen nicht lieber zu Hilfe eilen?«, fragte derjenige, der Edelgard festhielt und von dem Franka nur den schmutzig-braunen Haarschopf sah.

Ein lüsternes Grinsen huschte über das Gesicht des Anführers. »Da unten ist der vernarbte Ritter, dem wir das Schwert abgenommen haben. Jetzt nehme ich mir erst die Frau, die ihm etwas bedeutet, bevor wir uns um ihn und seine Leute kümmern.«

Das Klirren von aufeinanderprallenden Schwertern und Schreie tönten nach oben. Wulf war gekommen!

Der Gedanke an ihn verlieh Franka Kraft und Hoffnung. Sie konnte nicht tatenlos zusehen, wie die Männer Edelgard Gewalt antaten.

Erneut tastete Franka nach dem Holzkreuz. Sie kannte das Gewicht des Kreuzes, hatte sie doch selbst geholfen, es hier abzulegen. Sie musste sich anstrengen, aber sie konnte es alleine heben. Der Bärtige war damit beschäftigt, seinen Hosenlatz aufzuschnüren. Edelgard begann zu wimmern.

Franka umfasste das Kreuz mit beiden Händen. Mit aller

Kraft richtete sie sich auf. Ihr Blick traf auf den des Schänders, als sie die geringe Entfernung mit zwei lautlosen Schritten überwand. Der Mann rollte sich blitzschnell zur Seite. Sein Kumpan drehte den Kopf, doch noch ehe er die Gefahr erkennen konnte, ließ Franka das Kreuz niedersausen. Der Querbalken traf den Knienden am Kopf. Sein Schädel wurde durch das Holz eingedrückt, und eine rötliche Masse quoll heraus.

Edelgard schien gar nicht begriffen zu haben, dass sie jetzt frei war. Sie lag immer noch steif da und jammerte.

»Du bist die Richtige«, erkannte der Mann mit dem Bart sofort und zog einen Dolch aus seinem Stiefel. »Ich hatte mich schon über seinen schlechten Geschmack gewundert.«

Langsam ging der Söldner auf sie zu. Franka wich zurück. »Zieh dich aus«, raunte er.

»Niemals!«

Edelgard war verstummt. Sie setzte sich auf, zog die Beine an und umschlang sie fest mit den Armen. Teilnahmslos starrte sie auf ihre Fußspitzen. Selbst als der Bärtige sich neben sie hockte und ihr das Messer an die Kehle hielt, rührte sie sich nicht.

»Haube und Schleier runter, oder deine Freundin stirbt«, befahl er Franka.

Ihr blieb keine Wahl. Zögernd gehorchte sie ihm. *Oh, Wulf, beeile dich!*

»Jetzt dieses schwarze Trauerkostüm.«

Franka reagierte nicht.

Das Messer drückte sich ein wenig fester in Edelgards Hals. Ein Tropfen Blut quoll hervor. Der Blick der Nonne wurde klarer.

»Glaube nicht, Zeit schinden zu können. Dein Ritter wird dich ohnehin nicht mehr rechtzeitig finden.«

Kein Lärm erscholl mehr von unten herauf. Der Kampf musste beendet sein. »Es ist vorbei«, wagte Franka einzuwenden. »Wenn Ihr Euch ergebt, lassen sie bestimmt Gnade walten.«

»Netter Versuch. Aber du hast einen meiner Männer getötet, du musst dafür bestraft werden. Das siehst du doch ein, also runter mit dem Zeug.«

Sie tat, was er verlangte. Wenig später stand sie in dem grob gewebten Unterkleid vor ihm. Der Ausdruck seiner Augen veränderte sich. Sein Blick blieb auf den schlanken Waden haften, die unterhalb des Saumes hervorschauten.

»Komm her und leg dich hin«, befahl er heiser.

Langsam ging Franka auf ihn zu. Sie sah das Schwert, das noch immer an seiner Seite in der Scheide steckte. Das braunschwarz umwickelte Heft stach ihr ins Auge. Es war tatsächlich Wulfs Waffe. Plötzlich überkam sie eine grenzenlose Ruhe. Ein Teil von ihm war bei ihr.

»Lasst die Schwester los«, forderte sie.

Unten wurde an der Tür gerüttelt. Das Gesicht des Söldners bekam rote Flecken. Franka suchte Edelgards Blick. Sie war vollkommen aus ihrer Gleichgültigkeit erwacht und beobachtete aufmerksam die halb entkleidete Frau.

»Ich«, betonte Franka und zog das Wort in die Länge, »werde dann auch ganz brav sein.«

Dabei sah sie den Mann an, ging auf ihn zu und beugte sich zu ihm hinunter. Mit spitzen Fingern, bemüht, einladend zu lächeln, hob sie sanft sein Kinn an. Sein Bart war kratzig, und sie glaubte, das Ungeziefer darin krabbeln zu sehen. Der Mann steckte den Dolch ein und erhob sich.

Franka trat einen Schritt seitwärts. Ihr Gegenüber folgte der Bewegung und drehte Edelgard den Rücken zu. Lautlos erhob sich diese. Sie überragte den gedrungenen Söldner um einen halben Kopf.

»Franka, bist du da oben?«, schallte Wulfs Stimme von unten herauf.

Edelgard sprang vor, schlang einen Arm um den Hals des Mannes und riss ihn mit aller Kraft nach hinten. Sofort griff Franka nach Wulfs Schwert, zog es aus der Scheide.

Dem Söldner gelang es, Edelgard zu packen. Er warf sie über seine Schulter nach vorne. Hart prallte sie mit dem Rücken auf, die Luft entwich aus den Lungen. In dem Augenblick, als sich der Kerl aufrichtete, schlug Franka zu.

Wie vor vielen Jahren gelernt, hielt sie die Waffe waagerecht, ließ sie auf den Hals des Mannes schnellen. Die scharfe Klinge fraß sich in das weiche Fleisch. Sie durchtrennte Sehnen und Muskeln und blieb schließlich in seiner Kehle stecken. Blut spritzte Franka ins Gesicht und auf ihr helles Unterkleid. Sie hob das Bein und trat dem Söldner in den Magen. Er fiel nach hinten, und das Schwert kam frei. Bereit, nochmals zuzustoßen, stellte sie sich über ihn, doch das war nicht mehr nötig. Sie konnte das grenzenlose Erstaunen in seinen weit aufgerissenen Augen erkennen, bevor sein Blick brach.

Franka atmete tief durch. Sie betrachtete das Schwert in ihren Händen. Der Wolf darauf schien ihr zuzuzwinkern. Rostflecken zeugten von der schlechten Behandlung in der letzten Zeit.

Edelgard rappelte sich auf und bekreuzigte sich. »Der Herr sei seiner Seele gnädig. Danke für meine Rettung, Franka.«

Franka fixierte den Toten. »Ich hätte nicht geglaubt, dass ich jemals in deiner Schuld stehen würde, Edelgard«, sagte sie matt.

Lärm drang vom Eingang des Skriptoriums die Treppe herauf. Jemand warf sich gegen die Tür. Edelgard eilte an die Fensteröffnung. »Lasst den Unsinn. Wir kommen sofort.«

Das Schwert immer noch fest umklammernd, folgte ihr Franka die Treppe hinunter. Edelgard schloss auf, öffnete und ließ Franka den Vortritt. Die Sonne schien ihr ins Gesicht. Geblendet schloss sie die Augen.

Sie wurde hochgerissen. Ein Arm umfing ihren Körper, eine Hand hielt ihren Hinterkopf. Lippen pressten sich kurz und heftig auf die ihren.

»Franka, du lebst!«, brüllte Wulf ihr ins Ohr.

»Bald nicht mehr«, brummte eine Stimme, die Franka Hagen zuordnete. »Wulfgar, haltet ein. Ihr erdrückt das Mädel noch, außerdem hat sie jetzt einen Hörschaden.«

Augenblicklich fühlte Franka wieder festen Boden unter den Füßen. Doch der Arm blieb schützend um ihre Taille geschlungen. Franka blinzelte zunächst und öffnete die Augen. Wulf sah strahlend auf sie hinab.

»Oh, der Heilige Georg ist da und will es mit dem Drachen aufnehmen«, frotzelte Edelgard hinter ihr. »Hätte ich mir ja denken können, dass er dein Auserwählter ist.«

»Sieh an, die Spitzmaus«, grinste Wulf.

»Hör auf, ohne Edelgard stünde ich jetzt nicht hier«, verteidigte Franka die Nonne sofort.

Hagen trat näher. Auch ihm war die Erleichterung anzusehen. »Mensch, Mädchen, wie Ihr ausseht! Ich hoffe, es ist das Blut eines anderen.«

Franka nickte und hielt Wulfs Schwert empor. »Das hier hatte er bei sich.«

Wulf griff nach der Waffe, ohne Franka loszulassen. »Sieh mal einer an. Meine Frau bringt mir mein Schwert zurück. Wusste ich doch, dass mir der ein oder andere Halunke bekannt vorkam.« Wulf strahlte über das ganze Gesicht. »Du hast es ihm also abgenommen und ihn damit getötet. Mit welchem Schlag?«

»Hals.«

»Durchgegangen?«

»Nein.«

»Du bist aus der Übung.«

»Wundert es dich?«

Wulf lachte auf und drückte Franka fest an sich.

Die anderen Nonnen und Novizinnen kamen näher. Alle wollten hören, was sich im Skriptorium zugetragen hatte. Doch Franka und Edelgard schüttelten die Köpfe. Sie wollten zuerst die Äbtissin informieren.

In diesem Moment trat Mutter Isburga durch die Tür des Hauptgebäudes in den Hof. Ihr folgten Schwester Gertrud, mit gesenktem Kopf eine gefesselte Nonne und zuletzt Anselm.

Wulfs Freund fühlte sich sichtlich unwohl. Seine Blicke huschten über die Anwesenden, und er kaute nervös auf seiner Unterlippe. Die Gruppe marschierte auf sie zu. Die gebundene Nonne hob den Kopf. Ihr Unterkiefer war angeschwollen und blutunterlaufen, und ihre Augen glühten hasserfüllt.

»Marie«, stieß Franka entsetzt hervor. »Weshalb bist du gefesselt, und wer hat dich geschlagen?«

Marie deutete mit dem unförmigen Kinn auf Wulf.

Franka sah ihn an. »Du hast meine Freundin misshandelt?«

Tränen schossen ihr in die Augen, und sie trat einen Schritt zurück. »Ohne sie hätte ich das hier alles nicht ertragen. Sie hat mir Halt gegeben, ich würde ihr blindlings mein Leben anvertrauen.«

Wulf wurde bleich. »Dann scheint dir dein Leben nicht allzu viel zu bedeuten. Sie war gerade im Begriff, deiner Äbtissin die Kehle aufzuschlitzen. Mir blieb keine Zeit zum Verhandeln.«

Bei diesen Worten wich Franka alle Farbe aus dem Gesicht. Tonlos sagte sie zu der Gefesselten: »Du warst es also.«

Ein Lächeln erschien auf Maries Lippen. Durch den angeschwollenen Kiefer glich ihr Gesicht einer Fratze. »Ja, Franka – immer.«

»Das begreife ich nicht. Du hast das Heiligenbild verunstaltet, um dich an mir zu rächen, weil ich gehe. Aber warum dieser Überfall?«, stieß Franka verwirrt hervor.

»Du hast mich nie verstanden«, antwortete Marie und sah traurig aus.

Mutter Isburga mischte sich ein. »Wir besprechen alles Weitere im Inneren.«

Im Empfangsraum der Äbtissin stand noch immer der Becher auf dem Pult. Mutter Isburga nahm Platz und stellte ihn mit spitzen Fingern zur Seite. Marie stand zwischen Anselm und der Priorin, Wulf, Franka und Edelgard dem Trio gegenüber.

»Ich glaube, Franka hat ein Recht darauf, zu erfahren, in welche Gefahr wir sie gebracht haben«, eröffnete die Ehrwürdige Mutter das Gespräch.

Schwester Gertrud sah plötzlich schuldbewusst aus. »Marie«, begann sie zögernd, »ist meine Nichte.«

Franka schnappte nach Luft. »Tristans Schwester?«

Nun war es an der Priorin, erstaunt dreinzublicken. Hastig gab Franka die Umstände des Treffens auf dem Friedhof wieder.

Schwester Gertrud nickte dazu. »Der Teufel erscheint uns oft in der Gestalt eines Engels. Ein Teil meiner Abmachung mit meiner Nichte bestand darin, dass Marie niemals ein Familienmitglied kontaktieren dürfe. Zumindest daran hat sie sich gehalten. Weder Tristan noch ihre Eltern wissen, dass sie den Brand ihres Klosters überlebt hat. Ich bin mir bis heute nicht sicher, ob sie dabei nicht auch ihre Hände im Spiel hatte.«

Fragend blickte Franka Marie an.

»Damit habe ich tatsächlich nichts zu tun«, behauptete sie prompt.

Schwester Gertrud atmete tief durch. »Eine Sünde weniger, doch es bleiben noch mehr als genug übrig. Als ich erfuhr, dass Marie noch lebte, bat ich die Ehrwürdige Mutter, sie in diesen Konvent holen zu dürfen, um sie unter Aufsicht zu wissen. Zunächst war ich dagegen, dass ausgerechnet du sie zu Beginn unterstützen solltest. Mit einer Mischung aus Entsetzen und Hoffnung habe ich beobachtet, wie ihr beide euch anfreundetet. Du schienst jedoch einen guten Einfluss auf sie auszuüben.«

Auf ihrem Raubvogelgesicht zeigte sich ein bekümmerter Ausdruck. »Als Schwester Hedwig starb, wurde ich misstrauisch. Ich konnte Marie jedoch nichts nachweisen und behielt meine Befürchtungen für mich. Vergeblich kämpfte ich darum, dass sie nicht auch noch Leiterin des Herbariums wurde. Und dann stürzte Schwester Almatia die Treppe hinab.«

Die Priorin blickte zu Franka. »Wieder konnte ich keine Beweise für Maries Schuld finden. Alles sah tatsächlich nach einem Unglücksfall aus. Nur eines störte mich: Der Skriptoriumschlüssel Schwester Almatias blieb verschwunden. Ich suchte überall. Erst heute habe ich ihn wiedergesehen, als Marie ihn diesem Söldner übergab.«

Franka glaubte, das eben Gehörte nicht verstehen zu können. Ihr Gehirn verweigerte schlichtweg die Mitarbeit.

Wulfs Arm legte sich um ihre Schulter. Seine Augen waren fest auf Mutter Isburga gerichtet. »Ihr habt sie absichtlich in Gefahr gebracht«, sagte er vorwurfsvoll.

»Ich war sicher, Franka sei die Richtige, um die verirrte Seele wieder auf den richtigen Pfad zu führen. Hätte ich geahnt, wie verloren diese bereits war, nie hätte ich den Versuch gewagt.«

Franka fasste sich mit den Händen an den Kopf. Allmählich begriff sie. »Ich will es von dir hören, Marie«, sagte sie schwach. »Was hat dich dazu bewogen, all diese Menschen zu töten?«

Marie lächelte entrückt. »Es hatte verschiedene Gründe.

Schwester Hedwig habe ich für mein Fortkommen getötet. Ich ertappte sie dabei, wie sie sich an dem Vorrat der Maiglöckchenblüten bediente.«

Franka keuchte. »Und mir hast du gesagt, du wüsstest von nichts, bis ich sie schließlich selbst beobachtet habe.«

Marie zuckte mit den Achseln und grinste ihre Tante an. »Vorsorglich habe ich Franka von dem Diebstahl erzählt und den Verdacht auf Euch gelenkt.«

Die Priorin schnappte nach Luft. »Was sollte ich denn damit anfangen?«

Marie neigte den Kopf ein wenig zur Seite. »Ich habe Franka über die Wirkung aufgeklärt und behauptet, Ihr sammelt sie, um Mutter Isburga damit umzubringen. Da ich meiner … Freundin auch sagte, gesunde Menschen seien wohl nicht damit zu töten, habe ich der Ehrwürdigen Mutter eine Herzschwäche angedichtet.«

»Was?«, fuhr diese von ihrem Stuhl hoch, während Schwester Gertrud nur ein entsetztes Schnaufen hören ließ. »Ich bin vollkommen gesund.«

Sanft antwortete Marie: »Aber das wusste Franka doch nicht, und sie hätte Euch nie danach gefragt.«

»Weiter«, drängte Franka. Maries selbstgefälliges Lächeln verursachte ihr eine Gänsehaut.

»Schwester Hedwig hingegen hatte tatsächlich eine Herzschwäche, wenn sie diese auch vor allen anderen verbarg. Mir konnte sie jedoch nichts vormachen. Als sie im Winter krank wurde, habe ich nur ein wenig nachgeholfen, indem ich die Dosis erhöhte. Wie Maiglöckchengift bei kleinen Kindern wirkt, wusste ich bereits. Aber die Gesundheit eines Erwachsenen musste schon sehr angegriffen sein.«

»Du willst doch damit nicht andeuten, du hast damals das Kind aus deiner Nachbarschaft vergiftet, von dem du mir erzählt hast?«, brach Franka hervor.

Überrascht sah Marie sie an. »Es war doch nur ein Bauernkind, ständig hungrig und eines von vielen. Kein wirklicher Verlust. Ich habe ihm lediglich die leuchtend roten Beeren gezeigt. Gegessen hat es sie selbst.«

Franka drückte sich Halt suchend an Wulf. Sein Arm wanderte von ihrer Schulter hinunter zur Hüfte und presste sie stärker an sich. Doch er sagte nichts.

»Wie dem auch sei«, fuhr Marie fort. »Mein Plan war aufgegangen. Schwester Hedwig war tot, und ich wurde ihre Nachfolgerin.«

»Was war mit Schwester Almatia?«, fragte Franka, nicht sicher, ob sie die Wahrheit wirklich hören wollte.

Marie sah plötzlich wehmütig aus. »Das habe ich für dich getan, Franka.«

Diese begann zu zittern. »Wie bitte?«

»Die verbohrte alte Frau war neidisch auf dein Talent. Von euren ständigen Streitereien hast du mir erzählt. Sie hatte ihr Leben ohnehin schon fast hinter sich. Ich habe das Ende nur ein wenig beschleunigt.«

»Aber wir hatten uns doch ausgesprochen«, widersprach Franka.

»Das wusste ich zu dem Zeitpunkt noch nicht. Während ihr das Stundengebet verrichtet habt, bin ich zu ihr gelaufen. Es war leicht, ihr einen Stoß zu versetzen. Ich habe den Schlüssel für alle Fälle an mich genommen und bin zurück ins Herbarium geeilt. Alle waren in der Kirche und Schwester Ludmilla zu krank, um meine kurze Abwesenheit zu bemerken. Leider war es umsonst. Du hast die Stelle der Leiterin nicht bekommen. Sonst hättest du mich bestimmt nicht wegen dem da verraten.« Ihr Kopf ruckte in Richtung Wulf.

Franka spürte, wie seine Finger kurz fester ihre Hüfte umfassten, ansonsten blieb er ruhig.

»Und Isabel?«, brachte Franka das Gespräch zurück auf

den Punkt. »Sie starb, damit das Ansehen deiner Familie nicht leidet.«

»Genau«, bestätigte Marie. »Das kleine Luder hat sich an Tristan herangemacht und ihn verführt, wollte in eine adelige Familie aufsteigen. Weil sie guter Hoffnung war, mussten sie mich einweihen. Tante Gertrud hat mir wohlweislich den Namen des Vaters verschwiegen, doch ich konnte ihn Isabel entlocken. So blöd, eine Bürgerstochter ehelichen zu wollen, konnte nur mein Bruder sein. Du hast die richtigen Schlüsse über ihren Tod gezogen, Franka. Ich habe Isabel unter dem Vorwand auf den Turm gelockt, Tristan hätte einen Brief für sie dort versteckt. Da ich nicht schwindelfrei wäre, habe ich gesagt, müsste sie selbst auf die Brüstung steigen, um ihn zu holen.«

Marie grinste bei der Erinnerung daran. »Dabei bin ich selbst vorher dort hinaufgeklettert, um einen Stein zu lockern und einen kleinen Hohlraum zu schaffen, damit es so aussieht, als wäre dort ein Versteck. Als Isabel oben stand, habe ich sie mit der vorher bereitgelegten Holzstange hinuntergestoßen. Den Stock habe ich danach auf der anderen Seite aus der Fensteröffnung geworfen und später verschwinden lassen. Isabels Augen hättet ihr sehen sollen, als sie begriff, dass sie sterben muss.« Marie kicherte, verzog aber sogleich schmerzverzerrt den Mund.

»Als ich dir dann eröffnete, das Kloster verlassen zu wollen, war auch mein Tod beschlossene Sache«, sagte Franka nüchtern.

»Du hast es nicht anders verdient. Mich zu verraten, nach allem, was ich für dich getan habe«, fauchte Marie. »Zu dumm, dass du gestern ausgerechnet auf dem Friedhof herumschnüffeln musstest. Glücklicherweise hast du mich nicht erkannt. Während du meiner Tante in die Arme gelaufen bist, bin ich ins Skriptorium geeilt und habe den Erzengel verschönert.

Am nächsten Tag habe ich es eingerichtet, in der Kirche neben Edelgard zu stehen.«

Ein schelmischer Ausdruck trat in ihre Augen. »Hast du zufällig ihr Gesicht gesehen, als ich ihr sagte, du hättest mir gestanden, eine Überraschung für sie vorbereitet zu haben? Was genau das war, wolltest du mir natürlich nicht sagen, doch es musste etwas mit der Illumination des Heiligen Michael zu tun haben.«

»Du verdorbenes Weib«, rief Edelgard aufgebracht. »Bleich und zittrig standest du da und hast mich beschworen, Franka kein Sterbenswörtchen davon zu sagen, dass der Hinweis von dir kam.«

Frankas Mageninhalt wollte sich heben. Tief atmete sie durch. »Weshalb der Überfall, wieso wolltest du Mutter Isburga beseitigen?«

»Liegt das nicht auf der Hand?«, fragte Marie zurück. »Ich wollte nun selbst Äbtissin werden. Früher habe ich einmal geglaubt, wir beide könnten hier richtig glücklich sein. Du als Leiterin des Skriptoriums, ich des Herbariums. Wir hätten dieses Kloster bis weit über die Landesgrenzen hinaus berühmt gemacht. Später hättest du die Ehrwürdige Mutter ersetzt und ich die Priorin. Ich sah unser Leben in den schönsten Farben vor mir liegen. Und dann taucht dieser, dieser …«

Wulf zog eine Augenbraue hoch. »Mann?«, fragte er.

Marie warf ihm einen bösen Blick zu. »Jedenfalls willst du ihn heiraten und mich verlassen, wo ich doch alles für dich getan habe. Leiden solltest du dafür, Angst haben in deinen letzten Augenblicken auf Erden. Also heuerte ich diese Söldner an. Das war leicht, denn einer von ihnen lag im Infirmarium.«

Ihr Blick bohrte sich in Wulfs. »Er kam gerade in dem Augenblick herein, als ich der Ehrwürdigen Mutter und meiner Tante eröffnete, ich würde sofort für die Beendigung des Überfalles sorgen, wenn Mutter Isburga den Becher mit dem Gift austrinken würde.« Marie verstummte. Zunächst herrschte Schweigen im Raum.

Die Äbtissin war grau im Gesicht. »Welch eine Schlange haben wir nur an unserem Busen genährt?«

»Eigentlich waren sie alle selbst an ihrem Unglück schuld«, sagte Marie aufgebracht. »Schwester Hedwig hat mich ständig herabgesetzt. Franka hat Schwester Almatia auf dem Gewissen, mein Bruder seine geliebte Isabel. Mich würde nur interessieren, wie es dir, Franka, gelungen ist, mit den beiden Männern fertigzuwerden, die ich euch ins Skriptorium hinterhergeschickt habe.«

Da Wulf ihr aufmunternd zunickte und alle anderen sie gespannt ansahen, begann Franka stockend zu erzählen, gelegentlich von Edelgard unterstützt.

»Ich habe zwei Menschen umgebracht«, endete sie schließlich und konnte das Schluchzen nun nicht mehr zurückhalten.

»Pater Quentin wird dir die Beichte abnehmen und die Absolution erteilen«, versprach Mutter Isburga. »Maries Seele hingegen ist, so fürchte ich, nicht mehr zu retten.«

Zwei Tage später gewährte Pater Quentin Franka die Absolution und legte ihr eine milde Buße auf. Wulf ließ die gewünschte Urkunde für den Konvent erstellen, obwohl Mutter Isburga beschämt versicherte, sie nach diesen Vorkommnissen nicht annehmen zu können.

Schwester Gertrud zog aus ihrer Schlafkammer aus. Die Fensteröffnung war vergittert und somit der ideale Raum, um Marie darin unterzubringen. Als Nonne unterlagen ihre Taten dem Kirchenrecht. Es würde etwas dauern, bis ein Urteil gesprochen wäre, und solange sollte sie sicher verwahrt sein.

Anselm war völlig durcheinander. Franka bemerkte, wie Wulfs Freund an den jüngsten Erlebnissen zu kauen hatte und ihr immer wieder prüfende Blicke zuwarf. Sie hatte nicht den Eindruck, als würde Anselm sich über Wulfs Glück freuen. Eine mörderische Benediktinerin und eine abtrünnige Nonne waren schlichtweg zu viel für ihn.

So war Anselms Gesicht das einzig missmutige, auf das die Sonne schien, als die Gruppe drei Tage später nach Marienfeld aufbrach.

35. Kapitel

Mai 1232

Der Wonnemonat hüllte den Röllberg in ein grünes Kleid. Die Sonne brach immer häufiger zwischen den Wolkenfeldern hindurch und tauchte den Rittersitz in ihr strahlendes Licht.

»Ach, hier steckst du«, sagte Wulf, als er seinen Freund endlich im Stall fand, dem letzten Ort, wo er ihn vermutet hätte. Anselm tätschelte seinem Schimmel den Hals und brummte nur.

»Würdest du bei meiner Hochzeit etwas auf der Laute spielen?«, fragte Wulf erwartungsvoll.

Unverwandt starrte Anselm auf die weißen Pferdehaare, schüttelte wortlos den Kopf.

Wulf spannte sich an. Jetzt war offenbar der Zeitpunkt gekommen, an dem sein Freund ihm sagen würde, was ihn bedrückte. Seit Wulf Franka mit auf den Röllberg gebracht hatte, sprach er so gut wie gar nicht mehr.

Wulf dachte kurz an das Gespräch zurück, das er mit Anselm im Kloster geführt hatte. Als Wulf ihm von seiner ungültigen Ehe und der Dispens erzählt hatte, hatte Anselm keine Miene verzogen. Das beharrliche Schweigen seines Freundes hatte Wulf geärgert, doch er kannte Anselm gut genug, um zu wissen, dass es besser war, ihn nicht zu drängen.

Auch beim späteren Streit mit Heimlinde von Marienfeld hatte Anselm schweigend zugehört. Frankas Mutter überhäufte ihre Tochter mit schweren Vorwürfen, ihre glänzende Zukunft an einen Mann zu verschwenden. Sie machte keinen

Hehl aus ihrer Enttäuschung. Ulfried versuchte zu vermitteln, doch es endete damit, dass Franka weinte. Darüber war Wulf so zornig geworden, dass er sich nur mit Mühe beherrschen konnte, Heimlinde nicht die Hände um den Hals zu legen und zuzudrücken. Zügig waren sie nach Lomere geritten.

Nun stand ihre Vermählung kurz bevor, und Wulf konnte nicht länger warten. Er musste endlich wissen, was seinen Freund bedrückte.

Beunruhigt sah er zu, wie sich Anselms Finger kurz in der Mähne seines Wallachs verkrampften, ehe er sich umdrehte: »Lass uns nach draußen gehen. Ich muss dir etwas sagen.«

Ahnungsvoll folgte Wulf seinem Freund, der auf den Kräutergarten zusteuerte und sich dort auf der Bank niederließ. Er streckte die Beine aus. Wulf setzte sich neben ihn und tat es ihm gleich. Anselm starrte auf seine Stiefelspitzen.

»Ich werde euch alle schrecklich vermissen«, begann er, während er seine Finger knetete.

»Du willst uns verlassen?« Wulf hatte mit Vorwürfen wegen Franka gerechnet, aber nicht damit.

»Den Rest deines Lebens wirst du mit dem Menschen verbringen, den du am meisten liebst. Mich brauchst du jetzt nicht mehr.«

»Was redest du da für einen Unsinn?« Wulfs Zähne knirschten, als er sie zusammenbiss.

»Franka mag mich nicht besonders und, ehrlich gesagt, ich sie auch nicht«, presste Anselm hervor.

»Du willst mir doch wohl nicht einreden, sie hätte von dir verlangt zu verschwinden?«

Jetzt löste Anselm seinen Blick von den Füßen und sah Wulf an. »Manchmal bist du wirklich schwer von Begriff.«

Beleidigt verschränkte Wulf die Arme, doch sein Freund ignorierte ihn. Leise gestand er: »Ich habe Melinda geliebt.«

»Das ist keine Neuigkeit«, brummte Wulf.

Gequält lächelte Anselm. »Nicht so, wie du glaubst.«

Wulf löste seine Arme und faltete stattdessen die Hände. »Wie ein Mann eine Frau eben liebt.«

»Wer hat dir das gesagt?« Die blauen Augen seines Freundes waren weit aufgerissen. Er spannte sich an. »Von selbst bist du nicht daraufgekommen, oder war ich so schlecht darin, meine Gefühle für Melinda zu verbergen?«

»Meine Mutter«, gab Wulf zu – verärgert, weil Anselm mit seiner Vermutung recht hatte.

Beschwörend sah sein Freund ihn an. »Glaube mir, niemals habe ich Melinda in unzüchtiger Weise berührt.«

Mit einem verständnisvollen Lächeln legte Wulf Anselm die Hand auf die Schulter. »Das weiß ich.«

Erleichtert sackte sein Freund in sich zusammen. »Aber ebendiese Gefühle für Melinda sind es, die mich daran hindern, hierzubleiben. Franka nimmt ihren Platz an deiner Seite ein. Sie wird dort sitzen, wo Melinda einst gesessen hat, und sie wird dort schlafen, wo sie geschlafen hat, und sie wird die Dinge berühren, die sie berührt hat.«

Anselm stockte kurz und flüsterte beinahe, als er weitersprach: »Es kommt mir vor, als würde Franka die Plätze Stück für Stück entweihen, an denen ich immer noch Melinda vor Augen habe.«

Wulfs Hand war während Anselms Rede von dessen Schulter gerutscht. Seine Kiefermuskeln mahlten. Langsam antwortete er: »Es tut weh, wenn du so etwas sagst. Franka nimmt nur den Platz ein, der ihr von Anfang an zugedacht war. Ich werde dich vermissen, doch es ist wohl wirklich besser, wenn du gehst. Wohin willst du?«

»Ich bleibe in der Nähe, für alle Fälle.« Anselms Grinsen geriet ein wenig schief. »Mein älterer Bruder hat vier Söhne, die prächtig gedeihen. Die Erbfolge ist gesichert. Mein Vater hat nichts mehr gegen meinen Eintritt in ein Kloster einzuwenden. Dir ist bekannt, wie oft ich nach Syberg gepilgert bin. Nicht nur des Heiligen Anno wegen. Ich habe lange Gespräche mit Abt Lambert geführt. Meiner Aufnahme in die Benediktinerabtei steht nichts mehr im Wege. Morgen in der Früh werde ich aufbrechen und zu Fuß in ein neues Leben gehen.«

Wulf brauchte eine Weile, bis die Worte ganz zu ihm durchgedrungen waren. Dann umarmte er Anselm fest. Er dachte an Raschids Vorhersage, erwähnte sie aber nicht. »Es scheint mein Schicksal zu sein, immer wieder einen Menschen, den ich liebe, an ein Kloster zu verlieren.«

Sein Freund erwiderte die Umarmung. »Du verlierst mich nicht. Wir sehen uns wieder, und dann erzählst du mir, wie du das Wildpferd gebändigt hast.« Anselm seufzte. »Weißt du, Wulf, eigentlich erwarte ich eher, dass Franka dich im Zaum hält. Sie mag sein, wie sie will, aber sie liebt dich mehr als alles auf der Welt. Du kannst dich wirklich glücklich schätzen.«

»Das bin ich auch, Anselm, das bin ich wirklich.«

✳✳✳

Am folgenden Tag brach Anselm auf. Wulf sah ihm traurig nach, und Franka zog sich mit ungutem Gefühl in den Garten zurück. Sie hatte eine Nachricht von Mutter Isburga erhalten. Als sie die Lektüre des Briefes beendet hatte, liefen ihr Tränen über das Gesicht und tropften auf das Pergament.

Ein Geräusch ließ Franka aufblicken. Wulf kam auf sie zu. Wortlos setzte er sich neben sie auf die Bank und legte seinen Arm um ihre Schulter. Sie kuschelte sich an ihn, und statt des Briefes wurde jetzt sein Hemd nass.

»Was ist geschehen?«, fragte Wulf leise.

Franka schluchzte auf. »Marie«, stammelte sie. »Sie hat versucht zu fliehen und dabei den Stall in Brand gesetzt. Es wurden nur noch ihre verkohlten Überreste gefunden.«

»Vielleicht ist es das Beste«, meinte Wulf. »Mir läuft es immer noch kalt den Rücken hinunter, wenn ich daran denke, in welcher Gefahr du geschwebt hast.«

Bedrückt presste Franka hervor: »Hätte ich mich nicht für dich entschieden und sie dadurch so unglaublich verletzt, wäre sie nie auf den Einfall gekommen, mir etwas anzutun. Sie hat mich geliebt.«

»Das Erstere mag stimmen«, gab Wulf zu, »doch wirklich geliebt hat sie dich nicht.«

Franka wischte sich über die Augen. »Wie meinst du das?«

Zärtlich strich Wulf über ihr schimmerndes kurzes Haar. »Wahre Liebe ist niemals selbstsüchtig. Ich wollte dich für mich, das ist richtig, doch nicht um jeden Preis. Am allerwichtigsten für mich ist dein Glück, egal, wo und mit wem. Gegen deinen Willen hätte ich dich nie aus dem Kloster geholt.«

Franka dachte einen Augenblick darüber nach. »Ich habe Angst, Wulf«, sagte sie schließlich.

»Wovor könntest du dich denn fürchten, kleine Schwertkämpferin?«

»Vor meinem neuen Leben. Alles war mir so vertraut, und jetzt hat es sich völlig verändert. Ich weiß nicht, ob ich deine Erwartungen in mich erfüllen kann.«

»Glaubst du, mir geht es anders? Vielleicht findest du mich irgendwann gar nicht mehr so bewundernswert und bereust es, dich für mich und gegen deine Treue zu Christus entschieden zu haben.«

Energisch schüttelte Franka den Kopf. »Das kann ich mir nicht vorstellen. Ich bin glücklich hier, und solange du mich liebst, wird sich das bestimmt nicht ändern.«

»Dann brauche ich mir keine Sorgen mehr zu machen«, erwiderte Wulf grinsend.

Franka lächelte ihn an. »Habe ich dir schon einmal gesagt,

dass mein Herz viel schneller schlägt, wenn du dieses freche Lausbubengesicht aufsetzt?«

Augenblicklich verschwand es. Stattdessen erschien ein Ausdruck in Wulfs Augen, den Franka nicht deuten konnte, der jedoch dieselbe Wirkung auf sie hatte.

»Mir ist gerade noch etwas eingefallen, was dir ebenso Herzklopfen bereitet.«

Wulf beugte sich vor und küsste sie sacht auf die vollen Lippen. Franka drängte sich ihm entgegen, wollte mehr von diesen Zärtlichkeiten spüren. Sein Mund wanderte über ihre Wange und liebkoste ihren Hals.

Instinktiv beugte Franka den Kopf nach hinten und bot ihm ihre Kehle dar. Sie klammerte sich an die kräftigen Muskeln seiner Oberarme, die sie durch das Hemd spüren konnte. Ein kleiner Laut entfuhr ihr, als Wulf sie zärtlich ins Ohrläppchen biss.

Unvermittelt richtete er sich auf. Sein Atem ging schwer.

»Was ist?«, fragte Franka bedauernd.

»Wir müssen nur noch einen Tag warten, kleiner Dachs. Ab morgen sind wir wirklich vereint.«

***

Abermals stand Wulf vor dem Altar der Lomerer Kirche. Dieses Mal strahlte er über das ganze Gesicht. Nicht wenige der Hochzeitsgäste, die auch bei seiner ersten Vermählung zugegen gewesen waren, wunderten sich darüber. Franka war zwar hübsch anzusehen mit dem weißen Blütenkranz im dunklen Haar und dem beigefarbenen Leinenkleid, doch kein Vergleich zu der unglaublichen Schönheit ihrer Schwester.

Frankas Hände bebten leicht, als Wulf ihr den Goldreif an den Finger steckte. »Nun bist du endlich mein«, flüsterte er ihr zu.

Vor der Kirchentür empfing sie blendender Sonnenschein, und Hagen erwartete sie mit Samara und Tempête an den Zügeln. Wulf hob Franka in den Sattel der großen Stute und schwang sich auf seinen Hengst. Nachdem alle anderen aufgesessen waren, ritten sie durch das Kirchdorf. Die Bewohner standen vor den Häusern und winkten dem Brautpaar fröhlich zu.

Ein weiteres Mal bogen sich die Tafeln in der Halle auf dem Röllberg unter der Last eines Hochzeitsmahles. Stolz betrachtete Wulf die aufgeregte Franka an seiner Seite. Johannes vom Röllberg hatte sein Erstaunen über die Wahl seines Sohnes schnell überwunden und war beruhigt, dass es Aussicht auf den Fortbestand der Familie gab. Alvara freute sich sehr für die beiden, und Wulf selbst glaubte, vor lauter Glück schier zu platzen.

Sein Blick wanderte über die Anwesenden. Heimlinde von Marienfeld hatte es vorgezogen, der Festlichkeit fernzubleiben, nur Ulfried war gekommen. Er sah nicht mehr so kränklich aus und unterhielt sich angeregt mit Alvara. Ritter, Ministeriale, aber auch Freie und Tagelöhner, welche die zum Röllberg gehörenden Ländereien bewirtschafteten, fanden sich in der Halle wieder. Einzig zwei Gäste fehlten, die Wulf schmerzlich vermisste: zum einen sein Freund Anselm, der wohlbehalten im Syberger Benediktinerkloster angekommen war, und Heinrich von Schonrode. Der alte Haudegen war vor einiger Zeit gestorben, doch Wulf wusste, der Recke wäre zufrieden mit ihm gewesen.

Hatte er sich bei Melinda viel Zeit gelassen, brannte Wulf nun vor Ungeduld, endlich mit Franka allein zu sein. Immer wieder schaute er zu seiner Braut hinüber und fing dabei die amüsierten Blicke seiner Mutter auf. Niemand würde ihn diesmal an seine Pflichten erinnern müssen. Als Franka die Gesellschaft verließ, musste Alvara ihn sogar zurückhalten, seiner Frau nicht augenblicklich zu folgen.

Nervös wartete er eine kleine Weile und verabschiedete sich schließlich von den Gästen. Bemüht gelassen verließ er die Halle. Kaum hatte er sich den Blicken der anderen entzogen, hastete er zu seiner Kammer. Mit klopfendem Herzen stand er davor. Von innen war aufgeregtes Kichern zu hören. Franka war noch nicht allein. Wahrscheinlich erzählten ihr die Mägde von ihren eigenen Erfahrungen. Gerade als er sich entschlossen hatte, dem Treiben ein Ende zu setzen, öffnete sich die Tür, und zwei junge Frauen kamen heraus. Erschrocken schlugen sie sich die Hände vor den Mund, als sie so plötzlich vor dem Bräutigam standen, und warfen sich wissende Blicke zu.

Mit einer harschen Kopfbewegung gab Wulf ihnen zu verstehen, schleunigst zu verschwinden. Grinsend gehorchten sie. Er atmete tief durch, trat ein und schloss hinter sich die Tür.

Franka stand an der Fensteröffnung und blickte hinaus auf die Felder und sanft geschwungenen Hügel. Sie trug ein helles, fein gewebtes Unterkleid. »Ich kann nicht glauben, dass all das hier tatsächlich passiert«, murmelte sie. »Oh, Wulf, wann kommst du endlich?«

»Ich bin doch schon da«, sagte er sanft.

Franka flog herum. Sie lief auf ihn zu und schlang ihre Arme um seinen Hals. »Küss mich, Wulf, so wie damals im Stall.«

Seine linke Hand streichelte ihren Rücken, die rechte legte er auf ihr Gesäß und zog sie eng an sich. Zärtlich berührten seine Lippen die ihren. Sie kam ihm entgegen und öffnete leicht ihren Mund. Ihre Zunge näherte sich zögernd der seinen, während sich ihre Hand durch seine Locken wühlte.

Wulf fühlte das Blut durch seine Adern rauschen. Nie hätte er geglaubt, dass ein Kuss so erregend sein könnte.

Sanft löste er sich von Franka und nahm erfreut ihren enttäuschten Gesichtsausdruck wahr. Ohne ein weiteres Wort hob er sie hoch und trug sie zum Bett. Vorsichtig legte er sie nieder, öffnete die Schnüre seines Hemdes und zog es sich über den Kopf. Franka lächelte, als ihr Blick auf die hölzerne Dame fiel, die um seinen Hals baumelte.

Wulf wandte sich ab und drehte ihr den Rücken zu, als er sich seiner Schuhe und Beinkleider entledigte. Er tastete nach dem Laken und zog eine Ecke über seine Blöße, schließlich hatte Franka noch nie einen nackten Mann gesehen – glaubte er jedenfalls. Behutsam drehte er sich um.

Frankas Unterkleid lag auf dem Boden, und sie hatte sich unter die Decke gekuschelt. Mit ihren Katzenaugen sah sie ihn neugierig an. Obwohl es nicht nötig erschien, versuchte Wulf, ihr aufmunternd zuzulächeln. Er legte sich neben sie.

»Darf ich dich berühren?«, fragte sie zaghaft.

»Wo immer du willst«, grinste er und rollte sich auf den Rücken.

Franka drehte sich auf die Seite. Ihre Hand strich ihm eine Locke aus der Stirn. Sie ließ ihre Finger über sein Gesicht wandern und fuhr die Kontur der Narbe nach. Ihre Fingernägel kratzten leicht an den kleinen Stoppeln, die sich seit der letzten Rasur durch die Haut gebohrt hatten. Sie tastete nach den starken Halsmuskeln, streichelte sanft über seinen Kehlkopf und erreichte schließlich seine Brust.

Wulf hatte das Gefühl, an den Stellen, die Franka berührt hatte, lichterloh in Flammen zu stehen. Beinahe hätte er ihre Frage überhört. »Darf ich dich küssen?«

»Wann und wo du willst«, presste er heraus und bemühte sich, sich weiter unter Kontrolle zu halten.

Er schloss die Augen, riss sie aber sogleich wieder auf, als zwei Fingerspitzen zärtlich seine Brustwarze umkreisten und kleine feuchte Küsse seine Haut benetzten. Er keuchte auf.

Sofort hielt Franka inne. »Habe ich etwas falsch gemacht?«, fragte sie.

»Nein«, murmelte Wulf mühsam beherrscht.

Es war ein Fehler gewesen, ihr zum jetzigen Zeitpunkt diese Freiheiten zu gestatten. Es mochte ihr die Scheu nehmen, sofern sie welche hatte, seiner Selbstkontrolle jedoch war ihr Streicheln abträglich.

Frankas Hand löste sich von seiner Brust und wanderte tiefer. Sie strich über den Bauch und kitzelte ihn am Nabel.

Wulf hielt die Luft an.

Mit ihren Berührungen brachte sie ihn an den Rand des Wahnsinns, und jetzt folgte sie mit kleinen kreisenden Bewegungen der Spur der Haare, die sich von seinem Nabel an abwärtszog.

Wulf stöhnte auf und fing entschlossen Frankas Hand ab, ehe sie ihr Ziel erreicht hatte. Er warf sich herum und Franka damit auf den Rücken.

»Nicht jetzt«, presste er hervor. »Nun bin ich dran.«

Er begann, den Körper seiner Braut zu streicheln. Mit Genugtuung bemerkte er, dass seine Berührungen Franka ebenfalls in Wallung brachten. Sie bäumte sich auf, als er ihre Brust küsste und sein Mund die Haut der weißen Hügel Stück für Stück erkundete. Seine Hand lag auf ihrem Bauch.

Er hob den Kopf. »Ist dir warm, mein Kätzchen?«

»Wulf, ich verbrenne, tu etwas dagegen.«

Seine Stimme klang heiser, als er antwortete: »Dann werde ich das Feuer, das ich entfacht habe, jetzt löschen.« Behutsam senkte er sich auf sie und drang bis zu dem Hindernis vor, das ihr Tor verschloss.

Frankas Augen wirkten beinahe schwarz, so groß waren ihre Pupillen. »Was ist?«, wollte sie wissen. »Geht es nicht weiter?«

»Doch, aber dazu muss ich dir dieses eine Mal Schmerz zufügen, danach nicht mehr.«

Franka lächelte ihn an. »Worauf wartest du dann noch? Mache mich endlich zu deiner Frau.«

Wulf durchstieß das Siegel. Ihr Stöhnen fing er mit dem Mund ab. Still blieb er liegen und küsste sie innig. Als sie unruhig wurde, begann er, sich sanft zu bewegen. Erst zögernd, doch dann immer heftiger bog sie sich ihm entgegen, bis beide in dem uralten Rhythmus der Menschheit zueinanderfanden und ihre Leidenschaft Erfüllung fand.

»Wulf?«, fragte Franka, nachdem sich ihre Herzschläge wieder beruhigt hatten. »Ist es immer so – so schön?«

»Ich weiß es nicht«, antwortete Wulf wahrheitsgemäß. »Es ist eine ganz neue Erfahrung für mich, auch mit dem Herzen dabei zu sein.«

»Es hat dir gefallen, obwohl ich nicht weiß, wie ich dir Freude bereiten kann?« Frankas Unsicherheit war deutlich zu spüren.

»Es war überwältigend, und was deine Erfahrung angeht, glaube ich, ein Naturtalent geheiratet zu haben.« Wulf grinste.

»Wirklich? Glaubst du, du kannst das noch einmal? Ich meine, wie oft, also so im Allgemeinen, wie häufig schaffst du ...?«

Amüsiert zog Wulf eine Augenbraue hoch und sah Franka in das gerötete Gesicht. Verlegen murmelte sie: »Antwortest du heute noch?«

Hungrig küsste er sie. Das ist die angenehmste Art, sie zum Schweigen zu bringen, dachte er.